木牍志

邱正耘◎著

天津出版传媒集团

天津人民出版社

图书在版编目（CIP）数据

木牍志 / 邱正耘著. -- 天津 : 天津人民出版社，2023.3

ISBN 978-7-201-19206-2

Ⅰ. ①木… Ⅱ. ①邱… Ⅲ. ①长篇小说 – 中国 – 当代Ⅳ.
①I247.5

中国国家版本馆CIP数据核字(2023)第022584号

木牍志
MU DU ZHI

出　　版	天津人民出版社
出 版 人	刘　庆
地　　址	天津市和平区西康路35号康岳大厦
邮政编码	300051
邮购电话	（022）23332469
电子信箱	reader@tjrmcbs.com

责任编辑	岳　勇
封面设计	陈维勇
校　　注	王燕飞

印　　刷	四川科德彩色数码科技有限公司
经　　销	新华书店
开　　本	880毫米×1230毫米　1/32
印　　张	10
字　　数	25万字
版次印次	2023年3月第1版　2023年3月第1次印刷
定　　价	68.00元

前 言

很多意外，总是使历史猝不及防。

1979年1月，青川县乔庄镇原城郊大队白井坝生产队社员要修房子，在小地名郝家坪的地方一锄下去，挖开了一座古墓。一时间，考古专家云集，不断发现惊喜。古墓里的文物一再证明着乔庄的历史。那些厚重的楠木棺椁，那些随葬的器物，尤其是两片字迹清晰的木牍，给青川县城乔庄正名，此地并非寂寂无闻。

谁在古墓里拥有如此厚重的棺椁？谁还在死后用木牍作为葬品？这些人从哪里来的？乔庄究竟发生了什么？

于是，演义是最重要的回溯手段。让人们重新经历古代乔庄人生存的岁月，还原古人在乔庄历史上的活动轨迹，回望祖先为保存血脉所做的努力，不亦快哉？

因缘际会，所思所梦，日不能释怀，故有《木牍志》一卷。邀你慢慢阅读，期望可以告诉世人不一样的乔庄史。

迷蒙云烟慢慢展开。郝北章、郝东让、郝腾龙、郝巴子依次出场。马锐胜、马静里、马静花、钱家惠绵里藏针。不过都是为了生存和一脉尚存。呜呼，人之为人之艰苦久已。

现在的人亦深陷抉择的艰难：不知道当前是过去，过去其实就是当前。

悟此。也许还有拯救的答案。

目　录

第一章

1. 楠木木牍记：让近匪，使从军。

秦时期，刑法严苛，军事强盛，人民按照规定的路线生活。

每天都有年轻人进入军队，开赴战场。很多年轻人自此之后音信全无，抛尸在异国他乡。每有不顺从者，株连九族，全部做了刀下之鬼。

禁声是秦朝所有人都遵循的原则，既是政治生活，也是日常生活。

郝东让总会在军旅途中想起那个会在木牍上写字的爷爷。他下手很重，黑色的炭笔划过质地细腻的木板，总能够听见咻咻响声。

"人是需要记录的。"爷爷常常摸着小时候的郝东让这样念叨，他的手把郝东让的头发弄得乱糟糟的。年少的郝东让就像是土匪一样，成天叫嚣乎、隳突乎。于是，让他从军打仗是最好的归宿，解决了一个纨绔子弟可能给家族带来的巨大的麻烦，有军队管着，成天战斗，死了也是英雄。

爷爷不仅把郝东让送进了军旅，送上了大秦的战场，也送上了一条他自以为给设计好的飞黄腾达、光宗耀祖的道路，虽然险恶，却是一条捷径。只要够凶猛，够勇敢，杀敌无数，自然蟒袍加身。

郝东让曾经许下一个从来没有对人提及的承诺，要用自己一生保护记录者，也保护着那些木片，保护着木片上零零散散的字迹。他从爷爷郝北章的严肃之中，感受到了文字的神圣。他明白，保留文字和保护一个家族的血脉一样，都具有无可替代的庄严。

郝东让期盼着，在未来的血脉延续中可以找到自己的血的颜色，也可以从那些保留下来的文字中找到自己光辉的影子。

郝北章曾经对郝东让说，你的正史会被记录在木牍的"记"里面，而那些道听途说，转述得来，推测而来的，只能记载到"附记"里面，供人们参考而已。所以，从军以来，郝东让都想着要奋起一搏，把自己的光辉写在木牍的"记"里，而不是保留在似是而非的"附记"里面。

如此一想，郝东让觉得自己身体里面住着祖先，亦会觉得在未来的时空里自己会活在一些人的身体里，活在一些人的血脉中。他期盼着在未来，有一个像他一样的人，流淌着他的血液，也如他一样怀想着祖先的荣光。

郝东让是一个执着的血脉论者，他一直以来都追求血脉的纯粹，一个人的血脉只要在另一个人身上流淌，这个人就是存在的，不会消亡。如此推演，浩浩荡荡的一大群人也可能就是一个人。想到此，郝东让激动不已。残酷的事情是你把血脉断了，就永不再生。

他在遐想，他在走神，他在想自己的爷爷，想爷爷的书写，想爷爷正立于厅堂之上，面圣而躬。

"郝东让。"部队在点名。

"到。"郝东让条件反射地应答。行伍中的应答此起彼伏，声音都挣脱了疲惫的喉咙的羁绊，以最大的音量破口而出。

"今夜激战白水关，战争会更加惨烈，我们要拼尽全力攻克白水关，沿白水而下。"

"大家要做好必死的准备，马革裹尸，痛饮敌血。你不吃他，他必啖你。"

"宁要枪尖折断，不准拖枪而返。"

"只此一人死，换来全族荣。"

战斗之前的动员总是令人热血沸腾。郝东让总是在动员面前燥热，杀敌不顾一切，攒下了很多的战功。

　　他最值得骄傲的就是自己的战斗生涯练就了野性和血性，这些按照他的想象都会在血液里沉淀下来，只要自己有后代，后代的血液之中就一定会有强大、坚定、无畏的基因。

　　那是一场惨烈的战役，死了很多人。郝东让看到身边的人一个一个倒下去，有的头被砍得欲断不断，有的身体被拦腰折断，有的腹腔被掏空，肠肠肚肚拖得一片狼藉。大量的血染红了白水，白水之上漂浮着各种装束的尸体，江边满是折断的箭镞和刀戟。

　　郝东让看着一具具尸体，知道那是一条条已经断流的河，血液被抛撒在肉体之外，而不再形成内里流淌的河流。

　　他为自己亲手斩断了那么多的河流突然感到恐惧。曾经他那样勇猛，且不可战胜，此刻突然变得虚弱。那些血仿佛淹没了自己。他抱起一具尸体，又抱起另一具尸体，有的是自己阵营里的战友，有的是敌方的尸体，本来曾经都是饮血之人，在白水关之下，惨烈情状不同于往常，那些尸体仿佛是巨大的山正压向自己。

　　他突然心生害怕和厌倦，怕稍有不慎，就把自己的血液溅在荒野，把自己脉管里狂奔的血液的河流拦腰斩断。也许，在爷爷将来的记载之中，家族里有很多的河流分支，在木片之上荡漾，却恰恰就缺了自己的这一脉。他一想到木片之上没有自己的位置，没有自己的后代，就不寒而栗，遂决定在白水关逃跑。

　　临阵逃跑也不是简单的事情。明目张胆地逃跑，不仅自己要被抓住，要被处以极刑，而且会殃及家人，殃及家族。郝东让只有假死，他倒在尸体堆里，屏住呼吸，想等到人点完尸体之后伺机逃跑。可是，白水关一战，死伤惨重，双方都顾不了死人，各自寻找路子，败者如山倒，急速往回退却，胜者不顾一切追赶，生怕被遗弃在白水河里。郝东让没有想到轻易就成功地死里逃生了。

　　他已经翻过山梁，听见背后在大声呼喊他的名字，应该是在点名，他不敢回头，朝着森林最深处逃逸而去。

2. 楠木木牍附记：让遇秀美所。

郝东让无意之中闯进了一处秀美之地，是马把他带进来的。

郝东让是家族里的浪荡子。从军是浪荡子建功立业的好去处，是把不务正业的人带上正路的最佳途径。郝北章最讨厌无所事事的浪荡者，一天只顾喧嚣南北，纠集纨绔，无事生非，他怕郝东让在家里惹事，送进军营是很省事的方法。

浪荡子无惧无畏，正好杀人，正好防火，正好侵略。

人的一生就是这样，厌倦会突然而生。

人生的反转连自己本人都无法把握。

说逃就逃，毫无眷恋。马居然会一直跟在自己身边。自己哪怕是装死，马也并没有离开，踟蹰在他躺倒的地方，用鼻息触碰着他的尸体，蹭来蹭去，还用嘴衔来江水，灌进自己的口腔里。郝东让却不敢出声，悄悄地把水咽了进去。他趁着兵荒马乱的时候，悄然而去，以为马不会跟来了，可是，当他跑得累了的时候，突然听见身后哒哒哒的声响，惊吓一跳，回头一看，才知道是自己的战马跟上来了。

就这样漫无目的地乱走，他骑在马上，信马由缰，往大部队相反的方向狂走一气。

要说纯粹是漫无目的也不确切，首先郝东让选择的方向是与大部队相反的，另外就是往大森林里钻，往原始森林深处去，待到清醒平静之后，确认躲过了危险，再做他图。

郝东让不能够明目张胆沿着白水关通往蜀都的大道走，这是一条官道，白水关关口两边人影车流交织。大军正在源源不断地从秦岭之下的南郑向关口进发。他已经不是其中一员了。此时的他就是一个逃兵。他只能旁道而去，通过文州，进入原始森林。进入丛林，远离人的喧嚣，郝东让感到了安全。郝东让觉得自己不惧生死，在大自然的原始森林之中，不会被人杀死，就算是遇上其他异类，他战斗不过，也不过就是把生命的这张纸撕得粉碎而已。

一时间不知道朝哪里去，郝东让横跨战马，不给战马一个路线，任由马自由行走。因为他不知道路在哪里，他的终点在哪里，他把自己交给马匹，由它把他带到哪里就是哪里。他想："我骑在马上，进入森林，我就成了一个被马驮在背上的食物，森林里野兽的食物。但马在我胯下，只要我不被这个世界别的种类消灭，我就有希望。最终，若实在活不下去，胯下的马也可能是我移动的粮仓。"

郝东让骑马而行，闭目养性，信马由缰。白天黑夜交替，郝东让也不计日月，渴了山中饮水，饿了林中觅食，昏昏然而行走。突然，马一下子停顿下来，惊扰了闭睛之人。他定睛一看，惊出一身冷汗，原来，马带着他走，走到了一个绝壁之前。说是绝壁，是因为这条道在一道沟壑之上，像极了一座山的中间被谁突然锯走了一块，从而两山对峙，挺立而站，露出来一段沟谷，沟谷究竟有多深，侧身看不见底。

马把郝东让带到了山的腰间。郝东让一看，对面的山就在眼前，山顶还在云端，山脚不知源头，看似伸手就摸得着，实际上隔得很远。郝东让所在的山的腰间是一条小道，仅仅能容一马之躯而过。马突然站住，应该也是感受到了巨大的恐惧。郝东让翻身下马，再仰头往上看，此时所处的道路的上方是绝壁耸入云间，看不见山的模样。他又低头往路的下方看，开始还看得见沟壑刀砍斧劈，可是越往下却烟雾遮蔽不知深浅。他又往来路看，后方的路已经蜿蜒成线，明灭不辨。他只有往前看，目光所及仿佛路的前方已经断开，只是有藤蔓相连。马已经不能掉头回身，路窄得只能前行，要转身，将会葬身谷底。郝东让下得马来，感觉身体飘摇，稍有风过就会使自己跌入深渊。他也想转身朝来的方向返回，虽然来路也不见得就多么的安全，但总要比往前走有把握一些。马陪着郝东让多时，他觉得转身而逃如弃朋友不顾，且自己是否真可安全侧身返回也不可知。况且在深山之中，无边无际的寂静给他的压力巨大，马成为他相依为命的伙伴，不是他不要马这么简单，而是他实在是离不开马。

他四处观察，才觉虽然身处险境，但此山此景与别处不同，山之巍峨险峻，云之缭绕缠绵，藤蔓结成坚硬网络，像是通天的梯，都给人不同于俗尘的感觉。猛然之间，郝东让以为自己进入了仙境，而带他入仙境的马儿难道是神仙派来的使者？马不能回头，他也不愿回头，郝东让索性坐在这尺宽的空中之道上，马儿也静静地站在他身边。许久，一声清脆的鸟叫把他已经散漫的思绪拉了回来。他看见马的头上站着一只红嘴蓝颈的小鸟，马摇摇头，鸟腾空而起，等马的头静下来，它又站在马的头上，马又摇头，鸟又腾空而起，盘旋一遭，如此这般，马和鸟做着一个有趣的游戏，郝东让一时间也痴在这个游戏之中。

郝东让坐在陡峭的悬空道路之上，走神了。良久，马喷鼻的响声惊醒他，他看日渐偏西，再逗留在此也不是办法，此处相对危险，夜晚风急，免不了会受凉。他也不可能肩扛马匹，给马调个方向反转回去，只有继续往前。郝东让看前路藤蔓缠绕，在悬崖绝壁之上自由编织，仿若上帝之手在此给山套了一件网状衣裳。在藤蔓之间，恰好自然天成如一通道，下面是密实编织的底子，上面是枝蔓掩盖的棚盖，中间的藤蔓有葛藤、有树藤，还有各种树枝盘虬，所有弯弯曲曲、绕来绕去的柔软之物，在悬崖上聚成一团。

传说山有藤精，郝东让看这里正是藤精的聚义厅，每种藤都盘踞着自己的一个座位，又互相紧密相连。他要上藤桥了。他转回身对马说："兄弟，我先上去，不要你去涉险。我如果落下去，就顾不了你了，你自己去找你最古老的祖先，追赶它们，去做一匹快快乐乐的野马吧。"马喷喷鼻息，抬抬头，用前蹄刨刨地面，算是对他的回答。

他先是尝试着爬上了藤蔓的通道，两手两脚并用，不敢有丝毫的松懈。全身紧绷，手使劲拉住藤条，脚全力勾住藤条。粗看上去，藤蔓结成的通道之上，枝叶仿佛干枯堆集，似乎已经腐朽不堪，郝东让生怕藤蔓不堪重负，他一旦伏上去，会哗啦啦断裂，他就会裹着全身的网状，跌入谷底。可是，爬上去他才知道完全想错了，他像一只蜘蛛匍匐在藤条之上，才发现网格居然纹丝不动，异常结实。身下的树枝，其实大自然已经给每个生命确定了位置，铆定在岩石之上。那些藤蔓枝丫，那些荆棘苔藓，竞相用力，合成了一个力量互相牵引巨大的整体，托举着虚空。有没有生命走过？郝东让明白一定是有的。可是有没有人经过，郝东让觉得他应该是第一人，藤道就是为等一个无心误撞的人进入早就准备好的通道。这就是世界上生命的一种奇迹。大家都认为不可能的事情，就是这样静悄悄地在世界的某一隅存在，比如现在，这条连接悬崖两绝壁的藤道，其实存在着，却不知道究竟是为谁准备的。此时，就是为郝东让准备的。后来是为郝东让一族人准备的。也为天下所有的生命准备的。没有什么是偶然的，无心的，一切都是必然的，是准备好的。谁遇上就是为谁准备的。

郝东让内心的感慨也抵抗了开始的恐惧。他趴在藤条编织的网络之上，左右用力，试图让其摇摆起来，但是没有摇晃、断裂的情况发生。

郝东让站起身来，使劲摇晃，也不能撼动藤道。他从小步慢行，到大步用力蹬踩，随之小步跑，一步步解除危险，一步步适应环境，他的胆子大起来。于是，他上下弹跳，抓住周边的藤索摇晃，也没有大的危险，就飞一般跑起来。一奔跑，脚下凉意上升，身边湿雾袭来，裹着他的身体，他又有些犹豫，怕雾中有物。短暂时间，他感到雾从身边一掠而过，在藤道里，他居然感受到了暖和。

郝东让不知道藤道究竟有多远，那匹驮他而来的马正孤独地站在那头。他回头来找到马时，感受到了它的寂寞、委屈、背叛，它可能以为他会弃它而去了，跑了。一人一马之间的温暖，已经被风吹得沁满寒意了，马看见郝东让走向它，响鼻一下子大了起来，郝东让听见了它嘴里和鼻孔里同时发声，疾步走上前去，拍了拍它的头，摸了摸鬃毛，牵着它一起走进了藤道。

这个世界也许是另外的世界，本不专属于郝东让和马。此时，他和它闯进了这片天地，闯进了别人的空间，就成了他们的空间。夜不合时宜地从天而降，给他和它构成了威胁。他和它走进藤道，似乎走进了一个安全的地带。他拍了拍它的脸，它用脸使劲摩擦着他的身体，用沉默加深了彼此内心的紧张，也加深了彼此的慰藉。走到一段藤道时，他们被黑暗塞满，除了他们周围的世界，他们的口耳鼻眼也被黑暗塞满，胀肿难受。郝东让使劲眨眼睛，都挤不走眼里的黑暗，他不敢往前走了。于是，他拍拍马，对它说："好了，就这样，你是我把你带到这里来的，也是你把我带到这里来的，我们把彼此带到了这危险的地方，也许，今晚就是你和我成为饲料的时刻。我们把自己带给了旷野之口，旷野之口将会在今夜吃了我们。可是旷野之口是谁？我不知道。在旷野里，总有很多的口等着我们，有大口有小口。就这样吧，但愿我与你进入同一个食道，在肠胃里蠕动成一团，彼此不分离，然后由旷野之口带我们奔跑，把我们的混合物排泄在不知名的去处，就这样吧，兄弟。"

他把它叫兄弟。

在这条藤道上。

这一瞬间，郝东让觉得他眼睛的黑暗不存在了，因为，他确切地看见马眼中的亮光。

第二天，郝东让在马的响鼻中醒来，他发现自己躺在藤条上，马站在他身边。马头对着他的头，眼睛盯着他，鼻子不断响着，蹄子一下一下有节奏地敲着藤条。郝东让感到脸上有水，用手一摸把水糊得满脸都是。他不知道究竟是露水还是马的泪水，因为他问它，它不语。

旷野之口到底没有来。

这就是幸运。

他们沿着藤道走了相当长的时间，终于接上了悬崖之上的另一端的道路，回望来路郝东让很恍惚，产生了虚幻之感。整整一夜，人与马悬于绝壁之上，而维系他们安全的究竟是其他的生灵，是藤条，还是其他他不知道也不明白的东西？郝东让弄不清楚，马也弄不清楚吧？郝东让想。于是，他对马说："此处非同寻常，把你我悬了一夜。尤其把一匹马悬在空中，令其遭受无法想象的困境，给它取一个名字就叫作悬马关吧。将来假如有机会再来，我们也有了命名权。"郝东让说完就哈哈哈地一阵笑。笑声中充满了空虚。

很长一段时间，郝东让都跟马在一起。他们彼此有了很深的依靠。他们一起找到了那个美妙的地方，一起在那里流连忘返。郝东让睡着了，马站在一旁。马睡着了，郝东让守在它身边。

这里的石头在河里野着，李子树在山林野着，动物在山坳里野着，一切都野着的模样。这个地方被无名的山和山间塞满的雾锁住，还没有被命名的动物们和植物们各守要道，互相啃噬，互相成为胃内的食物，互相消化，互相排泄，互相滋养。只有水寻得一条路，蜿蜒着走出了山谷。

马醒来，郝东让对马说："我们沿着这个美妙的地方走一走，看一看吧。"他觉得马听懂了，似乎朝他点了点头。

此地真是开阔。河流散漫地流淌，不暴烈，缓慢，深沉。水流完全靠自己的力开辟各条通道，而并不是归到哪一条河道里。河道里的石头光滑、健硕，看似杂乱无章，乱七八糟，看久了，郝东让觉得每一块石头都在合适的位置，不是水的力量把它们放在那里，而是它们自己就要驻扎在那里。

每块石头都有一件衣服，那是各色花纹，有的是暗暗的红色纹路，在石块上布陈；有的是白黑夹杂，特别显眼；有的石头是妇人模样；有的石头是勇士扛枪的造型。郝东让觉得非常有趣，世间有的，石头上都表现出来。难道说真有某种不为人知的联系存在着，在不同的事物中罗列出一些线索，只待有心人、有缘人来理解？

郝东让用手不断抚摸石头，撩起清澈的水浇灌在石头上，把印痕更加鲜明地凸显出来。放眼望去，满沟的石头散发出迷人的光芒。

郝东让真正地喜欢上了这个地方。

除了他就是马，他还是感到寂寞。他决定要离开，没有人结伴，自己一人寂寞生活，孤独死去，血脉就断了。人的血脉断流，就是一条生命的河流断了。郝东让私心想遇上一个自己信赖的人，一起居住，然后，人的血脉之河与大自然的河流对应流淌，岂不是更加美好？他要找一个人来，强烈的想法支配着他快点离开。

郝东让要离开的时候，将马敞放于野，让它守住这个家园。郝东让走的时候，马感受到了离别，久久不愿离开郝东让，跟着郝东让走了很远。郝东让说："你跟我返回去有危险，就留在这里吧，我会回来的。你守护着这个美好的地方，你也要保护好自己，不能伤害自己，不能把生命轻易断送。等我下一次回来的时候，就不会是一个人了。那时候，我会呼唤你，你在，我们会再续前缘。"马似乎听懂了，就长嘶一声，跑远了。

郝东让不知道的是，他逃跑是一次偶然事件，是他对军旅的厌倦，他本意要找一个女子与他同行，再次进入秘境，他却不知道，家族面临的威胁和族人的恐怖正如其时漫漫的黄沙，几欲填塞了人的七窍。

3. 楠木木牍记：构陷已成，族遭灭顶。

见到郝东让，爷爷郝北章仿佛不认识他，把他当成鬼一样的东西在看。郝东让明白，他消失的时间太久了，久到家人已经记不起他了。他也知道，生命都是各自野蛮生长，生死全凭运气和神仙的垂青。而自己居然没有死亡，令郝北章难以置信。

"你是谁？"郝北章警惕地看着他。

郝东让肯定地对爷爷说："爷爷，我是东让。我没有死，还活在人间。"

郝北章眨了眨眼睛，嘴皮微掀，似乎对郝东让不会有更大的激情："还回来作甚？死在外面也是幸福的。"

郝东让已经是心智成熟的人了，从爷爷的话里马上感到了他的不安。虽然郝东让仗剑走天涯，但是落叶归根的道理他也是懂的。不仅仅是懂道理，而且内心里也有着强烈的想法。一个人不管走多远，走多久，想念自己的家乡是人类共同的情感。按照世间法则，一个人不管在外漂泊多少年，一旦灵魂出窍，肉身还是要埋在生养之地的黄土之下的，唯如此，才能己安、家安。可今天，读书识礼，位列朝臣的爷爷，居然说出"死在外面也是幸福的"这样的话，而且并不像是为了谴责郝东让，而是满满的疲惫、倦怠，乃至于一丝丝的绝望。郝东让不知道爷爷为什么如此颓唐？

郝东让虽然不敢挑战老人权威，心里有不悦，脸上也露出不以为然的表情。郝北章其实也感觉到了郝东让的抵触，但他仿佛正在思考更大更紧迫的事情，也并不把郝东让的不满放在心里，因为，他心里装的东西实在太多太大了。

郝东让离开爷爷，转到家族其他人中间去。他不用启动敏锐的感觉器官，都能感觉到他们的惶恐。相比较爷爷郝北章，他们的惶恐更大，绝望更明显。郝东让不明白发生了什么事情。对于他这个浪荡子，他们也不屑于跟他交谈。郝东让回到父母的屋里，他们也不在。他吆喝了一声，把关住的野鸡吓得叫唤了几声，其他，就是空气里死寂般的静默，那静默纠缠在一颗颗的黄沙之上。郝东让看着黄沙从眼前漫无目的地落下，落在黄土地之上，悄无声息。他吸了一口空气，呷到了黄土里死亡的气息。

此时黄沙正从天而降，恰如一场绵久不绝的细雨。

雨过万物被浇灌，而黄沙却摧毁着一些东西。比如空气的污染，让人不敢大口呼吸。每个人的鼻孔里都或多或少地吸入一些黄沙。

蓦然，他脑海里一下子想起了那个水汽充沛之地，想到了绿树、红花、清澈的溪流。那个绝妙的地方，山娇水柔，各自保持一种造型，把空间留出了诗意。那个狭小的空间，就像一个风鼓起来的异型口袋，在两头一扎，中间凸起，形成了不可名状的一个惬意所在。郝东让逗留在那个地方，很长一段时间，没有异物加害于他，仿佛世界把他遗忘得干干净净。他洗净了手，那个拿着刀戟的手，沾了同类的血迹，一直以来用黄河之水都洗不干净，用白水江水都洗不干净，他以为此生会被浸泡在血迹里，直到被淹死在血迹里。可是现在居然有这样满谷山泉，洗净了他，他活得自在无碍。一下子心怀坦荡起来，过往的种种孽缘都随细水和落叶飘远。

今天，在黄沙漫漫的时候，在大家焦虑的时候，他想起那个地方，也许是上天安排人最初居住的地方。

晚上，族人以及亲戚们，都忘记了吃夜饭，都焦急地等待着什么，期待着什么。郝东让不知道他们的焦虑和紧张，也不知道他们期待什么。他们都不与他交流，他的漂泊和浪荡给整个族人留下的是无用的印象。但他是一个不按规矩生活的人，他不断地连续问了几个人，他们都茫然看着他，默不作声，每个人都像一个白痴。郝东让知道，焦虑和紧张已经烧断了他们的脑部神经，丧失了起码的判断，连他的身份都不能够让他们认可。

郝东让四处观察，发现众人眼睛都朝向一个角度，沿这个角度望过去，大家目光聚焦之处正是他爷爷郝北章居住的地方。

郝北章在这个家族的威望是在曾祖父去世之后慢慢建立起来的。他是读书人，这在秦国也不是什么新鲜事，秦国读书的人很多，商鞅就是读书人。读书人在处理事情时自然有他的眼光和办法。商鞅立一个破木头来办成他想办的事情，被郝北章津津乐道，郝东让看得出来，爷爷当时如果在现场，他也会扛起木头就跑。但是，郝东让对郝北章也有一些看法，他有不切实际的想法和愿望，就像是吃了好东西放的屁一样，曲调是悠远的，声音是高亢的，但臭却是不可避免的。

郝东让不像这群人只敢远观，充满恐惧。他们似乎看到爷爷的屋里会有异物出现，并且会伤及到众人。而他无畏无惧，朝爷爷的屋子走去，斜眼看见有人似乎要拦下他，但看到他威武的样子，又不敢上前。郝东让消失了这么些年，族里人不知道他究竟变成了谁。

郝东让跨进屋里，看见屋里也有人，众人站的站，蹲的蹲，一筹莫展的样子，他突然闯进去，蹲着的人突然站了起来，站着的人突然转身对着他，脸上都显出大大的恐慌，仿佛郝东让来自外星球。

郝北章大怒："滚出去！"

郝东让无所谓，只是觉得可能搅了这伙人的局，窥见了他们的懦弱。这伙围绕在爷爷周围的人，都是家族赖以生存发展壮大的支柱，是家族人心目中的神，是坚强、坚韧、坚毅的代表，是不垮的神话。此时他们的脆弱，被郝东让一下子捕获了，他内心的偶像一下子垮塌，伴随着清脆的响声。

郝北章见郝东让并无退出屋子的动作，就再次厉声地说："不经过我的允许，你进来干啥？你个野惯了的东西，飘在外面几年，回来成个野蛮人了？"

郝东让明显听出了爷爷语气中那种戾气消失得多了。就在这一瞬间，郝北章的心里也是翻江倒海的，族里该来的人都来了，事情并无分晓，大家如瓮中之鳖，单等一只手伸进来。

郝东让闯进去，并不知道他们在纠结一些什么，不知道他们遇上了什么，只是他内心里渴望知道，想介入进去。介入家族之事，是每一个成年人的梦想。为什么最终爷爷选择相信他，选择把一族人的命运交给他，是爷爷当时确实在一堆庸才中发现了不一样的他？还是仅仅当作稻草，有抓的总比没有什么可以抓握要实在吗？爷爷到死都没有说出郝东让渴望获得的结论。郝东让甚至于悄悄地翻看过他写的木牍，也没有发现与此相关的内容。

郝东让似乎从爷爷郝北章威严度降低的语气中获得了力量，对沮丧、恐惧、挣扎的这伙人说出了一句话："有啥大不了的？看把你们这伙人吓成这样？"

郝东让属于叛逆者了，敢这样对长辈说话的人应该不多，可是，他说出来了。现在想来，郝东让当时敢说那样的话，并不是他有多厉害，或者他觉得自己有多厉害，是说这句话正当其时，所有人都怀有深深恐惧，而独他不明就里，说出了硬话，这让内心崩塌的前辈们灵魂为之一振，以为他就是一个救世主。

可是，大家都沉默，不敢作声，眼睛的光束在郝北章和郝东让之间往来地扫描。

良久。

郝北章才发出声音，一个苍老的声音。

人只有在无助的时候才呈现出固有的软弱，有时，人无助的时候，肉体连衣裳都撑不起来，站着的时候只看得见挂在空气中的一件衣裳，坐着的时候只看得见堆在地上的一堆衣裳。爷爷苍老的声音就是从一堆衣裳中发出来的。

"哎。"爷爷的这声长叹异常曲折，沧桑感和末日感都非常强烈。

秦以它的强威加于海内，大有吞并天下之势。也正因此，自商鞅变法至今，仁心渐失，杀心渐浓。郝北章读过书，有忧国忧民情怀，自不待言。秦渐强大，作为秦人，理应自豪，有什么哀叹之处？郝东让还是不明白。

郝北章看郝东让闪烁的眼光，就知道他内心的变化，以及对他刚才叹气不以为然，于是他迅即补充自己要说的内容："我对本朝不断变冷的心产生了不同的看法。都怪我不把看法藏在心里，而是在不同的场合用不同方式表达过。我以为，我一个羸弱的老人，只图口舌之欢，逞口舌之快，图虚荣之感，不想却给小人以口实，密告于官府。有相好的官府朋友传来消息，私告此事与我，按秦律极可能灭九族。因我一句话，导致整个家族毁灭，此事非常可怕。大家聚在我这里，商量不出具体的对策，都显得很焦躁。整个家族现在都笼罩在恐惧气氛之中。如何是好？如何是好？如何是好？"

爷爷连用三个"如何是好"表达了穷途末路之悲情。郝东让看见人群之中有人眼泪已经布满脸颊。此时的他才感受到老泪纵横对人心的巨大冲击。他也悲从中来，一个家族上百号人，就因为几句话，就会灰飞烟灭，从时空中一笔划去？此等惨烈，动物通悲，漫山遍野的荆棘共泪。

悲从中来，胆从中来。郝东让凄然对众人说："秦国虽强，尚未占有全天下。此处不宜久留，活命要紧，立马迁徙。"

4. 楠木木牍记：章焚木牍。

他心中已经为族人准备了地方，那个他流连忘返的地方，现在还心心念念不忘的地方。如果把他喜欢的地方变成家族所有人生活的乐园，郝东让心里的成就感像雨后春笋一般生长着。

原来的想法是找一个人，慢慢浪费时光，从而白头偕老。现在，看来会有一个大的家族进入，那将是何等壮观的情景。郝东让心里一想起，就充满了无比的期待和雀跃。

迁徙？这是大家都没有想到的，迁徙是比较文明的表达，是书面用语，郝东让其实最直接的理解就是逃命。如果真如爷爷所说，全族头上已经悬了一把屠刀，逃命就是唯一选择。

人们往往会被慌乱蒙住心智，会被恐惧堵塞灵窍，灵动的思维就在一个路上堵塞，良久不能疏通。如郝北章这般智慧的人，都会着了慌乱的道。此时，经他这样一提醒，郝北章露出恍然大悟的表情，随即又陷入了沉思。郝东让看见郝北章表情变化的过程，开始听见他的建议就像石头撞击生出火花的过程，冒出了一股明亮闪烁的火花。之后，似有犹豫，就像敲石头的火花熄灭了，再去敲击，反倒不能产生火花，久久无法点燃柴火。

大家也看到了郝北章表情的变化，莫名地也跟着变化。郝东让觉得应该单独跟爷爷谈谈，于是，他对其他人说："长辈们，你们先回去吧，等消息，我单独跟爷爷谈谈。"那些人一言不发，点点头，蹒跚着走出了爷爷的屋子。爷爷并没有反对，默许了单独谈谈。

郝东让到郝北章的对面坐下来，屋里寂静无声。他对面的爷爷是座大山，原来的郝东让充其量只是大山脚下的一粒碎石，或者大山上很多无名的小草，怎敢变成陡峭的岩石或参天的大树？现在，他在爷爷对面坐下来，在一座大山的对面平等地坐下来，郝东让仿佛就成了一座大山，俨然也是魁梧的大山。

郝北章眼睛看着郝东让，斟酌着表达："迁徙？到哪去？"

郝东让一下子就明白郝北章的意思了。郝北章同意逃跑，但是逃到哪里是他关心的问题，郝东让还没有来得及回答，郝北章的问题就又来了："如何走？这么多人怎么办？"

老年人的心思被洞悉清楚，郝东让对他说："爷爷，这几年我随秦军四处作战，杀戮无数，鲜血染指，可以毫不夸张地说，秦军所到之处，杀人如麻。我厌倦杀人的生活，不愿意用人血涂红头上的冠冕，我也不愿意自己的血液在我这里中断，无法在后人的血管里流淌。于我而言，战之，弃野，是我遁出战争的有效伪装。脱离秦军，我任性穿过原始森林，到达了一个异常美丽的地方。那是个没有人烟只有兽迹的所在，那是一个封闭的地方，外围山峦耸峙，隔断外界，里面一片平沃之地，绿水长流，深谷通幽。有良田可供耕种，有茂林可供柴薪，有修竹可以养性，有野猪可以驯服。我族人等，将现在的住处门不闭户，此地屋外之物不内收，留下犬只依旧守屋。然后我们不携带重物，只需人身，悄然上路。随我之后，穿小径，攀危途，走人所不能走之路，悄言疾行，日行百里，等官家发现，我们已越过秦境。再扮作流民，沿途讨饭，掩人耳目，进入我发现的密道，进入新的家园。自此远避此朝，自成一体，延续家族血脉。如何？"

郝东让的描述，其实与他所见之地相符，只是他觉得自己口中的描述，尚不能表述其万一。

人其实是很奇怪的动物，甚至是很可笑的动物，在人间，在寰宇，秀美之地很多，富饶之地很多。可是有人会喜欢上一个地方，却说不上来任何理由。郝东让自己喜欢上了一个地方，为了引起他爷爷的高度关注，言过其实也是正常不过的事情。

郝北章被郝东让的描述所吸引，也许是忙中无计，逃命已成为当下最迫切的选择，他的思维又主要围绕着这种计策展开了。于是，郝北章问他："从这里到你所说的地方路途遥远，沿途是否安全？万一被发现，会不会被消灭？"

郝东让肯定地对爷爷说："天下之势，穷兵黩武，飘摇纷乱。帝国正按照帝国的思维在走，也许其思维尚不足以顾忌到我族。你想，倘若有更多的时间注意到你以及族人，可能早就开了杀戒。现在你的妄言，有可能殃及自身和族人，你和族人惶恐终日，自然不顺心，与其这样，不如就跟随着我的指引，到那样一个天堂般的所在，给族人和你一个快乐生活的机会，也使你的晚年与其他老年人一样，平顺绵延，余生滋味醇厚。"

郝北章肯定被郝东让说动了。郝东让自己也没料到，几经周折，遍历城乡，他居然有如此好的口才，爷爷作为一个读书人，也会认真听完他说的话，这不得不让他自己感到骄傲和自豪。

郝北章说："何时动身？"

郝东让说："无须多虑，今天趁夜色铺张，直接出发。不带罗盘，我自有获知方向的能力。现在不需要告诉族人们，你对族内每家的家长说清楚，反正大家已经成为惊弓之鸟，毫无主见，只听你的调遣。为防止族内出现叛徒，你不必说明白具体打算，采取突然袭击，立马上路，不给意外留任何机会。你让他们全部在天黑之前，衣着整齐，不外出，煮饭照常，炊烟照常，饮食照常，但家人必须聚在一起，听你的消息。更重要的是不能把你的底牌透露出去，不要说你已经有主意了。"

郝北章出门的时候有些蹒跚，腿脚似有不便，翻越门槛的时候，差点跌倒。他要挨家挨户地去告知。不一会儿，郝北章微喘，回到了家里。郝东让看到他额头的汗渍泡软了丝丝白发，面色异常凝重，他对郝东让说："我安排了几个壮汉到我这里来，听我的安排，实际上是听你的安排，你觉得开始出发，我就让壮汉立即出门奔赴各家通知，在黄沙大道的旁岔处聚集，即刻动身。"郝东让点了点头，他看见脆弱已经袭击了爷爷，郝东让突然间感同身受。

在郝北章屋内一角堆满了各种木牍，里面有的是郝北章读的书，木片已经被手摩挲得沾满了汗渍，显得格外珍贵，与主人已经合二为一了。有的是郝北章记载的事情，那些日常琐事，那些族间过往，人情世故，还有的是郝北章记录下来的自己的感想，包括不为人道的一些理论。现在看来，这些理论的看法，尤显得凶险不已。

郝东让看见郝北章用慈祥的眼光看着那些木片，然后蹲下来，用手摸着那些木牍，摸着那些弯弯曲曲的文字，每一个都与他朝夕相处，像是家族里的一个个小孩子，家族里的一个个后代。他的手上满是汗渍，摸过之后，明显的汗水浸润了木牍，湿漉漉的像是木牍也流下了眼泪。郝北章把木牍摊开、卷起来，又摊开、又卷起来。依依不舍、疼惜之情透过背影传达给了郝东让。他对郝北章说："爷爷，木牍是你至爱。透过木牍你明了很多东西，同时你作为朝臣也记载了很多东西，日常记载成为你的习惯，肯定也能通过木牍把现在告诉将来。可是，也因了这木牍，给你和族人招来灾祸。木牍只有弃于故地了。笨重不说，现在看来，百无一用，且有遗祸之嫌。"他说得很尖锐，每一句话都不断地击打着郝北章的内心。

郝北章长长的一口气冲撞着空气，语气中有深深的叹息，还夹带着哽咽。他转过身，却并没有看郝东让，而是闭上眼睛，眼角浸出了浓重的湿润。那潮湿仿佛是扑进了郝东让的口里，他的舌头似乎已经接触到了那点湿，满口涩苦，似乎一捧的咸盐塞进了他的口中。郝北章又说："娃呢，你不明白，我翻开木牍，与幽古对话，与古人神谈，心胸辽阔。从木牍上，我获取了超乎寻常的神秘力量。一直借此力量维系族人平安。也会按照木牍的指引，完成仪式，祈祷平安。娃呢，我用读木牍来生存，就像我的兄弟们通过种粮食、喂牲口、挖草药、运石头等方式生存一样，他们用有形的有用的东西延续着生命，我用无形的空洞的，甚至可以说无用的东西喂养着灵魂，木牍不在，魂何以存？"

郝东让对郝北章说："爷呢，魂不魂的先不要紧，命要得紧。"

郝北章又转过身去，用手把堆在架上的木牍一层层抚摸过后，低沉地说了一声："煮饭。"然后，他自顾自地点燃了锅下的柴火，颤巍巍地抱起木牍来，架在火上烧起来，也许是那些汉字本身就是上好的催燃因素，木牍一接触到火苗，火就哗哗哗地叫起来，仿佛不仅烧坏了木牍的肉体，也灼伤了木牍的灵魂，木牍在火中嚎叫。

郝北章此一举动，是不是直接与后来焚书坑儒暗合？不知道是不是按照郝北章自己说的接到了木简中的预测信息，还是说帝国的野蛮和粗鲁实际上与普通人的心灵是相通的，普通人成为帝国之君，也一样会野蛮和粗鲁，尽管在这之前，他可能不是一个野蛮粗鲁的人。反正，郝北章就把自己多年来记载的文字付之一炬，尸骨无存。可是，郝北章也还是谨慎地挑来挑去地焚烧，每焚烧一件木片，他都会摸过来摸过去，把玩很久才丢进火中，后来越来越缓慢，握在手中的时间越来越长，最终不舍地丢进火中。最终他还是选取了两件木牍，藏进了自己的衣服里。其中郝东让看见是一个最近颁发的与土地政策有关的木牍，记载着每家的田地大小以及开垦管护的要求、标准。他带上这件东西，不知道是不是还盼望着有朝一日能够重返大秦，将来可以凭此索要土地？

夜说来就来了。这北方的夜，因为有了今晚的逃跑又加进来很多很多的风，又加进来很多很多的沙，故意营造凄惶的氛围。族人料定今夜有大事发生，女人们的腿已经抖了几个时辰了，男人把风强塞进嘴里的黄沙已经吐了几十遍，吐得连唾液都干了。随着郝东让富有磁性的低沉的男中音下达出发的指令，几个壮汉飞也似的到各家通知。郝东让在壮汉出发前，特意嘱咐，只走人，大人小人，除人之外，其他东西一律不带，包括饮食。

郝东让的族人就这样在凄惶之中跟随他南下。如果用一句话来表述，可以用一路无话来概括。可是并不是真正的一路无话。一路有话，话很多，只是不知道从何说起。途中就是奔走，就是把生命完全寄托在一人之上，寄托在郝东让身上。离开熟悉的家乡，也只能是随遇而安，听天由命。在越过文州的核心区域之后，进入了最艰辛的崇山峻岭之间。这一群族人，随郝东让前进，个中艰辛和困苦，大家都像是团了一口野菜一样，囫囵着吞进了胃里面，并不从语言和脸色中反映出来。因为大家都明白，这是一条逃生的路，非这样不足以留下生命，非这样不足以为族人留下血脉。人之种族如果在这一代里被消灭，这是谁也不敢承受的代价。当然，如果真要灭了，谁也没有办法，只能逆来顺受，上天要灭人，谁也没有办法。既然有逃跑的办法，也许就是上天开了一条短暂的生存的口子。完整保留生命是人对未来的期许，对后代的交代。

最艰辛的是那些娃娃们。哺乳期的娃娃，被慌乱地背上背下，被颠簸，被雨淋，被沙粒击打，可是他们硬是不吭一声。汩汩流淌的血脉到底不是无色无味的清水，血脉中有性格、有品格、有意志、有感应。小孩子从大人惊慌失措和沉默中也感到了威胁，小孩子从大人忍耐中也体验到了坚毅。在郝东让带领族人顺流而下的路途中，小孩子始终不哭不闹，以幼小的心灵应和了这个无情的世界。

说话间，他们就来到了悬马关。

5. 楠木木牍记：摇晃悬马关。

当郝东让返回家乡时，又一次经过了藤道，一来一往之间，他摸清了藤道所有的秘密，他已经从容不迫。

现在他要将自己的一族人全部带上藤道，通过藤道将会找到一个绝美家园。他把即将进入藤道的情况告诉了郝北章，让大家做好准备，不要紧张。

过阶州、文州地界，郝东让去置办了少量武器，让男人拿着，然后进入悬马关。虽然郝东让也会屈服于运气，但是，他并不是仅仅靠运气来生活的人。一人一马没有遭遇旷野之口，这个家族会不会遭遇旷野之口，会不会被吞噬，他不敢保证。他置办了武器，交到男人手里，武器和男人一配合，力量就会呈现，至少给所有族人一个安全的保障。

悬马关还在，郝东让看见曾经走过的路，此时有些感慨也有很多的感动，觉得大自然也是有情的，分手了，并不离开，还在原地等候。

当他要求大家迈上藤道时，大家还是非常犹豫，确实如此，当初他进入这里的时候，也是怀着必死的想法。可是，现在有他的经验了，总比当初要好得多。

因为洞悉了所有的秘密，心里有底，郝东让率先走上藤道，回过头对大家说："大家不要怕，这条路我熟悉，非常坚固，非常牢实，连马立在上面都不怕，不会摇晃，不会断裂。大家跟上我走吧。"

于是，大家在他的鼓励下，缓慢地踏上了藤道。郝北章的脚明显有些迟疑，他先用一只手抓住岩边的藤条，等把力量集中手上的时候，再踏上一只脚，待一只脚安放妥当之后，郝北章用脚使劲踩了踩，感受到稳妥，又踏上第二只脚。双脚站稳之后，再晃动身体，觉得没有剧烈摇动，随即轻轻走了几步，又望了望脚下深不可测的谷底，脸上泛出了神秘而可爱的笑容。后面的人见状都紧紧跟上。郝东让侧身而立，看着族人从他身前经过，他走在最后，无畏地殿后。

大家静静地走着，不出声，保持着首尾紧紧相连的队列，保持着高度的警惕。

走在人群的后面，郝东让可以看清楚前面的人们，他们比从秦国出发的时候明显瘦多了，所有人身上的衣服都显得格外宽大，所有人的脚上都缠着沿路的植物。长距离的行走，已经给人的脚造成了很大的伤害。人群小心翼翼地移动，这群人的衣服都是深色，绝大部分是黑色。一支黑色的队伍在悬崖峭壁上移动，显得沉重。郝东让的胸口突然变成了一个风箱，鼓起了风来，难过肿胀了他的肺，肿胀了他的眼睛，肿胀了他的鼻子，他很想放肆地大叫大哭。他的魂暂时脱离肉体，飞到了对面山上、天空，看见了这队黑色的动物移过悬崖，像一群小蚂蚁列队前行，又像是一条受伤的甲虫正把肉体寄托在甲下慢慢爬行。郝东让觉得自己的魂在空中大喊一声，他发现他们似乎听见了喊声，队伍停顿了一下，他赶紧收回魂来，闭了嘴，生怕因为他的喊叫造成行人失足掉下深渊。他默默地督促着队伍尽快前行。队伍在前进，队伍中年轻人扶着老年人，男人拉着女人，大人背着小孩，大孩子牵着小孩子，在前进。藤道很长，各种藤花竞相开放，有的花正艳，有的叶正绿，有的正结果。郝东让看见，背在大人背上的小孩子眼睛盯着花和果实，在吮着嘴皮。大一点的孩子则随势将浆果子摘下来，塞进嘴里，大嚼起来。大人也因此受了影响，在照顾孩子的同时，把果子也塞进了自己的嘴里，嚼出了香甜的味道。这就是大自然和人类的密切接触，共生共享。

这是一条神奇的道路，感谢上天的恩宠，没有给这条悬崖上的道路撒上毒液，族人们把藤道上能吃的东西都填进了空空如也的胃里，这是自逃亡以来，族人们吃得最好的一餐，且都是天赐饮食。天赐的食物是赐活，不是赐死，藤道上衍生的植物品种很多，花开各种，果结各类，但都无毒，整个族人连肚子不适的人都没有，恰恰是吃了果子之后，所有人都感到神清气爽。

过了藤道，就上了九道拐。

九道拐明灭可识。路径是谁走出来的？按照郝东让的想法，除了动物应该没有人到过此处。那么可以推测，这本来就是走兽走出来的路径。郝东让走过一次，今天，他带着族人又走了一次。路上就有了人的痕迹和味道。

也许是夜色近黑的原因，也许是大家过了藤道吃了东西，又数月奔波，感到危险远去，心里自然放松下来，在翻上九道拐之后，有一敞开平坦之处，大家坐了下来，都不愿意走了。

笑声也有了。小孩趁着夜色在宽阔处蹦蹦跳跳，互相抓扯。大人们也互相说一些话，轻松的气氛出现了。

此时，再看远山，已经没入了暮色之中，渐渐看不清轮廓。有大小不等的鸟，从空中投掷向更远的空中，那种迅疾的远去，没入暗黑，仿佛庞大的虚空之外，在某处摆放着一块巨大的磁石，这些细小的动物就像是颗颗铁钉，被吸进了远处巨大的磁场。郝东让感觉那暮色是从他们出发的地方赶来的，一直在他们身后追赶。究竟是谁派来的已经不重要，就算把他们全部包围，郝东让都不怕，过了悬马关，到了九道拐，就进入了他的地盘，郝东让把那赶来的暮色当作是一把汗，轻轻地就可以擦拭掉。

九道拐上的坪，可远眺。所谓山高水长，山顶也有源流。在九道拐的坪上，一汪清泉突兀而出汩汩流淌，山顶有泉眼，泉眼中的水流湍急。泉水奔涌而出，在九道拐旁的山崖上纵身而下，也不管树枝藤蔓荆棘，清泉水把自己划破的身体的某一些部分就留在树枝上、树叶上，润湿着植物，滋养着生命。

族人涌到泉水处猛喝。看到大家满足的神情，郝东让看到大家已经从心理上摆脱了厄运，体会到自由自在的欢悦。水不仅仅填饱了饥肠，也浸透了心灵。

大家捧着水，用手击打着水，有的妇女在大家饮过水之后，撩起水擦洗自己的脸，清洗满脸的尘沙和疲倦，露出久未开颜的脸庞。

女人总是在这个世界起到安神的作用，看到女人们魅力姣好的容颜，大家似乎又回到了安稳的日子里，一颗心慢慢沉静下来。

郝北章的心放了下来。郝北章的威望亦就升了起来。

这是万里疾行中威严丧失之后的重新开启。郝东让心里清楚，郝北章心里清楚，在道路上急行军时郝东让是先锋，也是元帅，郝北章仅仅是一卒，一老卒而已。在平坡处，郝北章把握准了时机，安全的日子里，必须有不一样的主心骨，而这个主心骨绝对不是郝东让，而是郝北章！郝东让必须从台前退到幕后。

郝东让明白郝北章的意思。郝东让也知道一群人是必须服从于一个威权的，而这个威权必须是且只能是郝北章。在知道自己必须退后之前，他还要做一件事，就是把族人召集到郝北章的面前来。

郝东让扶郝北章坐上了一块略微高耸起来的石头上，这样看起来，郝北章坐着比站着的族人要高一些。

"嗯嗯。嗯，族人们。险境已远，佳日可期，我们虽百死却不悔，此一血脉将在万里之外开枝散叶。我现在点一下名，看看人是否都在，人是否都很安康。"

"先点谁呢？郝佳龙家。一大家子都在吗？"郝北章说，他的语气也恢复了应该有的庄重。

"在这里呢，大爷。"人群中立马有声回应，并趋步向前。

"屋内可有人折损？"

"万幸！大幸！随爷走了这么远的路，却无任何伤害。"

"郝青龙家呢。"

"在呢，大爷。"

"你房一脉呢，人都在吗？"

"也无伤病，更无亡者。"

"你爹呢？"

"虽有微恙，肺喘不息，却无大碍。到得此处，精神竟然大振，也是奇迹。"

郝北章听此，略有沉默，意味深长，也不再细问。只说："人之一生，略胜于蝼蚁，孝字当先，好好侍奉。"

"郝白龙家！"

"郝腾龙家！"

"马锐胜家！"

"田守其家！"

"黄辰梦家！"

……

各家挨次上前，回答郝北章的问话。经过点名询问，这一行队伍，出发之时多少人，在九道拐上还有多少人，这是一个奇迹，这一奇迹极大地振奋了人心。

郝北章说："大家都在这面坡上歇息下来，待明晓再议下一段的行程。"

郝东让与大家就近搜集捡拾柴火，找来石英石敲打，火苗和烟一起出现在了山脊上，向这个寂静的世界宣布，可以用火的一群动物来了。

火光腾起，烟雾缭绕，火被分成若干的小火堆，一时间，九道拐坡上星光点点，宛若仙境。他们听见了远处的咆哮声，也听见了近处树林里沉重的喘息和磨牙的声音。

郝北章对郝东让说："你去找一块平展的木片，再找一截黑色软绵的石头，我要把奇迹写在上面，把大家的勇气写在上面。要让后来的人知道这一段迁徙历程，找得到从哪里来，又到哪里去的痕迹。"

郝东让知道，爷爷随时把大小事情记录下来的习惯又回来了，这是逃命几个月都没有出现的现象。说明大家心里都是有数的，危险已经远去，对未来都充满了期盼。

郝东让本来还想劝劝郝北章，但话到嘴边，他又忍住了。山顶确实不好寻找平展的木板，而且，此时天色已晚，要找到黑色的石块也不容易。不过，他不愿让爷爷失望，答应下来，就去办了。

6. 楠木木牍记：族人抵达秘境。

顺利翻下九道拐。

所有人站在一条缓慢流动的河面前。

这就是郝东让描述的地方。这就是郝东让要带领大家来的地方。

河水清澈见底，水底的细石居多，岸侧则以大石为主。大自然用力排开了河道之中的巨石，给流水一条畅通的路，这条河像极了这片土地的眼睛，眨一眨摄人魂魄。最先在河边跪下来的是马锐胜，他头上的帽子大部分已经泛黄，少部分呈现了黝黑。他跪下来，双手平抬，摸脸，口中在祈祷。他全家都跪了下来，连小孩子都跪下来，那蒙面的布巾也一丝一缕了，但仍披拂在女人的头顶上和脸侧边。大家听见了他们喉咙里的声音，但是不明白说的意思。马静花、马静蕊十分恬静，随着父亲的要求跪下来，叩头无语。马静里年纪小，他看着父亲奇怪的动作，张大嘴巴，也不跪下，也不跟着念叨，眼睛滴溜溜地四处乱转，他妈使劲把他按下去匍匐在土地上。

马锐胜一家在祷告，大家还在听他们嘴里的话，突然就听见旁边一声巨响，大家转身一看，一个身影投入河水之中，在清澈的河水里游了起来。大家正看是谁这么莽撞，就听见水里的人大声喊叫："太舒服了。水太干净了，可以直接喝呢。"大家才知道是郝腾龙入水了。郝腾龙一路走来，无心无肺，他本不知道要干什么，是突然跟着大部队出发的，没有给他任何思考的机会，所以，当行走在半途时居然叫嚣说："老子杀回去。是谁？谁把我们逼得远走他乡？"

到了此处，他纵身扑进水里，游来游去，全身爽利，高声喊叫着："好啊。这水才叫个好。洗一次澡就此生无憾！是谁这次逼我走天涯，遇到这么好的地方，我要回去给他跪下。"

在清澈的河水里，郝腾龙身子周围有泡泡冒出，是泥、灰、汗长久裹在身上的垢甲在水的浸泡下一层层脱落。从西北的黄沙到沿途的黄泥，每个人都有一层厚厚的"罩身"。很多人跃跃欲试，郝北章厉声说："胡闹！你们都如郝腾龙一般入水，衣裤不脱，全身湿透，哪里有衣裳？"

那些正想进入水里的人，马上止住了脚步，才知道郝北章及时制止是非常正确的。这群人仓皇出逃，除了身上遮身的衣物外，并没有多余可换了，虽然是非常的时候，但是，基本的礼数还是应该周全的，总不能全体人都脱得精光，都扑进水里吧？

"待安置好之后，大家有序有礼地洗澡，绝不要像一个野人一样。"郝北章继续吩咐，大家都深以为然。

郝北章左右看了看，马锐胜站在一侧，他头朝向郝东让说："就是这里吧？"，郝东让点了点头："就是这里，这里是整个山谷中最敞亮的地方。"

"好吧。"郝北章说："那就来做几件事情。先是找一个地方安歇下来，按每个家来寻找安全的位置，用现成的东西筑自己的房屋，然后把火生起来，让火种在这个地方燃烧起来，吓一吓野物，暖一暖身子。再找一下可以遮盖的东西，晚上老年人、小孩子总要有盖在身上的东西御寒。"

"北章，你把房子安在哪？"郝北驰须发皆白，白色的头发和胡须之间夹杂着黑色的污垢，他询问郝北章，似乎有要与他一起寻找居住之处的想法。

郝北章看着他大哥郝北驰说："大家先选吧，我后面让东让给我弄起来，我就与他一起住吧。"

郝腾龙从水里湿淋淋地上岸，躲到了河边大石头的夹缝里，将全身湿透的衣物脱下来，用手拧，把半干的衣服又穿在身上。他从石头缝里出来之后，以石头为磴，纵身跳过一个个石头，就从河面上过来了，他嚷着："好呀，这个地方真正好。我现在开始修房子了。"

马锐胜带着他一家人向远处走了。马家历来传承一种道法，他总是感觉自己能够在阴和阳的界碑处自由往来，当他从阳界到阴界时，在阴阳分割的界碑处停下来，吃一口自己带在身上的干粮，让自己有力气进入到另外一个非人所居住的所在，在会晤了阴界里自己要会晤的人之后，他从阴界到阳界，似乎用尽了自己的力气，又会在阴阳交界处坐下来，再吃一次自己带的干粮，恢复自己的力气，好顺利地走进阳间。这是马家一脉代代相传的。可是没有谁知道界碑在哪里，也没有人看见他到过哪里，但这并不影响马家对于此事的虔诚和执着。外人可能不理解，可马家代代相传，深信这个世界是多个层级的，在每个层级里分别住着不同的生命和生灵，只是大家各自的表现形式不相同罢了。

"爸爸，我们要到哪里去？"这是马锐胜的小儿子马静里发出的疑问。小儿子在颠沛流离之间，幼小的心灵已经蒙上了大片的阴影，他在这亡命途中，不是在大人的背上度过，就是独自用双脚支撑起自己的躯体，像大人一样行走。好几次他都想哭出来，可是，大人沉默的表情，坚毅的面庞，使他不敢表达脆弱和幼嫩，他也紧紧闭着嘴，把一声哭变成了一团咽进喉咙里的气，哽得他胸腔里紧缩得没有了空格。马静里就这样把自己变成了一个令自己自豪的勇士。此时，他父亲朝前走，使他恐惧，本来郝爷爷宣布落脚的地方就是最好的地点，父亲现在却带着全家向前，远离众人。马静里害怕父亲找的落脚点成为父亲悄悄带着他们一家奔逃的起点。他不想再走了。

"找一个好一点的地方，孩子。"父亲对他说，脚依然不停地朝前走。

"远吗？"马静里不放心。

"不远。前面吧。"马锐胜抬眼朝前面看，眼神却掠过了河岸。

马静里眼睛盯着父亲的眼光扫描的范围，心里有些打鼓，因为，马静里觉得他们一家人离大家有些远了。

"爸爸，有必要走那么远吗？"马静里不服气爸爸擅自离群索居。

"不远。"马锐胜简短回答。马静里不再说话，他不能左右父亲的决定，他只是担心父亲走得远了。于是，一家人进入了沉默，只听见啪啪啪的脚踩在大地上的响声。

"我们家不同，孩子，需要一个基本清静的环境。"马锐胜既是对马静里说，也是对一家人说。可是，幼小的马静里不明白自己家与别家究竟有何不同。

马静里大哥马静木、二哥马静根、大姐马静花、二姐马静蕊，都像不会说话的人，按照父亲和母亲的安排做事。

马静木内秀，不喜欢说话，或者说，他不喜欢与人交谈，不喜欢与人交流，爱自说自话。在老家的时候，他没有见过这么多的绿色，满地砂砾，他都会蹲下来，靠近砂砾，与砂砾说话。也不知道他究竟与砂砾说了一些什么。但是，他却很满足。

马静根最勤苦，十六岁的他，重活轻活都能做，干活不觉得苦，也不觉得累，仿佛苦累是他的兴趣和爱好所在。

马静花和马静蕊与马静里一样都是小孩子，她们喜静，整天都是安安静静的，尤其是经历了长途跋涉，经历了大人脸上的恐惧表情，显得更加沉默。

在河水宽广处，水流平缓，清澈见底，河中间七零八落地散布着石块，从河边可以循此石块蹚过河去。马锐胜先把妻子和大一点的孩子拉过河，又返身回来，把小一点的孩子背过河去。

"都累了，"马锐胜对大家说："今天啥都不做了，只把柴火拾来，把火点着，我们就在这棵树下休息吧。"

一棵大树冠盖优美，呈圆形，密密的枝干树叶遮蔽的地方很广大，是天然的避雨之处。

马静木、马静根跑去捡了很多干柴回来，还扛回来了几根粗大的树干，两个人把大树干横在大树下，围了一个圈子。又捡回来几根手臂粗的木棒，交给父亲、母亲各一根，两人每人也拿了一根。母亲掉了泪，知道是儿子用来防身用的，是用来保护大家用的。

火被石头敲燃了，夜一下子暖和起来，火光照得周围透亮。

远处的火也亮了起来。马锐胜远远望去，那些火相距不远，是每家每户找到了落脚处。马锐胜一家远离人群，他虽然认为是不得已，但多少还是有些惆怅。马锐胜看火烧得正旺，木头纷纷作响，扫眼看孩子们，都有无比的倦容。也许是连日奔波突然就静下来，心灵放松了，他感觉到有一种召唤出现了，头脑的天灵盖的位置出现要吟诵的密语，他马上闭上眼睛，默默反复念着祖上传下来的咒语，以期能保佑家人的平安。

与故土灭族的凶险相比，此时此地就是仙境了。动物再凶残，它也跨不过火苗的高度，一切大自然的残暴和贪婪都被隔在火墙之外。

天亮之后，马锐胜就带领三个儿子平整地方，到近处的森林去寻找到了树木。没有工具，就用河里的石块和双手的力气来对抗大自然。用葛藤把树木绑扎起来，面河靠岩，三间简陋的房子就好了。一间是马锐胜夫妇睡觉的地方，一间是两个女儿睡觉的地方，一间是三个儿子睡觉的地方。然后，在三间房子旁边，马锐胜又带领三个儿子用石头和泥巴垒了一个围墙，里面用来煮饭，上面敞开着，正对着青天。

一连几天，马锐胜都在做着这些事情，为基本生存条件努力着、劳作着。他在房子基本完工之后，又在大山的边缘地带摸了很多鸟蛋回来，煮熟了给全家果腹。他看着在林间飞来飞去的鸟，很兴奋，想去捕回来。马锐胜的妻子看到野菜，都去采回来，煮了吃，如此看来，一家人的命是保住了。吃的东西有了，住的地方也有了，凄惶的心略微平复了很多。

在基本安顿好了自己一家人之后，马锐胜才有时间自己思考一些事情。过去的岁月和空间，在经历了此次的变故之后，他感觉仿佛都不是他的身上发生的，而是在与他自己不相干的维度里，在另一个他的身上发生的。他只是一个旁观者，一个看着事情发生的过客，在他观看的情境里也有一个马锐胜，他不敢肯定那个是不是自己。

马锐胜喟叹，恍如隔世。一切发生在倏忽之间，不容人细想，也不容人揣摩。

时间真是可怕，空间的位移真是可怕，纵然心有余悸，可是历史的厉害总被抛在了身后。而人的情绪和情感更是可怕，马锐胜宁愿选择性地保存自己的记忆，记住现在，忘掉过往。

马锐胜眯眼看远处，孩子们正在树林边玩耍，妻子把野菜连根拔起，又在河边淘洗。那嫩嫩的绿色，在清水中格外醒目。妻子洗了菜，放在光滑的石头上，又把脚放进水里，任水冲过，那脚和腿上的肉愈发显得红润。马锐胜看到了这个情景，眼泪悄悄地流了下来，仿佛与之应和的，是他内心深处又浮现出了那些亲切的咒语，他把能与眼前情景相对应的咒语，默默颂了一遍。

7. 楠木木牍记：为秘境之无名名。

马锐胜在心里默数日升日落。一天天过去，应该是第七天吧，抵达这个地方的第七天，马锐胜听见了对岸的喊声。可是，因为距离很远，水声喧哗，马锐胜听不清楚郝腾龙说的是什么，但是，马锐胜通过郝腾龙的手势，了解应该是让他过河。马锐胜掐着手指，从中推算，应是郝北章要把这伙人召集在一起的日子了。

马锐胜绕了一大圈，东跳西跳地过了河。郝腾龙一直在等他，等到他之后，郝腾龙说："马家哥哥，你也是个怪呢，把一家人带这么远，与大家拉开了距离，不方便。"

马锐胜笑了笑，脸上有无比的平和："兄弟，你是知道的，我们祖祖辈辈都是手艺人，心里有一个信奉，就要找一个清静的地方，不然神咋会来呢？人一多，一嘈杂，惹神生气呢。我们这一大家人要得到神仙的庇护，可不敢随便哟。"

郝腾龙不再说话。

两人往上游走。半晌，马锐胜开始找话说。

"老师找我们有啥事情吗？"马锐胜问。

"我也不晓得。只是叫我来喊你们到场。"郝腾龙答道。

"是啊，到这里很久了，大家都基本安置好了，也应该在一起说说了。总不能像放敞马一样，各自生存，新的地方，要立一个新的规矩的。"马锐胜说。

郝腾龙不置可否。他只是替人传话，把自己的事情做好就行了，不必去思考宏大的或者细微的内容。

郝北章的房子就在西山一角，坐北朝南，屋左是宽阔的河滩，有一条粗一点的流水和一条细一点的流水肆意流淌，给河滩画了一幅画。两条流水弯弯曲曲，绕来绕去，极尽妩媚。河里的细麻柳沿河向下游生长而去，一些野鸭和小鸟分别在水里、在树梢自由活动，随性鸣叫。

郝北章的房子右边是整齐的山岩，岩石青幽，质地坚硬，山为石山，既显冷峻，又显结实，整石为一山，一山是一石。可天公有奇想，在这冷峻的山岩底部，却生出了一个小穴，穴中一股水喷涌而出，自成沟渠，与大小两个流水平行而下，并驾齐驱。至于三水在下游怎么合流，大家七嘴八舌地揣测，有的说很近就合流了，有的说要在很远的地方才能够合流。郝北章说，分分合合乃常理，在某一处合流是必然的。大家被他简单的归纳而折服了。

郝北章把大家召集在河边的石头上，一块硕大且平整的石头，足可坐下一百多人。

郝北章每次发言前总要咳嗽几声，再用嗯嗯作为起话的调子。

"也不知原来家在何处了。现在这里就是家了。"郝北章到底读过书，说话有些内涵，但又不虚妄，往往很贴近现实。郝北章说："按照我们的行程来计算，这里应该早就脱离了秦境，以我主观上来判断，应该在安全之境。大家都安顿下来了，这个地方一直无人烟，我们占了，就要给这个地方命个名，好互相标注、说明，也好寻找。"

大家一致同意，都说那就请您老人家直接命名吧。

"我也思考了很久了，刚一到这里，我进行了观察，也想了一些名字，我说出来，大家觉得不妥当，我们又改。"

人群纷纷说："不改了不改了。"

"我们到了这里，是从秦境迁来，此处风景优美，物产甚丰，比之于过去，我们应该是到了好地方。为了给后人留一条回忆的线索，我把此处定一个名字，叫作乔庄。乔迁于此的人建一个庄园，此虽为理想，但一定能够实现。"

众人拊掌，都说好。

"那就定下来了，大的地名定下来之后，小地名就随姓来定吧。"郝北章接着说。

"郝家所居之处称为郝家坪，马家所居之处称为马家院，黄家所居之处称为黄家岩，田家所居之处称为田家坝。这些都是我根据各自姓氏以及居住的地方的地形地貌来决定取名的，看大家还有啥意见和建议？"

大家纷纷表示没有意见，认为取名很贴合实际，朗朗上口，好记好用。自此，这里亿万年来无拘无束的日子结束了。郝北章又给山、给水、给岭等等都取了名字，并让大家记住。自此乔庄的这些山，这些水，这些空气，这些鸟鸣，这些虫蜩，都有了归属，居处都有了名字。

郝北章拿起一个暗红色的木片，举起来让大家看，对所有的人说："大家没有什么意见，我就把它记载下来了，记载在这片木板上，流传下去。"大家纷纷看向木片，眼光中充满了期盼和渴望，被记载进入木片的都是大事要事，都会流传下去。

乔庄，一个浅显而直白的名字，就这样被定格在一个陌生的时空里，让时空有了自己的归属。

8. 楠木木牍记：龙据山洞。

郝腾龙借山川之利，没有动用树木，没有付出艰辛，直接看上了一个岩洞。岩洞入口似门，洞内宽敞，又抬升在山腰之处，位置很好。四周虽有茂林修竹，但却不掩门户。开始的时候，郝腾龙要找住处，但又没有人帮他，他就把眼睛看向了大自然，隐约之间，看见绿色中有黑色洞穴，就被吸引了，他想探个究竟，便攀爬而上，果然得一山洞。进入洞内，见里面有动物躺卧痕迹，应属大自然有主之地。可是，当郝腾龙进入其中，他在内心就宣布了占领，宣布了对原来主人的驱逐。

　　郝腾龙很快就巡视完了洞内的一切。这是一个干洞，洞内无水，且有微风流动，郝腾龙四处察看，却不知风从何而来。洞穴似乎也很封闭，四壁严密，只有洞口一个出入点，守住洞口，就守住了安全，在里面居住，应该没有被袭击的忧虑。郝腾龙清楚，应尽快向世界宣布他对这个洞穴的占有，他明白，洪荒之处，宣布占领的重要措施就是放火，熊熊的火苗，就可以把信息传递很远。郝腾龙捡来干柴，那些干柴随处可见，满地满坡都是，一折，声音清脆，仿佛世界因之而骨裂。用石英石取了火种，火就蓬勃而起，洞内有了烟熏的痕迹。郝腾龙听见了洞内簌簌的异响，他明白，是一些更小的动物开始迁移，为他让路，腾出这个空间。于是，他把火弄得更大，又添了很多的干柴上去。洞内像是被熏蒸一番，全面清理。

　　夜晚，郝腾龙像一条兽一样睡在干枯的树叶堆里，任由火苗更旺。他不敢闭眼，果然在夜半听见了洞口深重的足音和粗重的鼻息。一根粗木棒抱在怀里，他准备在必要的时候用木棒和火来捍卫自己的家园。但是，他不能主动出击，他要保证在兽不袭击他的情况下，他也不伤害兽。他内心里其实很想与兽们和谐相处，让兽们自己到更远更深的山里去找合适的居所。

　　良久，门口的粗重鼻息消失，深重的脚步由近而远。也从那晚之后，再无兽来敲门。

　　郝腾龙的洞穴是可以住下三五百人的。因为巨大，所以空旷。但是，好动的郝腾龙心里早就有了想法，他喜欢舞刀弄枪，就仿若郝北章喜欢舞文弄墨一样。他要把年龄尚小的子弟们弄来练武，这里真是一个绝好的练武之地，不怕风雨。当然，他要把这个想法告诉郝北章。

　　"章老子，老家带过来的那些小东西不能做事，还要大人操心。让他们做重活路呢，要受伤。让他们光耍呢，还要牵扯大人们的精力。你说，该不该给这些小东西找点事情做呢？"

　　郝北章一听，眼睛扫过他的脸，看到郝腾龙坚毅的表情，不敢确定郝腾龙说的找事是怎么一回事，因为这个郝腾龙一直胆大，逞能，很少有静下来的时候。但他说得很正式，很严肃，郝北章一时也拿不准他想要干什么？郝北章就拿眼睛盯他，眼睛里质疑的意味和眉毛皱起来一样弯弯曲曲。心里的活泛的想法又像一只一只的蝌蚪，摇来摇去，水面微漾，涟漪不绝。

见郝北章不置可否，郝腾龙接着说："从老家方向来到这里的小孩子有十几个，小孩子都是每个家庭的根，一个小孩子就是一股流淌的血脉。就目前来看，每个家庭都在修房理屋，小孩子反倒没有人照顾。小孩子又牵扯到每个家庭的未来，如果不把这些小孩弄在一起找点事做，就误了他们。做啥事呢？重活路小孩子们做不起，我看不如教他们一种技术。我住的地方宽敞，我一人吃饱，全家不饿，也用不着四处去寻材料建筑房子，不如就把这些小孩子全部交给我来管，白天就到我家里来，我教他们武术，近可以自己用来防身，远可以培养他们的战斗精神，用来保卫我们的家园。晚上，他们就自己回家睡觉。这样也算我为乔庄做一点事情吧。"

郝腾龙的一番话引起了郝北章深深的共鸣，换作是在过去，这番话并不能感动他。现实状况下，每一个愿意出力做事情的人都会把郝北章感动。家族的变故真是可以改变一个人啊，郝北章在心里一声叹息。曾经的郝腾龙活得无心无肺，长期游荡于乡野，捕兽逮鸟，鲜衣怒马，我行我素，只顾自己活得快意，从不顾家有困难。也正因此，刚十六岁时便被父母分家另过，于是他更加无拘无束，过上了自己所谓的侠义生活，舞棍弄棒，混于纨绔子弟之间，也拼了很多的浮名。当初决定弃家远走，抛却深耕在西北的富裕和荣华，郝北章就曾犹豫是否带上他。谁知，天意不违，常常在外游荡的他，在关键时刻回家了，也未曾再走，族人请示郝北章，他说都是自家子弟，必须同行。这其中也包含了郝北章对郝腾龙不放心，怕不带他走，他性子一时起来，告了密，全族人都将遭不测命运。未曾料到，远途奔波的沧桑也覆盖了郝腾龙的心房，那不羁的灵魂也有了责任和担当。

他点点头，又停顿一会，说："孩子，你长大了。"他又一时语塞。他顿顿，说："你的想法很好，我给他们每家说说，就按你的意见来办吧。"

9. 楠木木牍附记：花身有初血。

马静里、马静花、马静蕊都被马锐胜交到郝腾龙的手里。

按辈分，马家三姊妹应该把郝腾龙喊叔叔，马锐胜是郝北章的学生，辈分等同于郝北章侄儿。三个娃儿把郝腾龙一口一个叔叔，叫得郝腾龙心里很温暖。

所有小孩子都集中到了岩洞里，郝腾龙让他们先认真打扫、整理，把山洞弄干净。小孩子欢呼雀跃，纷纷行动，把洞里洞外的草拔掉，用手把渣滓清理一遍，一下子，洞内似乎更加开阔，洞口外也整洁一新。枯树枝都被堆放在洞口处，整整齐齐一堆，洞口更加显眼。更为重要的事情是小孩子在洞内一阵地喊叫、喧嚣，把声音传得远远的，也给山洞加持了人类的力量。

郝腾龙把所有小孩子集合起来，又在小孩子面前表演了一番拳打脚踢的功夫，尽管这些功夫是他的自创，但他自己表演得很卖力。他的表演随性、自然，也许下一次他再表演的时候已经记不起今天的动作了，舞出来的又是另一套拳脚，可那些小孩子怎么又记得这些呢？他的杂乱无章的动作并不影响他在孩子们眼中的高大形象和心中强悍的地位。

更多的时候郝腾龙与小孩子在游戏，小孩子在洞里疯跑，洞穴像一个乐园。

洞里始终有风，徐徐吹送。洞穴里不觉得沉闷，却没有谁去追问空气从何而来。

十二岁的马静花会走神。她盯着郝腾龙看，眼神空蒙，目中无人一般。

　　郝腾龙有时走一走动作，全靠灵感。灵感一来，舞动手臂，伸展身躯，屈膝顶肘，踢腿蹬脚，虎虎生风，力度扎实，沉着有力。小孩子照猫画虎，用扭曲的动作来比照他。本来郝腾龙自己随性舞动，不成规矩，可是不知不觉之间，他还是摸索出了一些基本动作，每次他都会用上这些基本动作，兴之所至，他又会在基本动作之外加上一些花动作，以辅助基本动作，显得好看和耐看。

　　有些行为的形成开初都是一种不自觉，由不自觉成为自觉，由自觉成为习惯，由习惯成为意志，由意志变为毅力，由毅力变为硕果。小孩子们开始看郝腾龙动作有趣，甚至于好笑。马静蕊、田小梦、黄水婷几个女孩子还窃笑，马静里、郝树桃、郝树先几个男孩子不管不顾，看见一些没有见过的动作却是放肆地大笑。郝腾龙被笑得慌了神，随即大喝一声："不许笑，照着动作比起来。"

　　毕竟郝腾龙是大小伙子，一声大喊，把几个小孩子吓了一跳，他们憋在嘴里的一口笑就像连续喂进喉咙的饮食一样，硬硬下了肚子。大家见郝腾龙严肃起来，自然不敢再放肆，又照着动作比画起来。

　　休息的时候，大家在岩洞里四处乱扒，马静蕊悄悄地走到了马静花的背后，一下子捂住姐姐的眼睛，整个身体的重量都压到了姐姐的肩上。马静花单凭身体的重量就知道是妹妹在捣乱，就任凭她捂住眼睛，一动也不动，任由妹妹靠在肩上。马静蕊见姐姐没有回应，心里一下子感觉很无趣，自己放开双手，从姐姐的肩上爬下来，口里不舒服："啥子嘛？一个人不言不语的，呆瓜一个，也不理人。"马静花还是不说话。"哑巴了？"妹妹不高兴了。姐姐听出了妹妹的不高兴，就回声了："要干啥呢？"马静蕊见她开了口就又问话："大家都在跟着叔叔比画，就你一个人不言不语地坐在一旁的，有啥事？"马静花犹豫了一下："大人的事，你莫管。"一听这话，马静花不同意了，她也是八岁的人了，姐姐只有十二岁，凭啥就成大人了？大人就要像爸爸妈妈一样，就像郝腾龙叔叔一样。她想不明白，一直在一起耍的姐姐，咋就突然成大人了？马静蕊关心地看着姐姐的脸，姐姐的眼睛好像有一场雨。她不敢造次，小心翼翼地说："姐姐，你是大人了，难道不好吗？""不好！"姐姐斩钉截铁地说。"长大了就要当妈妈，多好。"马静蕊还游走在自己的思维里面，她想起了妈妈，妈妈就是成为大人之后当的妈妈，多好！还有姐姐和她一起喊她妈妈呢。马静花一听妹妹说的话，不知道为什么，这句话就像一朵带雨的云终于停住不走了，雨哗的一下就倾盆了，姐姐的眼泪止不住线，涕泗横流，鼻涕都被泪水稀释淡薄了。妹妹慌了手脚，忙上前像妈妈一样用手抚着姐姐的肩背，上上下下地摩挲。姐姐马静花哭得更委屈了。

好久好久，妹妹都陪着姐姐哭累了。尽管妹妹不知道姐姐在哭啥，但是，妹妹不陪姐姐哭是不对的，姐姐哭妹妹必须陪哭，这就是马静蕊的逻辑。

姐姐哭着对妹妹说："妹妹，别哭了，我的身体有问题，我要死了。"

妹妹吓得全身一颤，死这个字太可怕了。随着第一个颤抖的来临，妹妹全身的颤抖就像搔痒树，一碰全身都抖，且不可停止，妹妹感觉自己的颤抖从手到脚，到牙齿，她的牙齿不能自控地发出叩击声，颤抖到了心脏，心脏被压迫得紧紧的，喘不上气来。

"姐，姐，……，为啥要死？"

"我身体流血了。"

"在哪……哪……里？"马静蕊觉得颤抖带来了无尽的寒意，她已经分不清是因为颤抖先来还是寒意先来，反正全身抖动紧缩在一起，要命一般。

"屁股下面，我屁股下面流血了。"

"我……看……，"马静蕊掀了掀姐姐的屁股，看见了红色的血迹，她大惊。

"咋……咋……办？姐，姐。"

"不晓得。我要死了。"姐姐很绝望。

"快……，快回去，找……找妈……，走，走，姐，起来！"

马静蕊把姐姐拽起来，看姐姐坐的地方有血渍，她又慌张地捧起了岩洞的木炭，掩住了血迹。她正准备扶着马静花离开，却发现姐姐屁股下面的裤子一团暗红色的血痕，有的已经发硬，有的还在浸出鲜血。她不能让其他的人看见姐姐流血，她不愿意让他人晓得姐姐要死了，于是她四处寻找一个可掩盖之物，猛发现马静花坐的地方不远处有一团绿树，枝叶茂盛，她跑过去，使劲拽开树枝，掰断了一枝。在掰断树枝的时候，她发现奇迹，巨大的惊奇使她猛地大喊："快来！快来！这里有一个洞。"其他人被她的惊叫吸引，赶紧过来，没有人注意马静花。大家挤到马静蕊惊叫之处，扒开树枝，一个洞口豁然开朗。洞外是另一个地界，郝腾龙这么久了，也没有见过。郝腾龙更是一马当先，挡在洞口，他看出了危险，随即对小孩子说："都不准乱来，一个一个来看，由我保护，不准不听话，不听话的一律不准看。"

小孩子们都去看稀奇。

马静蕊就扶着马静花，用树枝树叶遮住屁股，赶紧往家里赶去，没有人注意她们的离开。

10. 楠木木牍附记：蕊羡姊血艳。

马锐胜两口子被马静蕊惊慌失措的喊叫吓住了。他们只听见马静蕊急促地喊叫："快点快点，姐姐要死了！"马静蕊急得连爸妈都没有叫，直接一阵乱吼。马锐胜两口子也被吓住了。但是，当看到马静花微红的面容，再看到马静蕊慌乱地指着她姐姐屁股下面裤子上的血迹给她妈看的时候，两人松了一口气，马锐胜的老婆噗地一下笑了出来。

"妈，姐姐都要死了，你还在笑。"马静蕊愤怒地喊叫。

马锐胜则转过身离开了。马静蕊追上去，拖住她父亲："爸爸，莫走，快救姐姐！"马锐胜轻轻摸着马静蕊的头顶说："爸现在是这里最没有用处的人了。妈妈在呢。不要怕，你姐姐长大了。"说完之后，马锐胜就走了。马静蕊不知道爸爸说话的意思，姐姐长大了？可是她长大了为什么要流血而死？她长大了为什么害怕死？她心里揣着无穷的想法，又返回了屋里。

在大树下，妈妈把两块软和了的粗麻布交给马静花，对她说："你去把你的血擦干净，然后垫上一块布在下面，两块布换着用。"

马静花不敢做这样的事情。她妈妈说："那好吧，你到屋里，我来给你擦吧。"

马静花到屋里，马静蕊也跟着到了屋里，她们的妈妈让马静花把裤子脱了，露出屁股，她妈用软的树叶轻轻给马静花擦着，马静花很害羞，马静蕊很好奇。

她妈边擦边对马静蕊说："你姐长大了。你也会长大的。这些血不是被谁伤害了出血，而是一个女儿长大了成了女人必须流淌的血。而且每个月都会来一次。每月来血的时候，女人很软弱，很脆弱，要保养好。并且，每月来血的时候，不能在家里摸重要的东西，有很多忌讳。若不是我们东跑西躲的，花儿也该是找一个男人过日子的年龄了。"

马静花听到这话，身体一震，她妈明显感觉到了女儿的战栗，她叹了一口气。这一伙人从西北逃跑到了乔庄，虽然马家与其他几家无血脉之亲，但是，却都是在郝北章的藤藤瓜瓜之下，所以拥有一个辈分，这些年轻的男女能否找到婚姻，她很是担忧。

她把女儿擦干净，把干净的粗麻布垫在女儿的胯下，把女儿抱在怀里，轻轻地拍着。马静蕊也把头从妈妈手臂下挤进来。两个头靠在妈妈胸前，三个人都抽泣起来，三个人都不知道互相抽泣的内容是什么。

马静蕊突然开始羡慕姐姐，她也想被妈妈抱在怀里。自从自己能够爬来爬去，妈妈就很少抱自己了。现在，妈妈抱着姐姐，就是因为她出现了血迹。马静蕊好想自己马上也出现血迹，这样，妈妈就会抱着自己幸福地哭泣。

11. 楠木木牍附记：花蕊姊妹舍洞而去。

郝腾龙带着一班小子在山洞里打闹。

马静花没有去。马静蕊也没有去。

马静花对马静蕊说："蕊，你到那个山洞里去看看，这些天他们究竟在干什么？"

马静蕊说："管他做什么，我陪姐姐。"

马静花说："去看一下吧，我还好奇呢。你发现的那个山洞究竟通向哪里呢？"

马静蕊靠着姐姐，挽着手臂，然后说："好吧。姐姐要知道的事情，我一定去看看。"

姐姐把妹妹搂紧了一些。

在马静蕊的心里，姐姐这次伤害不小。她不敢外出自由活动，不敢摸任何东西，也不接触爸爸和几个哥哥，只有她能够陪着姐姐孤独面对一切。

马静里倒是每天都到郝腾龙的山洞里。可是他回来没心没肺的，也不给两个姐姐讲，两个姐姐突然受妈的教育，不敢与哥哥弟弟亲近和对话了。

但是，马静蕊答应了姐姐，就会去做到，她独自一个人去了山洞。到了山洞一看，山洞里的小孩子更多了，几天光景，一个个都显得更加硬扎，身体更灵活了，劲也更大了，手脚舞动起来也有章法了。更重要的是，他们每人手里都有了一根木棒，木棒在手里，他们能够互相攻击，木棒与木棒相撞，响声沉重而扎实。马静蕊很震撼。她进洞去看那个朝外的洞口，却发现已经用树枝封住了。

她给姐姐说这些的时候，姐姐显得心不在焉，总是漫不经心，感觉她没有说到重点，连她关心的洞口，那个洞口通往哪里，应该是她最想知道的，可是，马静蕊在说这些的时候，她都没有表达关注。

良久，仿佛实在无法憋住一口气样，马静花躲躲闪闪地问："腾龙叔叔在干啥？"

马静蕊仿佛没有听到姐姐问这个问题，她自说自话，把她在山洞里关心的重点啪啪啪地说出来，也不管马静花听不听。马静蕊以为自己关心的重点就是姐姐关心的重点，而那些人在做什么，确实不是小小的马静蕊重点关心的。现在马静花直白的提醒，马静蕊才发现自己确实没有怎么注意郝腾龙，只顾注意到了山洞，以及山洞里的有趣的事情，至于郝腾龙在那干什么，她还真没有在意。她突然回想，是不是郝腾龙也问过自己？是不是他也问过姐姐？她印象不深刻了。马静蕊说："那我就没有注意啰。"

姐姐有些失望。妹妹在心里想：姐姐好怪，又没有让我专门去看叔叔呢。

自那天之后，马静蕊也没有到山洞里去了，因为她要照顾姐姐，要看着自己的姐姐流血的样子，要看着母亲照顾姐姐的样子，她要做到体贴，与自己的姐姐共进退。于是，两姊妹就再没有到郝腾龙的山洞里去了。

马静花也没有渠道过问郝腾龙山洞里发生的事情，一切都走上了近在咫尺却又毫无消息的循环状态。

12. 楠木木牍记：章伐楠为牍。

郝东让也安静地在乔庄居住下来。

其实，乔庄成了一个笼头，把他嘶鸣的嘴给安上了嚼子。

乔庄也成了一个监牢，关住了他不羁的灵魂。

尽管如此，郝东让内心里亲近乔庄是真的。

郝东让发现了乔庄，他认为这个地方也许就是他永远的归宿。

他没有想到，自己最终也会在一个地方老死。

他曾醉酒鞭名马，也曾尸首试刀锋，还曾情迷异乡屋，还与黄金赌潇洒。他活着功名加身，他死在万尸堆里却还活着。

他偶然发现了爷爷的困境，他贸然促成一个家族的迁徙。

一族人到了一个地方，困难之多，超乎想象。郝东让亲眼看见爷爷夜不能寐。他就到茂林里砍下翠竹，割为竹简，让爷爷凭着记忆把过去的看过的种种书籍记录下来。郝东让还砍伐了一些细叶楠木，剖为木片，木片上有清香味道，质地细腻，更适合在上面写字。郝北章就用木牍竹简刻下久远的和最近的世事风云。

郝北章把郝东让刚刚剖出来的楠木板子放在鼻子下面嗅着，楠木的香味冲进鼻孔里，他深深地吸一口气，把只走到鼻孔的香味直接吞进肺里，咽进胃里，藏进心里。

楠木经久耐用，尤其是细叶楠木，细腻而不失刚劲，更加适宜于书写。

郝北章拿起碳石，刻画在楠木上，墨色印在楠木之上，清晰耀眼。郝北章决定，要在这么好的楠木上，写上自己认为最重要的内容。

郝北章返回屋里拿出从老家逃跑的时候藏在腰间的木牍，静静地放在掌心里，轻轻地抚摸，像是抚摸曾经年少的时光，像是抚摸曾经遇到的纯粹而饱满的身体，像是抚摸曾经怀抱的笏。

半是喜悦，半是伤感。

郝北章的头发一天比一天白，一天比一天少，一天比一天乱。与在养尊处优的那些时日里的一丝不苟相对应，似乎不羁成了描写郝北章这个时空里最形象的词语。

在美景如画的乔庄里，郝北章不断地书写，成了最劳累的一人。

一个风和日丽的日子，风微微吹拂，像弄醒了满山的植物，连人都被植物散发的味道刺激得想做出什么改变。郝北章突然对郝东让说："东让，你带我到每个地方看一下吧。看看他们究竟在干什么？"

看到日渐消瘦的爷爷，郝东让心里一阵疼。他问："爷爷，你还行吧？"

郝北章说："行呢。我要看看这各家都在哪些地方。我心里要有数才会心安呢。"

郝东让说："好吧。如果今天走不完，明天又走吧。总不要着急，好不好呢？"

郝北章点头。乔庄的居住已经不像曾经在咸阳的居住，大家分散了，各自为阵了，活下来的压力压倒了一切。此时此刻，生存是第一位的。

走到马家院，虽说是叫作院，其实就是这一棵树下面几个棚子。郝北章当初起名的时候，是希望将来此处成为一个院子，一个人声鼎沸、繁衍生息、承接后世的住处。马锐胜也是读书人，见到郝北章，俯在地下磕头之后，说："老师，你年岁渐高，行走不便，该我来看你老人家的。"

爷爷摇摇头说："此话在老家咸阳说来有道理，在乔庄说来就没有道理了。"

马锐胜诚惶诚恐。

郝北章示意他不必拘于礼节，他说："在乔庄，大家都有繁重的任务。都必须安家、立业，把一家人的命活出来。而我，日渐衰老，朽而无用，已不能自食其力，还添了很多的累赘。我们现在定一个规矩，大家都只顾把每个家建设好，没有我的通知，都不允许到我那里来，如果有必要，我会召唤大家的。"

马锐胜还想说话，他制止住："就这样了，我就算通告你了。锐胜啊，当初我决定远走这里，前面不知是福是祸。这里虽然地大物丰，我们来之前都是鸟兽之治处，看来无外敌之忧，可是，朗朗天下，鸟靠羽飞，人凭脚走，也不知是否是安全之地。都要好自为之，做好每家的事就减我心头的沉啊。"

他说完话，也不管马锐胜作何回答，转身下了马家院，涉水过河，郝东让紧紧跟上。郝北章听见了马锐胜哭泣的声音，那声音憋在胸腔，鼓在鼻腔，可是，他没有回头，一直涉水朝前，其实心里也满是潮湿，脚下的水响冲撞着自己的心，他过了河岸，目不斜视。郝东让望过对岸，看见马锐胜还站在那里，他身体薄得像桦树皮一样，真像卷起来最薄弱的那一张。

13. 楠木木牍记：兄弟对谈如铁。

郝北章在郝家坪看得更加仔细。他首先到了大哥郝北驰的屋里。两兄弟相见，虽然近在咫尺，仿佛却是前世才见过。都是白头翁，都是皱纹额，都是斑纹手，都是近风流泪眼。郝北章看见大哥还是穿着逃出来时的服装，赤脚，坐在鹅卵石上。鹅卵石随便摆了几个，就是屋里人坐的凳子。郝北驰的服装已看不见过去的颜色和款式，风雨兼程，日光暴晒，衣服已经不成样子，四处被撕破，又被线扎起来，蛛网虬结，不成其形。两个老人对坐，无语，无泪，形同入定。

"老了。"郝北章发出了一声叹息。

郝北驰没有发出声。郝北章也不再说话。

良久。除了风的声音，郝东让耳朵里没有杂音。

两个对坐的雕像，石化中有温情。雕像里面的同一脉血液在流淌。

"北章啊，我心里一直有一个疑问，都没有说。今天，除了东让，我们两兄弟说说可否？"郝北驰很久很久之后，才发出声音来。

"大哥，你说吧。"

"北章，我们背井离乡，离开了祖祖辈辈繁衍、生活的老土，是为不孝啊？"郝北驰睁开眼睛看着郝北章发问。

郝北章听大哥说出此话，身体轻微抖动起来，他最怕的事情就是大哥说的这件事情。很多时候，两难的选择，是最令人痛苦不堪的。大哥生性善良、懦弱、犹豫、徘徊，所以才有他作为弟弟来操持整个家族的大事。他究竟是什么时间不听大哥的意见而独自做出决断的？或者说他是在什么时间与其他人商量大事而置大哥的想法不顾？现在被大哥一说，他猛一惊，记不起来具体的时间。大哥长时间在他心里就是一个大哥，长自己几岁的胞兄，除此之外没有特别的。当初意气风发的时候，谁曾会想到今天兄弟俩孤独相对的情景？

郝北章对郝北驰说："大哥，当初情势不由人啊。"

"北章，当初当真有灭族之罪吗？"郝北驰并不照顾郝北章的情绪，继续着自己的思考。

大哥的苦苦相逼，郝北章胆战心惊。大哥的怀疑，此时像刀，来回在他的心上拉锯般切割，刀锋并不锋利且近于钝，钝刀杀人更显得疼痛，锯而不断，拉扯得郝北章全胸疼痛。

"大哥，秦王火焰正盛，且杀人如麻。国与国交战，以杀人多寡来定俸禄；以杀人数量来确定官职大小。为了巩固政权，肆意允许告密、离间，造成人人自危，莫衷一是。在此大气候之下，人心冷酷，父子相残，动辄得咎，没有安全感，没有幸福感。国强大了，民变小了。在这个过程中，我造成了无法弥补的损失，说了些不该说的话，并把这些话通过各种渠道散布，这些语言势必触怒当权者，已有朋友悄悄透露给我，可能因此遭受灭族之罪，此事一定是确切无疑的。如果我一人可挡全族之灭，我愿意把头颅献给当权者。可是，一人当罪，殃及全家，祸及全族，这是秦国的规则。我不敢赌我全族人的性命，我不敢赌郝家血脉因我断绝。我深深地知道，背离祖先之灵地是为不孝，可是，导致家族灭绝，血脉不继，罪莫大焉。

两相权衡，我必须为郝家一脉留下延续之人，不能断绝血脉流淌。纵然千辛万苦，纵然背井离乡，我愿把所有的罪责由我一人担当，不推及他人。大哥，我自责甚深。我希望乔庄此地成为我族兴旺发达之祥地。"

"北章呀，你为何把你的学生也一并带上呢？"郝北驰不明白他为何不仅仅是带着家人，还带着学生。

"马、田、黄是我学生，我的学问之传递在此三人。此三人也就是我的思想。我此次硬要三家跟随，除了秦知我逃之，一定会追究他们之外，我还藏有私心。你想，如果仅我一脉逃亡，在隐蔽之地，驻扎下来，那就只会自生自灭，无法有后代繁衍。此三家一跟随，我们子弟之间就可婚配，我们的血脉就会源源不断，子子孙孙开枝散叶，定会强大、繁茂。此等私心，我也只可以向你透底。"

"唉！"郝北驰一声叹息之后，又归于空寂。

苍老与脆弱立即袭击了郝北章。郝东让耳朵里听得见郝北章心里破碎的声音，像尖锐的冰块被击打破碎，碎掉的冰凌又伤了肉体，血正滴滴答答滴落。

郝东让不曾有过如此深刻的伤感。他强大的心永远在向往远方，那是因为他没有把一颗心交给过他的亲人和他的族人，亲情这把剑究竟有多锋利，郝东让过去不曾试过。此刻，郝北章心碎的声音被他捕捉到，声音竟然像剑戟，直接捅破、割裂着他的心，他感受到了尖锐的疼痛，心里寒冷，感觉血流已凝结。

郝东让从爷爷身上感到了人的渺小和无常。在乔庄这个山清水秀之处，他产生了深深的幻觉，他感觉自己正在变成郝北章，皮肤在慢慢起皱纹，眼睛慢慢变得浑浊。他突然害怕将来。

郝北章来看望自己的大哥，感受到的却是无比的沉重，不知为什么，郝东让看见他并不高兴，没有自己兄弟相见的喜悦，满怀的却是更深重的内疚和自责。

杀戮是残酷的。可是，从郝北章兄弟见面的情景来看，牵挂、怀疑互相来来去去，更加使人不堪一击。

郝北章走的时候对郝北驰说："大哥，我们都是吹灯可熄的年龄了，你要好好地在郝家坪生活着，要看到未来乔庄的美好。要指导教育后一代传承家族里传统的美好的东西，也许，并不是我们想的那么糟糕，一切都会好起来的。"

郝北驰没有说话。

郝北章知道，今天大哥说了这么多，已经是憋了很久的话想说了，过去，大哥是不会置喙自己的任何决策的。

"大哥，我们走了。"郝北章说。

郝北驰站起来送人，突然间他双手举过头顶，头低下来，腰弯下来，给郝东让做了一个作揖的动作，惊吓得郝东让一下子跳起来。

"一切人都将老去，必须要有后来的人领着大家前行。"郝北驰这句话究竟是说给郝北章听的，还是说给郝东让听的，也没有等回过神来，郝北驰已经转身离开了。

郝北章看着郝北驰离开的身影，久久动不了步。

郝东让开口骂道："狗日的，是谁密告官方，害得我们流离失所。爷爷你知道是谁吗？"

郝北章却很冷静，他不看郝东让，也不再注视郝北驰离开的方向，动身走了，边走边说："我们不能恨变了心的这些人，我们要恨这样的一个时代。不幸的人不幸生活在这个不幸的时代，这个时代的铁律就规定着人们。每一个环节都必须统一到一个最高者头脑所设定的情景之中。告状是因为会获得最大的收益。告别人的秘密，获得自己的好处。可是，唯独可怕的是告密者不知道在什么时候就会成为被告密者。我们要保证的是乔庄不要出现这样的状况，现在不要出现，将来也不要出现告密成风、告密获利的情况。"

14. 楠木木牍记：洞之外何处？

爷爷执意要到郝腾龙那里去。郝腾龙是郝东让的小叔叔。论身份他是老辈子，论年龄，郝东让还比他年长一些，平时在一起，也分不出辈分来。郝东让十六岁就开始行伍生涯，与郝腾龙在一起的时间也比较少。

郝东让对爷爷说："他那里的山太高了，就不要去了吧。今天你也很累了，改天再去吧。"

郝北章说："不行，必须到他那里去一趟，这个娃儿有匪气，又带了一队小娃娃，要随时看到、关照到。"

郝东让说："明天吧，今天也晚了。"

见天色已晚，最终郝北章同意了他的建议，郝东让把他送回家里，进屋时他说："明天一早就去，到时你来接我。"

郝东让点了点头。

郝东让看见屋内有很多的木片上面写了黑色的字，也不知道是些什么内容。郝北章见他在看屋里的木牍，就说："原来的书都留在西北了。这些是我凭记忆来写的，大概意思是清楚的，有一些田地的政策，我也还在思考，虽然我们占据了乔庄，但是，乔庄怎么来建设，如何利用乔庄这么好的资源，还是值得认真思考的。"

郝东让点头。

"当然，我也会把现在的乔庄记下来，人的事情，物的事情，天气变化的事情。留给将来吧。"郝北章又说。

突然，郝北章转头又问他："东让，你是不是到过楚地？"

郝东让不解其意。

"你东征西战，应该是到过楚地的。"

郝东让说："我到过。只是现在不是特别清楚了，楚地的一些习惯和人情还是很有特点的。"听了这话，郝北章就没有再深问了，进屋关上了门。

郝东让返回到隔壁自己屋子里睡觉，经历了这一天的事情，他睡不着，眼睛睁了很久，听着野外的声音，想着心事。

郝东让听见有人把柴门敲得咣啷咣啷地响才醒过来。在乔庄，他陷在了这样一种状况里，要么睡不着，要么睡着了就很沉，许久醒不来，渐渐地，身体变得懒惰，思想变得僵冻，全身感觉囫囵着，不自由。

郝北章已经站在门外，手里挂着一根棍子，做好了上山的准备。郝东让翻身起床，才发现衣服还在身上，昨夜没有脱衣服。

到了郝腾龙的洞口，郝北章惊叹一声："这个地方好啊。"

郝北章是真心称赞的。这么大的洞穴，这么平整的洞穴，藏得下几百人，真是一个好地方。

郝腾龙在山洞一角铺了一层树叶，就是睡觉的地方了。其余的地方全部留出来，留了很大很大的一块平地，用来操练孩子们。

郝东让和郝北章先到了洞穴。小朋友们才东一个西一个地来了。他们一进来，并不理会郝北章和郝东让，都像是回到了自己的家里一样，自行活动起来，一点障碍都没有。

郝腾龙忙着给郝北章介绍这个洞的特殊之处，他说："这个洞好得很，洞大，洞里不潮湿，通风通气。"

一听洞内通风通气，郝北章就问："风从哪里来的？"

郝腾龙忙领着他们过去，扯开一蓬蓬的草藤和树枝，一个洞出现在面前。

"从这个洞里看出去很好看呢。"郝腾龙说。

郝北章就把头伸出了洞口，这个洞口在山腰上，洞口外的情景明显把郝北章惊了一下。

郝东让也探头去看，从洞口往下看，很高，下面是看不清楚的深沟，云就在洞口飘来飘去，缭绕着，真有一股风徐徐吹进来。

"现在我们看见的是哪里呢？"郝北章问。

郝腾龙不知道。郝东让觉得也不熟悉。

为什么在洞口可以看到别样的情景？莫非在山外还有山？乔庄之外还有秘境？郝东让感到不可思议。他在心里默想，要弄清楚这件事情。但他没有给郝北章说，也没有给郝腾龙说，他要自己来解开这个谜。

郝北章对郝腾龙说："腾龙啊，这么好的地方是上天赐给你的，你要好好利用。其他人家有用得着这个地方的，你也要尽力帮助。这真是仙洞一个啊。"

郝腾龙点头。

"你还要把这些娃娃教好，身子骨要练硬。"

郝腾龙点头。

"一个家族还是需要一些英雄的。"

郝腾龙把头点了第三次。

回到家里之后，郝北章马上拿起一个木牍，用墨色用力地把最近他看见的、思考的都记载下来了。郝东让估计，郝腾龙的山洞应该是重点记录的内容，从大自然的馈赠来说，山洞坚固不可摧，隐蔽、坚守都不成问题，对于郝北章来说，预见危险的能力在乔庄比任何人都强，比任何人都敏感。

15. 楠木木牍附记：让测洞外存天地。

郝东让对郝腾龙的山洞上了心。

对一切新奇事物的终极探究是他的一个习惯。

他对郝腾龙幽居的山洞周围环境进行考察，发现山洞后面的山呈奶状，更为奇特的是河水分开两山，径直往下游奔跑，河的两岸耸立两个山头，两个几乎一样形状的山头，都呈奶状，双乳对峙，阴性十足。

乔庄的上游，两个奶头一般的山锁住了河水下流的一道口子，而两座山在起伏之后便不断地向远处绵延，汇合到更大更远更苍翠的大山之中，远处密密麻麻的是巨大的树木，矗立在眼睛的前方。那些一人无法环抱的大树，究竟遮蔽了多少的秘密，郝东让心中填满了向往和渴望。

郝东让花了很长的时间围着郝腾龙山洞周围的山环走，在深山里，自然代谢的树木随随便便地倒在森林里，是枯死而断，还是动物磨蹭、挤压、分身分拆而断，还是白雪压顶不堪重负而断，都不得而知。郝东让能知道的，就是一棵棵的大树倒下来了，有的倒得彻底，把周围的树压倒一片，直接砸在地上；有的要倒欲倒，被旁边的树一拉一扯一扛，就斜斜靠在了另一棵树的身上，然后慢慢枯萎；有的倒得异常豪放，直接连根而起，头朝山脚，把根很夸张地伸向天空，犹如一个倒栽葱一般。在深山里，他脚踩过粪便，满脚被一种很稠腻的东西裹住，也闻不见有多臭；他被天空降下来的鸟屎劈头盖脸一阵点击，他立即闻见了有腥味但特别新鲜的味道，味道里含有青草、板栗、小虫混合在一起的复杂味道。他脚步探索前进，更多的时候，他走的是兽迹，他察看地下或木叶之上兽的足迹，有的是奇蹄，有的是偶蹄，有掉下来的毛，有蜕去的皮，有被攻击的血迹，有被吞嚼的皮，有新鲜的骨尚有热气，有扑满蚂蚁等小动物的筋骨……，他脚在枯叶上嚓哧嚓哧移动时，听得见有兽在树林深处低吼。他手里有一根木棒，是进山之前特别准备的，在木棒上绑着尖锐的石块，是可攻可守的武器。

初入林时，尚有鸟飞虫鸣，愈到深处，便再无这般清脆的叫声，世界一下子沉寂得仿佛就剩郝东让一个活物。

郝东让发现乔庄周围的大山里没有一处无水，到处都有水流声。他寻找郝腾龙山洞之外的秘密，却随处可以遇见清澈的水流。这些流水像妖一样，匿于深山，盘旋于树林，或奔跑，或跳跃，或顺岩壁而下，或沿树枝而流。不知其源在何处，亦不知其流有多远。郝东让在大山里行走，食野果，饮山泉，并不觉劳累、疲倦，在似乎力有未逮之时，饮山泉食野果之后，居然顿生神清气爽、神采飞扬之感。

不知疲倦地寻找，在兜兜转转之间，郝东让发现了一个巨大的秘密。

在山间环绕来环绕去，都是这些山给人类设置的一个套路，迷惑人类逾越的障碍，很多看似复杂的局面，其实很简单。比如这些复杂的路径，绕来绕去的形状，其实是大自然自我保护的游戏。在郝腾龙所居的山洞背后，那深不可测处就是九道拐的谷底，也就是藤道的谷底，郝东让绕来绕去，其实不过就在山前山后而已。可是，就是这样的山前山后，也要人们翻山越岭耗费很多时间，大自然不会让你轻易窥见它的秘密。

郝东让在谷底向上望去，一层雾状的云锁住了视野，他看不见上空的藤道，就像他当初在藤道上看不见下面谷底一样。他揣摩了方向，感觉藤道应该就在头顶上。但是，他不能从下面仰望到藤道的模样，那是神仙给人们安排进入仙境的通道。郝东让此时的内心感受到了无边的欣慰和自豪。神仙给人预留一条通道，等他去发现，机缘巧合，他就发现了。更大的机缘巧合是一族人生死关头被藤道接入秘境。虽然看不见藤道，郝东让内心是很温暖的。现在，他又身处藤道之下的谷底。

这谷底有溪流潺潺，有天然的坝子，在明水和暗水流动而下的河岸两边，鲜花盛开，每朵花都带着妩媚的表情。郝东让很小就远离女色，成为战争机器上的一颗钉子，满脑袋里装着杀人动机，很少念及人之本性，念及男人女人，阴阳调和。此时，满谷的鲜花安静开放，鲜花眉目间满是春情，猛然间，他内心一个隐秘的角落被唤醒，胸腔里、心脏处、咽喉处、脑门上，满是香味，鼻腔被清香清理得异常通畅，肚腹处隐然有热乎乎的感觉。

他一动不动。看见了河对岸一只淡黄色皮毛的小动物在低头饮水，风一吹，它便抬起头来，看花，看山，看雾，不知它有没有看见郝东让。风一停，它又低下头去饮水。反复多次，它满足离开，留给郝东让一个短尾摇动的背影。

郝东让感到他看见了花朵如何把每一瓣慢慢掀开，又感觉自己看见了花瓣从张开又如何一点一点地慢慢收紧的过程，然后看到在花蕊变老之后，一个核诞生了，变大，变青，高高地举起来，献祭给了太阳。

郝东让轻轻地摘下不同的果实，吃一颗，品出味道来，再吃一颗不同的，又品出不一样的味道来。

16. 楠木木牍附记：让秘勘洞天。

郝东让一直盯着鲜花开放的路径走，最终发现了一个洞。洞口不是特别大，但两人并排进入没有任何困难。关键奇妙之处在于，洞口水流有趣，洞口收窄收紧，把水团了起来，水流变急，捆在一起的流水，一下子从洞口挤了出来，就像是有什么力量把水像一杆枪样从洞里一掷而出，力道刚刚好，被投掷在洞外不远处，着地后激起了很大的水花，然后四散开去。这个洞还有一个奇特之处，大自然分工精巧，把洞口处分为两层，水从洞口的下层流走，给洞口的上部分安排了一条路，一块天然的巨石从水流上面的洞口处豁然伸出来，像洞的温暖的舌头，一直伸到洞旁边的花团锦簇之处，有鲜花、绿叶、藤萝、苔藓掩盖，不易发现。郝东让专注于水流的奇特，却意外发现了这个秘密。

在谷底的坝里，水四散而开，各寻去处。清水流动之处，清澈见底，无水流淌的区域，也潮湿柔软。鲜花大多开在柔软的区域，那些区域脚踩上去，起伏有致。用力过猛就会陷下去。郝东让轻身而上，登上了这块巨石，谨慎进入山洞。水有水路，岩壁上还有石路。他沿着石路走，走着走着，地势不断上升，水声也渐小，后来就不知水到何处去了，他只沿着石路攀越。这洞幽深、清冷、干燥，但并不闭气，人在里面可以自由呼吸，头不晕，胸不闷，有气流缓缓移动在洞中，有微微之风在轻轻吹拂。郝东让很惊异，以他的经验，应该有通道相连，也不知道连通到了何处。郝东让不回头，好奇之心和好胜之心都驱使他不断前进。洞越来越宽敞，一些地方很平坦，可居住人，能坐能卧能活动，自然造化，撼人心魄，不敢亵渎。他心中满满的是敬畏。郝东让对同类无忌惮之心，独对造物者揉搓的这些空间之物满是忌惮，甚至可以说是害怕，他认为这种强大到无以复加的力量，才是人的主宰。

走走停停，坐在洞中，他突然想留在这里。

洞内干燥、幽静，很适宜人居住。他发现里面洞穴有旁支，进去一看，并不深，都可见底，每一个旁边的山洞自成一室，也有足够的光线。

山洞里面凸起凹陷都别具一格，可供人自由想象，在郝东让眼里，有的像石床，有的像石凳，有的像石桌，高低起伏，像是专门为人类生活而设定的。郝东让非常喜欢这个地方。

他流连忘返。他在洞内睡觉，他在洞内醒来。他在洞外寻找可以吃的东西，他已经把这里看作是自己的居住地。住在这里，不再过问世间任何事情，了此余生，没有遗憾。他就这样反复做这些事情，乐此不疲。

后来，郝东让抵达了洞底。一个椭圆形的地方，干燥、温暖。他发觉有细微的风，就四处察看，不知道为什么一个没有直通外面的洞内会有风吹，而且人也不觉得沉闷？

正在疑惑之间，他猛地听见头顶上有人集体大喊一声："嘿！"，震耳欲聋。

一下子，郝东让明白了这个洞的全部秘密。

这个洞连通着郝腾龙的山洞，这是上下洞。翻山越岭数十天，山洞连通在一线。从郝腾龙的山洞往下一跃，就是郝东让发现的这个山洞。而发现这个秘密，郝东让却经过了千辛万苦。

大自然把人没有想到的都做出来了。大自然做出来了的事情还有很多，人们其实都还没有想到。

郝东让原路返回乔庄，没有对任何人说起这件事情。

他在心里等待，也许这是用得上的一个绝佳处所。

17. 楠木木牍附记：蕊于桂香听姊吟。

把那些庸常、琐碎、反复的细节全部都隐掉，用一个词语来把个中的沧桑、艰难、眼泪、汗水、喜悦、情欲轻轻带过，十年无话。乔庄过了十年。

这十年是郝北章生生刻记下来的。那些流过身体、流过树木、流过乔庄的这些空间和时间，被郝北章具象化为一根根的黑色线条，留在大小木牍之上，成为乔庄一道耀眼的光芒，也成为乔庄秘不可宣的最高禁忌。没有人知道他写了些什么，没有人知道他的爱憎和褒贬。按照他的说法，各自在活着，他在记录着，好的坏的都要留给未来。

马静花二十多岁，马静蕊也经历了姐姐可能死亡的流血时期，两个女人经常联袂出行，整个乔庄的人都会赞美："两个俊女子。"

两姊妹也很乐意被众人目视。

宽大的粗布衣服，掩不住两姊妹满身的青春气息，也遮不住父母雕刻的形状；粗布的衣服在摇动中，可以明显看到两姊妹的胸脯的肥大，可以明显看到两姊妹腰身的细巧，可以明显看到两姊妹屁股的饱满。如果把腰部当作是一个关联处，你可看见这个关联处灵活、灵巧得令人担心，生怕那关联处不堪于上下两部分的沉重而突然失去作用，导致上面的两个乳房和下面两块屁股会委顿于地。可是，实践反复证明这种担心是多余的，因为，两姊妹的腰把上下两个部分有机结合在一起，灵动活跃，妩媚无比。

很多人发自内心的赞赏："那是两个生娃的好东西。"

十年来，乔庄生出来的小孩子也有，那都是从西北方向过来的原对子生出来的：原来的夫妻，原来的田地，原来的手艺，只是换了时间、地点、空间而已。这些小孩子再小，都还是马静花们一个辈分的人。下一代人，都还没有阴阳结合，尚未产生新的一代。

这就是郝北章们忧心忡忡的地方。

马静花常常呆坐在大树下，这棵金桂花自己生长，十年来不见有多大的变化。每当秋季明月当空，清水静流，晴空无影之夜，马静花就会坐在桂花树下。桂花树下的一块大石头，被坐得很光滑。长期的坐卧，大石头上已布满了人身的汗渍，汗渍长期的浸润，使大石头有一层朦胧的颜色，在明月之下仿佛散发着一处迷离的异光。也因为人的汗渍的长期浸润，石头与人有了更加亲密的关系，坐在上面，就像是坐在一个朋友的旁边，可以依靠，还可以倾诉。

马静蕊是悄悄靠近姐姐背后的，姐姐一直是她学习的榜样。姐姐教会了她如何打理女人身上的所有器官，姐姐也教会了她女红的手法，姐姐是她身之所倚，也是心之所依。

马静蕊原来以为姐姐是在发呆，是无聊，可是，走近了，她才听见姐姐在小声地哼唱，姐姐口里哼唱的与日常那些男男女女哼唱的内容不同，少了那种粗鲁粗暴直接的内容，多了许多低低的呻吟、压抑的喘息、深情的呼喊和婉转的召唤。

马静蕊一下子被带入了。她不敢开腔说话，怕把姐姐惊扰了。

马静蕊静静地看着姐姐的背影。姐姐正面向着明月升起的地方。一轮圆月就搁在山头，仿佛人一大声就会震动了它，它会顺山滚下来。明月渐渐移动，在姐姐祈祷般的吟唱中走近她，马静蕊的眼睛被照得不清晰起来，她看见姐姐的身影被月光泡了进去，渐渐模糊，只剩下轮廓。月光像奶水一样，把天地之间充满，桂花的香味更加浓烈起来，与奶水混合在一起，给马静蕊产生了梦一般的错觉。她发现姐姐似乎不在了，就赶紧用手指掐了自己一下，让自己感觉到疼痛，她怕自己和姐姐被山鬼收走了魂魄，她让自己清醒，不被满山谷的月光和满山谷的香味迷了神智。她赶紧上前去，攀上大石头，发现姐姐没有走进天上的月光，还在金桂树下，顿时就放心了。她发现姐姐双肩上下耸动，似在哭泣，她迅速走到姐姐身后，先是把手搭在姐姐的肩上，姐姐有一个轻微受惊的反应，但并未回头，可能是她很快就发现了这只手是妹妹的，是安全的。马静蕊于是把全身靠上去，用胸脯贴住姐姐的脊背，姐姐挽住她伸到前面的手，把马静蕊背在身上，哭得更加厉害。

马静蕊被吓到了。她轻轻用自己的胸口摩擦着姐姐的后背："姐姐，咋的了？咋的了？"

"唉，蕊，没有啥事。不晓得为了啥子，在这个夜晚，月光如魅，花香散魂，我居然把持不住，莫名地伤感，后来变成了莫名地伤痛，不由自主地哭了起来。莫非遇见鬼了？"

"哪里有哟。"马静蕊不禁回头四处看看。她又把姐姐搂了一下，问姐姐："我听见你在唱歌，唱的啥歌呢，那么好听。"

"不晓得呢，我口里乱唱的。"

"乱唱都唱那么好？一定是有人教你的。可是，我与你基本上都在一起，没有看见有谁教你。"说了这句话，马静蕊又想起了姐姐说遇鬼的事，又回头四处张望，来来回回看了一番。

"我心里一念，口里就唱出来了。"

"姐姐，你再唱一遍，我跟到学一学。"

马静花的嘴张开了，却发不出那种好听的调调了。"噫，咋回事呢？我唱不出来了。"

"唱不来调调不打紧呢，姐姐，你唱的都是一些啥东西呢？"

"我也记不起来了。"马静花见妹妹要追问她唱的内容，就不敢面对妹妹了。她虽然不能重复完整地哼出调子来，可是，唱的内容是什么，她心里明镜一样，虽然不能完全复原，可是，那歌为何而唱，为谁而唱，大概是清楚的，可是，这一个秘密，她连妹妹都不敢说。

妹妹也不再问了。她靠在姐姐怀里，变拥抱姐姐的动作为被姐姐拥抱，她把腿伸到石头上，头靠在姐姐怀里，姐姐的乳沟正好搁她一个头进去，姐姐的乳房仿佛比平时要硬很多，这是很细微的变化，被妹妹准确地捕捉到了。妹妹心里有疑问，为什么姐姐的乳房在这个明月之夜变硬了，我的乳房也会像姐姐的一样在一个时间段里变硬吗？变硬是好还是坏呢？妹妹的疑问很多，但她没有开口询问，因为她知道，要说的东西，姐姐会给她说的。

18. 楠木木牍记：里失不归。

十年了，马锐胜夫妇没有再生孩子，也生不了孩子了。

而且，马锐胜觉得自己真的老了，主要是心老了。原来生活安宁平和，马锐胜能够敏锐感知到大自然和人身体的交汇，很多时候，他都觉得自己应该是大自然派给这个有人的世界的信使，他的出现，连通已知和神秘的道路，他的咒语会被神明知晓，凭借此，他已经赢得尊重和尊严。可是，自从到了乔庄，生命和自然的对抗更加残酷，与神明的对话就中断了。倒是那个小儿子，一方面与郝腾龙练习打打杀杀，一方面对他的这门手艺感兴趣，在劳累之后，憨坐之时，小儿子马静里纠缠着他，让他讲一讲这门手艺的门道，他就会轻描淡写地说一说，并不显得庄重和严肃，也不显得神秘莫测，倒更像是对往事的回顾，或对口号不经意地呼出。可是，马静里总是静静地听，出神地听，眼睛一直神往般地看着远方。

这十年里，对马锐胜心里而言，最大的隐痛，时时折磨着自己的就是这个小儿子居然说不见就不见了。

一个活人突然消失，对乔庄来说冲击是相当大的。

人不见了，还在不在，这是第一反应。深刻思考会想到是被谁杀死了？是自己走丢了？不管是哪个问题都是令人恐怖的。一个活人，如果是谁杀了他，是人还是野物？郝东让受命调查马静里失踪的事情。

郝东让对马锐胜和郝北章说："不要着急，这件事情就交给我，我给你们一个结果。"

马锐胜说："我不是急他。他不见了有多大的事情？主要是要搞清楚究竟是怎么一回事，这样对乔庄来说才是负责任的。"

郝北章看着郝东让，又看看马锐胜，然后说："人也重要，乔庄也重要。但是，你难道就没有发现什么特别的地方吗？他在失踪前有什么异常的举动吗？"

马锐胜想了想，说："没有什么反常的。只是他一段时间要缠着我了解手艺方面的事情。"

"好吧，不管哪种情况，郝东让就负责尽快有一个结果。"

郝东让开始分析：乔庄的人，毫无征兆，无缘无故失踪了，是葬身于野物还是被其他人害了？在初到乔庄的时候，是值得弄清楚的。郝东让是全面考察过乔庄的地形地貌的，他不怕马静里被野兽食了，野兽吃就吃了，但应该有骸骨。郝东让怕的是马静里是被人害了，会不会是内部的人杀了吃了肉了？假如被人吃了，内部出问题，就是一个大灾难，如果出现，必须强力制止，否则不堪设想。曾经吃过人肉的郝东让把乔庄的事想得很复杂。但是，郝东让认为，这伙人是他带到乔庄的，他要切实负起责任，他心里清楚，人一旦发猛，不受约束，是非常可怕的。当年，兵困绝境，尸体相覆，为求生存，在已死的兄弟身上割肉救饥，也是常事。当初并不觉得有什么不妥，可是，现在想来，郝东让自己都不敢相信。

另外还有一种情况就是在乔庄还有其他的人类存在。马静里无意之中被发现，被抓住，被杀害。一想到这里，郝东让不敢想象，也不愿想象有这样的事情发生。

郝东让在乔庄四处查找，也没有找到线索。他既查了周围的痕迹，又询问了知情者，马静里最后所处的位置，所行走路径。他每一次询问都要察言观色，却在每一个人脸上都看到了平静。

　　这更让郝东让紧张，怕真是当初自己对乔庄周围考察不仔细，确曾在某处还存在另外的人类。我在明，人家在暗处，危险随时可能发生。

　　郝东让对郝北章说："爷爷，最近一段时间我有其他的事情，也许不在乔庄，我给你说一下。"郝北章点了点头："我明白你的意思。你去办你的事情吧，乔庄有我。"顿了顿，郝北章又语重心长地对郝东让说："事情要处理好，把事情处理在外面。乔庄现在仍然风雨飘摇。"郝东让明白，郝北章以为郝东让还有私仇个怨未了，还要再涉江湖，他怕把仇人引到乔庄来。

　　郝东让对郝北章说："爷爷，你放心。江湖我已放下。我是去找一下马静里。一个活人，说不见就不见了，我觉得奇怪。"

　　"找吧。找得到就找，找不到就当作敬了此山此水了吧。"郝北章如此说法，令郝东让无法给郝北章说出自己的担心，他感觉到郝北章明显疲惫，因为肉体的疲惫，他似乎思考也不仔细了，深度也没有了。

　　他准备告辞离开，郝北章突然说："别忙，你欲去哪里寻找？"

　　郝东让正准备答话，郝北章已起身拿出一片木板，对郝东让说："此事理应记录在案，毕竟涉及一条生命的消失与寻找。"

　　郝东让看见郝北章在木板上先记下日辰，然后写下："里无故失于野，让欲独寻于外。"

　　既然是独寻于外，郝东让就没有给郝北章说要到哪些地方寻找了。郝东让理解这句话，有几个意思表达：在这个时间点上，"里失踪"，此时寻找的地方是"在外"，外有多远，以今后寻到多远为准；"让欲独"表明了是郝东让一个人的事情，也许郝东让会自此不归，也为今后有据可查。

　　郝北章的文字很简练，似乎不带任何感情，令郝东让心里有不适之感。

　　郝东让把刀擦拭了一遍，又找了根性硬的木棒，怀中揣了火石，就上路了。

独自上路的郝东让，仿佛被风灌满了胸膛，心里无限饱满起来，他感觉自己又走在行伍之路上，杀心又起，勇气满注。

他明确了一个方向，这个方向是他到乔庄之后，唯一没有完全探究的地方，也是有人发现马静里一边自言自语一边走去的方向，是水流走的方向，是乔庄下游。

郝东让想，虽然马静里走了好几天了，可是，他毕竟还是一个小孩，应该走不远，自己腿脚如风，无论如何都可以追上他。

可是，事情不像郝东让想的那样简单，他顺流而下，一直没有发现马静里的踪迹，也没有发现沿途有其他人居住，整山空寂，唯有鸟语兽叫。郝东让一直寻找，希望有新发现。翻山越岭，郝东让其实也走远了，他越走越上瘾，已经不是开始的想法，不单是为寻找马静里，他似乎有了一种探究的欲望。

直到发现沙沱国，直到看见白水关，直到看见兵荒马乱，直到看到流民行于途，他才顿然明白：走远了。他也才顿起了警惕之心：该隐藏，不该出来。他一身冷汗：乔庄河顺流而下居然连通了咸阳攻击蜀国的大道。

于是，他赶紧悄然返回。

他躲回乔庄，未敢向任何人透露一切。他也才明白爷爷郝北章所谓的敬山敬水的深刻含义。所以，他宁愿相信马静里死于路途，并未曾走通道路。他认为，马静里的故事就止于此处了。他也宁愿相信马静里的故事就止于此了。他宁愿马静里被山中的野物吃掉了。

如果乔庄有人的秘密被泄露了，那是非常危险的，会危及本已渐渐平息的人心，会危及每一个人的性命。发现河流可以接通白水关，是巨大、骇人的秘密。

郝东让不敢把这个秘密带回乔庄。他要平静面对人们，却又要随时关注所有连通乔庄的道路的动静。他身上和心里又有了更加具体迫切的责任。

19. 楠木木牍记：草毒穗良者俱存焉。

马锐胜是郝北章的学生中最善于思考的。

马锐胜对郝北章说："老师，匆忙之中来到乔庄，我们情急之中只能拣相对好看的植物用来充饥，并没有顾及可能产生的危害，可是现在基本安定了下来，大家有遮风避雨的所在了，有遮羞防丑的衣物了，有干净的水了，可是，我们进入嘴里的东西呢？毕竟乔庄与我们过去地方东西有差别，这里入口的东西多，但什么才是安全的，什么是危险的，什么可以作为药用？经过十年的摸索，大概已经知道一些范畴了，我们现在把它们确定下来，然后试着自己种起来，慢慢地推开，以便大家掌握。"

郝北章正坐在一块大石头上，回顾曾经读过的书简的内容，他听见马锐胜这样一说，就对马锐胜说："锐胜，你知方圆，懂尺寸，识草木，性谨慎，此事就由你去办。"郝北章又略一沉吟："你想得很好，办此事责任重大，还有很大的危险，你需小心才是。"

马锐胜点头。

两人正谈论之间，忽然听见有人大喊："来人啊，来人啊，死人了！死人了！"郝北章与马锐胜大惊失色，不知为何死人。两人赶紧去看，见人人乱成一团，问了好几个人，才明白是田家的儿子田智摘了一根枯木上生长的一朵鲜艳的菌子生吃了，突然口吐血沫，抽搐不止。马锐胜立即喊道："大口灌水！大口灌水！"

尽管大家给田智强行灌水，他却并没有呕吐出来，慢慢就没有了声息，大家的努力，没有挽回年轻的生命。马锐胜心里异常悲伤。

马锐胜从郝北章家里回到马家院子，回到自己的桂花树下，想到自己要做的事情之重大和危险，想到乔庄里像田智一样因为食物中毒而死的人还会出现，他心潮难平，心里就像有一个重锤在不断地敲打自己的胸前肋骨，心跳加速，很难受，呼吸也跟着变粗变急起来，只觉感到鼻孔太小了，不足以保证自己体内体外气息的交流。他不由自主地张开了自己的嘴，让嘴和鼻同时呼吸，以缓解巨大的体内气压。

乔庄山中之野物不计其数，可究竟什么可以用来吃，什么不能吃，在冥冥之中，马锐胜认为上天在考验他。他是自然的儿子，他有咒语，他会法术，也许很久不使用都不灵验了，但是，这种关键时刻，他不挺身而出，谁又来担此重任。

他就在这种思考生与死的意识磨合中，进入了一种冥想的状态。他不断呼唤自己祖父的名字，呼唤自己祖父的祖父的名字。作为一种家传的法术，一直以来都是口耳相传，那些咒语都是在黑夜、在祖先的坟场、在私人的祭祀活动中经过淬炼的。马锐胜在祖父的带领下，也曾手抚死者的心口，通灵般去感受死者灵魂的诉说，他真的在死者的心口读懂了很多无法解释的情景，并每次都会与死者在一个陌生的环境中相遇。

此时，马锐胜按照祖父教的法术，口里默读咒语，召唤着远古的亲人来到自己眼前，帮助无助的自己。果然，祖父如期而至，还是当年牵着自己行走一般慈祥模样。

"爷，我不能眼看这个流离到此的家族衰灭。"

"何为衰灭？此处不是很好吗？"爷爷四处看着乔庄的天地："比起黄沙，比起日晒，这里很好，物产丰饶，只是看你们如何经营。"

"爷，我要把能吃的东西找出来。可是，去找是有些风险的。假如我吃了毒草，就会毒发而死，暴毙而亡，家何以待，族何以延续？爷，今天急切呼唤你，就是想听你的看法。你准许我这样做吗？"

"锐胜，家有小暖，族乃大方。为小暖而生，恰如蚁为小尸而移动。为大方而死呢，则如太阳般的辉煌。人必须有小暖，也必须有大方。可是，一个人的选择，并不被他人的意见而左右。因为格局不同，当下的处境不同，选择也会不同。有的人会选择小暖，一家人拖儿带母，只想求生。有的人会选择大方，大道至上，虽远不返。现今看来乔庄偏安，可前面谁能说准？安与不安只是相对的，也可能是暂时的。可是，我们要做的，就是在相对安全的时间里做一些事情，避免危险发生。当危险到来的时候，我们也可以去冷静应对。我们不在相对安全的时间里做事，就会丧失机会。"

马锐胜听爷爷一说，嘴里咀嚼着小暖和大方两个词，突然就听见有人在耳边喊叫："爸爸。"他猛一惊，才发现是马静花在喊自己，他四处再看，哪里还有祖父的身影？

马锐胜宁愿相信这是真的，不愿那仅仅就是一场短暂的梦。马锐胜太需要这样的一个梦了，他宁愿相信这不是梦，是真的，爷爷确实从遥远的西北来到了他的跟前，给他指点迷津。

马锐胜就对家人们说："我要去找大家吃的东西，这是很危险的事情。可是，再危险也要去做。这么大的一个地方，这么一些人，总不能只是吃有限的几种东西，而且也无章法，我们要有一个吃的东西的规定。还需要有解药，就像是吃了毒菌子而死的田家儿子一样，没有解药，只有看着他死去。娃儿们，我如果在寻找的过程中出了事情，你们要听你们妈妈的话，把这个小家撑起来，一个小家庭暖暖和和的，就是我的希望。不过你们也不要太过担心，我专门用咒语请了你们的曾祖父，他答应了。有他附在我身体上，我也就百毒不侵了。"

马静花说："爸爸，你做这事，大家都知道吗？"

马锐胜说："我给我老师说了。"

马静蕊说："说不说都要做。先从我们家里做起。你要小心点，爸爸。"

大家各自心怀忧伤，不敢想到最坏的结果，又不得不想到最坏的结果。

20. 楠木木牍记：十月为桥，修陂堤，利津渡。

带着郝北章的要求，大家口耳相传，把一个信息传达给了居住在乔庄的所有人。

马锐胜正在做一件大事情，他按照郝北章的要求，去把安全的食材给大家找出来，把救命的解药找出来，以后大家就不能乱吃东西，要保证安全，这是整个家族的需要。族人本来就少，要保证每个人在吃上面都是安全的。

这句话郝东让说了几十次，把马锐胜做的这件事情跟大家讲清楚了，大家也明白了这件事情的意义。

很快，凭着记忆，凭着舌头，凭着眼睛，以及凭着祖父的神灵加身，马锐胜很快就从众多的禾苗中找出了很多种食材，其中结籽的一种，籽粒细小，可青嫩煮食，亦可以晒干之后，用石头碾磨，磨成粉食用。马锐胜先吃，不准家里的任何人跟着吃，他吃得很庄重，很严肃。数天之后，无任何不良反应，马静蕊就闹着也要吃，她吃起来不像父亲那么谨慎，而是大胆饕餮，马锐胜几次想阻止，见女儿饿极而食，不忍心。马静蕊吃了也没有事。于是，全家都吃，没有什么异常发生。

马锐胜怀着激动的心情，把这些细小的颗粒埋于地下，在平展的土地上，种下了梦想，种下了希望。

这是一个秘密。也是马家的秘密。

马锐胜要求全家人都必须严守秘密，不得向任何人透露，因为，马锐胜心里有一个很大的计划，他想把这种植物培养成功，成为整个家族的主要食材的来源。

一切正在发生着大变化。

乔庄有很多的秘密。这些秘密有的就暴露在天地之间，有的却藏在人心深处，可是，不管这些秘密在哪里，最终都会被发现，不被发现只是暂时的。马锐胜的秘密也会被发现的，他自己心里很明白。马锐胜知道其实最大的秘密不是暴露在天地之间的那些，而是人心之中的那些。

田家的田智误食了美丽鲜艳的木菌而死亡。田家的遭遇对整个家族的影响巨大，郝东让经常听见很多家里都在悄悄地但是狠狠地教训着小孩子："不能莽撞，你看田家的娃儿，那是要命的。要命！晓得不？"训斥孩子的人并不是没有同情之心，而是想自己的人安全是内心中最大的期盼。

小娃儿就很害怕，不敢乱吃。可是，不敢乱吃就要挨饿，谨慎之下，乱吃也是很自然的。

田家的人找过马锐胜，想把这件事情赖给神明，认为是上天的惩罚。上天不是仅仅惩罚田家，而是田家代表着乔庄在接受惩罚。凡事总要找一个来龙去脉，也好有一个交代。田家想要乔庄所有人来感恩后代的死亡是为乔庄做出的贡献，以减轻自己内心的痛苦。可是，已经沉迷在对禾类培育中的马锐胜心里有了其他打算，根本没有时间来做通灵之事。

田家人失望而归。他们看到的是马锐胜连敷衍的程序都不想走了。寄托给神灵的想法没有得到实现，如果上天能够给个说法，胆战心惊的灵魂就会得到安慰。马锐胜由于心不在焉，并没有安慰害怕的灵魂。

那个秋天，按照禾苗成长的规律，撒在平地里的种子长了出来，并且长势很好，籽粒饱满，沉甸甸地出现在天地之间。

马家人都默不作声，愉快地把籽粒收回去，用手摘下来，炒了吃，磨成面吃，和水煮了吃，那个香，令人陶醉。马锐胜专门给几个子女打了招呼，不准将此事胡乱泄露。

马锐胜把籽粒收拾了一大堆，保管在屋里最安全的地方。

马锐胜专门找郝北章，把详细经过说了。

郝北章把相关情况记载进了竹简木牍里面，喂饱胃，保证一族人的延续，在乔庄找到食物，都是值得大书特书的内容。

郝北章决定把马锐胜的成果向所有的人开放。

乔庄从过去的摸索着饮食到了专业的食物培植，分工和协作更加明确。

禾黍就大面积在乔庄开始种植。

种植的面积越来越大，土地被人们肆意占用。家里人多的，占的地的面积也大。家里人少的，也侍弄不了那么多的土地，但是，都想最大限度地占有土地。土地对人类的诱惑永无止境。

郝北章看出来每家对土地的渴望。广种薄收是最初人类向大自然致敬的基本方式。

郝北章想起在秦国的时候，土地被分配，都有很多严格的措施和办法。郝北章现在也很关心秦国的发展。一国之所以强大也不是偶然的，对土地的严格管理和分配是重要的手段，那些土地制度是很有价值的。

郝北章拿出当年从咸阳逃跑的时候带在身边的木牍，他把上面关于土地的规定拿出来认真研读，他觉得虽然不一定按照过去的方法来规范土地，但是根据这个办法，也可以借此给乔庄人定下使用土地的规矩。郝北章展开新的木牍，在上面写下自己对土地分配和河流道路治理的初步想法。

乔庄在几面山的环抱之下形成壑谷。谷中的土地平整。

平整的土地被三条流水分割：一条河水较大，从东边平地绕流而去。中间有一条从小沟里溢出来的流水，在壑谷土地正中间割开一道口子，对土地形成灌溉和滋润。靠近西边的山脚，郝北章居住的地方，那条龙洞中的水汩汩而出，靠在平地西边绕流。三条河流分解了整个河坝。乔庄真是水草丰美，不论在哪个地方进行种植，都有流水灌溉。

郝北章见大家都在各自占有土地，他怕没有规矩地乱来会造成对土地、对未来人心的伤害。他决心顺应大家对土地的占有，同时也规定人们对土地的规矩的遵从。

郝北章把他从秦带过来的木牍的内容公之于众："田广一步，袤八则为畛。亩二畛，一百道。百亩为顷，一千道，道广三步。封，高四尺，大称其高；埒，高尺，下厚二尺。以秋八月，修封埒，正疆畔，及㪺千百之大草。九月，大除道及除浍；十月为桥，修陂堤，利津渡。鲜草，虽非除道之时，而有陷败不可行，相为之。章手。"郝北章在最后明确写出是自己亲手抄写的内容，供大家理解。然后，郝北章要求根据他带过来的木牍记载的内容再与乔庄的具体情况结合，限制了大家不顾一切地占有土地却不认真地打理土地的行为。

郝北章还要求根据木牍所载，在各种节令时节开展好建设工作，把乔庄的土地利用好，把乔庄的基础设施建设好。需要统一行动的，大家出工出力，需要单独完成的，也要照顾到集体的利益。

因为有了规矩，几十家人在乔庄各自分割了土地，分割了河流，分割了山林。

郝东让没有分割任何东西，因为他是一个自由自在的人，他还希望有一天乔庄安稳了，他还像过去一样，自由自在远走他乡。

有些时候，郝东让坐在乔庄河边，鹅卵石的温热烫着他，他望着天上的飞鸟和天上停顿的白云，很渴望自己能被鸟的翅膀或者白云的浮力带走，带到远方。当鸟飞走之后，白云也被风吹到了远方，他就会寄希望于风。乔庄的风从茂密的丛林中吹拂过来，吹到他的皮肤上，吹到他的胸腔里，郝东让看得到风中夹杂的绿色，就任由风吹进他的口腔，吹进他的胸腔，把他体内的浊气交换一次，洗涤一次，郝东让是有意为之，因为，他随时都张大着嘴。他幻想着风能把自己带走，像带走一片树叶，像带走一粒尘土。

郝东让看到了乔庄生机勃勃的表面。他一想起假如将来要离开乔庄，便想起绿色的风，鼓荡着自己，沁入心脾，就会动摇他的心智。他一想起要离开乔庄，就想起在乔庄还有一个叛逆者——马静里，马静里离开乔庄之后不知所终，杳无音信。郝东让一直不明白马静里是从哪条道路离开的。郝东让想，离开的人应该是痛苦的。他不是已经有了痛苦，而是在寻找痛苦，是由于没有痛苦而痛苦。活在世间，就愿意给自己找痛苦，如果自己不给自己找一次痛苦，这个人生就不是圆满的。这其实只是年轻人的一种轻狂罢了。老一辈从口中给他们描述的痛苦于他们而言总是漫不经心的事情，他们非得要与痛苦遭遇一番之后，才知道，哦，是真痛。然后，他们把这感受又告诉他的后辈人，后辈人也不会轻信，也要自己寻找一次痛苦，或者遭遇很多次痛苦，比如说斧头砍肉会疼，他不信，只有当斧头砍在了自己的手指、脚趾之后，他也才会说，哦，老人们说的是对的。然后，人类就这样重复，非要自身经历不可，最终也没能实现站在前辈的肩上摸高。总是自己往上跳，要摸到高处。这是人类的宿命。

马静里到哪里去寻找痛苦去了？

聪明者一定会借力而为，把别人的经验当成自己的知识，把前人的基础作为自己的基础，就会有更大的发现，就会享受更多的幸福。马静里在马家院生活平静，家里和谐，如果不是遭遇不测的痛苦，他为什么要走呢？

迄今都无人知晓。

21. 楠木木牍记：章及胜阴谋之。

十年的平安，换来乔庄的快速发展。

在乱世之中确实是不容易的一件事情。

乔庄的田家也通过自己的努力，建起了一座水磨坊。淙淙的流水绕过磨坊，冲入木头制作的巨大的水槽里，转动的水轮被清澈明净的流水冲得整齐响动。在大自然之外，人类自己又制造了一种昼夜不息的声音在乔庄响起。

可是，生活的安逸和富足，并不能改变人们精神领域的渴望。这个精神领域对老一辈来说就是家族血脉的延续，对年轻一辈来说，就是对爱情和婚姻的向往、其实，这中间也有年轻人对性的渴望。

郝北章看在眼里，急在心中。

当初郝北章带人离开的时候，就做好了这方面的打算，可是，几个家庭不知缘于什么想法，总是没有能够达成婚姻。也许是因为存活下来是当初的大事，没有什么比存活下来更加紧迫，所以，在活命的情况下，其他都是小事。婚姻和媾和就在其次了。

郝北章要思考这件事情，他先找来马锐胜谈。

"锐胜啊，你两个女儿都大了。你几个儿子也都大了。"

"老师，你说的我都懂。"

"那你就替你儿女做个主。"郝北章暗示马锐胜。

"那是当然。我也很急，老师。可是，我们就这么几家人，转来转去就这么一些年轻的娃娃。"

"有局限，但，就只能在这里面选择了。"

"可是，有的辈分不对。总不能乱了辈分啊，这样传下去就会说不清源流了。"

"锐胜啊，你对人的源流这个事情是如何看的啊？"郝北章见马锐胜提到了一个家族流传的伦理问题，郝北章就有意引导，想和自己的弟子就这个事情做一个深入地探讨，探讨如果可行，一切都会迎刃而解了。

"老师，我认为源流很重要。"

"如何重要？"

"源流可考自己的根底，可知晓祖先一辈人的来历，可知爱幼尊老，可明人伦秩序。"

"这是基本的常理。"

"对，就是常理。"

"啥叫常理？"

"常理就是日常之道理，就是经常之道理，就是不变之道理。"

郝北章见马锐胜如此阐释，就说："你说得对，也不对。"

"不对吗？"马锐胜抬起疑惑的眼睛，其实他眼睛里满是渴望，现在他还受制于这个道理，无法解脱，他内心深处极希望老师给出一个答案。

"说它对，是因为按一般的理解，的确如此。说它不对，是因为世间万物不能只以一个模式来断定。时世已不如常，如何以一个常字来对待？"郝北章说。

"弟子愚钝，还请老师解除疑惑。老师，你不是解我一个人之惑，而是解族人之惑呀。"

"现在的乔庄，有四大姓，郝家、马家、田家、黄家。四姓在西北尚无姻亲关系，也就是说，其血脉尚未合一，都各自流淌。而四家之所以有关系，是因我而起，我就是一个纽带，我就是一个缘结，我之辈分，影响你们之间的辈分。本来四家都可开婚，可因我的辈分，就会造成辈分关系的障碍。已达婚配年龄者，却因辈分受阻，不能通婚。如按一般情形，或者在咸阳，碍着我的关系，辈分有差，这种情况断不可通婚也说得过去。可是，我们迁移出咸阳，兹事甚大，是逃命，是要保全种族不灭。现在，这个目的已经达成。逃命之后要保证族人延续，就要通婚，就要生育，就要有下一代出生。如果我们拘泥于辈分，就会人为导致种族灭绝。无血脉之联系者可以随意通婚，不受辈分限制，此乃变通，是乔庄的当务之急，也是天意。"

"老师用特别之事，作为变通之解，我茅塞顿开。此一规矩出来，所有之事，随刃而解。老师实乃智慧之人，也会开创乔庄一个新的局面。"

"不急。锐胜，我俩今天之辩，只是解我师徒之认识。可是，并不是所有人都理解我们的认识。因此，还必须有一个非常的办法，让人们警醒，从而达成对这件事情的认识。"

"老师，你的意见是？"马锐胜不解。

"锐胜，你的术士之功尚未荒废吧？"

"老师，实则荒废了。"

"招式还记得？口诀还记得？"郝北章眼睛逼着马锐胜，从郝北章的眼里，并不相信马锐胜的话，一个手艺的存在，不可能说不记得就不记得了。

"哦，那倒还记得，只是生疏了。"马锐胜仿佛被郝北章看透了内心，显得紧张。

"你还必须用这个模式把我今天与你探讨的意思再用神的口来说一遍。你准备一下，我把人全部都召到你那里来。"

马锐胜说："老师，我明白了。"

22.楠木木牍记：神降乔庄。

"马锐胜有两天滴水未进了。"

郝东让按照爷爷的安排四处通信："马家有大事发生，爷爷让每家的家长到马家院去集中。时间在傍晚，正当太阳落山的时候。"

太阳收了它的金线，似乎是有意在这天给世人最后一个圆脸，光线柔和也不刺眼睛，整个太阳像笑了一般，只是笑得有些诡异。其实，暗黑预谋已早，提前埋伏在乔庄的树林里、草丛中、田地中，它们见太阳光线减弱，像恶魔一样，一拥而上，突然就把太阳绑走了。黑暗来得太快，把乔庄的人吓了一跳。突然的天变仿佛提前给人们很深刻的预示。

大家来到了马家院，发现郝北章来得更早。其实，太阳尚当顶的时候，郝北章就到了马锐胜家里，他与马锐胜有简短的交谈，马锐胜之后就陷入了昏迷，口里念念有词。

等人都到齐了，郝北章坐在桂花树下，对大家说："整整十年了，神离开了我们，任由我们苦苦挣扎。现在，我们乔庄风调雨顺，大家生活幸福，在几天之前，神又回到了我们中间，他借马锐胜的口，要给大家说几句话。"

大家一下子都虔诚起来。

郝北章大喊一声："把神请来！"

几个年轻人在郝东让的指挥下，一下子把马锐胜举过头顶，从屋内抬到了桂花树下，马锐胜在年轻人的胳膊之上念念有词："我是神，我来到了乔庄！我是神，我来到了乔庄！我是神，我来到了乔庄！"

郝北章当即跪下，众人都跟随跪下。

像迎接远方来的亲戚一样，大家心里有无限的期许。

"神啊，别来无恙。我率乔庄所有人迎接你。来吧，来吧，住在我们中间。"郝北章吟诵诗文一般说话。

"我是神，我来到乔庄，我要告诉你们。"马锐胜一下子顿住了，仿佛在等待一个热烈的回应。他故意不说要告诉什么。

"神啊，你说吧，我们在听呢，你说的，我们必会遵照执行。"郝北章伏地而言。

"我是神，我告诉你们的，你们必当遵守。否则，就会有亡族之虞。"

"你是神，我们是你的玩物。你说的话，我们必须遵行。我们发誓，听你的话，必不让我族消灭。"

"我是神。你们乔庄一脉正面临困境，人种需要繁衍。凡不是亲血流淌者，不论长幼，必可通婚！"

郝北章的身体就开始摇动起来。他边摇晃身体，边悄悄用余光看周围，并用眼睛示意郝东让，郝东让与他约定过，要仔细观察众人的变化。

跪在郝北章后面的人见他身如落叶般在风中晃荡，不着天不着地的架势，身体忽高忽低地起伏，心里的惊惧一下子都呈现在脸上。郝东让也已看见所有人脸上一紧，恐惧之色溢上了脸颊。郝东让悄悄向郝北章点了一下头。

郝北章战战兢兢地说："神啊！凡不是亲血流淌者，无论长幼，无论辈分，必可通婚！"

马锐胜身体猛烈抖动，口里大声呵斥："只你一人重复神的话，料你族众人对我不敬，不如由我降下灭族之罪，由你族承受罢了。"

众人见此，都齐声颤抖而答："神啊啊啊啊——，凡不是亲血流淌者，无论长幼，无论辈分，必可通婚！"

"你们必须起誓，我方可信任。"马锐胜继续说。

郝北章回头说："大家跟我一起发誓吧。"

大家点头。

"凡不从神的旨意者，必遭天谴，任由神灭我族人。"

众人都纷纷应之。声音响彻乔庄空谷，激荡起水花，惊起鸟雀，扰了走兽。众人的呼喊在乔庄再次显示了人的力量的伟大和壮烈。

良久，马锐胜突然大喊三声："拿水来！拿饭来！拿肉来！"

大家还以为是神在说话，都跪着不敢起身。

郝东让赶紧上前，让几个年轻人把马锐胜放下来，几个年轻人放下了马锐胜，马锐胜呻吟不止，后睁开眼睛，看见跪着的众人，忙伏地跪在郝北章面前，颤巍巍开口说话："老师，这是咋的了？"

大家此时才知神已离开，便转动头颅四处观看，看神是否还在周围尚未远去。

郝北章上前拉住马锐胜的手说："锐胜，神住你家几天了？你都不说一声。"

马锐胜非常虚脱，说话上气不接下气："老师，我不知道神要来。他说来就来了。他对我说你的躯壳为我代言。说完就住进来了，我就什么也不知道了。"

"好了，你休息吧。"

"老师，神都说了什么？"马锐胜睁着茫然的眼睛问。

郝北章回转头，眼睛把所有人都看过了，然后清了清嗓子："凡不是亲血流淌者，无论长幼，无论辈分，必可通婚！"

众人皆点头。

郝北章说："神到乔庄，乃为一喜！降下圣言，乃是二喜！

锐胜被神庇护，已回清醒，乃是三喜！大家按神所言办事，必定大喜。"

众人都称好。

各自散开，各自心里都有数了。

23. 楠木木牍记：人天配雌雄。

马静花在自己家里亲耳听见了父亲代神说的话。她心里的花一下子就怒放了，而且花瓣开放到了极致，那花蕊都挺了起来。

马静花给自己掐算了一下。她认为自己的成熟地点就是在郝腾龙的家里。那天她告诉妹妹自己就要死了，她是真以为自己就要死了，在她的印象里，只要人流血，就会血枯而死，几无悬念。可是，十年过去了，她长成了一个大姑娘。她此时明白，那天她真是死了，死的就是她，就是过去的她，从那之后，她就不是原来的她了，原来的她已经死了。她脱了胎，换了骨，更重要的是，她换了心。

她的心里有想法。这个想法被妹妹马静蕊狠心地戳了一个窟窿。

妹妹说："姐姐，你心里有人。"

她就有些气恼，气恼妹妹说话一点都不含蓄，甚至有些毛糙，有些粗鲁。

"我心里咋没有人？有人！我心里就有你！"马静花生硬回复。

妹妹就不再开腔说话，嘴角上翘，满脸的不高兴。姐姐也不知道妹妹是为什么不高兴，以为只是小孩子的任性和乖张。

其实，妹妹从姐姐有些时间痴痴地远望和静静地沉思中，看出了姐姐心里藏着事情，她害怕，她怕姐姐心里藏着的事情与自己心里藏着的事情是一样的，她怕这种重叠的巧合会带来一些不同的变化。

桂花树依然茂盛地生长，金色的桂花絮絮地盛开。盛开的桂花像是点燃乔庄的火星，一下子把满谷的香气点燃。在乔庄的任何一个角落都可以闻见这茂盛的桂花树推送的香味。哪怕再远的地方，有可能不是持续的闻见香味，也可以在空中，在鸟的翅膀扇动中，在蜜蜂的脚爪之中，闻到那种沁人心脾的香味。

每当桂花香浓的时候，马静蕊也会有淡淡的哀愁。她不能确定自己是从什么时候开始有愁怨的。按理说，在她这个年纪，不应该有许多的愁怨。生活很恬静，就像山顶的白云、谷底的流水、树间的清风一样，平常地运行，并没有大的波浪和起伏，更多要思考的事情，都被父亲操了心，一切事情都按照父亲指引的方向去做就行了，姐姐和她并没有多少可以去思考的余地。

是不是就在自己也经历了姐姐一样要死的过程之后，自己就变得愁怨了？是不是看见姐姐满眼充满了忧愁，自己就变得有愁怨了？是不是闻见了桂花香，因为桂花的香味中藏了一个个的小妖精，自己中蛊了，就变得愁怨了？马静蕊自己都不清楚究竟是怎么了。她有时会感受到自己的心里充满了东西，堵得人发慌，很想有一股清泉把内心冲刷得溃了堤；她有时又会感觉到自己的内心空空荡荡，食不能填满，饮不能注满，空落发慌，很想让那谷间的风携带来森林深处那些腐朽的或者新生的味道来填充。

每当马静蕊陷入了愁怨的时候，很多男人就能感受到乔庄谷中激荡的生殖气息。郝东让经过郝北章的耳濡目染，他常常说："此时的我叫郝东让，我也会生活在未来，我在将来还会有别的名字，还会有别的皮囊。我是一种现象，我是一个角度，我是一个全能的镜子，我照见了今天，也照见了未来。"说这些话的时候，郝北章都默然以对。

马静花和马静蕊两个女子都长大了，她们不明白大家看她们的眼光是怎么一回事，可是，大家很清楚，这两姊妹身体内可能且无限的力量已拱破了厚蔽的土壤，正蓬勃地生长。她们都有求偶的欲望了！

山里的狐狸已带着小狐狸在河边洗头了。山里的红嘴蓝雀已搭了许多窝，孵出的小鸟已经可以从一棵树跟跄飞到另一棵树上了。山里更多的成熟的兽的叫声后面又跟着一些稚嫩的叫声了。

那些年轻人在马锐胜按上天的意思说出繁衍的真谛之后，尚无寸功可建。

郝东让以及郝腾龙也不会为马家两姊妹而更加主动、积极。那些小姑娘也不亲近郝东让，在那些小姑娘眼里，他应该是神一样的存在，并不敢与神同房。

郝腾龙的练武场已没有学生了。

曾经的学生都已渐渐长大，都为家里的其他事情去做工去了。每个长大的小伙子，都在替父母分担繁重活路去了。

郝腾龙独自一人住在山洞，没有按照其他家的模式，用树木、石头、泥巴来建造房屋，他就图个安逸，把上天安排的屋子住下去。他也开始种植粮食，郝腾龙是一个敢试的人，他除了把大家都种植的植物种植起来之外，还把野外他自己闻闻觉得没有异味的东西采回来开始煮了吃，慢慢地，蒿蒜子、野韭菜、灰灰草、野春芽以及一些叫不出来名字的野菜，他都采摘回来，自己煮来吃，他吃了并没有危险，就把这些经验告诉乔庄的其他人，于是，大家吃的东西又丰富了起来。

郝东让经常到郝腾龙的洞里去。一去，他会和郝腾龙一起拨开那个洞穴，看外面的风景。郝腾龙是在看风景，郝东让是在看路径。这个洞，以及洞外的风景，以及洞下面的便道，这都是郝东让内心的秘密。他不会告诉其他人的，也许，这些洞会有大的用途。

按辈分，郝腾龙是郝东让的叔叔。但是，郝东让的年龄大于他。郝东让对郝腾龙说："乔庄基本走上了正规的道路。你有啥打算？"

"啥打算。过一天就一天嘛。"

"想没想过成一个家，生几个娃？"

"成家？跟谁成？"郝腾龙觉得郝东让想出的这个问题有些怪异，他心里从来就没有思考过这个事情。

郝东让对他说："马锐胜老师傅已经代表上天解除了疑惑，族内人只要不是血亲的，都可以通婚，你可以与郝家之外的所有人通婚。"

郝腾龙就默不作声。郝东让想，郝腾龙应该把乔庄所有的外姓女人和女子都排了一通了。难道他心里没有所属的人吗？

郝东让与郝腾龙的谈话，是对别人的提醒，还是对自己的提醒，连郝东让自己都已经不能完全辨析了。郝东让从与郝北章的谈话之中，很清楚地知道，郝北章对种族的繁衍高度重视。郝东让跟郝北章隐晦说过，在乔庄很远的地方有一个国，名字叫沙沱国。可是，对于郝东让的暗示，郝北章却表现出了极度惶恐，他一再告诫郝东让，不准把这件事情泄露出去，不要乱了大家的心。

郝东让说出对于马静里已经外出的担忧，会不会成为乔庄的一个缺口。

郝北章说："走就走了，但愿他是死了，而不是活着把我们的秘密带出去。"

郝北章的苍老已经很厉害了，他的屋内堆放着很多的木牍、竹简，上面都写着东西。马锐胜和田守其、黄辰梦有时会来，与郝北章攀谈，也会翻看一些木板，但总有一些木板记载着什么，他们都看不到，郝北章不允许他们看。郝北章说话的力气很微弱了，一些发音都提不起来。

郝北章常常对他们说："也许我的大限将到。我很不甘心。我还想能看到乔庄的人更加多起来。"

大家都明白他的意思。

郝北章说："要不这样，我按照目前的状况，把年轻人都安排分配一下，你们就按照我说的意思去办。"

大家其实也很烦恼此事，不知道如何下手去办涉及乔庄未来的大事情，现在听郝北章一说就省去了很多麻烦，他们都可以比照到郝北章的安排去做。于是，郝北章把自己心里想了很多次的方案说了出来。说定下来就定下来了，没有反对，没有拒绝。一切都在一个威权之下被定型。

一时间，乔庄喜气洋洋的。按照郝北章的安排，男男女女都欢天喜地接受了安排，大家被安排在一起，就算是结婚了。家家户户热闹非凡，过去很熟悉的人，现在就要住在一个屋檐下，就要睡在一张床上，羞涩和期盼都是难免的。

分配到郝东让的时候，他推辞了一番，因为他怕他哪天又浪迹天涯。郝北章亲自给他说，郝东让也犹豫着不同意。郝北章厉声对他说："不说你要走，就是你要死，也要为乔庄留个后。婚配的事，不只是牵涉你个人。你个人事小，无关紧要，但此事牵涉到乔庄的长远，做也必须得做，不做也必须得做。"

郝东让分配的是与马静花结婚，郝腾龙分配的是与马静蕊结婚。

马锐胜把分配的情况带回家里，告诉给两个女儿，马静蕊欢天喜地地溢于言表，马静花却凸显出庄严、凝重之色。

郝东让心里其实有一个人，马静花心里也有一个人，可是，郝北章定下来了，无法改变。郝东让是遗憾，没有选择到马静蕊。马静花是紧张，在心里想与一个英雄如何相处，她一直以来心里想到自己的男人都是郝腾龙。

24. 楠木木牍记：乔庄之喜，不论瓦璋。

郝北章说的话就是全乔庄最大的话了。

每家每户都按照他的话来办。

同一天若干的儿女在乔庄走进婚姻殿堂。乔庄自有人居住以来最大的一场婚礼浩大举行。或者更准确地说是一场献祭，乔庄的男男女女们按照一个人的话，只讲年龄，不论长幼，纷纷把自己献上了生殖繁衍的祭坛，不管你内心深处是作如何想的。

这是年老的人对年轻的人的一次突然袭击。

年轻人听了老人晚上的训诫，喜悦的泪和挣扎的泪都在当晚流淌得干干净净。自此，男女各有归宿，乔庄因为人类繁衍的加入，变得更加温馨。

晨起，乔庄的雾就像是围在山涧的婚纱一般，轻逸，薄透，把整个河谷、山峦、流水缠绕得朦朦胧胧。朦胧之中透露出来宁静，透露出来安详，整个大自然把最博大的胸怀展现出来，用广阔来迎接整个乔庄大事的来临。

整个乔庄的大自然感受到了乔庄的生命即将孕育的巨大疼痛和巨大喜悦。除了太阳用丝线轻轻地扎进婚纱般的轻雾，再也没有多余的动作和声音。没有鸟叫的声音，鸟一直就躲在巢里，等待一个时机来发出自己的歌声；没有露水跃下叶子的声音，那颗颗晶莹的露珠都憋着一股劲，把自己固定在叶片之上，不滑动、不滴落，单等那一个时刻的到来；没有小兽潜行的声音，哺乳动物们都心怀好奇，同为哺乳动物，这些大自然的哺乳动物默默感受人类结合的喜悦；没有人的声音，每个家都静悄悄的，有的家里的儿女是内心的喜悦，父母亲以及兄弟姐妹也跟着一片喜悦，但是，喜悦总是表达得很含蓄，是暗暗地窃喜；有的家里的儿女是有疑惑的，毕竟这样的事情都还没有做过，这其中有冲破悲伤的结合，有对未来的迷蒙；有的家里大人是高兴的，而儿女可能是惶恐不安的，因为在日常的接触中，男女之间已有暗示，本来心有所属，等待瓜熟蒂落，听那来自幽深中的轰然一响，可是，却因了大的氛围和环境，大人们擅自做主，把这些适龄的男男女女一阵摆弄，就无规划仅凭运气地安排在一起了，男女之间原来默默的契合被彻底打破，男女却不敢言明，只能把内心的痛楚在肠内一阵阵地纠缠。

不管怎么样，在乔庄的天空中，耳聪的人都会听见山谷之间、天空之上有祥和的祝福之声在隐现，整个乔庄的人都有一种神圣的复活感。

太阳终于打败了山中之岚。

兽类的声音一下子就高亢起来。近处出一声，远处和一声。远处呼一声，近处应一声。兽类也把求偶的声音谱成了动人的乐曲，怎么听都悦耳，怎么听都深情。鸟像约好了一样，突然从林中跃上天空，伸开翅膀飞翔，此起彼伏鸣叫，人们可以听见叫声中有稚嫩的表达，那是幼鸟，才开始学飞的幼鸟，在父亲母亲的护航中，正冲向有光的地方。

整个乔庄沐浴在爱的温暖之中。

家与家之间，人与人之间，都成了更加亲密的伴侣，成为更加亲密的亲戚，姻亲正改变着乔庄原来的血脉联系，建构着新的血脉谱系。

男人和女人结为夫妻的日子，也就是独立生活、自立门户的日子。

乔庄自然有更多的独立的家庭诞生。更值得期待的是，每一家都会有更多的孩子，更多的孩子会有更多的孩子，如此分裂下去，乔庄将人丁兴旺，血脉绵延。

郝北章却整天都在家里，没有外出。

他听见了每对男女结合时，众人的呼喊声，山歌的激越声，母亲的号啕声，女儿的抽泣声。他不觉悄然泪如雨下，湿了脸颊，湿了嘴唇，湿了胡须。郝东让什么都没有做，看见郝北章悄悄地把嘴角的泪吸进嘴里，品尝着，继之是更大的泪水流下来。

郝东让看见郝北章把削好的木片拿出来，用炭笔在上面写下："辰日，硕喜，数儿男，配婚，共祷。"

郝东让能感受到郝北章刻写这几个字，仿佛用尽了全身力气，写完，良久不动。他急忙上前欲扶，郝北章举手止住，不回头，责问郝东让："你陪我干啥？你娶的人呢？"

郝东让才猛然想起，今天，其实也与他有关。

郝东让说："爷爷，我管你。你看你今天似乎行动不方便。你今天想到哪家，我就陪你到哪家。"

"我不需要你陪我。今天你有更重要的事情。你必须按照我给你安排的人，完婚成家，并且，不准再与我住在一起，你必须搬离出去。"

"爷爷，你需要照顾……"

郝东让话尚未说完，郝北章大怒："你马上离开，我不需要照顾，没有什么老朽需要年轻人照顾。年轻人要照顾更小的生命，保证生命的延续。而老朽之人，只能做粪，埋于地下。不管你郝东让曾经如何的了得，但现在，你就是郝家的一个人，一个男人，一个与女人结合可诞生出若干郝家人的人。家族的人脉流畅，人丁兴旺，就是你现在的使命。这个使命就落到了你们头上。更何况，到乔庄这里来，也是你一路指引的方向。在这个与外面隔绝的山谷里，你更有义务，更有责任，把人丁兴旺的事情做好。不然，乔庄就是死亡之谷。"

郝北章话未完，就咳了起来。郝东让赶紧上前去拍他的背心，郝北章身子一侧，怒气更盛："走！快走！"

郝东让的妻子是马静花。郝腾龙的妻子是马静蕊。

这样一来，郝东让与郝腾龙的辈分关系就复杂起来。按郝家家族，郝腾龙是郝东让的叔叔。按姻亲关系，郝东让与郝腾龙是连襟。按马家两姊妹排序，郝东让是郝腾龙的姐夫。

马静蕊被郝腾龙高高兴兴接回了山洞。马静蕊满脸喜悦，心满意足。

郝东让把马静花接到哪里去呢？他犯了难。

这次把乔庄最漂亮的女人马静花分配给他，他心里一颤，知道是郝北章偏心于他，或者说郝北章早看透了郝东让不羁的灵魂，他要用最柔软的绳索捆绑郝东让，让郝东让动弹不得。总之，就是这样定下来了。不管怎么样，马静花是郝东让的人了，或者说，郝东让是马静花的人了。

每个人都有居所，唯独郝东让跟着爷爷，没有自立门户。现在爷爷要求自己要搬出去,郝东让要把马静花安置到哪里呢? 哪里是他们的归宿呢?

郝东让一想到马静花,满鼻腔里都是桂花香味。他知道马静花在等他。她也没有办法,要听从大人们的安排,不管同不同意,都会跟他走。

人家都结合了,只有郝东让没有践约。马静花家门前的那棵桂花树上的每朵桂花都是笑脸。可是郝东让如此之久尚未去,每朵花应该都有了愤怒。

郝东让在想,自己是否不复是过去的自己?

多少年前,郝东让意气风发,粪土将侯,敢想敢闯。

多年过去,进入乔庄,自己是否已经呈现出无比的懦弱? 形象委顿,瞻前顾后,不敢前进。他不敢结婚,他觉得自己不能够带给马静花未来。

郝东让不敢想象,一个曾经带给家族荣耀的人,一个带领族人披荆斩棘,筚路蓝缕的人,居然对一个女人负不起责任。他越想越紧张,在众声喧哗之中,选一条僻道,逃上了就近的山巅,像一条喘着粗气的癞皮狗,坐在山梁上。梁头形似狮子,郝北章曾经说,那就叫狮子梁。郝东让此时就坐在狮子梁上,抬头似乎可以摸到天上的云朵,可以抓到鸟飞过的痕迹。低头,可把乔庄收于眼底,他看到家家户户有喜事。

他不敢下山。

一直坐到黑夜把乔庄收进口袋。一直坐到月亮又把乔庄从黑夜的口袋里掏出来。

郝东让依然坐在山梁上,没有下山,他不知道自己心里想的是什么,是无法向马静花交代吗? 是无法越过自己心里的坎吗? 他害怕一旦有了女人有了孩子自己就变了吗?

他张开嘴,想把月亮一口吞下去,让月光把他的肺腑照亮,让月之寒光把他的内心化为冰块。郝东让想让月光把自己分解,自己在月光中化为月光,随月亮到远方。可是,今晚的月亮也奇怪,总没有让郝东让得逞,他几次吞咽月光,想使他的头脑更加的冷静，却总是不能如愿，他心更加乱，更加燥热。

郝东让看得见马静花家。

桂花树形很圆，在月光的照耀下形成巨大的阴影，马静花的家就在阴影里面。郝东让可以看见阴影里如豆的黄光，那样顽强地呼应着天上的月亮。按常理，月光如水，洗遍大地，大地之上，可不需要光亮，上天安排的灯盏，已可照亮一切。可是，马静花家偏偏就亮起一豆灯光。

郝东让的心一下子乱完了。心如烛光摇曳不已。

那灯会不会是马静花点燃的？灯下的她是满脸泪水，还是满脸期待？是满脸愤怒，还是满脸坚强？郝东让不敢想。

整夜郝东让没有瞌睡，不敢在狮子梁上睡着。

整夜那盏豆灯也未曾熄灭。郝东让不知道是谁在往里面添加燃料。

等野鸡突兀一声喊叫把月亮惊落，郝东让知道昨天已经过去了。

郝东让知道再怎么困难，自己必须做出选择了。

25. 楠木木牍记：让携花离群索居，抵处不明。

虽然经历了乔庄最大的喜悦，每家都沉浸在缔结姻亲的巨大狂喜之中。但是，郝东让居然没有迎接马静花，这一个消息极大地震动了人心，像一块从天而降的巨石把乔庄压住，整个乔庄一下子哑口无言。马家既享受着郝腾龙与马静蕊结婚的喜悦，又承受着郝东让失约的慌张。马锐胜内心起伏不定，脸上却不见表情。可是，马静花的妈早已经按捺不住，嘴里不断地向马锐胜抱怨。

其实在太阳升起来之前郝东让都已经想好了，就算是住岩洞，他也要把马静花娶走。

可是，他的反应确实慢了一些。

毕竟，郝东让没有如约接走马静花这样大的事情，马锐胜不能接受。他要郝北章讲一个理。天尚未亮，月尚未落，他已经等在郝北章的门外了。

郝北章听后并没有雷霆大怒。

他似乎更多的是失望，是绝望，是颓废。

郝北章的颓废表达了一个神一样的存在也有崩塌的可能。郝东让居然不听他的话。

郝东让也已经在郝北章门外了。他听见了郝北章的叹息和咳嗽，也听见了马锐胜的焦急："老师，这咋办嘛？这脸咋丢得起嘛？这女娃子一夜不睡，眼睛盯着灯，两鼻眼是乌黑的，如果寻了短见，又咋办嘛？"

郝东让听见，一刻不敢耽搁，急忙闪身入屋，咚一声，双膝着地，跪在两人面前，头磕在地上："两位长辈，东让不对，东让是个浑人，但我对两位老人起誓，娶了静花，此生不负，有我有她，有她有我，终生不弃。"

郝东让突然出现，进门的动作、语言，着实把两人吓了一大跳。还没有等两人回过神来，他又说："等太阳升起，我到桂花树下来接静花。"

真是一个晴天。乔庄的晴天正应和了喜事的来临。大家都知道了，郝东让总是别具一格，连结婚都不与众人选择同一个时间，总要跟别人的时间岔开来。

由于头一天是所有家庭喜事的日子，大家照顾了自己的家庭，今天却是所有的人都要见证的一天。他们都稀奇郝东让要把马静花娶到哪里去，用什么形式来接走马静花。

太阳给天空戒严，连一丝的白云都不准到乔庄上空来闲逛。天空蓝得像倒扣的水盆，里面可以映照乔庄，郝东让相信，巨大的蓝天也一定照得见他内心的真诚。

郝东让想，漂泊之心在昨夜已被上天收回，他要一个沉稳的生活了。

他越来越清晰地闻到了桂花香味。

　　早上，郝东让躲到乔庄河的一个偏僻安静水湾里，用清水把自己上下里外地洗了一番，他还用上了砸烂的皂角。

　　他从河这边往马家院走。

　　过去需跳跃方可抵达的石头间距，郝东让已经先用大石头一一填平了，今天他要负重过河。他要把一生的责任背在身上。他要稳重地走过乔庄湍急的河流。

　　他在认真做着事情。他感到了很多双眼睛的盯看，他能感觉到落在脊背上的热度。他没有抬头，仍能感到那些盯在背上的目光中有马静花的。

　　水面上一条平铺的路形成了。郝东让知道，等一场大水来的时候，这些石头会被冲走，这条路将不复存在。但这些都不是现在要关心的，他关心的是，他要一背背走的是马家院的桂花香味和他此生最后的自由。

　　郝东让在桂花树下立定，看见马静花端坐在桂花树下面，脸上无特别的表情，眼睛似乎也没有流过泪的痕迹。他们都没有说话。郝东让走到马静花的面前，然后与她一起面对着家门，很默契地，开始磕头，磕了三个头，那门始终敞开着，并无人走出来。郝东让又走到了马静花的面前，对着她双膝下跪，举起双手，交到她面前。她也举起双手，搭在他的手上，两手一交会，郝东让感觉到马静花的手冰凉，比昨晚上的月亮还冰凉。他背转身，把她的双手搭上他的肩，郝东让刚要使劲拉，马静花的双手自然用上了劲，攀上了郝东让的肩头，他没有费多大的力就把马静花背在了背上。郝东让背着马静花就走，生怕马锐胜出来阻拦。实际上，马家院子始终没有一个人出来，包括已经成为马静花嫂子的田翠鸣、黄依柳。

　　过河的时候，郝东让使劲搂住马静花的屁股，怕她掉下去。他明显感觉到在他搂的那一瞬间，她的身体突然一紧，仿佛僵直了，身体没有下一个动作，一紧就没有松开。不一会儿，郝东让感觉到她的双腿微微颤抖。他继续前行。

　　两岸突然有了响彻云霄的欢呼。

欢呼声是壮行？他不知道，也不回应，只是不停地走。郝东让照着他心里确定的目标走。

从河到谷，从谷到壑；从阳光明媚，到树荫蔽日；从石块清澈，到苔藓横生。马静花不知道路通向哪里，可是，她静静地伏在背上，一动不动，任由郝东让背着走。

郝东让自己心里想好了，要把马静花背到一处秘密之所在。到那里，他们不再行走了。安顿下来，交媾、生娃、长大。然后，再把他们带出来。

郝东让看见雄性红腹锦鸡衣冠鲜艳，带着身着朴素羽毛的雌性锦鸡从树林中满地的树叶上走过，那雌性一点都不漂亮，它们走得很悠闲。它们走一阵，又飞一阵，树叶沙沙作响，在树林间传出来的声音很有节奏感。它们会在某一处完成生命的原始动作，然后一大群的锦鸡会诞生，会生活在树林间。

郝东让与马静花的见面就是结合。现在他背着她走，她不问他不答，她贴着他，他用劲搂着她，一切似乎都显得自然。从开始郝东让动作笨拙，到现在他搂背自如，从她最初的紧张，到现在他感觉她自己也在用劲，所以，郝东让越背负着她走，越走感觉越轻松。

这一走，很漫长。

黄昏的时候，太阳的光线反射过来，把沟壑照得一片迷蒙。终于走到了目的地。郝东让轻轻地把马静花放在谷底的河边，河边的石头很光滑，刚好靠近水旁，他放下了马静花，她自然就坐在石头上，把双脚伸进了水里，一双鞋就放在石头上。她的脚一放进水里，一群透明的小鱼就扑了上去，围住了她的洁白的脚开始啄吻，那些小鱼的嘴微微张合，马静花的脚底感到了痒麻，她突然把脚一缩，把小鱼吓得分散开去，她似有不忍，又把脚往前一伸，其实，就算她把脚往回缩，脚自始至终也是在水里，只不过是脚在水里的深浅不同而已。等到水纹稍平，小鱼又快速围上来，仿佛马静花的一双脚就是它们的饕餮盛宴。马静花再次感觉到脚板发痒发麻，她也不好意思把脚往回缩了。

郝东让也轻轻下水，惊走了一些小鱼。还有一些小鱼围在她的脚旁，他伸手进水，慢慢赶走小鱼，用两只手围成一个大口一般，把马静花的双脚吃进他的掌心里。马静花感到了抓握感，一瞬间，非常吃惊，脚明显颤动了一下，却并没有缩脚，反倒把脚往前伸了一段。

郝东让抓住了马静花的脚，肉与肉的接触，给他一种陌生的感觉，过去，郝东让用自己的肉接触自己的肉，他用自己的肉抓住自己的肉，感觉得到用劲、用力，就像一个人下象棋，一人执红黑两子，红棋下哪一步棋，黑棋应哪一步子，自己都心里有数。自己抓住自己受伤的地方，为了配合神经下达的疼痛感，手会用力、用劲，捏住受伤的地方，用一种疼来抵御另一种疼。可是，此时，两种肉的碰触，给了郝东让全新的体验，是几十年来未曾体验的，想碰触，又怕手里没有轻重，伤害到对方的肉。于是，郝东让调动自己的经验，尽量用小一点的劲，把内心的全部的柔软都倾注在自己的手上，去把握马静花的脚。

"痒吗？"他把小鱼往开里赶了一下。马静花明白他的意思，是指小鱼对她的脚板的啃食。

"嗯。"马静花轻轻答应了一声。

他把它们都赶走。

"算了。由它们吧。"马静花说。

于是，小鱼和郝东让的手各自在不同的位置动着，那些小鱼钻进他的手和她的脚之间的缝隙里，小嘴频繁地开合，不知道在吃什么。后来，有钻不进去的小鱼，把他的手当成了她的脚，也一阵地啃食，郝东让感受到那种细小的触动和巨大的痒。忍住痒，郝东让体会到异类带来的无比的舒服。

郝东让带着马静花察看自己的房子。

马静花一见到巨大的洞穴，口里一阵地惊呼，山洞对她来说具有无限的诱惑力。她一下子想到了郝腾龙，自己现在的妹夫。没有想到，郝东让选择的居住地也是山洞，只是距离乔庄太远了。

走来是很远，可是，有一个秘密郝东让没有给她说，这个洞其实就是郝腾龙那个洞的延伸，两个洞其实是一个洞。

看到马静花很喜欢，郝东让心里很高兴，至少自己没有经过商量就把马静花带到这里来，她会不会抱怨，他心里没有底。现在一看她喜欢，他的心就放下来了。

26. 楠木木牍记：繁衍如初日。

乔庄的人口格局很快就改变了。

又一代人出生了。

这是崭新的一代人，是完完全全的乔庄人了。出生在乔庄，成长在乔庄，服务于乔庄。他们会忘记家族过往的艰辛，没有经历生离死别，幸福快乐的生活是对这一代人的期盼。

躲过杀戮的乔庄人，焕发了另外的面貌。以逃亡的形式保全了生命，以流浪的形式保全了生命，以躲避的形式保全了生命，当初逃避的对象不是异类，而是同类。同类之间疯狂的互屠，是更加令人痛心的。同类之间互相夺取性命似乎是一种正常的游戏，而制定游戏规则的人也要承受这种后果，没有谁在冷酷的规则面前可以全身而退。

而新生命的诞生，是抵御残酷的游戏中最为温暖的环节。新生命是令人敬畏的，正因为不可限量的未来，才让人不敢对新生命有亵渎之心。

随着乔庄新生命的不断诞生，乔庄人似乎就过上了正常的生活。

婴儿在乔庄的山水中成长。

草依旧那么生长，那些植物用自己的涅槃来展示一种强大的生命力量，在那种生命中，人类一直有奢侈的想法，也想让人类像草一样。虽然卑微，低入尘土，可是，纵然头被割掉，也要放出一片嫩香，把自己放在动物踩踏之下，把自己放在雷雨冲刷之下，把自己放在乱石碾砸之下，却与厚土结成联盟，让厚土包裹了自己，收藏了自己，温暖了自己，只待春风一喊，草的头颅又纷纷从地下冒了出来，集结成一个强大的军团，纵然没有树高，但却可以以自己的高度亮相。

草的顽固，导致了它的失忆。草没有仇恨，或者表面上忘记了仇恨，那些动物啃食了它，它不吭声。动物们把小草的灵魂裹在粪便中，排泄在远方，它们就把灵魂安置在远方。人们用刀割断了它的头颅，甚至用火焚烧了它的身体，它也逆来顺受。单等春天一到，春风吹拂，草们就绝地逢生，子子孙孙一起出现，颇为壮观。

含饴弄孙，多么美的人间暖流。这个暖流一下子就传染了整个乔庄。

乔庄的人们忘了曾经的奔波之苦，忘了曾经的被屠宰的命运。

真好，一段漂泊，一处净土，一群善人。

郝东让与马静花独自生活在峡谷里。峡谷虽小，他们的天地却很大。

郝东让与马静花安顿的家就在山洞开阔处。再往山洞里面走，郝东让设置了障碍，他对马静花说过，里面不能再进去了，里面还不清楚情况。把家安顿在洞口处，很好，有风吹来，有阳光照射，也有花香扑鼻，一切都刚刚好。马静花没有反对。

郝东让心里明白，把家安顿在山谷，看似偏远之处，看似远离乔庄，远离族人，实际上他与他们就一层之隔。而这些，他认为马静花不知道。

郝东让构筑起自己的房屋，他不用语言，而是用行动展示给马静花看。他在洞内用石头和树木、泥巴垒了几间房子，互相隔开，将来有了孩子，就让他们分别睡在不同的房间。他把自己与马静花居住的房间进行了美化，隔开的单独的房间，宽大平整，在山洞里的居中位置，可以拱卫着孩子们的房间。在近洞口处，专门留下了一片空旷之地，没有建设任何障碍，用来燃烧木棒，烧火取暖。一大堆火就在洞中央燃烧，洞穴暖和，房屋里也很暖和。大火在洞穴燃烧，实际上也是告诉洞内和洞外的眼睛，让那些眼睛们看见，这个地方已经被人占领。从火燃烧起来的日子之后，连续三个夜晚，与其他地方占据之后的情况一样，洞外有咆哮声，有干吼声，有呻吟声，有压抑的哭泣声，各种声音冲击着他们的耳膜，马静花害怕，郝东让让她偎着他，他紧紧地搂着她，把自己的力量传递给她。他把刀放在身边，一把短刀，一把长柄的刀。在洞口放了巨大的树木，成团的荆棘，阻了洞外的野兽的脚步。很快，尘归尘，土归土，洞外的那些生物已经认同了有人居住在这里的事实，他们互相之间都保持了相当的默契。互不打扰，互不伤害，各自按照自己的习惯和路径活着。

郝东让学会了放下屠刀，学会了耕种闲土。马静花负责生养孩子，郝东让负责生活的粮食。他与马静花为了一脉血的流淌，做着各自应该做的事情。

他们五年不出峡谷。每天日出的时候，郝东让就会给马静花说自己今天将要做的事情，他要么到山的周边去捡拾干柴，成捆成捆地背回来，折断成整齐的一堆，码放在山洞旁边。细软的松针等易燃的点火物被安置在洞内，马静花只要一敲击火石，炊烟就出现了，洞内烟火不断，一切都很安详。要么，郝东让会用石块在山洞外面垒砌高墙，隔断外界与洞内相通的界线，留一道门，用粗壮的木棒捆扎起来一道大门，推开是外面的世界，关上就自成一统。

郝东让走遍了山洞周围的森林，他采摘了许多的野果，猎回来很多的动物，马静花和孩子们在无忧无虑的日子里生活着。

每一天，马静花要做的事情就是等着郝东让回来。郝东让一走，她虽然也知道很安全，可是总是觉得心里空落落的，直到郝东让的身影出现，她一颗心才放下来。毕竟在山沟里只有他们一家人，没有邻居，没有可以说话的对象。

马静花跟孩子说话，跟洞内的石桌石床说话。也走出门外，与大自然的一切说话。她会轻轻地呼喊，呼喊悠长却不大声，她怕惊动山里的神灵。

郝东让绝不会让马静花独自抚养孩子们，他回到家里，就抚弄自己的儿子，他们之间的交流没有因为时间而变得乏味，郝东让说："花，你看，巴娃像你的样子呢。"

马静花就开始笑。

"笑起来更像你呢。"郝东让又说。

马静花静静笑着，然后说："难道不像你吗？你看那个鼻子，那个眉毛，哪一点不像你？"

郝东让就哈哈大笑起来，也不管周围的动物、植物在听。郝东让的笑声是镇静剂，是霹雳语，她听到他爽朗的笑声心里就更加有底，没有什么可以让她害怕。

他心里的誓言就是永不离开。他始终在他们身边，他就是一家的城墙。郝东让虽然没有出过峡谷，却知道峡谷外面的情况。每过一段时间，他都会沿着山洞往里面走，然后潜伏在郝腾龙和马静蕊的洞穴之下，可以听见他们的说话，可以听见他们孩子的叫唤，可以在断续的语言中，大致了解峡谷之外的情形。郝东让把听来的内容讲给马静花听，她总是静静地听着，不问消息来源，他也不主动提及有这样的一个渠道。

马静花的安静是沉潜的，马静花的安静是泛香的，仿佛她出嫁的时候，他背起她，不仅背起了她的身体，还顺带背了一背的桂花香味。

他们有了三个孩子。两个儿子，一个女儿。大儿子郝巴子已经可以独自行走了。他除了照顾比他小的两个弟妹外，他更加照顾了自己的内心。他会到水边去，他会到树林里去，没有人阻止他，他自由自在地行动着。郝巴子会倾听大自然的声音，应和大自然的节拍，领悟动物们长长短短的声音所代表的意义。他学着叫唤，他学着理解，他学着呼唤。

世界上自此多了一个不一样的呼声。

持续很长的时间，郝巴子摸清了一些规律，呼唤有了更多的意义，每当他开口，总会得到山林里的回应。

马静花从郝东让欲言又止中猜测他向她隐瞒了什么。马静花不问，郝东让也不说。这是一种默契，一种相互信任的默契。

漫长的时间里，马静花带着孩子把整个山洞的里里外外走遍了。

开始的时候，她面对巨大的山洞，不知所措，不敢面对。自己弄出的每一个声响都在山洞里回荡，空旷的山洞共鸣很好，声响经久不绝。如果大声喊叫，自己会被自己的声音环绕着，弥散不开。时间长了，马静花渐渐适应了在山洞里的过程。她迷恋在山洞里穿来穿去而享受到的宁静、安详，愈往里面走，愈是能感受到神秘莫测又心安理得的吸引。

有些地方的道路已经被郝东让给堵上了，他经过排查，认为那是最危险的地带。这样，马静花带着孩子在山洞里穿梭，并不怕发生危险。

山洞里弯曲不定，各种道路互相沟通，孩子们在里面玩着躲藏和寻找的游戏；玩着攀缘和敲打的游戏。满山洞里面都是孩子们的欢呼声、奔跑时发出来的踢踏声、敲打山洞内岩石的清脆声，混杂在一起，各种声音互相应和、交织、混响，形成了欢快的局面。

马静花任由孩子们玩闹，她会静静坐在一侧，观看，微笑，满足。

有一天她带着孩子走得远了，似乎要走到了山洞的尽头，她看着孩子们攀缘在各种形状的石柱之上，她坐到一块平整的石头上，背靠着巨大的石柱，恍惚之间似乎进入了梦中。突然，她听到了隐隐约约的哭声，小孩子的哭声，她一下子惊醒，或者说，她感觉到自己本来就没有进入到梦想里面。她起身，马上去寻找自己的孩子，她害怕是自己的孩子哭起来了。可是，她四处观望，发现孩子们欢快地游戏，并没有谁在哭泣。她摇了摇头，笑起来，认为是自己敏感了。

于是，她又坐下来，这次她没有闭上眼睛，而是眼耳鼻舌身意都打开了。

果然，她又听见了哭声，小孩子的哭声。

这次的哭声大起来，很快，有另外的孩子加入了哭声，哭声壮大起来。在哭声里，她听见了有人哄孩子的声音，如此熟悉。她大惊。循着哭声的方位慢慢地摸过去，双手在洞壁上摸索着，像是自己的手已经摸着了哭声，摸着了夹杂在哭声里面哄着孩子的声音。

在一处石堆纠结并盘旋而上的地方，她发现大自然的神灵如此巧妙地捏了一架梯子，连通着山洞穹顶和地面的空间，人可以攀附上去。

马静花发现石梯上有人的足迹，她依照着足迹小心翼翼地爬上去，发现洞顶上面是一片巨大的平面，她走到了顶部，听见哭声更加响亮，她听见了哄孩子的人的声音，那是马静蕊的声音！

她几乎要哭出来了。

是马静蕊。多少年了，都没有听见过自己家里人的声音。她哭起来，她想大声喊叫出来。但是，她忍住了哭声和呼喊的冲动。

她坐在平面上，不再控制自己，认真听着马静蕊哄娃的声音，郝腾龙走动的声音，其他孩子玩耍发出的声音。她笑意密布在嘴角上。她知道，郝东让隐瞒自己的是什么了。她内心里有了嗔怪，随即又原谅了。

她知道，自己今后有地方来了。

27. 楠木木牍附记: 让述其子明兽语, 不可信。

郝东让和马静花在乔庄之外, 又在乔庄之侧。

郝东让以为只有自己知道这个秘密。马静花一直安静地生活, 并不念叨乔庄。岁月静好不过就是如此而已。

郝东让与马静花的愿望是一切不要变动, 慢慢消磨掉剩下的一生, 把乔庄山山水水的灵气全部揽入怀中, 镌刻进儿子孙子的血管里。

哪知道变动不居才是常态, 异象说来就来。那天晚上, 马静花有点惊慌, 这与她的沉潜的气质不符。她说:"郝巴子神了, 与鹿子交上了。"

"啥?"郝东让一下子没有听清楚:"啥叫交上了?"

"就是, 就是他与鹿子很好, 他们还在一起耍, 还与鹿子说话。"马静花很紧张, 她的表现使他失望, 按理说有郝东让在, 她应该沉稳, 可一说到儿子, 她却如此慌张。

"人和野物说啥话?"郝东让对马静花的语焉不详表示不满。

"是真的, 是真的呢, 你还不信。这不晓得是啥事情哟。"马静花确实紧张, 一下子联想到可能会出啥事情。郝东让突然被她的恐慌感染了, 但是他不能表现出来慌张, 就安慰她:"不要紧张, 不要着急, 我来看看再说, 没有什么大不了的。"马静花说:"每天下午的时间, 他都会到树林里去, 开始我怕他出事, 我就悄悄跟在后面, 可是, 太不可思议了, 我看到了一群小鹿围着他, 他嘴里念念有词, 那些小鹿都安静极了。"

"一个小孩, 刚学会说话, 他能说什么?"他还是想打消她的判断:"静花, 也许是你看花眼了。"

"那你就抽时间也悄悄地去看一下再说吧。"她就自行走开了, 他看见她边走边用手抚着自己的胸口。

郝巴子说的不是人话。

这是令郝东让特别吃惊的。

郝巴子不说人话，而那些小鹿确实在认真听他说话，都在他面前静静听着，仿佛都是听懂了。

这是让郝东让更加吃惊的。

郝东让悄悄地跟上去，全程看完了这件事情。郝巴子进了树林，走得有些蹒跚，在一个略微开阔的地方，有一块石头，他爬上去，坐下来，他还小，郝东让怕他掉下来。他坐稳之后，四处一阵瞭望，而后低低地叫唤一声，只听见树林里沙沙作响，不一阵，小鹿们都出来了，围在郝巴子的身旁。他嘴里开始发音，音节长长短短，有急有缓，有高有低，尤其抒情，很和缓，很走心。那些小鹿，仰头看着郝巴子，又低头一阵子，又仰头看一阵子郝巴子。小鹿的身上是淡黄色的毛发，在夕阳之下，格外的柔软，反射的光线也不强烈，立在一起的小鹿，就像给地面铺了一层黄色的地毯。

说了一阵子，小鹿似乎懂了。郝巴子又是一声轻呼，那些小鹿一下子就钻进了树林。

在暮色彻底来临之前，郝巴子回到了家里，无事一般，照常照料弟妹。

如果要来表述郝东让内心的惊恐，应该是超过马静花内心的恐惧了。

郝东让在猜想："是在什么状况之下，郝巴子拥有了异能的？遗传？他的外公在西北都称自己拥有其他人没有的能力。可是到了乔庄，他的外公奔波在谋生的路上，始终没有抬起头仰望星空。我？我除了在过去手执大刀长矛，斩杀生命，双手沾满鲜血，还有什么异常能力？马静花？柔柔地，安静地生存在世间，连呼吸都不敢用劲，怕抢了蚂蚁的那一份氧，她咋会有异能？更何况，郝巴子他还只是一个孩子。"

郝巴子在逗弟妹玩耍。他完全没有什么特别之处。郝东让把他喊到身边来，郝巴子两眼看着他，眼底纯净无垢，恰似这谷里的流水一样，一望到底。看着郝巴子的眼睛，郝东让觉得郝巴子就是无心的行为，他本来还想问问，但看到他的眼睛之后，认为不能冒昧，要长时间来观察他，摸清楚异能来自于哪里，突然出现的异能会不会像突然出现的灾祸一样。也许，乐观一点，异能带来的是幸福。郝东让想，他有责任排除危险。正如郝北章所说的，这是一族人，长途奔跑为的就是活一条命，当初如果不逃跑，任人杀戮，这偌大的一族人，可能全部都两世为人，转世重生，都又是一条条的壮汉子了。所以，对任何出现的异常情况都有必要引起高度重视，要小心排除可能存在的任何危险。

当然了，郝巴子还仅仅是一个异常，倒也没有多大的危害，他通的是异类，从危险等级来看，人类才是人类最大的危险，人才是人最大的威胁，而动物并不是人类的天敌。

世界如此安静，安静得郝东让都听不见自己的呼吸。他的呼吸都被世界收拢了。

月亮又照在了山谷里。山谷是被拥抱出来的，是被周围的山拥抱出来的。山互相拥抱，它们站成一圈，或站成一队，踩在各自的方位上，踩到了阴阳的位置上，形成了空间。这些空间留有温暖，是山的温暖。山的温暖给乔庄留下了生育繁衍的空间。郝东让看着月亮一下子就把光的手伸进了山谷的流水里，一下一下地打捞，亦用自己光亮的手把水弄得一晃一晃的。而水中的鱼呢？郝东让寻思，那些鱼们在干什么？往水里一看，却看不见水里的鱼。他想：那些鱼可能也睡了吧。

大片大片的月光像一盆水，自天空泼在郝东让的头上、身上、皮肤上。郝东让吃了一惊，像被光束击中了。郝东让突然想起在乔庄的年轻男人都沉浸在新婚的喜悦和快乐中的那个夜晚，他一个不想受婚姻约束的男人，独自坐在狮子梁上的情景。在山顶上，那时他离月亮很近，而现在，郝东让已经陷入了婚姻之中，已经陷入传宗接代的使命之中，已经陷入左顾右盼之中，面对月光，他有惧怕了。此时，他沐浴在月光之下，且在谷底，在低处，承接着月光，心里格外涌起一种脆弱感来。

曾几何时，他怕过谁？曾几何时，他顾忌过什么？现在的他，显得懦弱，脑袋里产生了惧怕、担心的感觉。在血液煮酒的岁月，血液浇淡了多少的人间情怀，他不管未来，只顾当下，血流淌下来产生的快意，可以使自己的整个岁月都有了滋味，那是人间滋味、站着的滋味，一切都是流淌的血的滋味。

他是从什么时候变化的？郝东让自己都不清楚。

现在想来，应该是背起马静花的时候。

现在想来也有可能是第一个孩子出生来到这个世界上的时候。

郝东让拥有了后代，有了繁衍，他的血脉有了长远流淌，按说他不应该害怕。可是，他就是怕了。

郝东让坐在月亮坝里来思考这样重大的问题，突然感到头疼。

生命的厚度在不断地增加，不断增加的过程也是人在蜕变的过程。蜕变，也许不是倒退吧，比如郝东让从勇猛不畏到现在的担忧。他担忧什么？马静花的逐渐苍老，小孩子的茁壮成长，不测的未来究竟长成什么模样？乔庄的未来究竟是什么样的情景？他的后代会不会重复先人们走过的道路？

郝巴子表现出来的行为令人费解。本来郝东让的逃避是为了内心的平和，他与马静花一起结合，期盼安安静静，不想出现意外。每一个意外的出现都令他不敢深想。

他急于知道答案。他急于想找人一起来分析郝巴子出现的特异功能的秘密。

人类在乔庄的活动范围还很狭窄，大部分地区都还是在非人类的动物生存生长的范围，这些非人类的动物你来我往，活跃在大地上，活跃在水里，它们有自己的语言，有自己的沟通渠道。人类的族群之间可以结盟往来，非人类的动物族群互相之间是否可以联系，没有人知道。可是，郝东让明确地窥见了郝巴子与鹿群的沟通是真实的，而年仅几岁的郝巴子绝不是有意隐瞒，因为马静花也看见了儿子的异常。

这乔庄山谷里，有太多莫测的东西了。

一片大雾飞过来，为谁隐蔽着，悄悄地带来了什么，没有谁知道。一片大雾撤退走了，究竟带走了什么，也没有谁知道。

郝东让不断猜测，是谁给他的家里带来了特别，而且把特别的东西留给了郝巴子。马静花的恐慌不是没有道理的，现在轮到郝东让恐慌了。

28. 楠木木牍记：让携幼挈花，重返乔庄。

马静花知道他已经看到了那震惊的一幕，人和非人类之间的沟通，非人类对人类的信任，都是那样不可思议和残酷地呈现在眼前。

郝巴子的举动把乔庄的神秘和深邃进一步提升了，在乔庄有很多不为人知的事情正在发生着，郝巴子被选中了。

马静花哭着说："为什么呢？怎么会出现这样的事情？难道是中邪了吗？"

郝东让摇摇头，用手臂抱着马静花，嘴里喃喃自语："不知道，我也不知道。"

马静花忧郁地说："他说的是什么呢？"

郝东让摇摇头，他也不知道说的是什么。

"为啥那些鹿听得懂呢？"

郝东让听到了马静花的质疑，却不置可否。因为他也不知道答案。马静花想知道的也正是他想知道的。

"郝巴子一直都在你身边，你是什么时间发现他有问题的？"郝东让认为马静花应该知道得比他更多，他想要找出郝巴子在成长过程中的异常，马静花陪着儿子的时候比他多。

"倒也没有什么特别之处。"马静花回忆之后回答，似乎是把郝东让期望获得的线索掐断了。

"你再好好想想，他是否单独外出后，长时间没有回来？我怀疑会不会在我们都没有在场的时候，遇上什么了？"

"他一个人外出？"马静花说："反正你我都忙东忙西的，孩子们还不都是自己在耍。至于，是否外出，我就不清楚了，这么小的孩子，应该不会外出吧？"

"那还奇怪了。"郝东让嘴里咀嚼着含糊不清的话，没有敢让马静花听清了，怕她误会，误认为他在责怪她。

马静花犹豫了一下，对郝东让说："我们一直都没有回我娘家，也没有跟家里联系过，也许爸爸知道一些情况，要不要找到爸爸问一问？"马静花说得小心翼翼，生怕郝东让误会。她知道他太敏感，一直以来都没有说过要走出山谷的意思。

郝东让一听，明白马静花也是鼓起了很大的勇气才说出这样的话米。其实他心里清楚，她早有外出的想法，只是由于自己的原因，不敢说出来。

郝东让心有惭愧，他宁愿她发现了山洞的秘密，明白他的苦心，知道其实她和她的妹妹居住在一个山洞里，只是不能见面而已。也许她发现了，没有说。也许真的没有发现，安安静静地随着他住了这么多年。

回吧。察看郝巴子的变化确实是一个很好的借口，郝巴子的异常只有让马锐胜考察，看能不能弄明白。借此机会，郝东让想终老此处的想法也就顺势结束。

从山里往外走的时候，马静花把山洞里的东西收拾得干干净净，特意把洗干净的衣服给孩子们和自己穿上，她从里到外都洋溢着无法抑制的喜悦，却又照顾郝东让的情绪不把这一切表现出来。

他很明白马静花的感受，为了配合她，他也把马静花洗干净的衣服穿上，一家人像赴一个重大的节日一般，迎接着巨大欢喜的到来。

曾经进来的时候是两个人，一个背着一个，如今几年过去了，走出山谷的是五个人了。马静花真是繁殖的好土地，一种一个准，种上就有收获。

两个大人分别背着一个小孩子，郝东让手里还牵了一个。牵着的小孩子知道要走了，总是显得慌张。临走之前他跑到洞外，向着山野呼喊了几句，郝东让夫妻两个相顾而视，都不说话，也许离开了这里一切都会消散，诡异的、特别的，都消散了。

几年的光景，乔庄变化真大。

山谷里的平坦之地，被侍弄得井井有条。地中间的道路清晰明了，每家每户都在自己的土地上耕作，长出来的禾黍都很茂密，每家的房屋都已经新建，都是木材新修的房屋，家家添了人丁，户户都有高声的嬉闹和喧哗，小孩子放声大哭的声音也传得很远。马静花有些激动。郝东让从马静花急促的喘息中发现了她的不平静。他侧脸看见马静花的脸上生满了羡慕之情，郝东让心里突然有了怪怪的感觉，这么多年来，马静花什么都没有说，可是，她心里还是向往群居生活的，大家在一起，热热闹闹，互相照应拉扯，也不会寂寞。

尤其是在乔庄大家都修了很好的房子，而自己却还住在山洞里，马静花心里对比强烈，只是没有说出来。郝东让心里清清楚楚的，明明白白的，看到乔庄的发展，心里突生愧疚。当初如果不离开乔庄，就在某处定居下来，一切也许不是这样的。

站在河边，看过河去，一切都是静悄悄的。马静花转身低头，抹了抹眼睛。

看见桂花树，不知道是几年没有见的原因，还是桂花树确实猛长了几年，马静花抓住郝东让的手说："你看，桂花树！桂花树长大了许多！那伞又变大了许多！"

马静花说的伞就是树盖。郝东让看桂花树的树冠，确实比原来大了很多，树盖撑得很开，很大，很圆，不仅遮盖住了下面的那块大石头，连大石头旁边的一系列的石头都受到了它的荫庇。

桂花正在开放。

香味一阵一阵地扑鼻而来，使劲往心里钻，往脑里钻，一下子，心也清宁了，脑也灵光了。

马静花急着要过河去，她背起一个小孩子就要走，郝东让轻轻地说："不要着急，慢慢来。过河的时候要踩稳。每一步看清楚，一步一步踩踏实了。"马静花虽然着急，听他一说，就放慢了脚步，等着郝东让。郝东让蹲下来背起了一个孩子，牵着郝巴子的手，让他跟紧他，一起往马家院子走去。走到河中间，郝东让站住了，当年的石头已经变了，人们长期的努力已经形成了大概的路径，虽然弯弯扭扭，泥沙已经基本固定了。站在石头上，他仿佛又想起了当年他背着马静花离开时的情形，那时他背负着一个责任，今天他与马静花背上也背着人，背着的是人生的另一层的责任。都是背在身上的，可是，这次他们两个人背上、身上的责任更加深重。

他们过了河，看见桂花树下的大石头上有很多的小孩子在嬉闹，那曾经简陋的房屋已经不见了，代之而起的是三面围拢的房子，呈现出一个撮箕口的形状，很是壮观。可以看出，这几年变化很大，马静木、马静根都成了家，都有孩子了，家也分开了，但房子连着房子，都居住在一处。那些孩子从小就在一起混，乍一看，一家就成了娃儿的天下。

也奇怪了，当他们一过河，牵在手里的郝巴子挣脱了，一下子就爬上大石头，跟那群孩子玩耍去了。开始那几个孩子有些戒备，都看着郝巴子不动，随后，郝巴子在说着什么，那几个孩子走近他，其中一个小一点的上前牵住了郝巴子的手，于是，几个孩子就融合了，好似曾经相识一般。郝东让背上的小子，还只能蹒跚而行，看见哥哥走上前，喜悦得大喊大叫，口齿不清，两个脚踢着郝东让的屁股，想下到地上来。

家里似乎没有大人，整个家里一片安静。马静花走上前去，看见了门，却胆怯起来，不敢推开。这个门已经不是曾经的柴门了，也不是马静花当年随意出入的大门了，她略微显得紧张。

桂花依然给他们的鼻子喂养香味。奇怪的是，近在桂花树前，他们闻见的并不是浓香，是平铺直叙的香味，一如在远处闻见的香味一般浓淡。桂花树不偏不倚，把香气均匀地播撒。

乔庄的生灵，都是如此聪慧，如此公平。

郝东让上前推开大门，大门吱一声响，他看见马静花身体一颤。

"哪个？"屋内有清脆的响声。

"妈——"，马静花一声脆喊，不比于往日的舒缓，一声喊叫显得急迫和过头，喊声里满是潮湿的味道。

"哪个？"里面的人尚未现身，双方互不能看见，但里面的人的声音里有疑惑，也有期待。

马静花就朝着声音的方向奔跑过去，背上的娃就要掉到腰下了，她猛地一耸身，把娃运到了肩上。

两个人几乎是在大门上碰上的。

"妈！"

"花儿。真是你？"

"妈！我想你。你怕是把我忘了吧？"随即，马静花蹲下身子，放声大哭，把背上的小娃吓了一跳。因为马静花毫无征兆的大哭，把郝东让也惊住了，他感觉到背上的娃儿也是身体一紧，一股热流就从他的背上下来了，他知道孩子尿了。可是，马静花为什么突然大哭？是喜极而泣吗？还是有许多内心的委屈？还是对这几年来的生活的抱怨？郝东让脑壳里突然就想了很多很多的事情。

马静花的妈赶紧把背上的孩子抢下来，边拍小孩，嘴里边说："你这是咋了？哭啥？快莫把娃儿吓着了。"看似责怪，实则关心。郝东让看见她的眼中泪水也是一串串地往外冒，滴在了小孩子的身上和脸上，小孩子不明所以，不断用舌头在舔食。

"回来就好，回来就好，快，快，都进屋里来坐。最近外面来有鸟叫，真有喜事。"妈算是把郝东让也一并招呼了，他就上前，恭恭敬敬叫了一声。

"好，好，都好。快进屋里喝水。"

马静花也就势收了哭声，接过郝东让背上的孩子，进屋去。

屋内，妈用木瓢舀水起来，递给郝东让，又用小一点的木瓢舀了一勺，递给了马静花，马静花自己没有喝，先喂两个小孩子。郝东让昂头将水一饮而尽。

在这当口，妈转身出门去，不一会儿，就听见她在屋后的高坡上，大声喊："老马，老马，老——马，花儿他们回来啰——"

只听远处有遥远的回应："哎？哦。晓得了。"

29. 楠木木牍记：蕊亲近乃姊，马宅桂又香。

郝东让还没有来得及去看郝北章，郝北章已经到了马家院。

他虽然明显苍老了，精神却很好。他脸有极深的皱纹，脸上的颜色红润亮堂。头发尽管全部变白，根数似乎没有变少，仍然是那么的茂密。他力气似乎不比过去，稍微用劲都有些喘了，可站起来的姿势很是硬朗，背并不见驼。与马锐胜相比，郝北章的身体似乎还要平板一些。

"爷爷，对不起您老人家。我还没有来得及去看你。"郝东让先是道歉。

郝北章看着郝东让，反复看，半天不作声。郝东让心里发毛，这么多年过去了，他自己未曾细看自己的容颜，也不知道郝北章反复看他的用意何在。郝北章看郝东让，很细致，看头，看脸，看眼睛。郝东让不敢动，生怕一动，被他看出巨大的破绽。最后，郝北章的眼睛一动不动地盯在郝东让的眼睛上，郝东让的眼睛被他的眼睛盯得生疼，不得不连眨几下眼睛，把眼神转移到了地下。

"爷爷，我怕你的眼睛了。你使劲盯着我干什么？"郝东让小声说。

"呵呵。你怕了？你也有怕的时候？东让，人变了，变得犹豫和踌躇了。"郝北章说。"变了，也不晓得是好事还是坏事。"郝北章说这句话的时候，刻意把声音压得很低，低到只有郝东让跟他自己听得见。听到这句话，郝东让心里一个凛冽。郝北章越老，似乎越能体悟到生命的终极意义，他一天天读着木简上的文字，在文字中寻找意义，那些横平竖直的文字中莫非真的住着神仙的灵魂？

郝北章把郝巴子拉到身边来，全身抚摸着，口里说："是一个好苗子，身子骨像郝家的人。"

郝东让想着心事，爷爷会不会用他的文字把郝巴子的病治疗好。

郝腾龙一家五口也到了。

众多人员齐聚一堂，证明生命在时间中孕育能力多么强大。

马家院子里的人气一下子就提振起来。

小孩子的吵闹声不绝于耳。小孩子的啼哭声此起彼伏。大人的呵斥声、诓骗声、轻呼声，填满了马家院子的每个角落。

郝北章、马锐胜、郝腾龙、马静根、马静木与郝东让坐到了桂花树下，他们一起说着宏大的话题。而妈妈与马静花、马静蕊以及田翠鸣、黄依柳一起絮絮叨叨，说着一些琐碎、温暖的话题。

桂花树持续排放，送来香味。桂花的枝丫伸得更长远，天空中都是桂花树的手，每个手都捏着无数的香，像天女一般。

男人们看着孩子玩耍，听着孩子嬉闹，心里满是快慰。

尤其是郝北章，他对目前的局面非常满意，是他愿意看到的情景，乔庄生机勃发，人口繁殖，使这个弹丸之地有了无穷的可能性。乔庄自成体系，自我供给，完全不受外界干扰。乔庄的人不知道外面正在发生什么事情，外面的人也无人知道有一个乔庄。郝北章依然是乔庄的象征，他摸了摸嘴角，嘴角处并无唾迹，但这是郝北章的一个习惯，他从来都是一个儒雅的人，就算是在长途奔波的过程中，他都要力求维持自己良好的形象，保持着板直的身体。

郝北章对马锐胜说："胜啊，你看今天的形势，多么好。生气和生机都有了。时间真是伟大，伟大到孕育了新的生命和新的境遇。时间真是残忍，用无影的刀削平了多少的豪情，填平了多少欲望的沟壑，割破多少的梦幻，磨粗了多少的皮肤。时间真是恶毒，又把一段一段的生命历程铺开，又把一条一条汉子的血液煮沸，又把一朵一朵的梦之花催熟，又把一条一条的生命放入时间的油锅里煎熬。可这些，都抵不了生命的茁壮，有金有银不如有人啊！"

大家都享受着郝北章描绘的情境，都不说话。

他又接着说："郝东让当年背着马静花离开乔庄，我心里很失落。东让是乔庄的发现者，也是同龄人中最有思想的人，说走就走了，也不知道走到哪里去了，可当时为了他与马静花结合，只要他把马静花娶走，至于到哪里，我们确实也没有过多地询问。哪想，一走就是几年。也像是消失了一样。难道说马家院的人说消失就消失了？今天我听见他们回来，就迫不及待地来看看。时间和婚姻果然能够改变人啊。"

郝北章的喟叹让郝东让心里涌起了丝丝愧疚，他不仅自己消失多年，连带把马静花带走多年。乔庄的人不知道在后面说了多少郝东让的不是。

郝腾龙却不管郝北章的哲理，他最好奇的是郝东让这么些年到哪里去了，都做了哪些事，他急切地看着郝东让，想知道这些答案。

他拉攀着郝东让的肩膀说："你到哪里去了？这么多年。我还以为你跑了呢。你说说，你们躲到哪里去了？"

郝东让无法回答他的问话。他还没有与马静花交流情况，不知道马静花是如何说的。面对郝腾龙的追问，他只有默然无语。他非常想告诉郝腾龙，其实他们就在他家的下面，如果郝东让愿意，甚至可以听见他们说话。这些，郝东让暂时不准备向他说，他怕吓着他。

他的沉默增加了郝腾龙的不满。

他们现在是连襟，是两姊妹的男人，是亲戚。可是，郝东让却有意隐瞒。郝腾龙放开了攀着他的手，抱在自己胸前。郝东让感觉到了他的不高兴，也没有办法。他还要应和着其他人的问话。

那边的马静蕊和马静花一见面，很多少女时期的情怀就生发出来。在乱如麻线的岁月，两个少女都有自己内心的梦，只是当时，没有把梦想付诸实践，没有机会展开梦，就被老年人一刀收割了，装在不同的器皿里，盛放若干年，任由器皿改变味道。两个人，一个男人一个女人，就这样生儿育女，生产之痛，抚养之疲，统统麻木了神经。曾经的水灵、美貌、身段都已迟钝，一律让位给后来生命的延续。可以欣慰的是在延续的生命的容颜上看得见自己，欣喜若狂之后又被生活一下子蒙住，进入一种循环往复之中。

可是，毕竟昨天的少女之梦还保存在肉体中的某一处，这一处是肉中的刺，长年累月已经迟钝，与肉长在了一起，似乎成了肉的一部分。可是，当有人触碰，甚至于当外在的力有意去寻找时，肉体就会惊醒，那刺也会惊醒。分别多年才发现，互相抱团取暖的，还是那根肉刺，那根共同拥有的刺，似乎是一体的，又似乎是分离的。念起时，疼痛感就会加剧，刺在肉里拼命突围，似乎找不到方向，比初入肉体时更加莽撞，疼痛的范围就会增大。不念时，和平相处，互相忍让。

姐姐握着妹妹的手，妹妹抓着姐姐的臂，互道相思之苦。

马静花向母亲和姊妹们描述着她离开大家的经历，几年的时间，压着很多的话语，其实就是几句话就说明白了。她说得很轻松，用美好迷人的景色来转移了大家对她艰苦岁月的关注。

"姐姐，当年你被姐夫背着，离开了我们，这么多年过去了，我都不敢想我们姊妹还能见面。"

"妹妹，虽然离开了你们，可是我们隔得并不远，也许就在隔壁。"马静花话中有话，幸好这句话没有被郝东让听见，否则，他会大惊失色。

"咋可能是隔壁，这个隔壁也太厚了，隔了几面山呢。"妹妹不明白姐姐说得轻描淡写，姐姐也不对妹妹深刻地解释。

"好在娃娃都大了。"姐姐对妹妹说，眼睛看着妹妹的眼睛，虽然过去几年了，妹妹的眼睛还很清澈，她有点嫉妒，乔庄的水真养人。她不知道，马静蕊看她也觉得美丽依旧，还想探讨她居住的地方对女人宽容的秘密。

"娃都大了。我们老了。"妹妹话语中的沧桑感一下子扑面而来，姐姐的眼睛里也有了辽阔的苍茫。想当初，姐姐初红来临，妹妹的惊叫，仿佛天空已垮。现在的沧桑，又何曾窥见当年的单纯。

"我儿子很懂事了。"姐姐若有所思地对妹妹说："他能够独自照顾自己，他可以在山谷间自由往来，他与山谷的亲近使他能够寻找到更多的食物，了解更多的事情。"

"哦，勇敢的娃，像他的爸爸一样吧。"妹妹的言语中充满了对自己姐夫的尊崇。姐姐却满是担忧。马静花无法向妹妹说出一切。

30. 楠木木牍记：月明夜，桂花金，兽语时。

又是乔庄的满月之夜。

郝东让一家子就在挨近桂花树的房间里睡觉。月光出现在娘家，马静花觉得这个月亮似乎比山谷里那个更圆、更亮，她还觉得月光更柔更暖更香。可郝东让却与她有不一样的感觉，自从发现郝巴子的异常之后，他逼着自己对世界恢复了敏感，满月之夜他就紧张起来。他感到的月光像是强盗一般，硬钻进了屋里，罩住了一家人。他听见马静花平稳的呼吸，他看到月光铺在大人小孩身上，就更加清醒，不敢睡去。他觉得有事情在今夜发生，因为他看见月光之下郝巴子脸上略带诡异的浅笑，那笑让他心惊。而此时的郝巴子确定是熟睡的，证明他并不是有意做出了这样的笑容。郝东让心有所动，不敢翻动，不敢沉睡。

月光正带劲的时候，烈于日光。按照岳父马锐胜的说法，至阳之时，光照如焰，至阴之时，光照也如焰。对焰的理解，大概都倾向于烈火有焰，腾腾闪烁。可是月光如火焰？这怎么理解？今晚算是理解这句话了，照在郝巴子身上的月光真是像火一样点燃了他。

月光下的桂树静静发着香味。马家院里今夜特别安静，金桂默默伸出枝干，静静吐出体香，是欢迎，是赞美，是期待。

郝东让正在东想西想的时候，突然感觉到了旁边有轻微的响动，他赶紧闭上眼睛，一动都没有动，他不敢相信的东西又在发生。他感觉到了郝巴子已经醒来，郝巴子坐起来，轻轻拉开房门出去了。郝东让慢慢睁开一只眼睛，又慢慢睁开第二只眼睛，他看见郝巴子站在桂花树的阴影下，与阴影成了一体，郝巴子仿佛在静默，在倾听，然后，他伸开双臂，做拥抱状，是想拥抱桂花树下的阴影，还是拥抱外面的月光，不得而知，但郝东让听见他口里在言说。

满月之夜，万籁俱寂之时，有谁还在空中吟唱，有谁还在林中静候，有谁还在途中重逢。这是最让人惊异的。

郝巴子的言说低沉，仿若不是人类的声调，不进入人类的耳鼓，却能撼动自然界的异类，产生诡异的情境。

郝东让坐了起来，悄悄地跟上，就看见河对岸的路旁有动物冒出来，一只、两只、三只，不断地冒出来。路旁的树林就像一条硕大的口袋，一会儿掏出一样东西来，一会儿又掏出一样东西来。每出来一个东西，月光马上给上了一层银色。每一个移动的动物，就像一个光点，不一会儿，若干个光点排成行，发出耀眼的寒光。郝巴子从桂花树下的阴影里走了出去，慢慢下河。郝东让被惊吓住了，正准备冲出门去，阻止他下河，却被一只手抓住了他的肩，郝东让心里大骇，回头一看，是马锐胜。

郝东让不再言语，也不与马锐胜交流，身子一动不动，看郝巴子过河。

郝巴子蹒跚的脚步迈过了河中的石头，几次差点跌倒。那河对岸的星星点点每看到郝巴子一个趔趄，就会从路上下来几只，一直排到河边。

郝巴子刚过河，其中一个星点就赶到了，用嘴碰到郝巴子的脸上，互相磨蹭，稍许，郝巴子双手成拥抱状，星点就依次排好队，仰头，低鸣，与郝巴子互致问候。

郝东让的眼泪不断往下流。

他不能也不敢体会此时的郝巴子内心的感受。

身后一个声音低沉地说："异能，不能声张，恐生灾祸。"

此时的郝东让，已灭了多年的战争欲念，满身都是妻儿的装备，满心都有柔弱的牵挂，心已柔软，何论刚强。此时的郝东让，找到了乔庄，离开了乔庄，返回了乔庄。经过了摩摩擦擦的岁月，郝东让心里想，这样的日子其实才是一种舒服的状态。

可是，他最担心的是会有不测的风雨到来。原来以为离开山谷就避免了一切，也分开了郝巴子的怪异，现在看来，不知道它们与他的联系通道是什么，会跟踪到乔庄来。

这意味着什么？是福还是祸。郝东让不知道。而马锐胜却知道了，不能不说有异能的人比旁人更能感受到秘密。

直到郝巴子与小动物们告别之后，郝东让与马锐胜避开他回来的途径，看着他走进屋里，看着他上床睡去，一切自自然然。

郝东让与马锐胜坐在桂花树下。郝东让问道："我还没有来得及给你说，你已经看见了。你看这是怎么一回事？"

"这个情况有多久了？"马锐胜掐着自己的手指头。

"有一段时间了。静花发现得更早一点。在山谷里成为常态吧。静花就是想让你来判断一下，有没有办法治疗。包括你的特别方法。"

"还不清楚。刚才我阻止你，其实是怕节外生枝，本来没有事情被你弄出事情来。你应该听说过，一些在我们看似不正常的事情，在他们自身来说其实是很正常的，他们之间的默契是上天赐给的，要维护，要做到不说破。你一介入，有可能就会导致不一样的后果。慢慢观察，从中看是被诱惑的陷阱，还是正常的交往。乔庄虽小，我们不知道的事情还很多。"

马静花待在乔庄，很安静。郝腾龙与马静蕊已经不住在山洞里了，他们也搬出了山洞，盖起了自己的房子。妹妹马静蕊邀约了几次，要她到家里去做客，可是，马静花都没有答应。

在乔庄有些时间了，郝东让不明白马静花内心的想法，她也绝口不提回山谷，他自然也不好提及。山谷在那里，回去不回去，都在那里。可是，郝东让似乎看出，马静花不想回山谷里去了。

乔庄幽深的山谷可以看到山顶：山顶上的浓雾盛开了，山顶上的日光盛开了，山顶上的月光盛开了，山顶上的鸟声盛开了，山顶上的花盛开了，山顶上的翅膀盛开了。山顶上的浓雾凋敝了，山顶上的日光凋敝了，山顶上的月光凋敝了，山顶上的鸟声凋敝了，山顶上的花凋敝了，山顶上的翅膀凋敝了。尽管如此经历，马静花还是不愿意回去了。长期住在马家院也不是办法，郝东让想，如果马静花不回山谷了，找一个住处就是当前迫在眉睫的事情。

有一天，闲着无事，郝东让陪马静花坐在桂花树下。她主动靠近他，头靠在他的肩上，郝东让把力量攒到了肩部，好承受住她的重量。她又抓住他的手，他心里就不仅仅是汤清水白的了。这种状况自从第一个娃出世之后，就统统没有过了，在乔庄，他们有了初情的感觉。

马静花说："乔庄是个好地方。"

郝东让说："嗯。"

"感谢你。有你才有乔庄。有你才有我们。"

郝东让一惊："你这话咋说的？"

"你想想，是你带着现在乔庄的这一群人，使他们免受刀砍斧切之苦，又繁衍了这许多的后人，后人的人数已经远超曾经的人数。远了，离过去远了，离未来近了。过去不堪回首。"马静花说。

"我是这族人中的一员。我也流着这一族人的血。你我虽过去不曾流一脉血，也未曾有交集，可我们的血汇合之后却在下一代的身上汇流在一起了。"

"谢谢你。"马静花脸转向他："你是我心目中的神，没有敢想过会与你一起结成一体，完成传递的责任。"

"话不可以这样说，我要谢你。你使我心中刀戟融化，你使我心中寒意变暖，你使我过上安逸生活。"郝东让是真心话，他没有想到一个女人会有这么大的力量，用一个人的力量，然后诞生下来更多的力量，把一个男人紧紧捆在一起。

"可乔庄还是需要神的。"马静花使劲靠着郝东让，又幽幽地说："乔庄其实还有很多很好的地方，不是所有很好的地方都要去居住。你看，乔庄的人就在一个小小的地方集中，生活得多安稳。"

郝东让心里一下明白，马静花给他暗示，当年抢劫一样背着她走的路，她不想再走了。她的想法与他已经在谋划的一致。

她想的是温暖的乔庄。乔庄有她的少女时代，有她的母亲，有她的父亲。

长年的深谷生活，空旷邈远，寂寞无伴，还是使马静花心有戚戚。郝巴子与两个孩子不同，他们一出世，看见的就是这么幽远的空间，也就只有这么几个人，在他们的世界里，也许认为这世界只有看得见的这几个人。然后，无可救药的是深谷中的动物，也以为这几个人如它们一般，就是行走姿势不一样的动物而已，并且看不出来两腿直立行走的这几个动物究竟有多大的危险，对它们有多大的威胁，况且，还有一个小小的人与它们说得上话。

这个世界上除了语言交流之外应该还有途径，保证了异类之间有效沟通。比如呼叫，比如动作，比如眼神，是不是还有其他的东西，比如头脑一闪而过的思维、思想，哪怕就算一动不动，眼睛紧闭，也可以捕捉到彼此之间同频共振的波纹。

他说："你的想法我明白，我理解。居住在乔庄很幸福。"

"过了一段时间，郝巴子新鲜劲过了，不愿与孩子们玩耍了。"马静花幽幽地说。

"为什么呢？"

"你看他回到乔庄的举动，他的眼神，总是向往更远的晴空，一朵白云都能把他的眼神拖拽得很长很长，那眼神长得没有尽头，也不知道他在想些什么。乔庄这么多孩子从他眼前跑过，他无动于衷，可是，一阵风吹响树枝，一声零碎的鸟啼、牛哞，乃至于石头落入水中的声音，都会使他突然醒来。他对人类之外的声音特别敏感。"

"那，不是就应该让他返回家里吗？"郝东让对马静花说"家里"一词，其实他们都明白指的是哪里，那个家应该不在乔庄，而在洞里，在山谷。

"不！我们需要乔庄，就如乔庄需要你一样。郝巴子也需要乔庄，要让他进入到人的生活之中，而不是总是与兽为伍。"马静花很坚决，她跟他说话并不需要拐弯抹角，直接、透明。她把兽和郝巴子特别明显地表述出来，根本没有任何的隐晦。

马静花坚决的态度，使郝东让陷入沉思，反省为什么当初会做出离开乔庄进入山谷的决定。

31. 楠木木牍记：凶兽袭人，黄家殇。

乔庄的孩子突然就遭了毒手。哦，不是毒手，是毒口。黄辰梦家的一个孩子被一只野兽抓到树林里去了，大人发现小孩子不在之后，四处寻找，在密林深处发现了小孩的头骨，已经面目全非，野兽无法把头骨嚼碎。

躲在乔庄的族人们，最先防备的是人类自己。在咸阳，他们对人类自己建立起来的秩序有了压力，那个秩序规整，包括对人的意识的规整。为了秩序，人类自己把自己的同类杀掉是太自然不过的事情。而为了躲避这个杀人的秩序，一群人躲进了重重大山包围的乔庄，像归到安全的乐园。这一群人和睦相处，相依为命，各姓联姻，亲上加亲，没有人算计人，只有大家团结一心，繁衍后代，把一个空旷的乔庄变得热闹起来。

熟悉了乔庄的气候，适应了乔庄的水土，繁衍了无数的后代。大家都认为，杀戮在远去。

一只野兽的出现，把大家惊扰了起来。原来，除了人可以杀死人之外，还有其他的东西杀人。恐怖气氛一下子笼罩住了乔庄的人们。

小孩子被大人牢牢地控制在家里，而家里的门被进一步加固。

可是，坚固了房门，却消灭不了每个人内心的恐惧。原来单枪匹马就可以去做的事情，现在必须成群结队而去。每个人走路，都会习惯性地回头，而且是，经常猛回头，似乎身后有一把尖刀，正对住了自己的头部和后背，寒光正闪。又或者身后有血盆大口，獠牙凸突，正欲作咬噬之状。

危险无处不在。恐惧的阴影笼罩了所有人。刚刚脱离被诛杀的人，仅仅数年之后，又进入了被诛杀的困境。而杀人者是谁，却不得而知。

"郝东让，你常说自己一生马革裹尸，现在族人如此危险，莫非此物恶毒还超乎于人之上？"这是马静花对他说的。

马静花说话总是有很强的针对性，而且语言反复在激起郝东让的勇气和力量，在呼唤郝东让的野性和暴力。

马静花听见有人被吃了，第一件事情就是对郝东让说。

郝北章还没有召集大家说怎么办，马锐胜也没有表达意见，可是，马静花已经有意见了。

郝东让想起不久前马静花对他说过的话，乔庄需要英雄。

马静花回到乔庄说话的语气和风格大变，有不容置疑的定性，让人无法反驳。

郝东让仿佛已经忘记自己曾经的过往，马静花一句话把郝东让推回到了曾经的岁月，他确曾心硬如铁，现在似乎只剩下了软弱、惰性、宽容。

郝东让不晓得这么大的变化，究竟出现在哪一个阶段，哪一个情景。郝东让后来的劳动，向自然界索取食物，给家人做一切能够做的事情，内心深处是很柔软的。舐犊之情，溢于言表。他就在妻子之旁，儿女之旁，过完满足的一生未尝不可？

现在，马静花告诉他说他应该出手了。

马静花其实早就暗示他了，乔庄需要他。可是，乔庄需要他做什么呢？当时郝东让不清楚。现在一看，需要他的时候到了。马静花需要他，后代需要他，乔庄所有活着的人口需要他。

他能做什么呢？郝东让想。

正在这个时候，郝腾龙来找他了。

郝腾龙对他说："刚到乔庄的时候，在一个陌生的环境里，不像在西北，一望无际，这里山山沟沟，树树石石，根根藤藤，鸟鸟兽兽，一时间，倒把年轻的我吓住了。年轻的心被蜀地的山一下子囚禁住了。伴随着害怕，我必须有一种力量来抵抗害怕，这股力量必须从人的内心里面出来，用人的内心的力量来战胜恐惧。于是，我就把年轻娃娃聚拢来，棍棍棒棒地操练，实际上也毫无章法，我知道这种小儿科的举动你是看不上的，可是，我要这样做，既让自己内心平静，也为陌生的乔庄壮胆。"

郝腾龙叙述着过去自己内心里的隐秘。郝东让没有给他说过自己离开的具体细节，他知道马静蕊会把马静花说的一切告诉他的。男人之间不需要明说，大概听听就心知肚明了。现在郝腾龙叙述过往，郝东让不知道他要表达什么。

"你要说什么呢？过去都过去了。"郝东让不顾礼貌，截断他的叙述。

"黄家的孩子被吃了，难道你不知道？"

"听说了。"

"你就没有什么意见和建议？"郝腾龙感到他的回答太简短，有些失望。他的心里还以为郝东让是曾经的那个人，却不知道多年过去，一个人是会改变的。

男人和女人的结合，并不仅是两具肉体的碰撞和原欲的宣泄，更重要的是一旦有结晶，就会有责任和担当。一想到有了牵挂，那些了无牵挂的日子便变得不可思议了。有了牵挂，就有了害怕。每到夜晚，看着月光下酣睡的几张笑脸，郝东让会慢慢贴上嘴唇，打开鼻息，轻轻嗅着，享受那稚嫩的香味，心里软得像埋伏了一个伤疤一般。他想看着他们长大，成人，结婚，再传宗接代，把他的一脉慢慢壮大。私心就是这么慢慢膨胀起来的。

"你的意见呢？你的建议呢？"现在乐于征求别人的意见也是郝东让变化的一个方面，过去都是自己直接拿主意。

"不是我管闲事。乔庄松弛得太久了。今天那个杀小孩的东西敢对黄家小孩下口，谁敢保证它明天不会对马家小孩下手？谁敢保证他不会对郝家的小孩下手？谁敢保证它杀了无力反抗的小孩之后会不会向大人下手？照这样下去，乔庄的人再拼命生娃，哪抵得过它一口一个？"郝腾龙说起来显得激动。

郝东让问他："你说该怎么办？"

倒回去若干年，这句话应该是郝腾龙问郝东让才对。

"还是要集中青壮年，准备刀棒，带足火种，由你带领沿山搜寻，全面复仇。让野物知道人的厉害，让它们尝到复仇火焰的燃烧，让它们领略失败的滋味，从此不敢踏入乔庄生事。"郝腾龙斩钉截铁地说。

"你就来带领大家吧。"郝腾龙看出他有些犹豫，他没有表达任何意见。

郝东让确实是犹豫的，多年来，他能够体会风的料峭和寒冷。这种感受也是到了乔庄之后才有的。是到了乔庄把马静花背在肩上才有的。是马静花为他生下几个孩子才有的。曾在乔庄之远，他没有感觉到风硬，在世间，他一直都是这样想的：

谁有我硬？！

现在，郝东让感觉风都欺负他，他比风软。

可是，郝腾龙的眼睛看着他，开始的眼光中有商量，继之是盼望，后来，竟然有威逼的光芒。郝东让突然觉得手足无措。郝东让可以想象，他仍然沉默之后，接下来郝腾龙的眼光可能会是鄙视。在他的字典里，鄙视是极其具有杀伤力的。他在郝腾龙的威逼之下慢慢撷取到了一星火种，散进他的血液之中，血被点燃，正待沸腾。

32. 楠木木牍记：让率众寻兽复仇。

郝东让周围很快聚拢了一群人。

每个人都裸露着身躯，小腿处、手臂处、腹部，都鼓着劲，像鼓起了一个个拳头，愤怒和恐惧把人最野性的素质激发了出来，力量在每个人的身体上凝聚，每个人口里都一阵阵地吐出粗气。如果那个吃人的东西就在眼前，不需要动手，这些人直接用口就能把它啃得粉碎。

郝东让对郝腾龙说："检查每个人带的工具，要分工，不能都带一样的东西，要考虑到进入密林之后我们需要的东西，拿刀的拿刀，拿斧的拿斧，拿长枪的拿长枪，拿短棍的拿短棍，拿绳子的拿绳子，拿火种的拿火种。每个人都必须把脚裹严，需在密林行走。另外，寻药的人也要随时在密林中采药，以备急用。"

郝腾龙说："一切都准备妥当，只等你带领，我们一起杀进密林，找到野物，我们要复仇！"

"复仇！我们要复仇！"也没有统一号召，这群人听到郝腾龙最后一句话，几乎一致地喊了口号，虽然间或有跟不上节拍的，但都不影响气势。

人毕竟在大自然活得比较久。人毕竟是统治世界的动物。

人一呐喊，山野突然寂静下来。

自从郝东让答应了郝腾龙的提议，马静花看他的眼神变得复杂起来。

那种复杂的眼神，郝东让既熟悉又陌生，既惊惧又温暖。他想起马静花返回乔庄之后，不再想离开；他想起马静花对他说乔庄需要英雄的话；他想起马静花说，她把他当成偶像在崇拜。

是啊，他是偶像，是乔庄的传说。这是乔庄的人的想法，是乔庄女人的想法，是马静花的想法。

马静花没有想到有一天，她的偶像匍匐在她身上，也像族中的大多数男人一样。她与他生了孩子，她都还是恍惚的，究竟希望郝东让是一个烟火中的男人，还是云霞中的偶像？这种复杂的想法必然就有了复杂的眼神。

女人们都站在远处，看着乔庄的这群男人。手里牵着这些男人的子女，小孩们的眼里充满了好奇，也被这激动的场面所震撼。郝东让相信，除了血脉继续在他们的血管里流淌，仪式感的场面，勇往直前的父辈们的精神，照样可以抵达他们的灵魂，最后融化为他们灵魂中的印迹。

郝东让回头看见马静花微微颤动的双肩，郝巴子紧拉着他妈妈的手，显得有些慌张和无助，他大张着嘴，似乎要喊叫什么。郝东让顾不上郝巴子的表情了，大喊一声："走！"率先向密林深处闯了进去。

当他们转过山头，郝东让就听见了一个声音的呼唤，开始尖锐，渐渐变成凄厉，最后再变得绵长。他听出来了，是郝巴子的呼喊。他听出了在山沟里和马家院里郝巴子声调是不一样的，现在的声音里面充满了警告和劝勉，那些小动物应该早就藏好了行踪。当然，郝东让相信，郝巴子通知到的这些动物，绝不是杀人的凶手。

郝东让对这种战争没有经验。这是一场跨越物类的战争。野物先进入了乔庄的地盘，才有他们进入到野物的地盘。生存的规则就是这么残酷。

密林中的战争实在不易。人进入密林就进入了自己未知的领域，其难度是可想而知的。进入之后，每个人都显得紧张，都亦步亦趋，紧紧跟随在一起，不敢稍有距离。成群的人一起就有了力量和信心。

密林中阳光不能透射，树木排成队伍站在人面前，与成排的树木相比，人显得可怜。树木冷静排列，粗糙的树皮就是面具，阴冷无情，看不出裹在里面的木质是什么颜色。人站在密林中，却听不见密林里的任何声音，连风的声音都听不见，仿佛成群结队的树木，遮蔽了世界上所有的声音。

苔藓爬在脚下，绿森森地从阴湿的山涧一路爬过来。蕨就长在水边，黄蓬蓬地从山上下来。一种异香扑鼻而来，堵得人呼吸道不通畅。在大自然布下的天罗地网里，人就像是一颗棋子，走来走去，行走的都是棋盘里定下来的路径，路径极其渺小，人极其脆弱。

面对茫茫树林，敌人在哪里？

那些残忍杀害人类的敌人是谁？为什么躲进了密林之后再未现身？

此时，大家心里隐隐觉得贸然进入森林，是不明智的选择。

郝腾龙说："我们一起大喊几声，看有什么东西出现，一旦出现，我们就灭了它。"

郝东让没有出声。其他人也没有回应他的话。在密林深处，静谧和死寂已经压得人喘不过气来，吆喝一声着实要冒很大的风险。不知道有多少双眼睛在盯着他们，他们在明处，眼睛在暗处。

郝腾龙有些急躁了。他的急躁来自死寂般密林的威胁。

"东让，咋办？"

郝腾龙声音有些颤抖和无助，语言中有强烈的取暖倾向。

"再观察一下吧。"郝东让小心地说："因为我们走进密林，实际上就进入了陌生区域，对我们来说是恐惧，对密林中长期生活的这些野物来说，也是恐惧。所以，先慢慢观察再说。"郝东让顿住没有说话，郝腾龙也没有说话，所有的人都没有说话。走了一天的路，疲倦已经袭击了所有人，巨大的恐惧袭击了所有人，过度的精神紧张也袭击了所有人。

天空在密林之上渐渐放下了暮色之网，密林间的雾一丝一丝地窜到了裤脚边来，顺着裤腿的缝隙爬到了皮肤上，令人的裤裆里透凉。雾无情地把密林中所有的东西都缠绕上了，一下子把树木排队留下来的空间填满了，人的眼睛渐渐失去功能。

郝东让赶紧对郝腾龙说："快，快，把大家引导到空旷一点的地方，大家赶紧驻扎下来，把防身的东西都准备好。"郝东让的话刚说完，密林里的黑暗仿佛早就埋伏好的，突然间扑上来，把一群人扑倒在暗夜里。

火石敲了几下之后，才把带在身上的绒团点燃，其他人迅速搂起脚下的枯枝败叶，把火种捂起来，啪啪啪的声响中，火种呼唤着薪柴，薪柴呼应着燃烧。烧着的炊烟一下子赶走了带着湿气的山岚，黄色的火光把一个属于人的领地照亮。有了火，黑夜里的人就有了胆量。

郝腾龙弯腰，迅速用手扒开火堆周围的枯枝和树叶，大家看见他的动作，就迅速明白他的意思，都动起来，把火堆周围清理得干干净净，把火的地盘扩大，把火种可能蔓延的路截断了。郝腾龙又指挥大家用刀砍树，迅速搭了一个简易的棚子，专拣宽大的树叶和树枝覆盖在上面和绑在四周。

湿的柴仿佛被泼了引火的东西，噼里啪啦地乱响，粗犷地燃烧，火苗向天空中乱窜，浓烟夺路而逃，慌不择路，有的逃向天空，有的就在树林里乱窜，把焦味使劲往树林深处塞进去。

大家听到了惊叫，密林深处的惊叫，由于有了叫声，似乎也导致树木摇曳起来，当树慢慢摇动起来，树林中的风就起来了，一股一股的风从四面八方传来。

大家紧张的头颅四处转动，都希望看到东西，看到发出声音的东西，可是火花在眼前，黑暗在远处，人的眼睛此时不可能看到任何可疑的东西，只能用耳朵去捕捉时远时近时而尖锐时而低沉的呻吟。大家背靠着背，把更大的树木投进到火堆中点燃。

郝东让对郝腾龙说："大家不要怕，把火燃大些，火苗燃得更猛些，把粗大的树木扔多些，全部烧成火柱，烧成火棒，到时间用作武器和工具，大家再在周围点火，把火圈子弄大些，让火堆包围我们的棚子，如果有动物要袭击我们，火堆就可以阻止它们。"

一夜之后，他们没有找到怪物，也没有遭到袭击。

早上起来，大家商议之后，决定继续走，继续寻找。

33. 楠木木牍记：天火围乔庄。

在密林中的第五天，这伙人就爱上了这片大山，爱上了这大山的密林，爱上了密林中的一切。

在树林深处是不知道水的源头在哪里的，反正，两耳在树林里听见流水潺潺，却四处不见流水的影子，不期然间，水流突然就在一处露出身体，展示一番之后，突然又会矮身下去，消失在低矮的灌木丛里或荆棘之间。或者奋力一跃，从山上毫无惧色地把自己扔下山去，跌成粉尘，变成雾，在落地之后又迅速合拢，变成原来的形状，毫无拘束一路欢歌往前冲。人们在密林中没有找到敌人，却在水里找到了食物。冰凉的水也有安静的区域，那一段安静，就像一条静下来的蛇，柔柔地平躺在有沙的地方，背部靠着几块形状各异的大石头。那柔软的"蛇"安静无害，身上澄澈透底，一眼从水面看到水底，水底的一些活物也懒散着，时而把身体就放在水面之下，一动不动，任由水波的力度把它推前推后，举上举下，反正都是无聊得很。还有一些活物，更大一些，躲在石头的缝隙间，张着嘴把水吃进去又吐出来。

乔庄河里有这些东西。密林里，这些东西尤其多。

跳进水里就可以把这些东西捞上来。用火烤出来，加上一些野果子调味，人们吃得很惬意。人长了一张嘴，除了说话就是吃饭。在人类的早期，就明白了一个道理，嘴张开要说话，另外就要进食，以保证肉体的延续和安全。

娃娃鱼很多，只要有水的地方就有它。它就像是这个密林中的常客一般，叫声像人类幼崽发出的声音。

吃了东西，养足精神，还要追踪凶手。在第七个晚上的时候，火堆还是在燃烧，火苗仍然在闪烁，人却有些松懈了。七个昼夜的追踪，除了看见各种各样的脚印、粪便和翻滚过的痕迹，人们没有发现任何威胁人的东西，这群人仿佛是一次野外的狂欢，紧绷的神经逐渐被密林的美景和取之不竭的食物弄得松弛下来。

危险就在晚上降临了。

那些阴影实际上就一直跟在他们身后。密林里他们不是主角，那些跟随的阴影才是主角。那些阴影的眼睛就飞翔在他们的头颅，他们以为是小鸟在窥探，不知道威胁要来；那些他们吃过的鱼类的幸存者也通过水流与其他异类密谋了方法，他们不知道威胁在跟进。总之，密林之中围剿人类、屠杀人类的行动即将展开，而松懈的人们却不知道危险就在身前背后。

他们以为火为他们筑起的屏障万无一失。可是，这些野物通过七天的观察、思考，终于想出来了对付他们的办法。它们已经包围了驻地，而他们正在熟睡。他们的工具在手边，他们的火堆在燃烧，可是，这些野物小心翼翼绕过火堆，扑了上来。

幸好这些畜牲中有一个垂涎人的肉体很久的家伙，早已迫不及待，绕过火堆，率先扑上去，动口撕咬，睡梦中人的凄厉的嚎叫不仅惊醒了熟睡的人，也吓住了那群野兽。毕竟是在陌生的环境里，人天然的戒备心是存在的。醒来的人第一反应是拿起身边的武器，那后面的野兽被人的嚎叫惊吓，一迟疑，就给了人类一次机会。等它们作势再扑上来的时候，郝东让大喊一声："赶紧拿火棒！"

燃烧的柴火此时明晃晃的，人的潜力一下子被激发，无论是多重的火棒，被一下子举起来，火散得满地都是，郝东让再大喊一声："朝这些畜牲的身上烧去！"于是，火棒夹着火星，挥舞着烟尘，朝畜牲身上的毛燎过去。长期不洗澡的畜牲，那身毛就像是打了蜡的衣裳，被明火点燃，哧啦一声就把一个个畜牲包裹了起来。忍着痛，那些畜牲还要上前，人们都疯了一般挥舞着火棒，把火星挥打得四处都是，烧得野物在地上翻滚，企图用土地来灭了身上的火，可是，结果却与愚蠢的畜牲想得不一样，地下的枯枝腐叶反被火点着了，身上的毛燃烧的火与地上树叶枝丫燃起来的火互相燃烧，火越变越旺，火苗越来越高，被火裹住的畜牲拼命哀号，拼命往密林深处逃跑，结果一路的火种，一路的燃烧。一群人在巨大的恐怖面前，在与山间畜牲搏斗的现场，口里发出来的喊叫格外巨大，格外尖锐，仿佛是锐利的刀迅速斩下头脑的快意，又仿佛是锈钝的刀总是切不开筋骨，每砍一下拼尽全力却又无功而返，筋骨也是砍不离，但总是被砍得筋肉四溅骨粒乱飞，疼痛不已。令这个世界，令这个密林，也令自己不安地嚎叫，像是坠入无边深渊前的最后呐喊。

畜牲被火烧着了，人的勇敢、无畏也震住了畜牲，畜牲往密林深处跑去，把火种带进了更远密林。那个被袭击的人已经看不清面容，大家认得是田家的后代，田家的人跪在他的身边，所有的人都跪在他身边。

突然，有人在恐惧万分地喊叫："完了！完了！燃了！燃了！"

大家抬头一看，在密林深处，浓烟袭来，火的鞭子把树木击打得啪啪直响，一些动物四散而逃，逃命的嚎叫声充溢着重重密林。

郝东让见势不对，大喊一声："快跑！"

田家子弟说把尸体扛上。郝东让厉声说："活人要紧，赶紧逃命。"

人群聚在一起，朝一个方向逃跑。

此时所有的动物都在逃命，人和野物互相逃跑，在一条路线上没有再次发生冲突。

他们朝密林之外的方向——乔庄奔跑。而那些密林中的动物却是朝向密林的深处，往更深的林里跑去。

天空中也飞掠过各种各样的鸟类。翅膀虽然高于火焰，但是，林中浓烟像一条乌龙往天空窜，追随着风的方向，也追着翅膀的方向。

那是乔庄周围茂密的大森林遭遇的第一次人祸，殃及无数的动物、植物、微生物。寂静了无数年代的乔庄被逃命者选中，人类进入，火种进入，森林被火烧就是宿命，无法幸免。

那场火真是邪恶，可以看见有的时间火苗露出温暖的笑容，火苗如少女之舌，貌似温柔，其实一瞬间拂过，就是毁灭；有的时候火发出邪恶的笑声，绑架了风，形成了暴戾的狂叫，火焰如同血盆大口，遇大变大，遇小变小，吞食一切；有时间火变成了一条黑色的恶龙，滚滚而来，不断攀爬上树枝，越过山脊，一阵疾走。火焰的利齿如篦，一切都变为焦炭，就连石头也焚为粉齑，就连黄土也变为焦土。

乔庄周围大山相连，围绕着乔庄的就是茂密的树林。大山之中树林自身的血液，都是助燃剂，不仅不能阻住燃烧，反而火越烧越旺，火苗掀起了一阵阵的欢呼。

开始，乔庄的人可看见远处的浓烟，弥漫在远处的天空，经久不散。后来，天空中浓烈的黑烟变成了乌红，又变成金黄，火焰距离乔庄越来越近了。如果乔庄对面的山被点燃，火苗就对乔庄形成了合拢，乔庄会被火烧得干干净净，渺小的人类，也将被付之一炬，化为灰烬。

那场火随即就围绕着乔庄开始燃烧。乔庄成了一个火炉子，所有的人像是等待烤焦的小动物，惶惶然不知所以。

大家又像第一次逃亡一样，眼睛盯着郝北章。

郝北章不知道火从何而来，正惊惧不已。马锐胜奔跑着赶到了老师的家里，紧急寻找办法。

"人呢？那些进到大山里的人呢？回来没有？是不是他们闯下的大祸？"郝北章也着急不已。

直到那群人像从灰烬里刨出来的萝卜，灰头灰脑地出现。

"怎么一回事？"

"动物袭击我们，它们把火带进了树林，树林就燃烧起来了。"

"火有多大？会不会烧到乔庄来？"

"火已经跟着我们后面，像一条野狗追赶着，甩都甩不脱。"

询问的人七嘴八舌，也不知道是谁在发问，只有郝腾龙一人在回答。

郝东让流着泪站在旁边，没有说话。

"只有一个方向有火，也不用着急。乔庄四面环山，只有一面发生火灾，我们有的是机会。也许会停下来的，毕竟有这么多的流水阻住，火苗也不会过来。"马锐胜在关键的时候安定着人心。

"对，锐胜说得有道理。我们不要着急，就算是火过来，我们还有几条水流可以阻止火的蔓延。大家现在要把人都集中起来，尽量找到安全的地方，预先找到防御的空间。"郝北章对着急的人说。

"你们先回去安顿家人，不要再集中在这里了。"郝北章对失败回来的人说。

郝东让非常羞愧。这是一场败仗，是一场决定乔庄生死的败仗。他感觉自己无法面对马静花，无法面对孩子。

34. 楠木木牍记：泥龙掠乔庄。

马锐胜的焦虑更加明显。

他勤于劳作，勤于在地里和山里创造或收获，早已忘记自己具有通往阴阳、上天的身份，早已忘记人类需要人与天沟通的职责。而人类要派去联系上天的人，就是马锐胜这样的人，他有很多身份，作为人的身份应该是一个伪装，是面对世界的一个托词。现在祸降于乔庄，大家都期盼他能够祈求上苍，解救乔庄困境，他却联系不了上天。

大家用渴望的眼神望着马锐胜，他无能为力，颓然坐在桂花树下。

他焦虑，白头发一根一根地出现。

他跪在了地上，号啕大哭，哭声不绝，双手拍打着石头，把手掌打出了血迹。

郝北章在远处看着马锐胜，手扶住胸口，心一动不动。

马锐胜继续跪在地上，头叩在石头上，咚咚作响，额头被磕得青紫，屁股翘上天空，却毫无结果。马锐胜的哭声越来越沙哑，头发越来越花白，森林大火越来越猛烈。

郝北章长叹一声，回身，准备安排人们离开乔庄了。回到屋里，他对着满屋的木简，哽咽着，眼泪却大量地涌出来。他的眼泪比当初从西北逃跑时流得更多。他上了年岁，更爱流泪，也以为在有生之年乔庄就是归宿，现在危险再来，应该是族人遇上了宿命追索。

他抚摩着自己堆在一起的木牍。他害怕了，怕会再一次用火把木牍烧掉。在咸阳，他主动烧了木牍，在乔庄，是火要烧掉木牍啊。

不是上天做的每件事情都能如我们所愿，也不是上天做的每件事情都不如我们所愿。天道无常，天理昭彰。反正，上天也给乔庄留了一条生路。倾盆大雨，说至就至。

没有谁见过这么大的雨。

雨从天空降落，就像降下了千万条乌梢蛇，那么饱满，那么粗壮，那么弯曲，那么冷淡。

雨落在树上，听得见树枝断裂。打在人的头上，额头生疼。摔在大石之上，四散开花。

那么大的火，是一般的雨水能降服得住的吗？只有这么大的雨才行。要显出菩萨心肠，必得有这霹雳手段。电闪雷鸣，狂风助威，水龙横扫一切，誓与火龙决一死战。

燃烧的大火，与空中的雨水激战了若干个昼夜，终于弹尽粮绝，举手投降。战争的结果，火熄灭了，但雨水和泥浆一起流到了这个世界，流入了乔庄。只见黄浪滔天，无数的黄色水龙从乔庄任何一个地方集结而出，激荡着世界上的一切。

马锐胜跪下问天，毫无结果，他任由雨水击打自己，任由狂风吹着自己，火灾出现惊动上天，派下雨神战胜火灾，却又导致洪水泛滥，而自己毫无办法，无法与上天取得联系，无法把下面的委屈汇报上去。他觉得自己毫无用处，只会被别人耻笑，一生的修为在重大灾难面前消失殆尽，他耻于活在乔庄，他想洪水冲向自己，随着这狂暴的恶龙，一死了之，献出自己的肉体和生命，来感动上苍。

郝东让见势不对，使劲一把抱起他，像搂柴一样把他拖进了屋里。

就在一瞬间，屋外咣当一声响，桂花树下的巨石像一个妖怪，随水晃晃荡荡地飘远了，桂花树的根被冲得露了出来，一枝长根伸得老远，想把与自己共生的石头拉回来，可那石头头都不回，几个翻滚就把头埋进了浑浊的洪水的衣裙之下。

桂花树无比萧瑟，打了好几个寒战。

马静花看见桂花树凄苦的样子，眼泪落了下来。

郝东让一行去寻找吃人的野物，野物没有找到，反倒引发了火灾，滚滚的火苗马上要烧到乔庄了，上天却来了一场暴雨，暴雨把火熄灭了。可是，大火没有给乔庄造成死亡，暴雨实实在在给乔庄发来了死亡的请柬。连续不断的雨水冲刷着乔庄的四面山河，看似柔弱的雨水，冲击力异常强大，山尖垮塌，山体无形之中被挖成沟、冲成渠。大树被连根拔起，活生生地被浑浊的洪水举起来、挥舞、旋转，与石头一起疯狂地奔向下游。被冲出来的野物有大有小，有的肚皮朝天，早就死去。有的尚未毙命，还想挣扎，却被水一下子埋进水底深处，浮起来，又被埋下去。石块与肉体互相冲撞，同奔死亡之地。

乔庄的人不断在洪水中丧生，房子被洪水冲走，乔庄的第一次繁盛被大自然无情地阻止了。

郝北章不知所措。马锐胜一夜白发，自责不已。他一直追究自己的责任，他认为是自己功利心太强上天震怒，才降下如此灾祸。他开始怀疑自己法力尽失，现在又谴责自己用力过猛。与天沟通力道的轻柔缓急，他似乎已经弄不明白，总是顾此失彼，莫衷一是。

面对山崩地裂的情况，乔庄的人走不敢走，住不敢住，走也走不了，住也住不安心，大自然这是要灭了乔庄的架势，人没有任何办法。唯一能够做的就是等上天的旨意，是让他们活还是让他们死，只能听天由命了。

万幸的是滔天的洪水最终没有灭掉乔庄。洪水来得猛，去得急，雨说停就停了，洪水说小就小了。

郝巴子在大火来临与洪水泛滥交替之中张皇失措，终日不安，小小年纪也仿佛经历了莫大的痛苦。他与他外爷马锐胜一样，在火灾和洪水中都显得神秘莫测。郝巴子小小的声带已经撑不起浩大的呼号，他目光有些呆滞，口里已经喊不出话来。当初父亲郝东让带人往密林深处而去，他心悸，不敢想象后果。在山谷里的日子，使他与大自然产生了联系，有了体恤。他已经分辨不出自己的家人与动物之间的区别究竟有多大，他在大自然中感受到了小动物的温暖，在家庭里感受到了家庭成员的温暖。在人类之外的动物中觅到的温暖，更使他有了一种别样的信任。他可以在不同的时间段里见到小动物，而小动物也会时不时地给他惊喜，一些小犊犊从母兽的体内来到世界上，很短时间就会见到他，他用手去摸小犊犊的头，小东西会用头蹭他的手，用嘴碰他的脸，他感到小嘴里吐出来的痒痒的、柔柔的、暖暖的气息，里面还混合了浓烈的奶香和青草味道。

当他知道有兽吃了人，乔庄的人又要去寻找吃人的动物时，他对世界突然发生如此大的变故感到不解，更感到害怕。他对父亲带队进入密林之后去寻仇的结果，也感到无比的恐惧，他害怕父亲导致不可思议的局面发生。

他看到郝东让与一群人像一堆乱石一样从山坡上垮下来，到了山脚，都散了一地，爬都爬不起来，众人都像是等待被一把无形的刀宰割一般。还是郝东让身上有无穷的力量，从地上硬撑起身体来，对大家说："都不要绝望，赶紧起来，观察火势，组织家人，寻找安全地带，必要时逃命，一定要活命。"

一伙输了的人回到家里，喘息不止，一家人都听得见心跳的声音。

乔庄的人被上天的一场雨救了。

郝巴子看见郝东让的时候，显得有些格格不入。他不再靠近郝东让，郝东让不清楚他心里发生了什么，顾不得细问，因为让他着急的事情很多，没有时间来处理这些事情。

郝巴子嗅着潮湿的空气走到了桂花树下。桂花树下的大石头已经不在了，桂花树看来已经失去了大石头的保护，树下面被洪水掏出了一个凹洞，根须显露无遗，眼看就要被连根拔走，顺流而去。可是，一个机会被桂花树把握住了，一块不大不小的石头顺流而来，恰好与桂花树暴露的根的环抱形状相吻合，石头一头撞进根里，桂花树的根就各种反射般地抱住，那块石头也有了长途奔波的倦意，就顺势倒进桂花树身上的温柔乡里，不再挣扎。后面跟来的一些石头与砂粒，被这块石头一挡，也就放弃了理想，过上了庸俗的生活。一来二去，桂花树下的缺口就被填满了，这填满的过程却是充满了情色的暧昧。

郝巴子就站在桂花树一旁，脚下的洪水正肆虐地咆哮，一阵阵地撼动着一切，他失神地看着眼前的一切，心里异常空洞。桂花树下的大石头不在了，被洪水冲走了，过去大家一起坐在上面说说话，打打闹闹的地方没有了。妈妈静静呆坐的地方没有了，他静静地呼唤着其他小动物的地方也没有了。

郝巴子站着不动，一直看着水面，直到自己头眩晕起来。

35. 楠木木牍记：神水疗痼疾。

洪水说散就散了。

完全没有与在洪水中起舞的东西有一个商量。当借洪水之力在其中横冲直撞的石头、树棒还在疯狂的时候，突然就被抛在了河岸上。有的石头本来可以再翻一个跟头，会很平顺地躺在地上，可是，洪水偏就没有给那个力，石头就躺得很难看。树棒更是被放在石头缝里，再也没有力气挣扎。最可怜的是那些已经被呛得半死的鱼、虾，乃至一些来不及逃跑就被拉下水的兽们，突然被搁在坡上，无法自我选择，只能慢慢死去。

雨过天晴，太阳比往日烤得厉害。

臭味就在乔庄河两岸铺天盖地投奔鼻孔而来。先是鼻孔被臭味堵塞得肿胀，继之是口腔里有更多的不适，最后是人心里的憋闷，后来发展到了呕吐。

郝腾龙一条精壮的汉子，被臭味击倒了。

郝腾龙是棍棒打不倒的，这次却被味道一下子放倒了。

郝腾龙经过深山里火的追赶，又经过了乔庄河里的洪水的冲刷，他的心很受伤。如果发现人被野兽吃了，不去寻仇，只是加固自己的房屋，做好安全守护，而不是深入大山，就不会引发大火，不引发大火，就不会给上天带去灾难的信息，上天就不会降下洪水，一切都可能还会是原来的样子，乔庄就不会面临灭顶之灾。正是他的坚持，才有了深入山林找凶手，才有后来发生的一切。起因在他那里，后果却要整个乔庄的人来承担。他的内心的愧疚无法平静。郝腾龙是不太相信他岳父所谓的接通上天的法术的，他相信的是实力证明一切，他相信有人来打我，我必回一拳，而且，这种想法屡试不爽。可是，面对火与水的双重袭击，他一下子感到了束手无策，陷入了深深的绝望。他现在每天都念念有词，不晓得把一些歌颂和忏悔的语言交代给谁，他不像马锐胜那样有明确的目标，他就是一阵地祈求，祈求四面八方，宇宙洪荒，天空白云，清风鸟鸣，凡能听见他说的，都是他倾诉的对象。他希望能够被比自己更有办法和能力的物种听见，出面来阻止这疯狂的一切。

可是，火无情地烧毁，水无情地冲刷。

太阳暴虐地照射。臭味把乔庄的空气毒害了。

郝腾龙想从床上爬起来，可是已没有支撑起他的力气了。他说不出话来了。

他使劲拍打床头，嘭嘭嘭，才引起马静蕊的注意，她听见异声赶过去，发现刚才还像山一样站着的郝腾龙软得像朽掉的柿子，糯成一团。郝腾龙看见马静蕊来了，就使劲挖自己的喉咙，把喉咙处的肉皮拉扯得很长，想把话从喉结处直接抠出来，不经过嘴巴。他的脸因为憋气而变形，耳朵发红，头发竖立。

马静蕊吓得魂都散了。

她说："莫、莫、莫。莫扯。莫急。喝水。"

她着急去舀沉淀得半清的水，往郝腾龙的嘴里灌。水把郝腾龙呛得更加痛苦，有半天都出不来气，脸憋得更红，红着红着就有些紫了。

　　马静蕊立即停下灌水的动作，不知所措。她仿佛看见郝腾龙要死了。

　　她把郝腾龙按在床上，大声说："不要乱动！挺住！我去找爸爸。"

　　等马锐胜赶到时，郝腾龙全身已经变冷了。

　　郝东让赶到时，马锐胜抓着郝腾龙的手一直摇头，而马静蕊直接就昏死在她姐马静花的怀里。

　　郝腾龙说死就死了，大家商量着如何处理他的尸体，郝东让说："现在的局势很不好，大家也不要乱走，这件事情就交给我，让我把他埋在他自己喜欢的地方。等以后有条件了，你们再去看他不迟。"

　　他扛起郝腾龙的身体迅速离开。走之前他对马静花特意交代："把一家人的情绪稳住，等我回来。尤其是把马静蕊稳住，不要大哭大闹，此时的乔庄各自保命，没有谁可以搭上一把手的。"

　　生命的离开就像一声叹息，那么缥缈和无力。乔庄每天都听到死人的信息，死得多了，都麻木了。尸体处理方式简单，有时根本就顾不上掩埋，由其腐烂，发臭，死在哪里就停在哪里。河里河岸上洪水留下的臭味与死人的臭味一起混合，大量的人在呕吐。此时的人们，多么想那头吃人的野兽返回乔庄来，把尸体全部吃掉，变成粪便，屙到山里去。可是，火把那个野兽赶走了，也许烧死了。

　　郝东让扛着郝腾龙快速往山上的洞穴跑去，他感到郝腾龙真的很沉，他要在郝腾龙尸体变硬之前赶到山洞，如果尸体硬了，扛起来很费力。他顾不了扛着的姿势，一阵猛跑，郝腾龙被颠得骨头咔咔地响。他只想尽快把郝腾龙丢得越远越好，让他烂也烂在远处，保有一个死人的尊严。

　　到达已经废弃的山洞。郝腾龙与马静蕊过往的痕迹还在。郝东让知道洞穴的秘密。他径直把郝腾龙扛进洞里的那处岩壁的洞口，洞口的树长得更加茂盛，树叶更加葱绿。郝东让拨开洞口的树叶，发现有一股水从上面淌下来，淌下来的水非常清澈，与下面的水区别很大，这股水淌在这棵树上，在洞口的下端刚好有一处天然的凹坑，蔓散的树叶伸了很多在凹坑里，水浸泡着树叶，凹坑里的水就有了淡淡的青色。

郝东让准备把郝腾龙在这洞里找一个地方掩埋了，让他到他曾经居住过的地方腐烂，慢慢被很多小动物啃食干净。

也不知是在奔跑中把尸体弄疼了，郝东让突然感觉郝腾龙的尸体动了一下。开始他还不在意，可是，他又清晰地感觉他的脚又动了一下。郝东让把郝腾龙放下来，直接放在洞内的地上，用手推郝腾龙，发现身体没有全僵，头向左边偏了一下。郝东让也是在尸骨丛中摸过死人的人，立即清楚郝腾龙应该没有死。

郝东让看见郝腾龙嘴皮干裂，就扯下洞口树枝上最大的一张树叶，从凹坑里盛了一捧水，从郝腾龙的嘴上淋下去。郝东让反复淋嘴巴，像极了一种仪式，数次浇淋，郝东让发现郝腾龙的嘴微微张开了一个小缝，淋下去的水就浸进了他的嘴里，他的嘴渐渐张大，喉咙也打开了，水被他咽进肚子里。

郝腾龙在喝，郝东让就给他喂。

一阵，郝腾龙停住了下咽，郝东让也停下了喂水。

郝腾龙的眼睛依然没有睁开。

郝东让就势坐在洞内的地上。长时间的雨水弥漫，洞内也显得潮湿。也正因为潮湿，洞内的空气显得比较清新，拨开洞口的树叶，更能够感受到空气对肺的好处。

最近一连串的变故，郝东让已经不仅仅是身体的疲倦了。他感觉到心里的空间正在不断变小，原来可以盛下血腥，也可以盛下爱恨，后来还可以盛下婚姻，郝东让感觉自从到了乔庄，自己的心里空间在慢慢变大，大得可以容下许多东西。不像原来的心里，只有杀戮和征服，只有自己孑然一身而不顾其他，他也能够体会到一颗心脏的旁边有了光亮。可是，现在，郝东让发现乔庄所拥有的东西正在失去，是上天在剥夺乔庄的东西，面对上天，人类软弱得不及蝼蚁。郝东让不知道该怎么做。

郝腾龙还没有醒来，也许真的是死了。他准备把郝腾龙埋在洞穴之下，这个秘密他未曾对人提及，他准备让郝腾龙用他的尸体和灵魂守住这个洞穴，这个山上山下无限连通的洞穴。

郝东让找了一块大石头，寻找到了自己知道的地方，使劲开始敲打、挖掘，他埋藏郝腾龙就是一个借口，真实的意图是想逃避。

突然一声响，薄薄的地层被郝东让砸开，一股清新的空气从脚底吹上米，他差点没有站稳。实际上，砸开的洞并不大，可是，从洞下面冒出来的风很有一股力道，仿若关在洞下面的风很急躁，见有隙可乘，就疯一般地逃窜出来，像狗一样。

风吹的时候，郝东让听见一声呻吟，他赶紧看，叫声是郝腾龙发出来的，郝腾龙醒了。

郝东让立即上前，口里呼喊："腾龙，腾龙，腾龙，你说话。你是不是没有死？马静蕊在屋里等着你。"

郝腾龙艰难地抬起手指着自己的嘴。郝东让开始不明白他的意思。他反复用手指嘴，郝东让才弄明白，郝腾龙不是想说话，是想喝水。郝腾龙的嘴皮干裂得就像青杠棒上面的老皮一样。郝东让赶紧用树叶舀了坑里的水灌他，郝腾龙大口大口地下咽，郝东让不知道舀了多少水灌了他，他突然哇地一口吐了出来，伴随着臭味，郝腾龙的肚子里响声起来，擂鼓一般，只听他屁股处伴随响声排泄出粪便，臭不可闻。人到了将死的时候，上下通道都不受控制，完全敞开，不存在什么尊严与否。

郝东让完全惊呆了，以为这是回光返照，是将死的征兆。他看这臭味不解决，洞内也无法停留，就更加猛烈地砸洞，把通往幽深山谷的洞砸得更大。风就更加猛烈地吹上来，直接把洞内的味道稀释淡薄一些了。

"你，你在做啥？"郝东让耳边听见有人弱弱的声音在说话，他还不知道是郝腾龙，他以为进入了幻境。

"谁？是谁在旁边？哦，是东让。东让，东让，郝东让。"叫的声音大了起来，郝东让听清楚了，往回一看，发现郝腾龙已经翻转了身体，匍匐在地上，看着他说话。

"你，真没有死？"郝东让大惊。

"没有。你快把这污秽的东西弄到洞外去，不能脏了这个洞。"

"你都要死了，还在乎这洞干什么？"

"死了，也要把这个洞弄干净。"

"我还准备把你埋在这个洞里呢。"郝东让说。

"不行的。这个洞，这个洞是我到乔庄安身的第一个地方，有灵性呢。我在这个洞里成就了马静蕊，给这个世界留下了精血。你绝不能毁了这个洞。"

"族人都要遭大灾了，洞有何用？"

"死不绝的，上天会留下种子的。就像草，有籽有根。就像树，就像鸟，就像兽，死不绝的。"

"你能说话了？"郝东让与他交流了这么久，才发现他会说话了。

"就是，我也不知道为什么。喉咙里堵着的东西已经消除了，上下都通了，我就说得出声音了。嘿，你把水再给我喝一点。"郝腾龙用手指了指凹坑处。郝东让又用树叶包了水送给他喝。在他喝水的时候，郝东让用洞内的杂物盖了秽物，又到洞外去铲了很多黄土进来，埋了秽物。

郝腾龙说："铲出去吧，给洞留个洁净。"郝东让又返身出洞，找了一块石板，把黄土连同杂物、秽物一起刨到石板上，倒出洞外。

洞外的太阳老高，使劲放着金箭，把山下的人家射得千疮百孔，土壤像要燃烧一样。郝东让眼睛望去，土壤里直直往上冒着火苗，闪闪烁烁，整个土地像是蒸笼，正一层一层地冒着热气。

郝腾龙喝过水之后，慢慢爬了起来。他很虚弱，全身都是汗水。他坐在郝东让挖掘出来的洞口处，眼睛直直地往下看，风从底下吹上来，把他的头发吹得直立起来。

"这是啥子？"郝腾龙见很多风从洞外进来，就问他。

"这是洞，连通到地下很远的洞。"

"你咋知道这个洞的？"

"因为，我就住在你们下面呢。"郝东让诡异地笑了，对郝腾龙说："只要你们上面有大的响动，我在下面都听得一清二楚。"

"这怎么可能？你也住在洞里？"

"你住洞给了我启发。住洞里好，干燥、安全。"

"你知道洞上面是我们？"郝腾龙追问。

"知道。"

"马静花也知道？"

"她应该不知道吧。这条洞太长、太深，我是为了安全察看全洞，才发现这个秘密的。我听见你们说话的声音，所以推断应该是连通的，可以打通。原本以为你死了，我准备把你安葬在这个洞里，谁知道，现在用不上了，你又活回来了。这是奇迹，可见，也是怪事。是什么使你起死回生的？"

郝东让这句话把正在痴痴地想洞穴秘密的郝腾龙拉回来。

对啊，郝腾龙明明死了，怎么又活了？

他们两个开始寻找这个秘密。

是洞穴？洞穴深远，外面影响不到洞内，洞内暗藏着起死回生物质？所以，减缓了死亡？

是洞穴直通之后的风？风从幽谷中来，带着幽谷的植物、动物味道，解了郝腾龙的毒？确实，他们可以闻见风中特别的味道。

是洞中坑里的水？水被强制灌进郝腾龙的体内，咕咕咕地在体内发生反应，稀释了体内的毒。这水是灵水？是上天的甘霖？

是洞中那棵茂盛而不知名的树？郝东让用树叶装水，而且那水不就是从树上落到凹坑里的？那凹坑里不是长期浸泡着树叶吗？凹坑里的水都有淡淡的颜色，近于树叶的颜色。有可能是树枝被水浸泡，形成药汤，解了郝腾龙体内的毒？

是神回来了？郝东让想起了自己的岳父，想起他不辞辛劳的祈祷，也许他的祷告其实已经通达上天，只是被接受有一个过程。

这个谜解不开了。但是，很快郝东让与郝腾龙就达成了共识，既然洞穴很大，而且解释不清楚起死回生的原因，那么，奥秘就在洞里是没有什么疑问的，不如马上把全族的人都引到这洞穴里来。郝东让去引人，郝腾龙负责慢慢把凹坑里的水引到洞内低洼处，把水蓄起来，不能白白地流走。反正，综合用力，看有没有效果。

郝东让给郝北章报告了情况，四散的人群正遭受着煎熬，如果山洞能够派上大用场，也有利于统一大家的思想。

于是，按照吩咐，所有的人都到了山洞，反正都抱着试一试的想法，也许真的有奇效。

洞穴里面人数很多，但都濒于死亡，没有谁有力量大声喧哗，洞内异常寂静，寂静的氛围被内壁洞口下溅的水声打破。大家把奄奄一息的人弄到风口处吹风，把水灌进嘴里。两个洞已经连通了，上层洞，下层洞，洞内的各个角落都摆满了人，一根根的像待烧的柴棒一样。

奇异的事情正在发生，那些濒于死亡的人都在各种操作之下全部脱离死亡的危险。信心一下子又回到人们的心里。

大家很安静地在山洞里待着，都奇异于两个洞的连通，大自然的鬼斧神工震撼了大家，但是，大家都不作声，只是默默地为病人做着一切。郝北章要求没有生病的人也大量地喝水，坐在通风的地方吹风，都不要随意走动。

洞内空气流通，环境清幽，很凉快，酷暑被堵在了山洞之外。

洞内也隔绝了外面的臭味，从下层洞里吹上来的风格外清新，没有任何异味。

马锐胜发痴一般地看着壁洞，看着壁洞口的树枝，看着洞口岩石上的几个坑，他在思考着。当人间的活神仙都解不开锁，其他妄称有钥匙的人都显得荒诞。可是，马锐胜不关心人们慢慢脱离死神，而是关心是什么让人脱离死神的。他慢慢观察，慢慢分析，在洞口的树叶上看到了神迹。郝东让清楚地看见，马锐胜一下子跪了下去，跪到了树前，树被水冲刷，每冲刷一次，树都摇摆一次，显得不屈服、不怕击打的样子，水源源不断下落，冲刷的次数太多，树枝摇晃的次数也多，但都会昂起头来，很活跃。

马锐胜跪下之后，就给树定了性："神树。"就给水定了性："神水。"就给洞定了性："神洞。"

郝北章披须而立，同意马锐胜的命名。大家都朝着有树有水的方向跪了下来。

郝巴子是最活跃的，当他发现下层洞就是自己曾经居住过的地方，兴奋异常，也不管大人的警告，顺着洞就往下钻去，他要去找自己熟悉的东西。

36.楠木木牍记：剥夺与给予，同等。

又有一轮雨来袭。

天空有雨如同山野有火一般，吓破了乔庄人的胆。

可是，这次是一场绵雨：柔得像雾一样飘来，开始还没有人敢承认那是雨。有人专门走出洞外感受雨的大小，脸仰向天空，却不见雨滴，良久，细雨飘过去了，才感到脸上有一丝丝的凉意。

后来，雨就密了起来。密实的雨落到了土地上，干裂的土壤被突然地抚摸还很惊怕，在嗷嗷地叫唤，暴雨已经惊扰了土地，突然的温柔使土地还有一些的拒绝和焦躁。雨不停地落下来，成珠，成线，成网，盖在大地之上，土壤感受到了细雨的爱抚，焦虑的叫声消失，就像猫被人抚摸后安静地匍匐下来，把爪子都收进了肉里。

上天的奇妙之处就在于此，它可以给予，可以剥夺。剥夺的时候，那样绝情，把乔庄逼近绝望。给予的时候，那样柔情，给乔庄无限生机。

那些味道，那些病魔，都在绵绵不断的细雨中消失。雨水真是上帝的消毒剂，润滑剂，雨水带来的氧气冲溢在山谷之间。

更多的人走出了山洞，进入到雨中。人们仰头朝天，让细雨不断地淋在自己的脸上。

返回来的人都纷纷说："真是怪现象，说来火就来火，说来暴雨就来暴雨，说来烈日就来烈日，说来细雨就来细雨。上天要我们怎么办啊。难道我们还不听话吗？"

马锐胜说："也许确实是我们不听话，没有按照神的旨意来走。可是，我们究竟是哪里做错了呢？我们想不出来，有没有什么警示的地方啊？"他显得更加的忧愁，显得更加的无助，显得更加的沮丧。

女人们都不说话，马静花把女人们聚在一起。她们只等待男人们的安排。

黄辰梦说："就这样一直坐在洞里吗？还要不要出去？或者还有其他的想法？"

大家都没有搭话，没有人回答得上来他的问话。

大家都待在洞里，把乔庄隔在洞外，任由雨在洞外自由自在地下着。

洞内的人都痴痴呆呆坐着、躺着、蹲着，都没有主意。人仿佛和洞外的雨在顽强地较劲，看到大家的现状，郝东让心里明白：乔庄的人正在丧失活下去的勇气和力量。

"郝巴子呢？郝巴子到哪里去了？"马静花的惊叫把沉寂的人群一下子唤醒过来。一到山洞就很兴奋的郝巴子自己去了自己很熟悉的地方，当时大家都忙着救命，没有在意他的行踪，事情安定下来，马静花才发现他不见了。

郝东让却说："不管他，他自有去处，也自会回来。"

马静花就不说话了，她知道郝东让说的意思，这里曾经是郝巴子再也熟悉不过的地方了。他不会迷路，也不会失踪。

火灾发生之后，郝巴子显得格外沉默，郝东让明白，失去小动物的郝巴子正在失去一个充实而温暖平和的童年。他在想，通过极端事件，但愿郝巴子会逐渐认识到这个世界有多少伤害才会有多少成长。

果然，没有引起大家的注意，郝巴子自然而然地出现了。没有人知道他到哪里去了，也没有人看见他从哪里来的。郝巴子悄悄地走出洞口，望望天空，望望远方，托腮思索。马锐胜隔着一段距离观察着郝巴子。

马静花照顾大人也照顾孩子，还要照顾郝北章。她会在忙乱之中往郝东让所在的方向看，郝东让不用抬头都知道她在看他，她的眼神的力度、角度、热度，郝东让都能够及时捕捉到。郝东让知道，他的无心之举，本来是埋葬郝腾龙，却救了郝腾龙，救了郝腾龙之后又救了整个族人，不至于使在乔庄繁衍了的人种灭绝，符合她心目中关于英雄的定义。她曾经反复对郝东让说：乔庄需要英雄。此时的郝东让再次成了她的英雄，也成了全族的英雄。

男人堕落，女人目光如刀，切菜一般切碎了男人。男人成为英雄，女人目光如炬，照亮英雄的金身让所有人看见。

郝东让不知道马静花为何要强调他作为英雄的身份。不需要英雄的时代才是好的时代。

郝腾龙已经痊愈，他看见郝东让站立，就走上去并肩而立，一起看雨。没有事情可以做，看雨也不失为一件很好的事情。一个山洞让看起来会被灭顶的族人，慢慢得到了恢复。

郝北章喊着郝东让的名字，也是对众人说："东让，你去找一个木片来，我要做记录。"洞里所有人为之一凛，不知道他要记载什么。当着众人的面，他记下了救下了全族人的生命的神洞、神水、神树。

没有记载具体的人名和具体的事件，大家都松了一口气。

郝北章对众人说："走得再远，我们也要有一个不能断了的历史。发生在乔庄的任何事情和任何人我都有记录，将来有人来保管这些东西，有人来传承这些东西，你们不要有任何的意见，我都是据实记载的。你们，你们"，他指了指大家，手指环绕了一圈，然后定住，继续说："都在册。"

他经此磨难，身体异常虚弱，郝东让不知道他为什么要说这些话，而且显得非常严肃。其实他不知道，郝北章已经提前给马锐胜留了一些话，他说："这次我可能支撑不住了，我死了，你要与几个年轻人一道，保住血脉，繁衍族群，是否继续留在乔庄，这个题目也交给你们了。"郝北章也是抱着赴死的想法，要把自己最后的念想留下来。可是，随着小雨降临，一切都有了转机，他也慢慢度过危险，他只是沉默的时候比说话的时候多，原来锐利的眼神，现在变得躲闪起来。

37. 楠木木牍记：史有循环往复而已。

黄辰梦悄悄地跑到郝北章的面前，轻言细语却很坚决地说："老师，乔庄不可久留，死亡的都是我黄家儿郎。当然，也不全是，总之死的是我乔庄儿郎，一个活生生的山谷就要变成死亡谷了。老师，我要求，我们离开这里，找一个更加好的地方。"

郝北章说："哪里还好？"

"自然条件比这里好的地方。"

"条件恶劣总比人心难测要好。你想啊，大自然的惩罚我们还可以侥幸，而人的戕害却无处逃生。你比我更明白这个道理。"

"总之，老师，我选择走。"黄辰梦见说不动，有些动气。放在往常，这样的事情绝不会在黄辰梦身上发生，他也是很讲理智和仁义的，绝不会这样对老师说话，可是，非常时刻，礼数略有不周似乎也可原谅。果然，郝北章长叹一口气，也不怪罪他。

"这样吧，反正此事也不像过去逃命那样紧急，我们大家可以商量，看看大家的意见，如果都同意走，那就走吧。"郝北章对他悄悄地说。

郝北章征求了郝东让、郝腾龙、马锐胜的意见之后，把大家召集在一起，说商量是离开乔庄还是继续留在乔庄。郝北章说："我就是一个召集人，对未来没有什么明确的规划，也没有具体意见，是走是留，主要是想听大家的意见。"

黄辰梦犹豫了一下，站起来，看了看大家，又没有了话，重新坐下来。

郝北章说："辰梦啊，你有话就说吧。"

黄辰梦低头一阵，大家都盯着他，此时的人群没有一点声音，连吞咽口水的人都没有，等到黄辰梦轻声地说了一句："那我先来说吧。"人群中咽下口水的人不止一两个。如果没有人说话，这些含在口里的口水可能会淹死人的。

黄辰梦说："乔庄经历这次劫难，全面受损，人人无家可归，山谷成了死人谷，周围树木被焚，洪水冲得山沟七零八落，人还可以居住吗？"

"那你的意见呢，是走还是留？"郝北章转头问他，要他把自己的意见明确地表达出来。

"现在的乔庄留给人的记忆太恐怖了。"黄辰梦没有正面回答他的问题，也许他自己确实不敢说出走的意见，他不知道所有人的想法，虽然在老师那里说得很清楚，当要在众人面前说出来的时候，他犯了难。

郝北章对他的表现很失望。

田守其接着咳嗽了几声，似乎喉咙里藏着口痰，堵得难受，他神秘地说："是啊，太恐怖了。恐怖的景象留在我们心里，更可怕的是，会留在小娃儿心里，他们一生都会纠缠在这噩梦之中，甚至会影响到下一代人，以及下几代人。"田守其也没有说出他的意见，但是，黄家和田家的意见再明确不过了。

难道这个种族会被施了魔咒，不断地徘徊在躲避的路途上，不断放弃旧的居所，不断寻找新的居所，不断逃离，循环往复，居无定所。逃跑难道真的成为家族的一种宿命吗？

郝东让用手碰了碰郝腾龙，让他说话，毕竟，郝家人数众多，从表达意见上来说，也是有分量的。郝腾龙明白郝东让的意思，虽然他们之间没有交流过这件事情，但是，他们两个都明白他们不会放弃乔庄。

郝腾龙身体还比较虚弱，说话的声音不大，但是他一发声，大家都望向他。

"又要选择离开吗？"郝腾龙问大家，郝腾龙看到有的人眼睛一眨不眨地盯着他，显得异常呆滞，有的趁郝腾龙的眼光尚未扫到就赶紧低下头来，不与郝腾龙对视。大家都不出声，郝腾龙又说："虽然再次离开也是一种选择，可是，天地纵然再大，乔庄毕竟是我们生活了十多年的地方。再选择走，都怕是吃不消了，还有那么多的小娃儿也会很艰难。"

人群很安静，什么声音都没有。郝腾龙接着说话，声音虽然很低，但表达得比较清晰："我不走，我就在乔庄。"

马静蕊的眼睛盯着郝腾龙，郝腾龙又补充说了一句："我们全家都不走，都留在乔庄。"马静蕊的眼睛眨了好几下。

郝北章仿佛睡着了，不对所有人的意见做出明确的态度。

田生草站起来了，他一站起来，田守其很紧张，儿子长大成人了，一些想法与自己不一致，甚至格格不入，自己表达的意见他会不会遵从？

田生草对大家说："乔庄十年以来，也才有这么一次灾难，我认为是偶然的，又不是天天闹灾害。我觉得老年人想离开乔庄是可以理解的。但是，其他地方难道说就不发生灾难了吗？都是一个天空，天上要降灾难下来，总不会是针对一个地方，反反复复地降临吧？如果我们离开乔庄，到了另外一个地方，恰好上天又降灾难到那个地方，我们又逃跑？假如又找到一个新的地方，上天恰巧把灾难降下来，我们又怎么办？又逃跑？何时有个尽头？"

田生草是到了乔庄后才取的名字，正式的名字，那时，他家旁边青草茂盛，绿得诱人，田守其就说："取一个名字吧，生草，多么有活力。"也许得了天地间的暗示，田生草长大后确实活力充沛，很壮实的块头，很多女子都期盼他能够娶了自己。

田守其见自己的幺儿子起来说的话与自己的想法不一样，准备教训，他张了一下嘴，还未出声田生草就又补充了一句："老爹，是不是这么一个理。"田守其就把嘴又合上了，只是努力把嘴下颚往出挺得很厉害，使劲咬住自己的牙齿。

儿子直接对向他来，他无法跟儿子争执起来。争执起来也不会有好的结果。儿子大了，自己有想法了，好是好，就是还没有遭遇过厉害，不知道人生艰辛。可是，现在也不是说这些大道理的时候。

郝北章还是仿佛熟睡不醒。开始他还主持仪式，简短地说几句，现在，他关闭耳朵，关闭嘴巴，关闭眼睛，他还关闭了自己的思想。

洞里又陷入了寂静。

马静花把眼睛投向郝东让，郝东让知道自己要说出一番话才行。他轻轻地叹了口气，在密闭且共鸣效果很好的洞穴里，一下子显得突兀。没有人会想到他会叹息，连马静花都没有想到，郝东让发的第一声居然是叹息，他分明看见了马静花脸上的羞愧。郝东让赶紧收住了叹息，没有把短息弄成了长叹。

"我之所以轻轻地叹了一口，不是妥协，而是不安。不安是因为今天的灾难，也不能仅仅是怪罪到上天，这次上山猎凶，我是牵头人，我把大家带进深山，没有猎到凶顽，反倒闯下大祸，用人间烟火焚了满山青绿，用人间火患惊了上天安稳，上天从而降下灾祸，殃及我的族人，给大家造成了不可挽回的损失。我作为一个男人，我必须给大家赔罪，为死去的族人们，为毁了的家园，我不能无动于衷。我跪下，请大家原谅。"郝东让跪了下来，面对大家，而不是面对郝北章。他刚一跪下，郝腾龙也跪下来，田生草也跪下来，其他随他上山而又活下来的人都走到他身边，都跪了下来。

人群中，不知谁的哭声一下就响亮了起来。所有的哭声都响亮了起来，整个洞里响起一片哭声，大家合唱般的哭声。

"不是你们的错。"哭泣之中有个声音在说，哭声掩盖了声音的本真，听不出来究竟是谁说的。平日里，安稳生活的人，都不愿出声，很多人都是用琐碎的一切来诠释生活，用琐碎和平凡来诠释生命的伟大。他们知道，在空旷的乔庄，不是以镇住满谷满岭的其他生命为荣，繁衍在动物界里的生命都被自然赋予了伟大的使命，保证生存是每一种族都要自我进行的革命，只有族群的繁衍、壮大，才可以抵抗来自自然界其他动物族群的侵扰和伤害。在乔庄，对抗异类是人类的重要任务。说出"不是你们的错的"人，很清醒地明白人类的脆弱，尤其是居住在乔庄的人显得更加脆弱，毕竟进入乔庄的时间太短暂。

"不是你们的错"，很多人都跟着说，很多人走到了他们身边，把他们拉了起来，泪水淋湿了跪在地上的人的头发，也淋湿了所有人的内心。

站起来之后，郝东让对大家说："乔庄不能放弃！"郝东让举起双手，握紧拳头，郝腾龙也握紧了双拳，举过了头顶。田生草也呐喊着举起了拳头。年轻人都举起了拳头，像是又一次的宣战。老年人都闭上了嘴巴。

郝北章依然无动于衷。事后，他在木牍上写下："离开咸阳处乔庄久矣，再遭灾，有人又欲避之。让等青壮劝留之，乔庄得以幸存。"

在年轻人的带领之下，本来委顿在山洞里的众人被分别带上离开了，回到了山下，重新拾起了生活的勇气和建设的热情，他们要让乔庄再一次发出耀眼的光芒。

郝北章被郝东让带着看完了洞内的一切，也回到了山下。

郝北章自此之后不局限在屋里，他蹒跚着脚步，让郝巴子带着他在乔庄四处看，他走到每一家去，给大家鼓劲，所有人看到他还如此关心着大家，都很感动，建设乔庄的信心更足了。

第二章

1. 楠木木牍记：里返乔庄，怪异者也。

原来以为马静里的生命早已经结束，哪知道马静里的故事其实才刚刚开始。他居然活着，他居然安然返回了乔庄，他神奇般地住进了马家院。他的过往更加迷蒙，他的经历更加神秘，由于马静里的突然返回，乔庄又被蒙上了不安的色彩。

他仿佛从另外的世界回来，他去得很突然，回来得也很诡异。没有人知道他的行踪，此时他像幽灵一样就闯进了山洞。因为山洞于他而言，并不陌生，当年他也是郝腾龙座下弟子，也在山洞中苦练过。

很多人都在打听马静里的情况，他怎么走的，又是怎么回来的。

经过几次大自然的伤害，乔庄的人小心翼翼，任何突然而至的惊喜都会令他们警惕。任何突然而来的异常，都令他们惊心。

乔庄经不起折腾是他们一致的看法。

大家惊异的是马静里当初的突然出走，最终被告之的是已经死了。可是，现在一个死人居然活着回来了，在他身上发生了什么，都是茫然的。更加要命的是，郝东让受命寻找马静里，他说出的话是马静里已经死了，现在的局面说明当初他在欺骗。

设这样一个大的圈套对所有人进行欺骗所谓何来。

大家越想越紧张，认为有一个很大的阴谋正在展开。郝东让在阴谋中充当什么角色大家还不清楚。

马静里玉树临风，挺直的腰杆就像结了痂的青杠树一样，直挺挺的。身体一站在那里，仿佛是长在了地上，坚固不可撼动。

马静里先拜会了郝北章。

马静里说："爷爷，我回来了。"

郝北章轻轻问："这么多年了，都去哪里了？活着回来就好，活着回来就好。"

马静里说："爷爷，我走了很多地方，总有归心似箭的感觉。当我一踏入乔庄这一山谷，心一下就放下了。乔庄如此温暖，如此宁静。相比于外面的倾轧，相比于外面人对人的伤害，这里真是天堂。"

马静里并没有回答郝北章的问话，他绕过了问题，很动情地说着自己的话。

当时在场的郝东让看见马静里看向自己的目光是躲闪的，他看到的是外形成熟的马静里，他又看到了内心惊惧的马静里。

马锐胜站在角落里看着略显陌生的儿子，他看见儿子依稀如昨日的面容，也敏锐地发现现在儿子沉静的面容之下深藏着很多内容。

郝腾龙也发现马静里不仅是更加的孔武有力，在坚硬的肌肉之下，还有更柔软的东西，这些柔软的东西仿佛更具有力量。

郝北章对着大家说："我原来以为写到马静里失踪死亡你的篇章就结束了，没有想到你还有篇章要写下来。你外出多年的经历，更是要写的内容。而且要把这些公之于众，让大家都知道，还要打消大家的疑虑。"

听到郝北章的话，都没有说话，马静里也没有说话。老道如郝北章者，岂能看不出来其中的奥妙，他回到家中，很急促地寻找到过去写下来的一张木片，在后面补充记载着，他用自己熟悉的笔画写下："里逝于远方，归于山谷，大乐且大忧。一切去者皆去，一切来者俱来。"突然之间，郝北章感受到了楠木香味，那些字痕与楠木清香融为一体了，他不知道字迹背后真有很巧合的密码。

马静里返回来首先受到冲击的是黄辰梦，他找到田守其，忧心忡忡地说："马静里原来失踪了几年了，按照郝东让说的是死在外面了，可是，现在却死而复生了，不知道这中间发生了什么。按理推断，过去郝东让还不是马静里的姐夫，应该不是为了自己的人而隐瞒。"

田守其也靠了靠身体，头偏向过去，眼睛四处望了望，轻声说："奇怪的事情就在这里。老黄啊，我们随老师过来，经受了多少的苦难啊。而有人在隐瞒我们。我很害怕。乔庄现在的任何风吹草动都牵扯着我本来就已经脆弱的神经。这件事情要重视啊。我认为不寻常。"

黄辰梦摸了摸脸，显出痛苦的样子："你说咋重视？"

"如果我们被一些外在的现象蒙蔽了，将要受到损失。我看，要紧盯马静里，从马静里身上找一个突破口，看看这里面发生了什么。"

"好。我们分工合作，借机会接近他，观察他，试探他。"

"我担心的倒不是他一个人，我害怕的是很多人都在这件事情里面，那就很麻烦了。"田守其老谋深算。

"难道说你怀疑这是一个局？马家和郝家都牵涉其中？"黄辰梦挑明了说。

"我并没有这样说，是你自己理解的。"

"你简直是老野物，滑溜溜的老野物。"

两个人又笑了一场。

飘摇的乔庄被阴影笼罩着，郝东让自从看到了马静里就明白了一切都不可避免了。

他知道自己陷入过去经历过的一个局，哪个时间能够解开这个局，全靠自己一个人来完成了。他无法向所有人说明一切。矛盾就在可能之间。

2. 楠木木牍记：里惑众，不测。

马锐胜既充满了期盼，又闷闷不乐。

马静里回来了，他既高兴又担忧。失踪前马静里跟着他学学法术，他期盼马静里还如当初一样，内心里真正具有慈悲之情怀，还喜欢法术，自己的一生心得就后继有人，真正为乔庄留下一位通阴通阳的智者。他又怕当年一个不谙世事的少年突然不辞而别，不知经过哪些地方，习了哪些功法，染了哪些气息，会不会把外面的邪法带入乔庄。

马锐胜观察郝东让时发现他很冷静，马静里回来了他没有表现出来应有的热情和意外，而是充满了探寻和判断。马锐胜知道郝东让怀疑的思维始终存在，尤其是乔庄经历了很多事件之后，怀疑和抗争的成分增加得更多。

马静里忙着与姐姐说话，忙着与母亲说话，马锐胜、郝腾龙、郝东让就像三个与他无关的人，都坐在桂花树下沉默不语。大石头不在了，小石头分割出来的区域仍然可以供人坐着说话，只是没有那么平坦了。三个人互相不交流，马锐胜的双手十指互相纠缠，你缠绕我，我攀附你，你卡住我的关节，我抵住你的肌肉，如十个小小人物在嬉戏。郝腾龙盘腿而坐于石头上，显出了自己软如藤蔓的肌体异于常人，多年来习武留下的习惯，一直伴随着他。郝东让双掌互搓，像是互相较劲。

许久，马静里终于脱离了姐姐与母亲的问询，从七长八短中挣脱出来，有时间进行男人间的对话。桂花树下，杂乱的石堆之上，四个男人自然而然地围成了一圈，石头下面的水一波一波地冲着，水声嘈杂。

男人的沉默有压迫感，马静里不需要人的提示就把自己的遭遇一一讲开来。

马静里说："当年自己尚小，哥哥姐姐都在做事，自己虽然跟郝腾龙玩耍，可是，实际上都是随心而为。"

他说到这里，看了一眼郝腾龙。马静里一走多年，不知道自己的姐姐已经嫁人，也不知道郝腾龙和郝东让成了自己的姐夫，而且按照辈分总觉得都是奇怪的组合，爷儿父子倒成了老挑担子了。

马静里接着又岔开自己的思维，继续自己的叙述。

他少年时的耳朵里突然就多了一些东西，开始的时候，他不在意，只是有一些小的烦恼，后来，东西似乎越来越多，越来越杂，他非常恐惧。那时正是家人才到乔庄，大人们都很忙，根本顾不过来一个小孩子的事情。他也就忍住不说，每次都到郝腾龙的山洞里去，靠人多来克服恐惧的心情。直到后来，耳朵里的东西变得更加清晰，是一种语言，一种自己仿佛听得懂的语言。他按照耳朵里的提示，开始了行走，他是顺着河水往下走的。耳朵里的声音伴随着他，甚至可以说是指挥着他，带领着他，往下游走去。开始，他还想回头，可是那声音逼迫得很紧，只有顺水往下走，自己才好受一些。就这样，声音对自己大脑的摧残大过了自己对外界的恐惧。历经日夜，越往外走，越觉得声音与自己更加和谐，尤其是每到夜晚，自己害怕的时候，耳朵里的声音就变成了温暖的动物，潜伏在身边保护自己。

马静里说："自己也不知道，究竟是真的有动物一直陪伴自己、保护自己，还是自己内心里的一种幻想，那时年少，真的弄不清楚，反正自己从恐怖到不害怕的过程就在梦幻般的思维中过来了。"

大家都不说话，也不打断他，也不询问他，也不顺着他说的话追问。马静里没有想到这三个男人的奇怪之处，似乎对他的故事不感兴趣一般，于是，他准备换个话题。

"外面真的很大。"马静里说。

顺着乔庄这条河，一直往外走，弯弯曲曲，绕来绕去，与马静里相遇的都是风景，树木成林，雀鸟高低飞翔，鱼儿在水里游荡。花放肆地开放，每朵都是一只眼睛，睁开看着世界，花与世界相遇，都像是初夜。

乔庄河水最终流入了一条大河，马静里后来知道叫作白水。

马静里在白水边站住，奔腾的江水震住了自己，对面山上垭口处旌旗翻卷，人喊马嘶。隔岸相望，有渡口，有渡船。

郝东让听见马静里说到了白水，心里顿时起了波澜。他就是在白水逃跑的。白水的血脉来于高原，那水染了一路风尘，却满身透绿，初看之下，还以为是绿色被凝固下来了。白水江水浸染了多少的血液。而马静里到了白水江畔，事情复杂了。当初他寻找马静里的时候，就抵达白水，一路并没有见到他的踪迹，以为他不会到达的。现在他说出了白水的名字，令他吃惊。更令他惊恐的是，马静里居然说他耳朵里有声音在召唤，有一种异于人类的语言在耳朵里，郝东让就想到自己的儿子的血管里，也流着与他舅舅一脉相承的血液。郝巴子能与动物对话，难道是这个家族特有的血脉中含有的特别的功能？

白水关头，军队驻扎，稍有不慎，就会惹火烧身。郝东让需要一个人面对马静里来进行详细的了解。一想起这些，郝东让有了恐惧。

马静里现在是一个什么人。他要探究这件事。

于是他马上对马静里说："你很累了，需要休息一下。"

他又对马锐胜说："爸，静里出去返回的过程就不要对外说了，腾龙也不要对外说，全家都不要对外说，免得动摇了大家的信心，你们说呢？"

"那究竟怎么说静里来去的事呢？"郝腾龙迷惑地问。

"静里也不能再对外面这样叙说了，至于静里的来来去去就由爸去圆起来了。"郝东让说，又按了按马静里的肩膀，马静里听懂了一般点了点头。马锐胜并没有看他们，只是点了点头。

马锐胜见郝东让的举动，心里的担忧更加明显。

3. 楠木木牍附记：黄、田二氏偶遇里异。

郝巴子倒是把舅舅马静里缠得紧紧的。

马静里初见郝巴子，郝巴子也是初见马静里。可是，两人一见面就密不可分了。郝巴子就像是马静里的孩子一样，不在前面就在后面，不在左边就在右边，而且两人经常待在一个地方说着悄悄话，别人一靠近就都不再开腔。

马静花倒是高兴，郝巴子有伴了，到哪里去她都放心了。

马锐胜做了一次过场，请了一次神仙。乔庄的人都来看他的表演。他遍请天上各种神，最后认定下来马静里被天上的大神看中，养了十年时间，传了绝世功力，返回乔庄，就因为乔庄是天上神仙相中的好地方，必须要有一个人间的弟子来庇护，来安妥。

马锐胜跳着舞说："本来天上神仙很是喜欢马静里的，不愿意把一个好弟子还回来，但是，天上的大神见乔庄遭受灾难，面临生死存亡和去留的关键时刻，必须有人来引领乔庄，来庇护乔庄，就把马静里还给了乔庄。"

马锐胜双臂围拢，做了一个拥抱状，又敞开双手做一个推送状，大喝一声："舍不得啊，不得不舍。乔庄的人啊，都有福了啊。去吧，回吧，等以后来吧。"

马锐胜似是而非的语言仿佛是两个人在拉扯，最后筋疲力尽，大喝一声："就留在乔庄。"

说完，遂匍匐在地。良久，身体疲软得像一摊刚被拉出来的牛粪。随即身体又是僵直的，像一块河边的石板。马锐胜一次表现出来了两个境界。

黄辰梦和田守其也在现场。看完了马锐胜的表演，黄辰梦说："你看看，我就说嘛，他把通神的伎俩都用到了自己人身上。"

田守其问黄辰梦："你相信他说的话吗？"

"鬼才相信。他很久不通神了。当初乔庄那么严重的状况他都没有办法，现在一说就通神了？"

"哼，我也是这样认为的。我越加怀疑其中有诈。为啥他们都要做掩护呢？是什么就是什么吧。有必要隐瞒吗？事出反常必有妖，我们要盯紧了。"田守其说。

两个人也是抱着为乔庄消除最大的危害的公心，以前大家互相都不会有怀疑之心，可是，时间变化，防人之心不可无。

黄辰梦发现郝巴子常常把自己的舅舅带到树林里去。他假装捡拾柴火，也悄悄地跟进去。树林很大，他也不能近距离有意去偷听，只能远远地观察。他发现马静里在听郝巴子的喊叫，他看到郝巴子在一群小动物面前说话，小动物很乖巧的样子。黄辰梦惊吓一跳，觉得此事太过诡异。他再想靠近去看那些小动物是什么的时候，一转眼工夫，发现只剩下了马静里和郝巴子，那些小动物都不见了。

黄辰梦把这件事情说给田守其，他不相信，而且责怪黄辰梦老眼昏花。黄辰梦赌咒发誓地说自己确实看见了。田守其半信半疑，他说自己要亲自看到之后才作数。

田守其说："这家人真是奇奇怪怪的，不得不防啊，要不要给老师说说？"

"给老师说什么，老师都只听他们一家人的。千万不要在证据不足的时候乱说出去，否则，我两个人也要成为乔庄的罪人。"黄辰梦叮嘱。

"哪天才能够又看见马静里和郝巴子的怪异呢？"田守其问。

"你要学会跟踪嘛，不采取秘密跟踪怎么能够实现呢。"

两个人又商量了进一步的办法，走在路上，突然就遇见了郝东让站在马静里和郝巴子的前面，正在训斥什么。两个人假装无心路过，其实耳朵都是竖起来的。

听见是郝东让在对马静里说，不准把郝巴子往外面带，不准给郝巴子说一些乱七八糟的事情。表面上郝东让在指责郝巴子，实际上两个老汉也听得出来是针对马静里。两个人很奇怪，郝东让太严肃了，不像是姐夫与小舅子的对话。他们更加怀疑其中有不可告人的秘密。

郝东让也怀疑着马静里，是黄辰梦他们不知道的，他们以为郝东让与马静里一起构成了一个阴谋，只是阴谋涉及范围他们不清楚，肯定跟乔庄有关。

马静里知道有一双眼睛在看他，这双眼睛就是郝东让。马静里与郝巴子在一起玩耍，无论多远，马静里表面上是与郝巴子在游耍，而实际上却在四处窥探：郝东让是否在附近，郝东让是否在关注。马静里已经不是当初的马静里了，他很成熟，有了很多历练。他能从郝东让的眼睛里就知道郝东让内心里的想法，也看到了郝东让眼睛里的威胁，也理解了来自于郝东让的危险。马静里并没有把自己十年的情况说明白，很多地方都语焉不详，欲说还休，以郝东让的江湖经验，改变一个人可能就这几个时辰，或者几天，或者几年，如果说十年都没有改变一个人，那只有一种可能：他在说假话。

黄辰梦不管郝东让与马静里如何说话，他都认为两人在表演，估计应该是看见了他们两个人，就开始表演，表演不能代表什么。

黄辰梦和田守其两个不断地变着方法跟踪，可是发现马静里很冷静，很平静，整天都是与郝巴子在一起，两个人不知道哪里有那么多的话要说，反正都是窃窃私语。

黄辰梦再也没有看见郝巴子钻进树林里，与小动物们说话的情景了，于是他也怀疑自己当时的眼睛，也许根本就没有看见什么奇特的东西，只不过是自己的眼睛花了。

田守其跟踪出现了结果，他急急忙忙地找到正在土地上劳作的黄辰梦，哈哈大笑，笑完之后，用手捧起河水喝了几口，对他说："你说怪不怪，今天我与他们离得太近了。我在山里找野菌子，突然听见大石头后面有响动，我还以为是野物，就悄悄地靠近，一听，才知道是马静里和他的外甥。我一下子屏住呼吸，小心翼翼地悄悄靠近，听到马静里对郝巴子说，我给你说我的故事，你要给我说你的故事，还有你爸爸妈妈的故事。我们来交换。你说一个，我说一个。"

"郝巴子怎么说？"

"郝巴子开始说好啊好啊。接着又说，你两个换我一个。马静里说对对对，大人要用多的来换小孩子少的。"

"换故事？马静里搞什么鬼把戏？"

"不知道，后来两个人也没有交换故事。我看郝巴子就像很成熟，根本没有立即就开始交换故事，而是说别的事情。他还说了一句，出来很久了，舅舅，爸爸着急了，我们回吧。"

"马静里怎么说？"

"马静里很久没有说话。我以为两个走了，慢慢抬头一看，两个头还凑在一起的，仿佛在共同看什么东西，我怕被发现，就悄悄地走远了。"

交换故事？两个人摇头晃脑地一阵分析，也没有得出结果，就约定继续跟踪。

4. 楠木木牍附记：里惧让之目光如刀。

马家院的灯火在每夜都会比其他地方要熄灭得晚一点。郝家坪的鸡总会比其他地方鸣叫得早一点，也许是它们居住得高，确实最先看到东方的霞光。马家院的灯火因为马静里和郝巴子而燃烧得久，两个人都围在火塘边絮语或沉默。郝东让对马静花说："你要注意郝巴子的状况，太纠缠马静里了。"马静花白了郝东让一眼："跟舅舅在一起还会有大问题不成？"

对马静里的异常状况郝东让早给郝腾龙一些暗示，让他也注意一下。可是郝腾龙已经习惯了郝家坪上的幸福生活，自己不上心的事情一律都会选择性地忘记。郝东让与马静花在说着

158

郝巴子的时候，他正搂着马静蕊呼呼睡觉，一次一次地做着繁衍播撒的工作。鸡鸣几个回合了，他都不愿起床。郝腾龙搂着马静蕊的腰，嘴压在马静蕊的耳洞旁呢喃："你爹说乔庄就是乔庄，听你爹的总不会错，他是天上派下来的神仙。"说完，又呼呼大睡。马静蕊就喜欢这种踏实而具体入微的人，她比较郝腾龙和姐夫郝东让，觉得姐夫是不食人间烟火的神，不随和，让人仰望，而郝腾龙就是一具实实在在的肉体，抱在一起非常暖和，放出去干活也是生龙活虎。无崇高理想，坚守住方寸天地，对生活别无所求，求安心，求快乐，一任生活自由流淌。马静蕊觉得自己不像姐姐马静花，需要背扛更多的责任和使命，自然就不显得沉重。而姐姐嫁给了偶像，嫁给了英雄，生活的凝重感远超一般人。

马静蕊掏了掏郝腾龙的耳朵，推醒了他，对他说："今天背一捆柴，和我一起回娘家。"

郝腾龙自结婚后，肉就悄悄地长到了骨头上，原来峰峦起伏的身形渐渐变得浑圆。赖床成为他的一种习惯，而且渐渐变得越来越严重。但是，马静蕊一催促，他马上一跃而起。

到了马家院子，郝东让就把他喊到一边去了。郝腾龙一眼扫见马静里对他们两个要避开说话的关注，疑似要靠近来。郝东让直接对马静里说："你不要过来，我跟腾龙说几句要紧的话。"马静里就不好跟过来了。

郝东让说："马静里的事情这么久了，你有啥想法？"

"啥想法？你那次不是说让我不要说这件事情嘛。我就没有想这件事了，有你和老丈人处理就行了。"郝腾龙不理解郝东让说的意思。

"总而言之，很怪异。你也要多关注。外面有一些风言风语的，你听见没有？"

"没有注意，说些啥？"

"大部分都认为马静里消失和回来都很怪异，是不是有什么阴谋。言语之间，涉及我和丈人。当然，也会有你，还有爷爷。"

"怎么会这样？"

"关键是这些风言风语会动摇乔庄形成的共识，动摇乔庄一族人利益的基础，会把人分成为几个部分，大家互相之间就会猜忌，乔庄就会分崩离析。本来乔庄受到灾难之后，大家的意见就不统一，大家的认识已经不是原来那种大一统的格局，在这关键时刻，他回来了，去无踪来无影，出走的目的是什么，回来的意图是什么，大家都在猜测。很多猜忌和怀疑都在涌动，只是没有暴露出来。"

"你一说，我也感觉他回来得不是时候。不过也确实奇怪，一个小孩子，出去经历一阵，他三两句话就说完了。"

"最怪异的是他与郝巴子缠在一起，鬼鬼祟祟，不知道在干什么。我要找个机会拷问一下郝巴子，你也关注一下事情的走向，乔庄不要因为我们这一家出问题而导致内部分化。"

郝腾龙点点头。

郝腾龙与郝东让分开之后，耍了一个心眼，四处转转，跟马锐胜说一些淡而无味的话，就转到了马静里面前。马静里还在与郝巴子玩耍，他就把马静里喊到桂花树下。

"你与郝巴子一天到晚神叨叨的，说些啥呢？"郝腾龙开门见山，这是他说话的风格，也是马静里熟悉的交流方式。

"啥神叨叨的？就是一般的话。"马静里明显对他的质问有意见。

"一般的话用得着悄悄眯眯地说？"

"凭啥说我们在悄悄眯眯地说？难道不让你们参与的谈话都是悄悄眯眯？"

"那倒不是。"郝腾龙被马静里一逼，顿感无话可说，觉得马静里的表情里有鄙夷的成分。

"郝巴子还小，你是舅舅，一定要注意方法，要把他向磊落、豁达的方向引导，他本身都有些自我封闭，如果你跟他悄悄地说话，悄悄地做事，不利于他的成长。"郝腾龙换了一个角度跟他说。

"知道。"

"你姐姐和你姐夫都没有更多的时间来照顾他，你要负责。另外，你回来这么久了，感觉你心神不宁的样子，你心里有什么事吗？你说给我听听。"郝腾龙问。

"没有。"

"你也要逐渐融入到乔庄里面来，要与同龄人多走动，多交流。你可以帮他们做事，他们也可以帮你做事，这样你就帮到了家里。我发现你不跟同龄人交往，同龄人也不跟你往来，你就成了闲人。"郝腾龙的说话总是一针见血，不顾别人的想法。

马静里就不说话了。

两人都不再开腔，都把眼睛盯着河水。河水如常流着。郝腾龙想："一条河流的身体为什么这么长，究竟是一条河的身子有这么长呢，还是无数条河水牵手一起往外走才变得这么长？抑或是一条河的肚子里怀着另外一条河或者几条小河？"看着绵绵不绝的河水奋不顾身地往外流走，想起马静里就是沿着河流出去的，他是从哪个道路回来的，他并没有说清楚，一念到此，郝腾龙感觉郝东让说得对，事情太复杂，就不由得头晕眼花起来。

郝腾龙心里明白，自己已经做不了马静里的主了。

郝东让在一旁看他们聊天，他看出来马静里眼睛里呈现出来的亮光，顺着这道亮光，郝东让想看到马静里的内心。可是，那道亮光呈现出来的光亮与日常光亮总有不同，前半截还可看见亮，后半截似乎被一种东西遮住了，看不进去，就像看一段河流，先可以看见水面，继而可以看见水面下的鱼在游动，还可以看见河底的石块，各种颜色的石块，但是，你如果还想深入一步看下去，就会遇到河底的泥沙，稍一用力，就会泛起黄澄澄的颜色，搅得满河都是，连水面都看不清了。马静里的眼光就像这河水一样，不动他还可以看一段，动了他，你连表面都看不清楚了。

郝东让在想，马静里究竟经历了什么？马静里返回来，对乔庄意味着什么？郝东让知道马锐胜当年在这里定居，肯定是想柴门温暖，薪火相传，就像这棵伟硕的桂花树一样，清香四溢，弥漫乔庄，而不是只被谁独占。马家被失而复得的喜悦笼罩，而孤独痛苦的只有郝东让。郝北章应该比郝东让更寂寞。当年，他也是立在王的台阶之下，他也可以对咸阳的风吟咏几个句子，他可以自如地在别人已经做好的木牍、竹简之上写自己的想法。不像现在，自己动手削木板，自己在野外寻找炭石，敲碎、碾磨、成汁，然后书写下新的一个时空里的历史变迁。对一个政权的冷酷、无情、虚伪、卖弄，郝北章比郝东让了解得更充分。郝东让在过去，其实不过就是郝北章之流手中的一把刀，也许还只是一把小刀，连匕首可能都算不上。而现在的郝东让，实实在在地成了乔庄城里的一把大刀，一把象征着勇猛、守卫、后盾的大刀，寒光凛冽的大刀。

马静里尽管十年时间有可能也磨了刀剑，但是，在郝东让的面前，依然有畏惧，毕竟面对杀人如麻的人，就算他说过手中的鲜血已经洗净，那心中的血洗得净吗？那舌尖舔血的快感洗得净吗？那面对仇敌血刃首级的冷酷洗得净吗？当他面对一个情景时，那些等待燃烧的血，沸点依然还在。这点，马静里是清楚的。

马静里害怕的是郝东让突然爆发了野性，杀人的心起来，稍有不慎就会手刃自己。

尽管如此，马静里心里还是怀有大的期望，不能半途而废，不能言而无信。他要等待，在计算着时间的到来。

5. 楠木木牍附记：让交锋于里。

郝东让决定要找马静里谈谈了。

他把他叫到了桂花树下，事先把自己心里想好的问话再梳理了一遍。

"你回到咸阳了吗？"郝东让突然袭击。

马静里其实也已经在心里把攻防手段进行了无数次排演，他心里有数，知道返回乔庄，有哪些关口是必须经过的，比如郝东让这个关口，他在心里演练了无数次，连做梦都在演练，郝东让要问什么样的问题，要如何作答才能使他满意。郝东让果然凌厉，他上场问的话竟然是咸阳。

咸阳。到过咸阳吗？要说到过咸阳吗？马静里心里一下子慌张起来，但脸上的皮肤没有受到任何影响，还是很平静，任随郝东让目光如炬，也没有发现异常。郝东让心里一声长叹，马静里成精了。

"这么多年，不堪回首，确实吃了很多苦，走了很多的路。"马静里并没有顺着郝东让的话来回答，一句轻描淡写的话似乎是历尽沧桑，似乎是欲言又止，又似乎是一言难尽。

"到了哪些地方呢？你走的路线我都闻所未闻。"

"顺流而下，遇见过很多奇特的地方，也都是寂寂无闻的，我不知道它们叫什么名字，一如它们不知道我叫什么名字。我在想，它们那些耸立的山、裂开的谷、塌陷的壑、飞翔的鸟、流动的鱼、飘逸的树、吹来的风、悬空的云，应该是互相知根知底的。"

"哦。"

又是一阵的沉默，马静里抬头望向桂花树，仿佛过去就藏在茂密的树枝里。

"吃了哪些苦？有没有遇到最危险的情况？你给我说一说。"郝东让又挑起话头。

"姐夫，凡做事情都苦。用力气是苦，用思想也是苦。"

"现在耳边异响的声音还在吗？"

"有些痕迹可能轻拂而逝，有些烙印如影随形。关键不在外物，而在自己。姐夫，假如仇敌当前，你真在爱情和婚姻中熔化自己，对过往恩怨无动于衷吗？你会为了老婆孩子原谅了仇敌？你会与他握手言和？假如施大恩于你的人，在你面前求你，想让你做一件有违自己心意的事情，你能断然回绝了吗？她的困难，她的窘境，你会不管不顾吗？姐夫，在这个世界上没有两全的选择。我们在世间，总要做一些顾此失彼的事情。可是，只要出自内心真心，主观上并不是要伤害谁，我觉得都可以原谅。"

郝东让觉得马静里的话中有所指，却又不指明。弯弯绕绕的话，充满了玄机。尤其是他称的恩人是他，还是她？

"你与巴子两人在一起就是说这些？他听得懂吗？"

"姐夫，这不是我在跟你说吗，与郝巴子有何关系？"马静里狡猾地反问。

"静里，假如让你再次沿着这条河往外走，不是耳朵里的东西让你走，而是让你做一次自我的选择，你还愿意走出去吗？或者说，你还能够找到原来出去的路吗？"

马静里沉默着，没有回答。

"这么多年过去了，你应该是遇上过自己喜欢的女人，乔庄的成年男人都已经成婚了。你也应该考虑这些事情，男大当婚。"

马静里依然沉默着，他的沉默在郝东让看来就是无声地对抗，郝东让要继续往深里挖了。

这时，郝巴子跑了过来，大声喊："舅舅，舅舅。"

马静里迅速站起来，向郝巴子走去，没有给郝东让说一句话，他牵着郝巴子的手径直离开了。

桂花树在风的摇动下，沙沙沙地响了一阵。

郝东让更加的焦虑。

6. 楠木木牍附记：让再返藤道。

冬天未到，天已经冷起来了。

郝东让去看了一次爷爷，看见他躲藏在家里，一时间念念有词，一时间又把满屋的木片翻过来翻过去，一时间又在木片上写写画画。他显得很繁忙。

自从经历了很多的事情之后，他对乔庄的大事小事不再有任何意见，放手让年轻人去做，也只有年轻人能够做好，他这样想，也这样做。他年事已高，感觉确实力不从心了。

郝东让只是静静地坐一阵，两个人也没有交流。郝东让觉得累，在满屋的木片之中获得短暂的喘息。马静花回到乔庄，一直就住在娘家里。按照郝东让的想法，也该自己有一个窝，让孩子和老婆住进去。可是，马静里回来得真不是时候，他的回来，搅动的不仅是郝东让的神经，还有乔庄很多人的神经，郝东让听来一些信息，也看出来大家的戒备。

房子的事情只有放一放了。

可是，这么久了，马静里哪里不对，只是直觉，根本没有任何的证据。

本来想给郝北章说一说自己想去看一看藤道，自己常常会梦见，也不纯粹是怀旧，而是梦里所示，心有感触，藤道已经空悬，是否安全。可是，见爷爷忙碌，无暇谈及，就颓唐而归。

横亘在乔庄与北方之间高耸的山梁，高耸入云，乔庄的这些人都是在那梁的半山中穿过来的。郝东让很多次都想再去看看，那些藤条是否仍在，是否长得更粗，是否网结得更密。可是，却再没有去过了。这个冬季寒凉，郝东让不知为何，思想却泛起了一阵的波动。山梁更加险峻了，冬天到没到乔庄，主要看山梁。山梁戴上了白色的帽子，披上了白色的围巾，表明冰雪已经如期而降，冬天走向乔庄了。

　　这个冬天似乎比往常更加寒冷。

　　郝东让下定决心，在夜间察看了天象之后，第二天一早就离开了马家院。他开始的时候准备叫上郝腾龙，最后放弃了这个想法。他做了充分的准备，一把弯刀插在腰后面的刀匣里面，一根带尖刺的木棒已经闲置得太久，今天终于派上了用场。他想到那个地方去，想去看一下冰雪之下的悬空藤道，是那个天然的藤道，把乔庄与北方一下子连通了。现在，马静里走了一条不同的路，也走出了乔庄，回来经过的是哪里，他并没有说，这是郝东让怀疑的地方。藤道是上天隐蔽在人间的天路，郝东让固执地认为，不是所有人都可以找到或者说遇见这条藤道，除非是知情人。

　　郝东让要让自己弄明白个中道理，或者解除自己心中的疑虑，只能亲自去看看。

　　临走出门了，郝东让突然有了一个新的想法，他要把自己的儿子带上，让儿子与自己独自相处一段时间，也是为把儿子与马静里分开一段时间。

　　于是，他对马静花说："花，你看天气越来越冷，我再出去弄些柴棒回来，好让冬天更暖和一些。"

　　"这么冷，屋里不是有些柴吗？"马静花问。

　　"越多越好嘛。你看，这天冷得如石块，也不晓得这个冬天好久结束。我去弄点回来，静里和巴子烤火烤得晚呢。"

　　"好嘛。"马静花在屋里应了一声。

　　"郝巴子，郝巴子，过来，跟我走。"郝东让又大声吆喝。

　　郝巴子尚未答应，马静花先出声了："这么冷的天，把巴子带上干啥？不嫌他冷？不去。"

　　郝巴子在他妈的责备声中已经走了过来，他走拢就去拿他父亲手里的木棒，很兴奋，对郝东让说："我要去！"

　　"娃儿出去一下，也见见世面。"郝东让继续解释。

　　"好大个世面。冷得缩成一团了，看啥看。"

　　"我要去，妈，我就是要去。"郝巴子想到要跟郝东让出去就兴奋，哪里会听他妈的话。

"姐夫，我也陪你去，你到哪里去弄柴棒？"马静里也冒出来说话了。

"你不去。你在家里帮你姐姐，就让我们两爷子一路耍一转，不图弄多少柴，图郝巴子粘我一天。"郝东让找了一个爷子欢情的理由。

"叫静里去吧。家里也没有多少事。"马静花说。

"静里就不跟去了。他一跟去，郝巴子就不粘我了。我和他父子两人今天要玩个痛快，然后把柴背回来。"郝东让没有留任何的缝隙，及时制止了第三人参加到他们父子的派对中来。

马静花不再说话。

马静里似乎也找不到更好的理由。

郝巴子举着木棒，大声喊着："走喽！"被他稚嫩的声音一吼，马家院后面的山林里仿佛都有些瑟瑟的声响。

九道拐就在眼前。山下尚未下雪，山顶已经白雪皑皑。

当年疲于奔命的情景就在眼前。盘旋的小道已经被雪覆盖住了，只可看见弯弯拐拐的路形。恍惚之间，郝东让似乎觉得雪路上横七竖八躲着的都是自己的亲人，还有那时的马静里，一如身边的郝巴子一样大。郝东让一把搂过郝巴子，把他紧紧靠在自己的怀里。郝巴子正在惊喜无比地看雪，突然被父亲毫无缘由的一抱，顿失分寸，啊的一声惊叫。他叫得不是很大声，可却从雪压枝头的丛林里，断续传来几声兽鸣，像是询问，又像是试探，郝巴子欢愉地发出一声轻呼，树丛中再也听不见任何声响。天地间静成一团，他夸张地张大嘴，作厉声呼喊，却只听见近处的树枝被震动得轻摇起来，那些尚未结成冰凌的雪纷纷落了下来。

郝东让把郝巴子脚上的麻绳又紧了几转，然后对他说："敢不敢跟爸爸下到路底下去？"

"敢！你敢我就敢！"

郝东让突然就感动起来。一直以来，他认为郝巴子性格内向，不愿表达，似乎更像他的妈。有时候，郝东让有隐隐的遗憾。他认为，儿子应更像他才对。不一定全是冷，但必须要有冷；不一定全是铁，但必须有铁，而不要剩下的都是泪。

郝东让在前面往下走，郝巴子跟在后面，郝东让说："娃，你的脚踩在爸爸的脚印里面。"

"为什么我要踩在你的脚印里？"

"那是我给你的安全。我的每一个脚印都意味着雪下面是实在的，不会踏虚空。"

"那我什么时候才有自己的脚印呢？"

"等你有了儿子的时候，也等我老了的时候。那个时候你踏的每个脚印，你敢认准是踏实的，你的儿子就敢踩进去。那时候我也老得只能踩在你的脚印里。"

郝巴子站住了，两个眼睛亮了起来，他对自己未来能够踩出如父亲一样的脚印而激动不已。

"爸爸，我真的可以踩出你这么大的脚印吗？"

"能。你也许会比我踩的印迹更大、更深、更平稳。儿子，你是男人，男人就是被使用的。被父母使用，被妻子使用，被儿女使用。男人因为被使用而显得重要，才更有价值。男人要能承受被使用，就必须有力量、有性格、要诚实。"

郝巴子似懂非懂。

郝东让又追问了一句话："我说的意思你懂吗？"

郝巴子摇摇头，觉得不妥，又点点头。

"你将来会懂的。"郝东让摸了摸郝巴子的头，又按了按他的肩。

"来，继续踩着我的脚印往下走。"

郝东让和郝巴子父子两个在雪地中慢慢行走，郝东让每隔几步都会停下来，等着郝巴子跟上来。

那座藤桥仍在。

远处看去，藤条隐藏在积雪之中。可是，雪遮不住所有的藤蔓。十多年过去了，藤蔓变得更加粗壮，在寒冬侵袭之下，那青色也是如此强悍。十多年过去了，藤条在半山之中的形状更加隐蔽了，藤蔓与山合而为一，一派的白色，白色中隐隐露出苍色。没有之前的经验，初来此处的人，断不会想到半山之中有一条通道。

郝东让领着郝巴子接近了藤道入口。

郝东让对郝巴子说："冬天来临，万兽归山，都蛰伏了，应该没有野兽了。"

郝巴子没有开腔说话。

郝东让在藤道入口处，看见藤蔓连着荆棘，混合着雪，已经进不去了。他靠近去，抽出腰间的弯刀，斩断荆棘，并不伤害藤蔓，然后用手攀住藤蔓，立即感受到了肉质般的温暖，他告诫身后的郝巴子："你不要动，我处理好了再接你过来。"

郝巴子也跟着把藤蔓往上抬，就像举一个巨人的手臂一样。他把藤蔓往两边推，就像推开拥抱在一起的人一样。终于，藤道洞开。郝巴子欢呼雀跃，站在藤道上跳跃，还不待郝东让制止，四处积雪被一震动，都哗啦啦地往下掉，在空寂的山谷，像雷一样响。应和着郝巴子放肆的呼喊，四野里传来闷声或短促的呼应，把郝东让吓得心惊肉跳。郝巴子笑声传出去，四野又是一片寂静，郝巴子看到父亲出现的惊慌，就安慰说："没有事的，没有事的。"

郝东让与郝巴子并坐在藤道最结实的地方。无数条藤蔓在屁股下面游走、纠结，却并不冰冷。藤条传递着自身独有的体温，在旷野之下，温暖着人。

"巴子，你觉得这里怎么样？"郝东让问自己的儿子，因为一路行走，郝巴子头上的汗蒸发起了一团团的雾，郝东让用手给他擦拭。

"很好啊。好高，好险。"郝巴子满脸的激动，他脚下就是沟壑纵横的山岭，是清溪湍流的谷底，是在冬季中也可看见的别样的万紫千红。郝巴子头有些晕眩，心里十分地畅快。他眼睛中闪现出来许多动物自由奔跑、低头吃草、攀爬峭壁的情景，在现实和幻景中不断交替出现。

"巴子，想什么呢？"郝巴子听见了耳边的声音，他父亲郝东让也已经观察他多时。

郝巴子一下子就收回了目光，转看郝东让，见他满眼的疑问。

"没有想什么，只是我觉得自己看到了很远的地方。"

郝东让也随着眼光望远。远处是起伏的山，蜿蜒而去。他心里有事，想了解马静里的事情。

他就小心地问："郝巴子，你舅舅马静里整天都跟你在一起，究竟都说些什么？"

"没有说什么啊。他总是问我与那些山里的兽们是如何说话的。"

"你从来都没有跟我说过这些话呢。你跟他说了吗？"

"那是有交换的。他给我说了他的故事，我给他说我的故事。他说多少，我就说多少。他有些时候还骗我呢，想让我多说，我都不干。"郝巴子调皮地眨眼睛。

"那么，这样说的话，我也可以与你交换故事。"郝东让对郝巴子说。

"你有啥子故事可以交换？你说一个我听一听。"

郝巴子一说，郝东让才发现自己真没有故事可以与他交换，故事太多，都太沉重，从哪条线说起是一个需要把握的技巧。反观马静里的沿途见闻，人情世故，对郝巴子更具有吸引力和感染力。

郝巴子见郝东让半天不作声，就推了一下他："你说一个我听听？"

郝东让苦笑一下，并不作答。

"那你换不了我的故事。"郝巴子转过身去，独自看着壮硕的藤蔓从头顶盘旋而去，如奔腾的动物。

郝东让察看了桥上和周围，由于大雪的原因，看不出来有什么异常，谁走过还是没有走过，也看不见痕迹。

7. 楠木木牍记：牍之载，或罪恶，或良善。

郝东让再次到郝北章的家里，这次郝北章认真地听他讲述事情。

他把自己带着郝巴子重返空中藤道的事情说了一遍，说了郝巴子的成熟，说了自己的担忧。郝北章听得很仔细，还不时插嘴询问细节。郝东让也把自己听来的关于外面对马静里的一些不好的议论给说了。

郝北章说："细心是对的。按照一般的规律来说，人与人之间也绝对做不到完全的亲密无间。人是会嫉妒的动物。过去大家生死攸关，并不会有二心。现在经过了这么多的事情，很多家庭的重新组合，姻亲关系链接的结构更加紧密，各自利益期盼就会产生。所以，担心自己的安全是人的本能。其他人家的做法会不会殃及别人，也是大家要面对的。马静里的怪异之处，也是大家的担心之处，是正常的。"

"大家不知道你也在担忧，你担忧的是整个乔庄的安全，与他们还有些区别，可是，他们不明白，反倒认为你是马静里事件里面的一环。"郝北章接着说。

"都是正常的。"他继续说着。

"物正必有反，物反必有正。马静里去无痕迹，来无踪影，事出反常，疑为有妖。也不知你看出来异常在哪里了吗？"

郝北章最终说出了自己的判断。郝东让吃惊不小。郝北章很多次在众人面前的表现，郝东让都觉得他变得糊涂了，现在看来，他异常清醒。

"你来看，我这些年来写的文字，你不能看有关你的那部分，写的其他人的你可以看，看了不要对外透露。每个人，每件事，都记录在里面的。"

郝东让翻看起他写在木牍里面的内容，越看越惊心。很多

171

不经意的事件，在他的描写之下，都具有了借鉴意义。有一些郝东让并不觉得有什么意义，或者并不觉得有多重要，可是经过他这么一写，很多内容就具有了无比重要的价值。如果将来有人看了这些木牍，领会了这些内容，那么一定会从中学到很多有价值的东西。

看到关于马静里的部分，郝北章用了大量的笔墨来刻画马静里这个人，这是郝东让没有想到的。从面部表情的变化、沉默的个性、阴鸷的眼神，都被记载下来。

"黄辰梦有意无意地在我面前说起一些云遮雾罩的话，我心里清楚，他们担忧啊。"郝北章说。

"要有所准备吧。"他又对郝东让说。

"没有什么危险吧？马静里毕竟是乔庄的人，满乔庄都是他的族人，他怎么会有加害之心？我也听到一些谣言，是不是黄辰梦他们散布的呢？"郝东让毫无信心地说。

"不管是谁散布的，不要责怪人家，确实是很多疑点需要澄清，需要给他们一个坚定不移的信心。很多事情并非有意，但无意中仍有玄机，很多事情的发生并不是人意，而是天意。一个人偶然的行为，开始并无恶意，可是发展下去就不以人的意志为转移了。"

听了这番话，郝东让感受到了另外一层的害怕。他总算明白了人与人之间关系中的不寒而栗。

郝北章接着对郝东让说："我所记载的木片太多了，把乔庄的一切林林总总都记下来了。为了给未来的乔庄和未来的乔庄的人留下今天我们所经历的一切，我只有记录，今后这就是我余下时间的重点。从咸阳带来的一个木牍，记载的是我们曾经拥有的土地，是我们最终返回去的凭据。也不知道此生还有没有机会返回咸阳。"郝北章站起身来，朝着西北方向，久久不转头。

"我既要记下发生在乔庄的好的事情，也要记下那些坏的事情。不仅要记下来，而且要指名点姓地记下来。那些不愿意好好为乔庄做事情的人，我要让他的子子孙孙背负着罪责生

172

活。我要让他们的血液不再干净和纯粹。"

郝东让听到郝北章的说话，内心里紧张起来，赶紧在心里想自己的所作所为。他看不到记录自己的部分，所以就不知道他记录下来的自己是什么样子。不过，郝东让心里有自己的基本价值判断，那就是做到无愧于心，无愧于乔庄，至于将来后人如何评价，也就由不得自己了。

8. 楠木木牍附记：胜暗通于让，杀机已现。

马静里突然显得焦躁，是因为他在数着时间。

连马锐胜都感觉到了马静里特别急切的异常。马锐胜显得比其他人更紧张。马家院充溢着潜在的不安。善良的马静花都能够感受到丈夫和父亲的凝重。郝东让与马锐胜坐在桂花树下面，都显得很慌张，他们不愿意面对他们可能不愿意面对的局面。

在桂花树下沉默，是男人与男人之间的交流方式。究竟男人与男人在桂花树下面沉默相对了多少次，郝东让和马锐胜都不记得了。桂花树的每次欢呼雀跃、繁花盛开和树下面沉静的石头保持着一种默契。桂花树的每次繁华落尽、绿叶泛青和树下面冷酷的石头也保持着一种默契。不管风来雨来，不管大寒小寒，默契是始终的。桂花树明白石头把坚硬的身躯顶住自己的下盘和腰身，石头也清楚桂花树清香四溢，温柔依靠。看过了多少虫蛇爬行，狼奔豕突；看过了多少枯叶尽落，绿叶上枝；不言是对整个宇宙最大的致敬和尊重。

可是，郝东让与马锐胜的沉默显得与往常不同。马静里是马家院不可回避的因素。

郝东让把与郝北章的谈话内容转述给马锐胜，马锐胜满脸的无奈。

"总是问不出原因吗？"郝东让对马锐胜说，他也交代过让他与马静里对话，了解他的行踪，发现一些不寻常的地方。

"不肯说。"马锐胜很抱歉地看着郝东让。

"你怎么看这件事情？马静里越来越让人看不懂了。现在乔庄有一种流言，说马静里是我们的一个阴谋，也可能是想独霸乔庄的一步棋。马静里是重要的棋子，一直埋伏着，蓄积着力量，只等一个契机就完成对乔庄的绝对霸占。"郝东让说。

"你确切问过上天吗？"郝东让又补充了一句问题，其实他自己也明白这一问毫无用处。

马锐胜脸上的苦笑更加明显，他怀疑马静里有些时间了。他马锐胜从过去到现在都是坦荡的，可是，他居然为了马静里徇私，他居然用与上天连通代言的把戏来为马静里圆谎。而整个乔庄都知道他已经不具备连通上天的能力了。这样圆谎的后果，过去也没有认真思考，现在想来，也许客观上帮助保护了马静里。

马静里究竟是什么人？

是好人还是坏人。

在马静里返回乔庄的日子里，马锐胜开始做梦，每一个梦都是欢乐的、满意的，对于他来说，完全是一个无限满足的梦，不掺杂一丝丝的不足，这些梦反而让马锐胜充满了无比的警惕和不安。按照正常理解，他对马静里的返回本来就满是疑虑，而反映在梦里面多多少少都该有一些异常，可是，欢快占据了梦里的一切，就连自己为了马静里而擅自借口上天一事，自己心有内疚，也该在梦里略微出现一些不安吧，难道真是无耻的人才能够泰然自若？所以，马锐胜理解的是上天对自己更重要的提醒。提醒什么，马锐胜百思不得其解，参不透个中缘由，找不到任何头绪，就显得更加烦躁。

马锐胜征询意见般地问郝东让："这个娃究竟会惹多大的祸？"

"谁知道呢？现在已经惹出祸来了。比如乔庄的隐晦的议论，他不说出一切，也无法说清楚自己的一切，我们无法向大家表明不存在所谓的阴谋，只好让大家无尽议论，无尽地猜测。"

"古代都有大义灭亲的先例呢。"马锐胜阴森森地说了一句话。

"可是并不知道他会惹多大的祸。正是壮年时期,也是马家院的后辈啊。"

"难道要等到他惹出了事情再出手?"马锐胜的语气更加冷酷。

"再等等吧。再看一下究竟要来什么。毕竟现在看不出来我们担心的端倪。"郝东让犹豫着说,其实他心里何尝不是那样想的?想当年,面对可疑之人当定斩不饶,决不留任何活口。马静里毕竟是马静花的亲兄弟,就算过了马锐胜这一关,估计也过不了马静花那一关的。

马锐胜深深地盯了郝东让一眼,不再说话,郝东让假装不知道,并没有接上马锐胜那意味深长的眼光。

如果在曾经的年代,杀人就如砍草一般。手起刀落,直接毙命,但那是杀掉敌人。现在马锐胜暗示的对象是亲人。杀亲人这件事情还没有遇到过,也没有执行过。

不过杀人都是一样的,凡是有威胁的对象,不论是谁,一律诛之。

9.楠木木牍附记:里惑,欲解于外侄巴。

郝东让只知道乔庄的威胁,却不知道马静里的忧虑。

马静里不为人知的疼痛和思念与脏腑揉在一起了,动哪都是疼。他有很多不能说的内容,就憋在心里,时时感到自己的胀痛。他觉得吃不下饭,不是不想吃,而是心里真的没有空间可以容纳食物了。他也想一吐为快,一泄而尽,让自己能更加轻松地面对家人,面对族人。过去的事情都能够轻易就算了吗?或者说就当不存在了吗?来的肯定会来。可是他们会来吗?已经来了没有?马静里自己无法判定,无法判定的事情,也就无法说起。无法说起，就更加痛苦。

他已经感受到了压力，感受到了无数的眼睛的逼视。

少年时代自己所经受的疼痛苦难和所迎来的巨大的幸福以及温暖是他自己全部身体和灵魂的一部分，就像麝一样，时时从肚脐处分泌出来一些东西，凝成无法化解的块，分泌过程中的疼别人无法体会，形成的块倒成了最珍贵的东西。

耳朵里那个声音的召唤，究竟是为了什么？别人耳朵里也有一个声音在召唤吗？没有人与马静里交流过。初到乔庄时的惊喜、匆忙、繁劳，没有谁有闲暇静下来、停下来，都在为一个家园的美好和未来而拼搏。没有谁在意少年马静里的异常。他耳朵里的声音越来越响亮，从低沉的声部升到了响亮的声部，马静里不堪其苦，只能用大力气的操练和漫无目标的行走来抵御，行走来行走去，就越走越远了。当孤独寂寞和恐惧来临之时，他与声音独处，耳朵里的声音变得越来越温暖，越来越像一个伴侣。当马静里想睡觉的时候，耳朵里的声音就蜷伏起来，静静地躲在一旁，马静里仿若与它相拥而眠。当遇到险境时，耳朵里的声音也就激越起来，马静里就会升起昂然之气，也不再害怕。当黑夜散开，黎明占据世界的时候，耳朵里的声音充满了喜悦和召唤。

马静里一直都无法证实，是不是每个人在少年时期都有一个声音藏在耳朵里。直到马静里重新回到乔庄，遇到了郝巴子，他才把自己又一次放置回少年境地，重温了过去的岁月。郝巴子的年龄正好是自己当年出走的年龄，郝巴子耳朵里也有声音，而且这个声音更加特别，这个声音接通了人类与异类之间的交流通道，这个声音只有郝巴子与异类能够明白。郝巴子耳朵里的声音并不像自己当初的声音，令人惶惑、不安，甚至于也要奔跑，郝巴子耳朵里的声音为他打开了另外一个世界，他小小年纪就窥探了另外世界的秘密，拥有一般人不可能拥有的巨大资源。更为重要的是，郝巴子拥有一个声音，令他无比的温暖，令他无比的安静，他既可与父母对话，也可在天地之间与其他物种自由对话，他不会孤独，不会寂寞。马静里非常羡慕郝巴子。虽然郝巴子与他谈声音，给他模拟声音，但是，马静里永远都不知道郝巴子拥有声音的全部秘密。

马静里曾经问过郝巴子："巴子，你真听得懂它们叫唤的声音和要说的意思吗？"

郝巴子奇怪地抬起头来："舅舅，你怎么不相信人呢？"他眼睛里满是困惑，在他看来极其普通和正常的事情，舅舅怎么就不明白呢？

"它们来了就会喊我的。"郝巴子补充说，他满眼里都是柔柔的向往，对亲情和友谊的向往。马静里看到了他眼光延伸到了很远很远的地方，马静里顺着他的眼光望出去，只看得见远山迷蒙，并不见有其他任何异常。

可是，很快就起风了。郝巴子说："它们来了。"

在树林里，郝巴子让他看见了自己与小动物之间的和谐相处。马静里惊诧不已。

他看到跟郝巴子和谐的是小动物，块头小，性情温和，食草。他心里一动，那些凶猛的动物需要这样的温暖吗？能够与人和谐相处吗？

这样一想，他对郝巴子的异能也就有了基本的理解。凶猛的动物是孤独的，他本就不需要慰藉，孤独就是他的生存方式，孤独就是他的追求。

现在的马静里是孤独的，内心是急躁的，也是凶猛的，他就是一匹埋伏在乔庄的猛兽。

10. 楠木木牍附记：里不愿触及之玄幻游历。

马静里的思维很混乱。脑袋里想的是自己当前在乔庄的处境，想的是郝北章写满字的木片。在他的印象中，木片很多，堆得一捆一捆的，记录了乔庄发生的事情，许多的人和事，以及对咸阳无可名状的感情，都在木牍里面。马静里知道那些成堆的木片中一定记载了他的事情，他要找到答案，他要阅看那些木牍。可是，要翻看那些木牍是不可能的，郝北章把那些木牍视为自己的性命。

马静里要有自己的叙述，自己的叙述才是正当的，自己做的事情也是正当的，都是为了一个健康的乔庄。万一木牍记载的事情不利于自己，肯定会给自己未来抹黑。自己的来去以及爱情都是情有可原的，都是无所畏惧的。

木牍上有关他的文字一定要重写，自己的历史要自己来书写，一定要写出自己的光芒。

他要记录自己经历的荣光。少年马静里是怎么穿越白水的，是怎么穿过白水关口的。而这些，除了郝东让还有谁经历过？如果说郝东让是乔庄第一，他就是乔庄第二。

时间究竟已过去多久，马静里不知道，只是流浪，自己也渐渐长大，变得壮实起来！

白水江水就在脚下奔流，黏稠的水质铺展在河面上，看似缓慢的水流却发出巨大的轰鸣，水雾缭绕在江面上。马静里感觉到害怕，一个少年孤独地站在江边，朝江对岸望去，需仰望才可看见高耸入云的一个山的缺口，缺口处有旗帜飘扬，可看见云雾在缺口处盘踞。江边有船停靠，可以乘船到达对岸。可是，渡口处有手执钢刀、剑戟者，在飘动的旗帜下，对每个人进行盘问，马静里看得出来，并没有多少人敢靠近渡船，更多的人沿着江边小路，往江水的下游走去。隔一条江水，就阻隔了两岸人员的交流。天然的屏障加上军队的驻守，两岸的交通被限制在一个狭小的空间和时间里。

马静里无所适从，他是断然不敢靠近渡口的，更不敢奢望能登上渡船。他并不知道那些拿着刀剑的人是什么人，只看武器亮光闪闪，他都不敢作他想。反正，他也是漫无目的，想往回走，他已经不识来路，只能随遇而安，朝江水下游方向而去。

走了几十里路，有时顺江边而行，有时攀山道小径而走，反正目标是前方，路线与江水流动的方向一致，向下，向前。

也不知道是多少个白天和夜晚。

"到石关子了。"他听见有路人在呼叫。他不知道石关子是什么所在，就跟人走过去看。原来是在江河之上一处水流湍急之处。此处因山势狭窄，形成的河道深且窄，上面宽阔的水面在这里猛地被收紧，束缚在深沟狭道之间，就显得更加愤怒，更加狂躁，想挣脱束缚，河水就会向天空跳跃，会向岩壁碰撞，轰鸣声更加猛烈，激起的泡沫就上了岸。暴烈江水的身躯挤在一起，你推我搡想尽快奋力挣扎出这狭窄之处，水流更急。因为河道变窄，为连通两岸制造了可能，不知哪位前辈或者是几代前辈在河两岸连通了葛藤，架起了藤桥。看见此情此景，马静里就想起了当年从西北方向走向乔庄时经过的藤桥来。一个是大自然的构成，一个是人类为了生活而搭建的。石关子的藤桥上的藤是千年老藤，粗糙沧桑，日晒雨淋，但还是当初的颜色。藤桥上七零八落地拴了些木棒，想过桥的人必有些胆量和力量不可。

马静里推测，当年搭桥之时，不知道死了多少人才成就了今天的方便。想起前人对人类的牺牲、奉献，为给后代子孙一个安逸美好的生活所付出的劳力乃至生命，马静里幼小的心灵极为震撼。

马静里是如何过了桥，连他自己后来都想不起来了，做梦一样。

石关子真是一个难行的关口啊。马静里过河一看，在岩壁处有一关隘，头顶是石穹，显得很低，人过关口需低下头来，躬下身来，不这样做，头就会碰到石穹之上，会受伤。石关子就是一个岩壁上天生的一条鸟道，仅可供一个人通行。负重挑担者，一旦上路，不可换肩，必用一肩挑到底。在此路行走的人，是勇士，更是智者。为避免两人相遇不得过，当有人踏上道路时就开始大声喊叫："有人来不？有人来不？人来了，人来了！"对面如有人来，就立即回应："有人来也，有人来也。"听见之人就在刚好可避人之处停顿，两人交错，各自上下。

路如丝线，人如棍立。脚下水喧，头上鸟啼。谁都不敢稍有疏忽。任何分心都会令人丧生于江水。过石关子之人，只有忠实于内心，不受外在诱惑，只专注于行走，方能安全抵达。马静里本就头脑内有异声，行走时更加害怕，怕头脑中异声突响，殃及自己。可是，最奇怪的是，险境之中，头脑中偏无杂念，也没有任何影响到自己的声响，他顺利走过了石关子。他过江之后偏就逆流而上，他心心念念的是自己看见的那个云雾缭绕的缺口究竟是什么？有人对他说，那就是通往咸阳的路。他心动了，郝北章带队走出咸阳，进入乔庄，这次自己出走乔庄，又遇上了一条返回咸阳的道路，"走回去，走回咸阳去"，成了马静里的想法。开始仅仅是一个想法，后来，成了他主动自觉的使命。

马静里在马家院子回忆着自己走过的路，经历的十年时光，满嘴的惬意和幸福。想起即将迎来的一切，那些苦累就不算什么了。

马静里是在养马沟被抓住的。

养马沟是秦军养马的地方，大量的马匹在这里被放养，等待进入战场。秦军从白水关下来，驻扎的军队的马匹需要喂养，就专门利用了一大片山来养马，养马的地方正好是两山对峙的沟谷之中。养马的人只专注于养马，并不是战士，上不了战场。上战场去拼杀的战士不会来养马，养马的大部分都是当地人，而秦人是不养马的。

马静里过了石关子一直往白水关方向行走，在半路上被守在一个三岔路口的军人挡住了，白水江和一条小河在此交汇，自然就形成了三条通路。马静里刚一抵达，雪亮的枪刃就抵到了他的胸前，尚是少年的马静里吓得肝胆俱裂，以为遇见了索命强盗。

"干啥的？"对方的厉喝随着枪杆子逼过来，吆喝声比枪刃还要凌厉。

"我，我，我……"，马静里一时间说不上子丑寅卯。

"我啥子我？究竟是搞什么的？不然就吃上一枪，躺倒在江水里面喂鱼去。"

"我，我饿了，讨口来的。"马静里被威胁，嘴里不由自主地说了一个理由。这个顺口而来的理由恰恰就救了他一命。试想，讨口子，吃别人嘴角剩下的残渣冷饭，夜卧天地之间，可能苟延残喘，也可能一夕毙命。但凡正常之人，其尊严和自我良好感觉都在他们之上。所以，拦路的士兵一听是乞讨者，是吃不饱饭的人，就不再深问，在战事频频的岁月，多少家庭看天吃饭，朝不保夕，多少人顷刻分离，永不再见。

"罚你去看守战马，给你找碗饭吃，你是否愿意？"当兵的枪杆依然抵着马静里的胸口，仿佛如果马静里不同意，就白刀子进红刀子出了。

"最好。感谢你们。我养马养得最好了。我最喜欢的动物就是马。"马静里赶紧说。

"哼，你喜欢的马不是这样的马，这些都是战马。踏过冰卧过雪，吃过黄沙，啃过荆棘。还吃过粟米，咽过料草。要小心对待，光是喜欢是远远不行的，要用心养，出了问题你的脑袋就掉了。"

马静里想反正脑袋都要掉，养马掉脑袋总比马上就掉脑袋要好很多。于是，他赶紧点头。士兵手里的枪就松懈下来了，随即有人上前，把马静里的全身上下都搜了一遍。

马静里后来才知道，秦军一路南下，进入蜀地，生怕有奸细混入，关口重重设置，遇有陌生人就全部要求去做苦工，为军队征战做事情，却又不允许介入军事行动。

经历的这些部分，也是乔庄其他的人不可能经历的，马静里知道，只有流浪的自己才有这些历练，而一直居于乔庄的人不会有这个方面的经验。

自己的这些经历可以记载到木牍里，传于世间。

偏颇的爷爷是不知道这一切的。他肯定会站在偏狭的角度，怀有偏狭之心，在关于自己的内容里，记录下不真实的一切。

11. 楠木木牍记：让再质于里。

郝东让曾经是秦军中的猛将。他最能观察并体会马静里的沉默和慌乱的寂寞。以他的经验，马静里心里有极重的包袱，回到乔庄都不愿意暴露，马静里一定是经历了人生中最不能逾越的鸿沟。

马静里不说，郝东让又戳不破。郝东让开始准备采取迂回路线，在郝巴子嘴里套一些话出来，不知道马静里是用何等的手段，硬是把郝巴子拉到了统一战线，或者，马静里以成人之老练套了幼稚郝巴子的秘密，却并没有对郝巴子透露任何一句真话？反正，迄今为止，郝东让只能用疑惑的眼光远远过滤马静里的所有细节，却不能钻入马静里的内心深处。

自始至终，郝东让作为一个军人，始终保持了应有的警惕，他从来都是把警惕性留给敌人的。当年的斗智斗勇，当年的机警睿智，都是用来对付敌人的，往往最极端的做法就是万人之中取上将首级。现在，他却要把警惕用在亲人身上，而且是自己最爱的女人的兄弟身上。每念及此，他一时间热血冲盈，恨不得如当年之勇，取了首级，断其生命，哪管所有表象背后的真相，只要表象有征兆，就立即处理，求一个安全安心。转念间，他又念及马静里是马静花的兄弟，心里无法安宁。一个无情的军人，在乔庄磨砺许久，也平生了许多的懦弱与缠绵。

郝东让在乔庄充当的是什么角色呢？他从疆场上退下来，就如若是一个逃兵。逃兵是可耻的。军人一生追求嗜血之性，追求马革裹尸，追求沙场埋骨，追求一往无前，哪有退缩畏惧。可是，郝东让作为一个军人，最终并没有做到军人追求之极致，因此，他一般不主动回忆过往，他甚至想，如果有办法，把脑袋里曾经记录下来的东西全部清除干净，岂不是更好？一度时间，郝东让都在自己的退缩和马静花对自己的期许之间反复徘徊，矛盾重重。内心深处，他非常讨厌战争，可是世界之大，人口之众，人心之不测，不战不能止战。

郝腾龙耍枪弄棒，郝东让很欣赏也很欣慰。至少，在乔庄需要有力量型的人，一个村落的形成，必须有武力和暴力支撑，方可长久。郝腾龙应该充当这样的角色。

可是，郝腾龙勇猛有余，迂回的功夫不足。耍枪弄棒一个线路下去，必定让人肝胆俱裂，可攻击出去的套路清晰明了，霹雳之棒往往都被人识破，反倒被人闪身躲开，棍棒不仅没有伤及别人，更因用的力道与判断的距离产生了严重偏差，还会反伤了自己。郝东让最担心郝腾龙的也正是这一点。

马静花一直暗示郝东让，乔庄也是需要英雄的。郝东让当年不愿继续当英雄，就把马静花扛进了深山，躲进了与外隔绝的世界。郝东让的逃避，马静花对英雄的崇敬的迫切，构成了马家院复杂的色谱。

马静花才不管马静里到了何处，又从何处返回。她觉得弟弟幼年孤身外出，历尽千辛万苦，现在完好无损归来，是家族莫大的喜悦，是弟弟无限的能力，弟弟就是英雄。马静花把马静里和郝东让并列看待，郝东让明白这层意思。

马静里也清楚自己的姐夫郝东让用一种特别的眼神在看他，不是正面看他，而是在侧面、背面、远处观察。马静里有些不自在，不知道自己哪里出了问题。有些时候恶作剧一般，他突然转身对准郝东让的目光，却明显感觉到郝东让突然闪开的眼光，刷一声，像一柄刀挥过，刀锋未沾衣，但刀风却横扫而过，他能够感受到一阵一阵地痛。

在外面的十年时间，马静里最想的地方是乔庄。他最想的人是父亲、母亲，还有姐姐、哥哥，他一直没有想到的是，家里成员发生了变化，姐姐嫁人，一个安置在郝家坪，一个就住在马家院。住在马家院的是大姐夫，是一个军人，是一个英雄，把整族一脉人带到了乔庄的英雄。马静里十年的流浪，至少明白一个道理，不把一族人带到白水关，沿江而下，再带到更宽阔的地方，经过剑门关从而进入成都平原，而是另辟蹊径，带到世外桃源、花团锦簇的乔庄，是有很大的前瞻性的。就此一点，郝东让就可称得上是一位不得了的英雄。姐姐嫁给英雄，英雄迎娶姐姐，马静里觉得最合适不过了。

马静里不知道自己过去十年的际遇能否向家人述说，他耳朵里的异响最终止于一个女人的怀抱。他与女人相互之间的约定，他不知道能不能对家人述说。他画给女人那张简易的地图，女人是否看得懂。他为女人描述的乔庄的美景，那女人是否还铭记于心。

一切他都不能说，不敢说。

曾经无人约定不准说出乔庄的秘密，是基于乔庄的人判断永远不会有人走出乔庄。而马静里走出乔庄，又没有人事先知道。所以，马静里并不为乔庄忌讳什么，他觉得给自己温暖的人，自己什么都可以交换，不仅交换内心，还可以交换自己的族群。

但是，看见乔庄的人，安居乐业，一派祥和，马静里心里真是说不准自己是不是对乔庄犯下了不可能饶恕的罪行，不清楚自己坚守与一个温暖和痴情的人的约定会给乔庄带来什么。

郝东让看见马静里无神的眼光，知道他的思绪又跑到他们都不知道的地方去了。他决定上前去再次对话，要把自己的担心、乔庄人的担心以及长辈的担心说给马静里，使他尽快有一个决定，坦诚地说出一切。

"静里，想什么呢？"郝东让突然对马静里问话，把纠结的马静里拖回到了乔庄的当下。

想什么？对，究竟在想什么？马静里用茫然的眼睛看着郝东让。

"我看你失魂落魄的，心都不在肚子里，一天到晚悬吊吊的样子，怕你失神呢。"郝东让又补充了一句话。郝东让故意用密集的问话填堵马静里思维的空白，想逼紧他的思维，把他内心的想法逼出来。

"其实没有想什么。就是回到乔庄，看到山水空性和亲人温婉，有时会走神，是怕吧。"

"怕什么呢？是曾经有什么对你的伤害让你心里遭受了折磨，因此心里有阴影，一直担惊受怕，还是你出走的岁月里做出过对乔庄有重大伤害的事情，心里内疚，从而害怕？"郝东让一针见血地问话，语气中透露出寒冷的杀伐之意。

马静里何曾不明白郝东让话里的冷酷，可是他无法向他说出一切。他马上应答："没有没有。姐夫，不要吓我。我是怕人生短暂，如太阳照露珠，露珠虽好看，却被转瞬晒化，莫名其妙地伤怀而已，与你所说的绝无关联。"

"你真没有做过对不起乔庄的事情？你真没有做过对不起丈人的事情？你要知道，马家院里的马锐胜一生自诩正直，一生最好的品质就是忠诚，是对家族的忠诚，是对亲人的忠诚，现在就是对乔庄的忠诚。如果马家院出现了背叛乔庄的事情，他会生不如死，痛不欲生。"郝东让继续说，他也不管马静里的想法，他要把底线透露给他。

马静里沉默不语。

"年轻人，不要故作伤感，不要多情误事。你以为的痛苦是自己一人的事情，可能没有料到是很多人的事情。你以为的痛苦可能并不是痛苦，其实最痛的都还没有来临。"郝东让的语言中依然有挑衅的故意，他要警告他。

马静里叹了一口气，不接郝东让的话说。

"马家院也有大义灭亲的勇气。"郝东让见他不说话，摔下一句话就离开了。

12. 楠木木牍记：章疑乔庄存有暗王。

郝北章垂垂老矣，不复当年在咸阳立在王阶之下的威严。可是，郝北章毕竟是家族中最受人尊敬、最能拿住大小的人物。人生有诸多悔恨，郝北章的悔恨就是那张嘴。造物主造出嘴来有两功能：吃饭和赞美。其实，大半辈子以来，爷爷确实用嘴唱了许许多多的赞歌，他如果没有那么多的赞歌可唱，他也断然不会立于高阶之下，傍于王都之旁。老都老了，犯了最大的糊涂，嘴发痒，就像吃腻了肥肉需要咀嚼一点青菜一样，把赞歌唱成了讽歌，谨慎如郝北章的人很少，他唱讽歌的时候，面对的都是他自认为信得过的人，小屋小灶，本该是隐晦而保密的。可是，就闹到了王那里，幸好一生还有一二知己，提前透露了信息，举家举族逃跑，而且逃跑的地方是乔庄这样隐秘之所在，才避免了灭族之患。

郝北章从此寡言少语，能不说则不说，能无语则无语。他把自己内心的想法，有时通过木牍的形式记录下来自我阅读数次，如感觉不妥，就直接丢进火中，化为灰烬。记录乔庄大事小事的木片，他都会过几遍，认为确无问题了，才放置在一起，保存起来。他内心想为新生的乔庄留下前世今生。当然，在所有的木片之中，他最在意的是当年逃跑时带在身边的重要凭据，人从哪里来的凭据，在西北尚有田地可耕的凭据。尽管他也知道再返回西北，再待于王的脚下，都成了不可奢望的梦想，可他不甘心，他想假如有朝一日，子子孙孙在，回去的念想就不会灭。

郝北章尽管足不出户，却对乔庄的事情了然于胸，这些要归于马锐胜。马锐胜这一辈子视郝北章为精神支柱，视郝北章为依靠，纵然郝北章已弱不禁风，但他的汇报都如以前一样，表面看来，郝北章似乎也就姑且听听，他也就形式上

186

对郝北章随口说说。郝北章其实听得很认真，表面上不在意而已。马锐胜要来报告，其他人也要来说一些事情。他们走后，他就会整理他们叙述的事情，把前因后果来龙去脉分析一番，精炼之后，书于木片之上。关于乔庄的事情记载得林林总总，木片在郝北章的房间里越堆越多。

郝东让知道郝北章的每一片木板都是一段历史，曾经流失的岁月就涂在每一个木片上，无论激荡，无论平静，无论善恶，都被他一笔一画地书于木片之上。

马静里自从返回乔庄，对郝北章记载事情的木片更加敏感，也不知道究竟是为什么，反正，他面对郝北章，面对他的木片，心里既着急又害怕。他怕被记录，他怕被郝北章以他的标准和判断进行记录，最终，木片会被一代一代人传下去。有很多时候，他都想去偷看，究竟郝北章在写些什么，有没有什么章节涉及自己？自己究竟在长辈的心目中是什么样的评价？

马静里会突发奇想：假如把自己所经历的一切告诉给郝北章，他会以什么样的方式来记录，他会理解自己当初所做的一切吗？他能不能感同身受地记录自己经历的一切？当然，马静里也就想想而已。他有时也想，自己要像郝北章一样，也会去山里寻最端直的金丝小叶楠木，剖成薄薄的木片，晒于暖阳之下，很远都可闻见楠香，然后，把颜料调好，慢慢地把自己经过的人和事书写下来，岂不为一件有趣的事？尤其是自己的经历能自己来写，自己来做出判断，自己的历史自己做主。现阶段，自己的一切怎么来书写？就算自己敢写，写了也无处保存。

一切都还是记在心里、脑里吧，待有机会，比如像郝北章一样，垂老且幸福的时候，大可写出来以训后人。

马静里的思维与郝北章的思维不尽相同，可是，都知道真实记录要付出代价，真实表达就存在风险。

郝北章就算是在乔庄，也在时时刻刻清理自己书写的内容，不敢稍有疏忽。

他敢保证过去乔庄的人，心念一致，不会有出卖、背叛之虞，可是，马静里事件是乔庄的标志性事件，他的离开和返回构成了乔庄诡异的开始，阴谋的开始，也把本就惴惴不安的郝北章再次弄得焦躁不安。

乔庄的木牍里面不全是赞美，有一些内容更加的尖锐，郝北章有条件也有权威来根据自己的判断书写历史，指名点姓地书写，把优秀的、恶劣的、伤痛的都写出来。按照将来对人声誉的伤害的等级来分析，乔庄的书写远远超过了当年在秦时记载的内容。

郝北章不知道自己还是不是乔庄的王。目前看来仿佛是。可自从迁徙逃跑一发生，他也不是很自信了。他历经了多次衰老，也历经多次为难，很多次渡过难关，其实都不是靠他的领导力，而是年轻的一代。

乔庄的王或者另有其人。每一个人都可能是乔庄的王，很多人都可能是潜在的王。

13. 楠木木牍附记：里被囚于野。

马静里在刀戟面前也不敢妄动。加之自己本就漫无目的一路往前，耳中鸣叫依旧，养马也等同于养命。此时的马静里经历了很多，心都粗糙了起来。

马静里被带到了养马沟，腿上被刺了一个字：囚。

他被耳朵里的声音带走，一路凄惶不知所终，疲于奔命，疲于行走。不知起于哪里，也不知终于哪里，只想生存就如此，待到命绝为止。殊不知，行过石关子，却被抓获，而且标了符号在身上，仿佛自此自己就有了归属，自己就有了名分。

养马沟北西向横斜，一条将要汇聚到白水的小河环绕着，早晨太阳升起来就照在那片广袤的半边山上。半边山略倾，却有漫长的缓坡，一直缓慢下降，直至山的一边抵达水岸。这真是个好地方，背风临水，杂草丰茂，适合养马。

　　马静里被安排在靠近水的地方看护马匹。据说，只有层次比马静里高级的人可以上升到养马沟的山梁上看马，因为养马沟正处于白水关的附近，山梁上就是营盘梁了，大军入蜀的最后一个营地，大量的士兵在梁上。马静里这样的新人连背景都不清楚，不会被安排上营盘梁附近。

　　马静里当时的愿望就是有朝一日可以走到营盘梁去。

　　他养的那些战马很剽悍。

　　实际上所谓的养马也不是很准确，说遛马可能更加合适。战马闲下来之后，其实有专门的草料喂养，但是战马需要更广大的空间来适应。于是，专门辟一个地方供战马撒野，保持战马的野性，这就是养马沟这块平地的意义。

　　马静里在河边，看水流从上面一波覆盖了一波，层层推进。此时的小河保持着自己的样子，闲适、清澈，前面会汇入白水之中，成为白水的一部分，从而丧失掉自我。在这一段，小河自在流淌，宛如嬉戏。小河与乔庄河相差无几，于是，他就想起了家乡来。他已经辨不清自己距离乔庄究竟有多远了，也辨不清自己和乔庄究竟各自在什么方位上。他对养马沟的河水亲近了起来。他找一处地方，把双脚泡在河水里，眼睛看向边吃草边到河边饮水的战马。战马在河边站立太久，眼睛也看向河水中，颇为顾盼生姿。他害怕战马迷失了自己，在水中被自己的影子迷惑，从而跌进河水里。他立马起身，远远地吆喝，把战马驱赶到山坡上去，尽量让他们往山梁上走。河边没有战马的时候，他眼光会随水往上延伸，直至烟光迷蒙的远处。

　　傍晚，战马会被专人呼唤牵走。一阵的喧腾之后，整个山坡会趋于寂静。人都各自归位。马静里与河边另外几个"囚"人，都归到近河岸一块突兀的岩石上，岩石下面有一个天然石洞，很浅，但是可以安顿下几个人的睡眠。

　　几个人自己在外面寻来干柴，燃起了温暖的火。几个人互相依靠着烤火，说些不咸不淡的话来。

"听你口音是皇城那个方向的吧？"一个人听马静里说话，就这样问他。

"也许吧。"马静里不置可否。

"年轻人，咋被罚为养马人？"

"我记不起自己的事情了，莫名其妙地就到这里来了。"马静里在长时间的游历中学会了保护自己，不敢说真话，更不敢把乔庄卖了。此时，他觉得有一个乔庄在那里，不管他自己如何走，心里都有一个温暖的所在陪着自己的灵魂，他怕伤害了乔庄，自己这个人自此就成了孤魂野鬼，永远都得不到安宁。

"我们是近处的人。听你口音是北方人，是从白水关过来的吗？"

"白水关？白水关在哪里？"马静里想知道自己此时所处的方位。

"白水关就在养马沟的山顶上，你不知道？真是记不得了？顺着这面坡往上走，你就会到了梁顶，梁顶上另有风光，旌旗猎猎，卫兵凶猛，守住关卡，闲人过关必每人检查。过了关口，就是通往咸阳的大道了。"那人无限向往地说话。

"唉，你不懂。我们苦啊，我们一会儿归属于南边，一会儿又归属于北边，也不晓得究竟是归于南边还是归于北边。反正啊，我们自己是做不了主哟。"那个声音又自顾自地说，随着几声哀叹，声音低沉、消失，火花突然啪的一声脆响，火苗猛地一闪，就暗淡了下去。

"怎么会这样？南方和北方都不清楚？"马静里问。"这块土地就是打仗的土地，谁赢了就是谁的。关口就像是锯口，双方拉锯，锯口加深，伤口加深，疼痛加深。白水关就是一道伤口啊。"黑暗中有人应声。随即是更深的夜色和更重的沉默。

洞里的鼾声起来，几个人分别进入了梦乡。

马静里反复闪现几个人的谈话，头脑里不断计算着自己的位置。他真的想爬上养马沟的这面坡，站到梁顶上去看一下山那边的风景。

腿上有了"囚"字，就有个归属，是军队的归属。

马静里不想长期就这样过完一生，他要找机会站上营盘梁，看浩大的军营。他在想象大家口里说的英雄郝东让是在怎样的军队中驰骋的。

他在想郝东让怎么就当了逃兵。自己也是军队里的人了，只不过不是军人，但是跟军队沾了边，按照那几个人的述说，养马的人永远也当不了战士，那他只能是战场之外的人。

他明白，只要时机成熟，自己是会逃跑的，要逃出秦军，羸弱的自己当不了强悍的郝东让。

逃跑也不是耻辱的事情。郝东让逃跑了，最后成了英雄。

自己逃跑了，只要成功，也会成为另一个英雄。

14. 楠木木牍附记：里奔往咸阳。

马静里觉得自己心智磨砺得太久了。虽然耳中的鸣叫不像原来那么频繁出现，即便是出现了耳鸣，他也并不像原来慌乱，但是，耳朵里时不时冒出来的异响，总是令他不安。不安归不安，比起生活的艰辛、生存的艰难，这些都不算什么。外出落难久了，把自己的青春日子交给了喂马的行当，每当他看见战马把野草捋进嘴里，嚓的一声咬断，他内心一惊，仿若自己的青春也被战马咬进了嘴里，并被反复咀嚼，还要反刍很久。他突然就生了死在异乡的想法。不再去想父亲、母亲，不再去想过去的岁月，也不再去想曾经容身的乔庄。

战马越来越少，养马的任务也越来越轻。生活因为工作任务减轻变得更加艰难，一朝起来之后，他突然发现一起养马的几个人都不见了，大概是逃跑了吧，他知道这几个人想逃走的想法由来已久，因为他们都是近处的人，晓得回家的路。原来不敢逃，是怕军人伤害到家里的人，他们信息非常灵，很多信息都是背着马静里交流，他们始终认为马静里是咸阳来的人，与军人是一伙的，只是不明白他为什么就成了养马的人。他们害怕他是奸细，是卧底，是监督他们的人。他们的逃跑极大地鼓舞了他，他知道逃跑也不是特别危险的事情。

最后一匹战马孤零零地在河边饮水，马静里突生怜悯，感应到了一匹战马的孤单。他走上前去，想摸一摸马的鬃毛，马突然扬起头，嘴里"咀"的一声长嘶，把马静里吓了一跳。他停下来，看着马，马也看着他，他从马的眼睛里慢慢地看到了柔光。于是，他又尝试着往拢移步，马看见他要到跟前了，突然低下头去饮水了。马静里把手放在马的脖子上，马继续饮水，马静里用手摩挲着马脖子，捋着马的鬃毛，马静静地站着，饮够水了，抬起头来，看着远方，不知道它看的远方与人看的远方有何不同。

战马被遗忘了，整个养马沟似乎就只剩下了一匹马和马静里了。他抬头看了看养马沟的梁上，鼓声也消失了。他决心想到梁上去看一看，唯一的战马就成了他的借口。

他牵着马朝梁上走去。

磨磨蹭蹭，亦步亦趋，他生怕被军人阻止了。可是，黄昏将至，到梁上一看，军队已经开拔，只有营盘痕迹犹在。

马静里牵着马站在梁上，看见了白水滔滔不绝地奔流，他看见了江边的点点灯火。夜晚，咆哮的江水是整个区域最大的响动。

马静里把马拴在营盘梁的营地里，他就歇在军营里。他和马成了伙伴。马与他在棚子里相处，他听得见马喷鼻子的声响。在军队驻扎过的地方，马静里突然被感动了，他觉得自己血管里的温度在上升，热血滚烫，自己全身发热，整夜都无法入睡。听不见马的动静，他不知道马睡着没有，这匹被遗忘的战马，也曾经在对阵之中穿越，现在置身在它自己熟悉的地方，会不会伤怀呢？也许，战马并没有意识到自己已经被抛弃了。

感受到身边的马的气息，想着第二天的事，马静里对自己家族曾经身处的咸阳有了更加迫切相遇的愿望。他明白，明天就要越过白水关了，大军已去，白水关是否还有军队驻守，马是他唯一的借口和依赖，他要牵着这匹马经过白水关，直接进入通往咸阳的路。

天亮了，东方的太阳照着营盘梁，霞光闪处，金线密织，真是一个好天。马静里被满天空的光亮照耀，满身披着霞的甲胄，心情格外清爽。他站在营盘梁上看下去，阻隔了两岸的白水也不过如此，对处于高处的马静里而言，似乎如一根蚯蚓一般蠕动罢了。山脚下，一座小城沿江而筑，房舍接连，高低起伏有致，人员聚集，炊烟四起。

马静里牵着马经过白水关时，守关士兵也不是特别严厉，认出了是战马，认出了人是囚人，是养马的人，只是例行询问：

"把马牵往何处？"

"牵回咸阳。"

"咸阳太远，怎么可能把前线的马牵回去？"

"反正是让我朝咸阳方向牵吧。这匹马目前用不上。"马静里向守关的士兵撒谎。

"也是，蜀地已平。沙沱之城郭归于帝国之手，马也需要疗养了。"

于是，马静里就这样过关了。在牵马走的过程中，马静里脑海里却在想当关士兵说的话："蜀地已平。"他不知道这句话是什么意思，蜀是人名还是地名？抑或是国名？他不知道。

马静里借着一匹马，逆行着往咸阳方向走。可是，他遇见的满途却是络绎不绝的人在往他相反的方向行走，都是朝向白水关。那一路的行人，大人小孩，拖家带口，一看就是一个家庭或一个家族的，每个人脸上都带着惶恐之色，也带着疲惫之色。马静里一看，就回忆起自己小的时候，跟随父母翻山越岭，躲藏行迹的情形，不过，这些人不是偷偷摸摸的，而是光明正大地行走。

马静里借着一匹马，终于没有走到咸阳。他究竟距离咸阳还有多远，他是不清楚的。他在半路上遇见抗拒行走的那一族人家，他们用缓慢行走来消极抵抗，不愿意前行，却又不得已。他们里面有人死了，没有什么人关心，大家冷漠地各自前行。他的关心让他进入到了他们的团队里面，自此改变了他。由此机缘，他在人生流亡途中遭遇了温暖、遭遇了爱情，并把这个家看成自己的家，把这家人看成自己的家人。最后，他擅自决定把这一家人带回乔庄，要把郝东让曾经带人进入乔庄的模式重演一遍，把这一族人带到乔庄，在乔庄繁衍，与所有的人彼此和谐相处。

每当他回忆起这一切，恍若在昨天，自己仍在那一族人中间。他们对自己待若家人，他也参与到他们的重大商议和决策之中，自己在那个家族里面的重要性不言而喻，大家的每一个决定都要征询他的意见。也正是这样，他才要把他们带进乔庄。而他不觉得是自己冲动的决定。以他对这些人的了解，他们都不是危险的人。

回到乔庄，他才隐隐觉得，自己可能做了一件糊涂的事情。可是，事已至此，大家对自己的满怀心事有所怀疑，而自己又无法解释，只能走一步算一步了。

15. 楠木木牍记：让巴对谈，里秘被揭。

郝巴子突然有事情要对郝东让说，但却欲言又止。郝东让看见郝巴子的犹豫，就装作不在意的样子，喊郝巴子："巴子，在闲整啥？过来，到桂花树下来陪我摆一阵。"

郝巴子马上走到了桂花树下的石堆之上。

冬天的桂花树已经将所有的香气都收敛了，硕大的树枝顶着翠绿的树冠，伸展着饱满的枝条，每个枝条都遒劲青苍，那片片叶子点缀在每个枝条和树干上。桂花树最奇特的是把满身的叶片举起来，形成冠、形成盾，把树干包裹起来，远处看，只看见了满空中的叶子，并不能看见树干坚挺矗立在那里。桂花树就算严寒已来，也不愿抛弃装点自己的绿色，它们把自己的身躯藏在绿色里，让绿色更艳，健硕的躯体必须走进才能看见。人也是这样，把自己的身体藏在衣服里面，衣服反倒成了更加耀眼的、瞩目的焦点。桂花树干和树枝也不悯吝自己的力气，把叶子举得老高，就像是人举起自己的衣服，隐藏了自己的本真，把别人的成绩凸现出来。

有些树与桂花树不同，在夏季里需要表演的时候，把叶子全部挂在树枝上、枝干上，就像着了戏装，配合盛大的夏季进行表演，既完成了表演，又收获了掌声。当冬季来临的时候，它装出无畏的样子，把树上的针叶全部抛弃，化作脚下的针，然后，表达自己在酷冬里不惧严寒的派头，表现自己在关键时刻的勇敢，鼓吹自己身上的树叶都害怕了冬天，纷纷逃跑，而自己依然站在原地。

在冬季，桂花树除了香气内敛，绿叶依然被树枝高高举起。大自然很多现象都被我们误解：是啊，那些伟岸、光辉、委顿的背后究竟是什么真实的情况？人类永远都不会明白。

"爸爸，你有事吗？"郝巴子这样问他的父亲。

郝东让一听，发现这个家伙果然成熟了不少，本来是他主动要对话，现在他却反问一句，认为是父亲想与自己有交谈的愿望。郝东让想："好吧好吧，就算是我要说吧，好，就由我来揭开这个话题吧，引出巴子的内心吧。"

郝东让摸了摸郝巴子的头，把手放下来，郝巴子把手举到头顶上，把头发挼了挼。

"巴子，你觉得是乔庄好，还是原来的地方好？"他给郝巴子一个题目，让他回答。郝东让说的"原来的地方"是相对乔庄而言，是郝巴子出生并度过幼年的地方。

果然这个问题触动了郝巴子。他眼睛盯住自己的父亲，突然就有了向往的神情。他经常梦到那个地方，过去的一切历历在目，那些远山远水赶来的动物们与他的交往在渐渐减少，乔庄的人影响到了它们的自由，那些小动物们几次三番地问他：还回不回来。他其实真想回去，他甚至于想自己不辞而别，回到原来的地方，独自一人，可以拥有那么多的动物和植物，他既可以与那些动物沟通，他觉得自己其实也可以与那些植物沟通，植物也是有语言的。

郝巴子年龄虽然小，但他却懂得在乔庄不是人主宰和左右一切的，人只是占有了人自己的那一部分。他觉得，比如天空，人就不可以占有，只有鹰可以占有，只有雀可以占有，雀没有鹰飞得高，在低处飞翔与在高处飞翔都是飞翔的一种，只要是飞翔，就没有多大的区别。他还觉得就连大地，也不是人全部占有的，其实神只分配了一小部分给人，比如草占了大地的一部分，树占有大地的一部分，悬崖峭壁占有大地的一部分，动物也固守了自己的一方天地，它们比人在大地上跑得更远，看到的东西更多。

现在，郝东让的问题却让郝巴子费神。他如果说自己更喜欢原来的地方，会不会伤到母亲的心？爸爸说当初是妈妈想离开那个地方返回乔庄的，爸爸当时还说：以后我们会回来的。可是这么久了，没有谁提起过要返回那个地方。前次在山洞里，他发现了山洞的秘密，他兴奋不已，自己钻到下面的洞里去，又与那些小动物交流了一番。现在要想回去一下，也不是很难的事情，但是，现在要来比较和分析两个地方的优劣，他也说不出来。他就没有回答父亲的问题。

他看父亲老了一大截，几根白头发从青丝中突兀地冒了出来。他问郝东让："现在我们有了捷径，你还找得到过去你到那里去的路吗？"

郝东让说："当然。过去的那条路估计已被杂草枯树挡住了，可是，再复杂的路我都走得通。怎么？你想通过过去的道路回到山谷里去吗？"

"有些时间还蛮想的。假如有机会，爸爸，我愿意随你再走一趟，而不是通过山洞返回。"郝巴子说。

"应该回去。在山谷里可以看见另外的天。乔庄看见的又是一个天。是不是？"郝东让半开玩笑半认真地说。

"是不一样的天。不仅在乔庄看到的天与山谷时看见的天不一样，就是在乔庄，站在不同的地方，你也会看见不一样的天。对不对？爸爸。"郝巴子对此认真起来。郝东让想，天都是一个天，是看的人不同、看的角度不同罢了，可是，他无法向郝巴子解释这些道理，不同的天就不同的天吧，也许真的是不同的天呢？郝东让又转回来一想，人和兽在看同一个天的时候，是不是也会有不同的认识呢。于是他漫不经心地问郝巴子："你猜，山中那些动物们也看天吗？它们看见的天不知是什么形状的。"

"他们也看天，它们看天的时候比人看天的时候还多呢。它们每天每月每年要跑多少的地方啊。它们那才叫一个自由。"郝巴子向往地说。

可是郝东让并没有让郝巴子发现自己在意他说的内容，又是半开玩笑地问："你向往那些兽们的生活状态吗？假如，我是说假如，不是真的，也不可能成为真的，假如让你跟那些兽去生活，莫非你也愿意？"

郝巴子不说话了。他其实心目中确实也没有一个准确的答案。也许他只不过是心血来潮罢了。他虽然感觉他与那些兽们亲近，但他也明白，自己与那些兽们毕竟是不相同的，哪里不相同，让他说，他也说不上来。

不过，有一件事情他觉得应该告诉郝东让，他从兽们的七嘴八舌的交谈中，知道它们感受到来自另外的一些不明生物的威胁，这些生物大概也是人，正在远处朝它们逼近来。

郝巴子对郝东让说："爸爸，你相信还有人找得到乔庄吗？"

郝东让一惊："你怎么会有这种想法？你舅舅给你说的？"

"我不知道这件事情是怎么一回事，我只是觉得我需要让你知道。这条消息是我与它们说话的时候知道的。"郝巴子说这句话时，最后一句说得很吃力，他感觉似乎说不出口来，他怕把自己与它们说的话告诉给自己的父亲。

"它们说的？不是你舅舅说的？"

"嗯。不是舅舅说的。舅舅不知道这件事情。"

"它们具体说了一些啥内容？你回忆一下，把对话原原本本地告诉我。"郝东让也感觉到了不可思议。乔庄的道路极其隐蔽，一般人很难知道通往乔庄的路，密林之中，半岩之藤葛，无明确指引，鲜有人抵达这里。

"它们说，嗯，我回忆一下。它们都是七嘴八舌吧，看得出来它们也有点紧张，它们的紧张把我也搞紧张了。大概都说了一个意思，它们跑得远，山延伸到多远，它们都可能到达。乔庄的山脉连得最远的山脚，有兽发现一队人静悄悄地赶路，方向就是朝向乔庄的。开始我也不在意，昨天我听兽们说，那队人正靠近悬崖上的藤道，看样子是朝乔庄方向来的。谁要到乔庄？你就该知道。我们的亲人？还是其他干什么的？"

来的绝对不是亲人！没有亲人知道这条路径！况且乔庄之外也没有亲人！

"它们之间都嘈杂得很凶了，七嘴八舌地说。"郝巴子又补充了一句话。

郝东让在脑海迅速地判断，距离藤道很近了，当然它们说的近也许还远，毕竟它们是按它们的标准在判断距离。

"有几队人呢？它们说没有？"郝东让问郝巴子。

"一队人吧，在一起走。按照它们说的，一队人很小心，队伍团得很紧，首尾都在照顾。"

听了郝巴子的话，郝东让大惊失色。很多没有想到的事情正在慢慢地发生。郝东让脑袋不住地旋转，他反复在想，究竟是怎么一回事？是谁来了？来干什么？是秦终于知道了逃跑的踪迹？

郝东让知道考验乔庄的时刻来到了。

他要做出反应，乔庄要做出反应。风言风语当真要成为现实了。

16. 楠木木牍记：乔庄疑遭外族入侵。

郝东让紧急把郝腾龙叫过来，他要郝腾龙找几个精壮的小伙子，集中到洞里去说事情。郝东让说："让大家手里拿着刀斧，尽快到洞里来，我在洞里等大家。"

多少年的时光流逝殆尽了。紧急状况在时光中忽隐忽现，都是大自然与人类的争斗，那些最终被时光碾为粉齑。现在人与人的较量出现了，没有谁可以幸免，都身处其中。

郝东让紧张得全身发抖。

时光淘洗了什么？从乔庄的天空中看不出来，该蓝的时候就蓝，该雾的时候就雾；白云想停在天空就停在天空，想停在山峰就停在山峰。从乔庄的树木也看不出来，树遇季就做自己的事情，该青则青，该翠则翠，该黄则黄。从乔庄的花也看不出来，该开则开，该谢则谢。能够看出来的不过是过去无人烟的乔庄，现在有人声、有犬吠、有炊烟、有哭喊、有嬉闹。人把乔庄与自然拉开了一个比较短的距离，距离不过就是泥墙石板屋那么长，万物都有灵，你做了，它就知道了。

还有的变化，是人在大自然中更加主动，更加用力，他们把水利用起来了，把原来任性流淌的水重新规划一个路径，让一部分水引流到指定的地方，用水的力量来替换人的力量，在乔庄河道的一旁出现了一座水磨房。水磨房是田家在经营。田家的女儿每天负责将来人的粮食用水带动石磨来磨碎，走的时候，大家按心意随便留下一些粮食。大家听着水流动冲击着木轮旋转，旋转的木轮带动着石磨，水冲击发出的声音令人愉快。世界如此平和多好！郝东让心里想。

郝东让坐在洞里面，感觉洞也变得荒废了。大家都在大地上找到了栖息之所，洞居已经成了历史。但是，没有什么地方比洞穴更宽阔、更密闭了，自从爷爷郝北章在洞中召集了一次大会之后，这个洞似乎成了家族的禁地，无特殊事宜，一般少有人到此处来，除了有重大事项可以到这里一叙。不过，倒是郝北章到洞里来的时候居多，他每次来都带着木片，估计在上面写些什么。他曾经说过，有些叙述和书写还是要有仪式感的。

郝东让发现虽然洞中少有人迹，但还是可以看出来洞里面是被打整过的。在洞壁的深处有一处穴龛，里面打扫得很干净，却什么都没有放，似乎正在等待放入一些什么。

郝腾龙最大的好处就是执行力。他很快就带人来到了洞中，大家爬山爬得气喘吁吁，手里拿着各式各样锋利的工具，有的是刀，有的是斧，有的是棒。这些人过去都是与郝腾龙在洞中操练过的人，对洞穴有天然的亲近感。走进洞里，大家到洞穴的四处东摸摸西看看，仿佛抚摸好久不见的女人，拥抱许久不见的好友。

大家还在回忆过往，郝东让挥了挥手，清了清嗓子，大家都围过来，郝腾龙先发问："你着急把我们叫来，有啥事吗？平白无故的，还要拿刀拿棒的？"

"我把大家喊到洞里来，就是不愿意让更多的人知道，我们在秘密调查一件事情。"郝东让顿了一下，又接着说："这件事情也许不是真实的。但是，我不敢确定。近期可能有另外的一伙人要闯进乔庄来，来人是谁，有多少人，都不清楚。更要考虑的是来人要干什么，不知是好是坏，是凶是吉，今天把大家喊来，就是商量这件事情，看如何办？"

"又有人来，不行吧。"大家几乎是异口同声地惊呼。

"不是行不行的事，是已经来了，在半路上了。我认为来者不善啊。"郝东让判断说。

"你说咋办？"郝腾龙问。

"现在，我让你们来，就是马上带上武器，赶到悬马关去，守住藤道，看看动静，究竟是否有人，是哪里来的人，是官家的人，还是游民，先弄清楚，坚决不准任何人进入乔庄，我们男人们有责任守住乔庄。"郝东让说。

"好。你不去，在家里守着，我带人去。"郝腾龙说。

沉吟了一下，郝东让说："也好，腾龙带人去，我在家里给你们打掩护，不然家人不知你们到哪里去了。有情况，尽快把消息传回来，无事，虚惊一场，也就算你们重新走了一遍当年到乔庄的路。"

几个精壮汉子在郝腾龙的带领下，很快就进入了茫茫的大森林里。

郝东让坐在洞里，疲倦得很，他感觉自己单凭郝巴子的一些话就神经过敏，是不是不稳重？但是，郝巴子说的假如是真的，不做准备将会是多大的风险。

良久，郝东让坐在洞里没有站起来。

突然，有人进入洞里来。郝东让反应迅速，立即闪身躲避到了洞壁一侧。待仔细一看，原来是郝北章腋下夹着一捆木牍，进入了洞里。郝东让出来迎住，喊了一声"爷爷"，把郝北章惊了一跳。腋下的木牍啪一声掉在了地上，发出的声响干脆、激越，在洞穴内共鸣了好一阵子。

"你在这里干什么？"郝北章奇怪地问。

"没有干啥，就是突然想起这里，回来看看。"郝东让说。

"看看是对的，好多人把这里全忘了。有平畴居住，就忘了洞穴，有平和安详，就忘了当初就是在洞穴里大家齐聚才留住了美丽而神秘的乔庄。自从那次大聚会，开展大辩论，我觉得这个洞穴于乔庄而言才显得更加重要。这一段经历，我都记在了这些木牍之上，留给将来作为训诫。"郝北章说，随即把木牍从地上捡了起来，拍了拍，上面其实并没有多少灰尘。

"你把它拿到洞里来干什么？"郝东让指着郝北章拿的那卷木牍。

"这个洞即将成为一个有灵的地方，只要有祖先的东西存焉，地方就有灵了。你在，正好，今天我要把这些木牍安放在这个洞里，成为大家纪念过往、修正当下的凭据，你要把这件事拿出去好好宣扬宣扬，让大家虔诚地到这里，感受祖先的抚摸，领受个人在时间中的变化，固守灵魂中不变的东西。"

说完话，爷爷把木牍庄重地放入那个穴龛里。

郝东让站在郝北章身后，看着他做这件事情。两个人在成捆的木牍前站立很久，郝北章的背影显得孤单、落寞。

郝东让本想跟郝北章讨论一下郝巴子还有马静里的事情，此情此景似乎都不太合适，于是，郝东让就没有提及此事。

17. 楠木木牍附记：里深陷异爱。

乔庄的时空同时进行着几件事情：郝腾龙带人往悬马关走的时候，郝北章正在往穴龛放木牍，郝东让正看郝北章放木牍，马静里正心急如焚，坐卧不宁，一队人马正在朝着乔庄走来。

马静里最初的等待是爱情的等待，是对重逢的等待，是对未来美好时光的等待。等待是漫长而焦虑的，等待是渴望而迫切的，等待是失望又希望的。后来，马静里看出了郝东让的警戒和疑虑，心里便忧心忡忡起来，他心里害怕他磨难的人生，好不容易遇到了温暖的一生，会遭受到打击，甚至遭受到毁灭。

当初他逆向而行。北方的行人匆匆走过来，全部朝向白水关，而他却逆人流而行，行进在通往咸阳的路途中。

满路途的行人，神情各异。有的喜形于色，像是赶往期待已久的天堂，正愉快地追赶着美好的未来；有的神情冷漠，机械行走，并不关心今夜宿于何处，大有随遇而安的随便；有的神情灰暗、沮丧、失落、痛苦，仿佛此刻是赶往地狱。

马静里手里牵的战马就是他逆行的马甲，借此马甲他行走起来畅行无碍。沿途督促行人的士兵看见马静里手里牵着战马都不予过问，任由它逆着众人行走。

"爷爷，不要倒，不要倒，不要倒。"马静里听到了一个女声的呼唤，他转头望过去，发现一大群人有站有坐有卧，人群中一个衰老的人倒在了地上，不断喘息，一个满身灰尘的女子正在使劲往上拉扯倒在地上的老者，老者如若千斤之重，任由女子拉拽都无济于事，不动丝毫。旁边的年轻人都袖手旁观，仿佛痴呆了一般，无人上前帮助，都带着放弃的表情。女人几经拉扯，无济于事，就放弃了拉拽，顿坐于地，放声大哭起来，风声把女子的哭声一下子吹远了。旁边行走的人漠然经过，没有谁在意这群人的异常。

马静里的神经在那一刻被刺激了，他突然就想起了家乡，也想起了爷爷。长久的流浪，遭遇的世间冷落，本应该使马静里心如铸铁，严丝合缝，不会再有裂痕。可正是那一张张疲惫和绝望的面容和释放又压抑的哭声，把他击中了。于是，他的心在那一刻被撕开了一道口子。他牵马走过去，看了看倒在地上的人，试探着问："咋的了？"

旁边的人一看牵着战马的人，误以为是士兵，都恭敬地回答："走路累的，已经不行了。"

"还有活的希望吗？"马静里看着几张毫无表情的脸，他想起当年他还小，行走在路上，一族人虽然困顿不已，但是，却都意气风发，没有谁在途中倒下。因为，每一个人心里都怀有极大的热情和希望，都知道在奔赴一个美好的未来，都在走向新生。可是，从这些人的脸上并不能看出他们的希望，失望和不甘是主要的表情符号。

"估计，应该，但是，他总比往前走幸福吧。他死了有我们把他归于黄土，可我们呢？不知道行走到何时是个尽头，也不知面临的是什么遭遇。"一个人说话断断续续，表述得隐隐约约，想说明白，又怕说不明白，一些词语被咬断来说出。

"为什么这样绝望？"马静里很奇怪。

"在原来的老家，我们全族都很安稳，一家子一家子的都在一起，在祖祖辈辈都熟悉的地方，闭着眼睛走都不会迷了路。当年祖先应该就是土里冒出来的草根，都是从那片黄土地里冒出来的，都长在黄土地上，现在秦王要把我们从原来的地方移走，迁移到我们完全不熟悉的地方去。这是灾难啊。也不晓得这一脉人能不能挺到头啊。这已经是倒下的第十个人，一个家族怎么承受得了十个人十个人地死亡啊。可是，我们除了眼睁睁地看着他们死，还有什么办法呢？"

"没有说究竟要到哪里去吗？"马静里很诧异地询问，他尽管明白一个人在天底下就是一颗行走的肉丸子，不知道会在什么时间和什么地方倒下来，会成为蚂蚁眼里的大肉丸子，遇上了就群起而攻之，慢慢食用。也可能是虎豹眼里几块塞牙缝的肉罢了，被囫囵着吞进去。所以，一颗肉丸子能够存活几十年也全靠各种机缘。但是，不是万般无奈，肉丸子不会东游西荡的，这些成群结队的肉丸子难道要像当年奔命到乔庄的家族一样吗？可是，当年是密逃，今天是明迁。

旁边的人冷漠地回答："不知道要到哪里，没有谁说到哪里去。哎，人如一飘絮，哪棵树枝有好心，就挂在哪棵树枝上吧。"

众人都不再言语。哭泣的女子已不再哭泣。哭泣在这样的场景里所要表达的意思，就是这还是一群人，还有自然而然的悲伤，除此之外，别无他用。所以，她哭了几声之后，迅即停住了哭声，用眼光盯了马静里一眼。这是一双漂亮的眼睛，在黝黑的皮肤上显得格外明亮，看着马静里牵着战马，眼里满是不满、愤怒，眼睛像是一把刀，深深地刺痛了马静里的内心，他内心突然就塌了一角，惶恐不安起来。

因为有人死了，哭泣的女子和一群人就停了下来。

大家路过，都知道他们死了人，都不停留，也没有人过问，包括监督大家走的那些士兵也是毫无表情地经过，并没有呵斥他们。

他们需要埋葬老者，哪怕简单的仪式，把死人埋入黄土，总是允许的。借这个机会，他们也天经地义地休息一下，慢慢梳理一下惶惑的思维。

马静里把战马拴在黄土地上唯一的一棵小树上也加入到埋葬老者的行列。

马静里有生以来，第一次面对人的死亡。

他们把老人的尸体就明显地放在道路旁边，让路过的人清楚知道聚集在这里的人不出发的原因。

所有的人都很疲倦，包括士兵，就算对未来加持了许多美好的期盼的人，也显得非常疲倦。

所有的人都自顾不暇，没有谁在意谁在干什么。每一队人的行走，基本上都是一个族群的移走。族群之外的事情，他们都不需要去了解。

大家守在尸体旁边，静静地等着夜晚的来临。夜晚的冷风硬掰着人的手掌，与手掌较劲，让人合不拢拳头，更多的人把双手覆盖在自己的脸上，让脸和手一起留住一丝的温度。

马静里算是这群人的外人，外人自然不能参与到内部的话题中。相对于马静里而言，近年的孤独、无助使自己怯于进入任何一个圈子里面。今晚的马静里为何进入到这个圈子里面？连马静里都说不明白，估计是他看到了一个人的死亡吧。这是马静里有生遇到的第一个死去的人，他的内心无法平复，一个人说死就死了，死了就像是睡着了一样，七窍都在，眼睛还是眼睛，嘴巴还是嘴巴，鼻子还是鼻子，远远看去，就是睡过去了。马静里想，一个人每天都会睡去，每天都是死亡一次，第二天醒来，就是一个新生。一个人的长大其实就是一天天地死去，又一天天地新生。只是每一次的新生，精神和躯壳都不会再是原来的了。

马静里莫名其妙地守着尸体而坐。许久，放了哭声的女子走上前来，对着马静里说："你一个官家人，守在这里干啥？莫非是监视我们不成？已经又死了一个人了，你们还要强迫行路？把人埋了再走不行吗？你不要在这里守着不行吗？"

马静里才明白过来，她误会了，他牵着一匹战马，守在这里确实显得非常扎眼，幸好是晚上，如果是白天，不知道大家要做何想法。

马静里说："你不要急。你误会了。我也是个苦命人。"

那女子说："啥命苦，有我命苦，我们来比一比究竟谁的命苦？"

两个年轻人由斗气开始，那女子的述说先于马静里，因为她认为自己的苦难远远大于马静里，而且，这些苦难都是有权者造成的，造成的原因和后果都是公开的。在有权者眼里，草芥就是草芥，有权者就是一股大风，老风，狂风，把草芥之种子到处吹，吹得满世界都是，要想停下来，必须等到风换一口气，或者，风自己停止了吹。对天空无缘由吹来的风，种子是没有办法阻止的，唯一期望的就是风尽量温柔一些，既要把这些草芥吹走，又不要大力地破坏，吹起来了，又不把种子吹远，给种子一次返回来的机会。

而眼前的女子都已经记不起自己走了多少时间了，也不知道走到哪里了，更重要的是不知道尽头在哪里。她觉得现在的自己比草芥还困难，吹拂起来，不让落地了，一直在空中飘。从女子的叙说中马静里才知道，他们姓钱，整个地方姓钱的都要求离开，不准有一个姓钱的人留在本地，算是连锅端了。女子叫作钱家惠，祖上取名字的人想让她成为一个贤惠的女人，女子明白，做贤惠的女人必须在安定岁月里，不颠沛流离，娴静在家。于乱世之中，想做贤惠的女人，无异于空想。钱家惠知道什么是苦难，女人在乱世之中必须去掉女字，只剩下一个字：人。

钱家惠不知不觉对着马静里说了很多，说到伤心处，竟然低声哭了起来，因为夜晚寂静的缘故，钱家惠压低声音，也压低了感情。一股悲痛、委屈、侮辱之气，把胸膛压得没有任何缝隙，她仿佛连哭下去的力气都没有了，头脑一阵眩晕。马静里见钱家惠摇摇欲坠，便伸出手去拍她的肩背，钱家惠就像久已准备倾倒的大厦，突然轰然倒塌，无一支撑，全部压在马静里身上。

马静里现在回想起当时的情形，想起一个女人在困顿之中，已经无人在意她的感受，无人理解她的心情，无人听取她的唠叨。她无处表达。马静里虽然是一个身份不明的人，但是，能够静静听她的感受，体会她的心情，她不设防地倒在一个男人的怀里，哪怕倒在悬崖之下，也顾不得那么多了。

18. 楠木木牍记：巴泄密于里。

郝巴子看见马静里沉默得很。

话也不多，动作迟缓。

"舅舅，舅舅"，郝巴子使劲喊马静里，马静里也没有回音，仿佛没有听见人声喊叫。

郝巴子跑上前去，推了马静里一掌，竟然差点把马静里推倒在地。

"你干什么？"马静里一个趔趄站稳之后，对郝巴子吼了一声。他马上觉得自己失态了，自己陷在失魂落魄之中，根本没有想到郝巴子要来。他吼了之后，马上说："哦，是你啊。"

"喊你几声都不答应，你的魂让鬼吃了？"郝巴子也很不高兴。

"喊我了？没有听见呢。"马静里自言自语，像对郝巴子，又像对自己。

"哼，喊你几声了。"郝巴子不高兴了。"你走路都不看路，眼睛里没有人。现在也不陪我耍了。"郝巴子说得更加委屈了。

"哦，我有事情，没有注意。"

"你有啥事情，一天都在走路，就团团转转地走路，走过

207

来走过去，我不晓得你有啥事情。"郝巴子脸上不高兴，本来是
要来与舅舅分享自己找到了藤桥，父亲与他的交谈，可是，舅
舅却不理会，还故弄玄虚。

"莫闹。我真有事。你小，你不懂。"马静里安慰郝巴子。

"好嘛。你不和我要，我跟爸爸去要。我们还要到悬马关
去。"郝巴子自豪地说。听到说郝东让到悬马关去了，马静里心
里咚的一声响，他太在意郝东让的行踪了。他赶紧一把拉住郝
巴子的手。

"你们又要到悬马关？这不才去过了吗？又去干什么了？"
马静里突然醒来一样，警觉地问他，抓住他的手不由得用了力。

"你忙你的事。你不需要知道。你把我弄疼了。"郝巴子想
挣脱马静里的抓握，可是，马静里紧紧地抓住郝巴子的手臂不
放松，就像是抓住了一个突破秘密关键的答案，并且是唯一的
标准答案一样，他生怕一松手，答案就会消失得无影无踪。

"对不起，我错了。"马静里松开了手，转瞬又抓住郝巴子
的衣服。"乖。巴子，好娃娃。来，舅舅跟你要。走，我们到桂
花树底下去。"马静里拖着郝巴子的衣服，连拖带拽，把他弄到
了桂花树下的石头上。

"舅舅最近有事，没有陪你耍，你莫恼气。来，我还是
很小的时候路过悬马关，也不知道现在的悬马关变成啥样子
了？"马静里对郝巴子说。

"好高啊。我们走了好远的路。山上到处是雪。有一条藤
子结成的桥好结实，我在上面坐、卧、睡，非常牢固呢。"郝巴
子兴奋起来。

"为什么要去悬马关呢？"马静里问。

"你们都做了些什么事？"马静里不等郝巴子说话，又急
着问了一句话。

"没有啊，什么事都没有做。"郝巴子睁大眼睛说。

"哦。什么时间我也去一趟。"

"舅舅，好啊，你带上我啊。"

顿了一下，两人无话可说，又都沉默下来。满满的心事又回到了马静里的心上，他浑身痒起来，仿佛有一个东西在咬着自己全身，全身都不舒服，又不知道从哪里开始搔才可以止住。

"嘿，舅舅，我问你，你知道有什么东西在往我们这里来吗？"

"嗯？"

"爸爸不让说的。"

"也不让舅舅知道吗？"马静里装作漫不经心地问。

"他倒没有明说哪一个。他就是说不准向别人说起这件事情。"

"我是别人吗？我是舅舅呢。我是你妈的亲弟弟，你的最亲最亲的人。来，给舅舅讲一下，舅舅为你保密。"

"好吧。要保密哟。我的朋友给我说，有人在朝乔庄方向过来。"

"哼。假话。人多还是人少？"

"真的。我的朋友在森林里跟了这些人好久了。前几天才给我说了。你不信？爸爸都相信我，人不少呢。"郝巴子不高兴了。

马静里心里一阵狂跳：到底来了。

"你爸爸他怎么说的？"马静里想知道郝东让的态度。

"爸爸听了啥话都没有说。"郝巴子说完，突然跳起来跑走了，他对马静里不相信自己说的话感到愤怒，生怕再被马静里抓住。

马静里知道当初自己说的话、做的事正在成为现实。动荡不已的时代，有随波逐流者，也有抗争者。虽然抗争者属于少数，但是少数人也可以影响一个很短时间的风向，至少像投掷入水的石头，小块石头激不起浪花，引不来旁边人的关注，但小石块入水之后，水里的动物们是有感觉的。尘间事往往如此，本来掷石入水想要的效果是溅起浪花，但要看是大石头入水，还是小石头。要搬动大石头入水的人一定是一个大力

209

士，大力士不是寻常都有的。而一般情况下，小石头入水的概率很高，但小石头客观上造成的结果只是惊扰到了水族而已，与水面荡起波浪毫无关系。话又说回来，难道真的没有关系吗？也不尽然，河水受到小石头的力轻微震动之后，那一圈圈的波纹会产生出来，要漾好远的一程，影响虽会渐趋衰落，但影响却造成了。

马静里与这群人相处久了，自然与钱家惠恋爱上了。相依为命的爱情是非常岁月的一种慰藉，连马静里与钱家惠都不敢说两个人之间是爱情，只是互相作为对方的筐而已，你把一些烂东西、杂物件往我的筐里放，我默不作声，由你放进来，我又把一些隐蔽的东西硬塞进你的筐里，你也不说话，默默接受。于是，两个筐并排而放，彼此倾倒而已。你听我说一段凄惨往事，我听你说一段不堪过往，心灵都得到释放和支撑。由精神层面，两个年轻人就到了肉体层面。马静里的耳鸣不治而愈。

埋葬了老人之后，这族人走得更慢。马静里也被他们接纳。慢慢地，大家就商讨如此流放不知何时到头。马静里就说了石破天惊的话：

"我倒有一个地方，不知你们愿不愿意去。"

"只要有更好的地方，我们为何不去？"

"乔庄。"

"乔庄？没有听说过。"

"乔庄是一个非常美丽的地方，没有战争，没有杀戮，只有人与人之间祥和相处，每家都做自己愿意做的事情，几个家庭之间你帮我，我帮你。乔庄远离一切，是一个非常远的地方。现在，连我都找不到路了，要使劲地回忆看能不能记忆起来。"

听着马静里的叙述，大家都很神往。

"天底下还有这么好的地方？"大家七嘴八舌地问。

"你都找不到路，我们到哪里去找？"大家又是一阵不安。

"待我想想。"马静里说。

赶路中途停下来的时候，钱家惠靠在马静里身上，听马静里讲述童年的故事，一群人跋山涉水的过程，钱家惠让他尽可能地回忆山形，道路形状，马静里模糊的记忆就一遍一遍地梳理，形成一些比较清醒的印象。马静里与钱家惠在黄泥地上一遍遍地描画走过的路径，反复回忆，反复调整。

最后商定，马静里独自去找返回乔庄的路径，如果找对就不再返回，钱家惠就按照他们在黄土地上描画的方向来找。如果找错，就返回来继续找这支队伍。在不远的时刻，他们一定会再见的。

马静里凭记忆的方位开始走，果然重返了乔庄。在他走过的路途中，他都按约定给钱家惠留下了记号。

回到乔庄，马静里最担心的是钱家惠跟上来没有，那些记号她看见没有，他们还有在乔庄再次见面的机会没有。他最期待的，是钱家惠看到了记号，并跟随记号来到乔庄。他非常期待他们见面时的情景，他做好了盘算，他要把钱家惠带回家，带回马家院，然后，傍近马家院，找一个地方，筑两间茅屋，与她生儿育女，度过时光。

钱家惠来不来，钱家惠什么时间来，都是未知的。马静里时时刻刻的焦急正在于此。

当他从郝巴子的嘴里听到了有人在接近乔庄，他脑海里冒出来的第一个念头就是：钱家惠来了，或者说钱家惠们来了。

马静里本来的想法是走向咸阳，遇见了钱家惠之后才改变想法的。是钱家惠让他焦虑的心平静下来；是钱家惠让他的耳鸣突然消失了，那个跟随他多年的怪物，突然就从耳朵里出走了，非常彻底，他不再受轰鸣之苦、异音之苦了；是钱家惠让他体会到了女人的温柔和男人的依托，在钱家惠身上，马静里多年的委屈、压抑、悲凉都统统一泄而空，对世界，马静里又充满了另外的不可言说的希望；是钱家惠让马静里感受到了男人的责任和担当。

男人确实是为女人而存在的，男人是准备着由女人来改造的。

马静里把自己血脉的种子播进了钱家惠的身体里，留在了半途，他抽身而返，历尽艰辛，也是要为血脉找一个寄托之所在。

其实，最重要的事情是马静里所不知道的，马静里对乔庄的描述深深地打动了钱家惠一族人的心，对未来的不可期，与马静里对乔庄的描述相比，跟马静里到乔庄是最稳妥的方案。所以，当马静里离开后去寻找返回乔庄的路时，他们派出的人一直跟在他的后面，虽然转来转去，到乔庄的路最终还是被马静里找到了，后面跟随的人也就找到了乔庄的路，钱家惠们也顺利地找到了通往乔庄的秘径，只是一族人的行进比较缓慢，落后马静里的行走时间。而马静里还在担心他们看不到自己留下的记号，错过了到达乔庄的路径。

19. 楠木木牍记：让布局战事。

郝东让比马静里更着急。

郝东让在观察马静里，马静里在偷窥郝东让。两个人各自的认识点不同。马静里比郝东让更明白事情的发展，他从郝巴子那里得来的消息，比郝东让获得的信息更明白，马静里知道这些人是谁，知道从何而来，缘由是什么。但郝东让是不知道这一切的。他估计有其他的人要来，但又不敢确定，还不知道这些人是谁，隐约觉得与马静里有关联，有多大的关联又不清楚。所以，马静里似乎更平静，一种等待并迎接的平静。马静里也更焦虑，一种对即将到来的不可预计的矛盾和冲突的焦虑。他自己心里知道来的人不会有危险，不会给乔庄带来伤害。而郝东让不清楚这群人的状况，片面认为是外族觊觎乔庄，乔庄将面临重大紧急危险。乔庄，作为隐秘之所在，断然不该有人来扰，现在郝巴子说有人靠近，郝东让是相信郝巴子的，他明白郝巴子获得信息的能力，这批人悄悄靠近乔庄，是敌是友尚不分明，是官是民都不清楚。但有一点是明确无误的，乔庄暴露了。如果内有马静里隐患，外有异族入侵，郝东让不愿意乔庄腹背受敌。

乔庄暴露是一件非常可怕的事情，会直接打击郝东让的信心，他一直坚信，乔庄是世界的一块净土，是乱世藏身的绝佳之地，不可能被其他人发现的。

要说暴露的原因，郝东让死死盯着可疑之点，比较坚定地认为是马静里使乔庄暴露的。

郝东让看见马静里比前段时间更加笃定，心里更加有不祥的预感。联系到之前马静里的慌乱和现在的平静，马静里的心灵似乎是翻越千山万壑，历经激烈喘息之后，现在终于平息了。是什么让他如此淡定，郝东让想弄一个明白。

那么，究竟马静里的心里翻越了哪些山河，郝东让并不能准确地看出来。为什么从过去的失魂落魄的状态一下子就恢复到了气定神闲了？那些慢慢靠近乔庄的究竟是什么人，这些人究竟与马静里是否相关，郝东让心里不停地交锋：假如与马静里无关，那这些人该如何处置，这些人又是从哪里获得乔庄的信息的？一队人马对乔庄一无所知就敢从丛林中走进来？就敢往深山中前进？在寻找什么？

假如与马静里有关，马静里又安的是什么心？乔庄是他的族人赖以存活的空间，是他一脉人得以保全的空间，是不准外人知晓的空间。当初到乔庄的想法，就是把一族人躲进深山深谷，自此秘不外宣，断了跟世上所有人类的联系，最终成为一个不可言说且不被人间知晓的秘密。

这个秘密即将被打破。郝东让心里非常紧张，不可能让居住于乔庄的这一脉人，又重新出发，夜遁到一个更加不被人知晓的地方。哪里还有一个地方如乔庄一样这么幽静、美丽、宜居？想到这些，郝东让的心里非常苦恼，心里悲愤、悲壮之情油然而生，他杀心又起，心里充满了杀人的欲望：想杀人。过去杀人的工具早已经应和了他内心平静的需要，被弃置，被掩埋，可能早就化为锈迹斑斑的废铁。现在想杀人了，随手已没有了当初剑人合一的称心武器，有的是耕种黄土的农具。不过，是什么作为武器都不重要，重要的是内心杀机已现，不可遏制。

马静里是叛徒。叛徒理应被处死。

郝东让内心里一遍遍地说服自己。

马静里就站在郝东让的视线内，马静里不动声色，他内心其实已经狂喜，他还在想着假如钱家惠到了乔庄，该如何向父母及姐姐来介绍钱家惠，他要找一个合适的机会来表达。

年轻的时候，乔庄对马静里究竟意味着什么，其实马静里内心是不清楚的。乔庄就是居住的地方，是千辛万苦跑来跑去最后安身的地方。其他就再无任何值得推敲的意义。后来，他因被耳鸣牵扯走出乔庄，乔庄有时成为他想念的家乡，过此即忘。遇见了流浪漂泊、无家可归的钱家惠，才又想起了乔庄，乔庄有一个家，可以安顿钱家惠，也可以安顿漂泊的灵魂。

他这些粗浅的想法哪里能与郝东让深刻久远的思考相比？郝东让想的是危险和安全，是血脉可以代代顺利流传还是稍不留意就会毁灭的问题。因此，马静里此时绝对不会想到郝东让内心杀气腾腾。

他居然对着远处的郝东让露出了一个笑容，这个笑容对郝东让来说，太过诡异，他无论如何不能把马静里的这个表情当成笑来看待，他从马静里的笑容里面看到了刀。

郝东让没有收到郝腾龙的任何消息，他也在等待，等待郝巴子说的话是确切的还是虚妄的。他宁愿相信郝巴子不过是幻觉出现，胡乱说的事情，其实并没有什么要发生，所有的一切都是虚惊一场。

等待是令人狂躁的，为了平复内心的慌乱，郝东让决定要到郝北章那里去一下。乔庄的历史在郝北章的木牍里。而北方咸阳的历史却是在郝北章的心里和脑袋里。乔庄与咸阳还有多少联系？他想问这个问题，郝东让的历史里都是冲和杀。过去，他处理问题的方式就是杀戮。杀戮确实可以解决很多问题，化干戈为玉帛的前提是有干戈，玉帛是在干戈之后。到了乔庄，郝东让似乎又明白了一个道理，按乔庄的生活模式和大家齐心协力，不需要有杀戮，乔庄的安详、平和，乔庄的生机盎然，乔庄不断出现的诞生和婴儿的哭叫，直击人心，郝东让想想都会泪流满面，杀戮这个词语不适合乔庄的环境和氛围。所以，他不了解使自己泪流满面的日子意味着什么，于是他就会去找郝北章讨论，郝北章最后都是叹一声："现时好就好吧。不要想得太多，也不敢想得太多。世上总归是变动不居的。现时好就好吧，要的就是现时好。"郝东让最终莫名所以，不知道他说的是什么话，难道是要玩弄一下深沉？

遇到棘手的事情，郝东让会去问询，郝北章与马锐胜在评判问题时，总有些不同之处，郝北章会根据自己的经验、阅历、读书等方面来判定，很多都是曾经在大殿之上的经验，他认为世间事都有相同的地方。而同样的问题去问马锐胜，得来的结果神秘莫测，往往电光火石之间，看似很荒谬，实则仿佛很精准，一下子直击人心，缺陷是只对短期或一个现象的解释，对漫长的历史长河中的状况，彼此对照，彼此关联，综合分析得出结论，就不如郝北章的深刻、透彻。

到了郝北章家里，他正在家里书写木牍。一卷一卷的木牍摆在案几之上，不知道今天他记载的又是什么。郝东让也顾不得他在写什么了。写就写吧。可能有用，更多的是无用。

郝东让走上前去对郝北章说："爷爷，你又写的是什么？大家都看不到，很神秘呢，我来看看。"于是，他顺手拿起郝北章刚写的东西，虽然上面墨迹未干，实则已经写完了，整个记录看起来就是记的流水账一样。

"占卜一次，卦异。再卜，再异。三卜，三异。胜不解神语。究庄内近日之迹，胜之子里神形不定，疑有附体之状，不能勘破。危矣。"

郝东让大惊失色。他以为马锐胜跟自己说说而已，没想到他把乔庄的安危置于一切之上。当初马锐胜暗示郝东让要大开杀戒，郝东让要观察，马锐胜却与郝北章在一起研究马静里，想找出一个办法来化解危机。他们用自己常见的把戏研究着，用神鬼的模式判断，说明马静里是危险的这一想法一直以来都像是大家心里挥之不去的魔障。

郝北章见郝东让看了，也没有责怪，两人都陷入了沉默。良久，还是郝东让先开的口：

"爷爷，丈人很明事理，把疑虑都报告给你了呢。"

"不瞒你说，他给我说了很多。儿子失踪他痛苦，儿子回来他不安。为了马静里，也不知多少个深夜里他悄悄跪于人间，把卦一遍一遍地摇晃，在卦象中一遍一遍地捕捉信息。他不是对儿子不放心，而是对整个乔庄负责啊。"郝北章说得手都抖了起来。

郝东让没有答语。

郝北章缓一口气，继续说："一个马静里是如何走的，又是如何回来的？有没有其他的力量帮助？帮助他的力量是什么？是谁？我们仅凭他说的原因，来相信他的无辜，而背后真实的原因究竟是什么？谁知道？天知道？另外，想走就走了，想回来就回来了，毫发未损，会使多少的乔庄子弟效仿？如此任由大家乱走一通，乔庄的安全何在？乔庄的隐蔽何存？这些问题不得不引起高度重视啊！"

郝北章反复发问。既是对郝东让发问，又是对自己发问，更是对乔庄发问。郝东让被问得紧张不已，喘气都有问题。郝北章担心的问题也正是他担心的事情。最为可怕的是，他从郝巴子那里得到有人赶往乔庄来了，尤其使人紧张。见郝北章的担心，他心里就在想，要不要把这件事情告诉他。可是，这个信息仅仅靠的是一个小孩子嘴里说出来的，还不敢说这个消息是来自于野兽之嘴。他相信自己的儿子，可是郝北章相信吗？

假如说出来，让他知道危险就迫在眉睫，不知道他将如何对待，本已经摇摇欲坠的心灵会不会一下子坍塌。

郝东让想：那就先算了吧。等等看郝腾龙那边究竟有没有消息再说吧。

郝东让无语地走出了郝北章家里。他知道最残酷的时候要来到了。面对生死抉择的时刻，每个人将如何自处，将映照着乔庄所有人的面庞。

他心里默念着，郝腾龙一定要紧紧守住藤道，不准任何人经过藤桥，不准任何人进入乔庄。

20. 楠木木牍记：龙固守藤道，设伏。

郝腾龙带人赶到了藤道。

大自然有自然应合的能力，当初郝腾龙跟随郝东让赶往乔庄时，大家担心的是旷野之口。旷野之口是什么，大家不清楚，反正就是传说人会无缘无故消失，到哪里去了？大概就是被旷野之口吞食了吧。出现人被吞食的情况是因为过去的这些大地里从来都没有出现过人这种生物，自然界还不认识人类，人自然就成了另类，自然就会受到攻击，受到吞食。当人抵达乔庄并居住下来，整个乔庄有了人的烟火，到处流动着人的气息，人的激情催化着四周的生命，乔庄周围的生命自然而然就感知了人的力量。更何况，乔庄的人在大山里烧了一把火，差点把森林里的动物焚烧殆尽，很多动物应该都通过各种渠道流传着人的残忍，动物们对人有了忌惮就是很自然的事情了。所以，藤道变得更加遒劲，那些守在藤道上的大大小小的嘴有可能都避让三舍了，郝腾龙带人守住藤道，并没有发现有异常情况发生。

郝腾龙说："大家都小心，把手里的家伙捏紧，发现情况不对，立即动手，不要有丝毫犹豫。我们并不知道我们要面临的是什么东西，有多少东西，有多可怕，但是，我们不能有任何犹豫，必须第一时间动手。"

郝腾龙又说："我们在藤道的口子外生起火来，昼夜不息。让远远近近的野物都知晓我们的存在。"

大家都按照郝腾龙的安排做了起来。大家轮流换岗，坚守着桥口。

郝腾龙不敢入睡，要按照郝东让的要求做好预防工作。他站在火光之外，向远处张望，结果目光所到之处，那深深的黑色逼得人欲后退，黑色之外什么都没有，黑色之内有什么，他却看不见。郝东让说的来的东西是人吗？不是人那是野兽？郝腾龙想：也许有人到这里来本身就是一件非常荒谬的事情，如此隐蔽所在，没有人指引，断不敢贸然进来？野兽成群结队的到来也是可能的。一想起野兽的到来，郝腾龙心有余悸，大森林里追杀凶兽的一幕不由涌上心头，那场大火成为他心中不可磨灭的伤痕，想起都害怕。

郝腾龙摇了摇头，他知道按照郝东让的性格，不可能无缘无故地安排他来守住滕道，一定有不可言说的理由。那么，真是有人到来了？他想：如果桥对面果然有人觊觎乔庄，深夜潜行，不露声音，不举烟火，我们一无所知，不是更加令人魂飞魄散吗。

郝腾龙现在的主要任务就是把守。他要遵从郝东让的意思，严严实实地把住秘密入口。郝腾龙明白，郝东让既然想到了有人会从秘密通道进入，就不会是空穴来风，郝腾龙经过了到达乔庄以来的事情之后，渐渐明白，有些事情，看似不可思议，实际上确实有无法参透的秘密。他也渐渐明白和理解了自己岳父马锐胜看似离经叛道的作为，他也慢慢揣摩了一些动作背后隐藏的深意，那些深意并不是谁生下来就会，也确曾不是什么法术参透了就能够明白。往往那些不曾为人所知的前兆，其实就在有心人的眼里经过，在有心人的心里扎根，万事万物都有迹可循，而发现痕迹者，就是先知吧？郝腾龙这样想，但是他并不能领会更加深刻的东西。不过，有了一些粗浅的认识，郝腾龙自然就能够听从郝东让的安排，把自己的事情做好。

郝腾龙初入乔庄，就开始带领一众小孩子习武弄棒，其实在他的内心深处有深深的恐惧，是从众声喧哗之中走到旷野寂寞的恐惧，是繁华落尽面对未知的恐惧，是人的渺小和乔庄的深邃、神秘莫测之间巨大反差的恐惧，是男人面对生存和死亡的抉择时的恐惧。他要武力，他要吆喝，他要的就是惊天动地地呐喊，响彻云霄地嚎叫，让大自然知道，新的生命嵌入到乔庄应该有的尊重。

在他带领孩子们宛若游戏的时间里，他慢慢地获得了勇气，他明白，不管怎么样，乔庄都要由他们自己来守护。时光在乔庄慢慢地流淌，就像是乔庄河水慢慢流走了时光，新的生命已经诞生，新的家园已经形成，新的习俗已经固化。可是，不确定感、幻灭感依然是郝腾龙这辈人心中无法释怀的感觉。如果乔庄就像秋天的流水一样流过，纵有短暂的雨季产生一定的水量，却并不能对乔庄造成更大的伤害，清澈流过，缓慢而安详，有性格却能够自我把控，那该多好。可是，乔庄也是有夏季的，也是有洪水滔天的，也是暴烈的。当然，如果乔庄仅仅只是大自然不经意的伤害，郝腾龙们也大可不必担心，了解了季节的变化，也是可以避开大自然阶段性固定的伤害。可是，郝腾龙和郝东让都是从同类被迫害的境遇里走过来的，所以，对人的不确定性和对人的怀疑才是他们内心一直无法平息的煎熬。乔庄最终是由人组合起来并不断生长，有人就会有争斗，就会有伤害，而人之间的伤害更加令人绝望。本来要把控的是内部的矛盾，可用一种固有的道德来慢慢规范，却不知道此时外来的威胁如此迫近，腹背受敌的状况极大可能发生。

当郝东让要求他带人守住秘密通道的时候，他内心里的波浪只有自己才能够明白，乔庄初生，经历各种挫折，现在慢慢走上了正道，大家基本上能够理解大自然的伤害的一般性，都学会了慢慢适应，一如郝腾龙慢慢适应了马静蕊在身边的生活，慢慢适应了有血脉的牵挂的幸福和不安，慢慢变得胆小、懦弱。山上的雾起来了，屋后面的东西还在移动，景色有了变化，不知道还能不能看得见景色如初？

藤道的存在是大自然馈赠给乔庄人的。

藤道并没有伦理道德的约束，它不会遵从某种契约，只把通过的权利让渡给某一个族群，从而拒绝另外的族群通过藤道，或者自我隐身，不让别的族群发现。藤道存在着，匍匐在山体上是自己的习惯和本性，不迎合谁，不拒绝谁，是人自己发现了藤道，找到了利用藤道的办法。

郝东让给他说过想法，把藤道毁掉，以绝后患，但这样一来，就是自断后路，在防止别人通过的同时，其实也就是把自己的路给截断了。乔庄是要有通道的，不管是往回走，还是往前走，路总是要留下来的。郝腾龙也是这样认为的，藤道不会有人找到，不必毁掉。

突然就出现了郝巴子的警告，他说，有人来了。郝东让首先想到的就是藤道。

郝腾龙与郝东让一样，有了家园，有了家人，有了妻子，有了孩子，追求的是安稳。现在有人来了，总是令人不安的。担忧如同失眠一样让人难受。郝腾龙要把乔庄紧紧地抱在怀里，决不允许它受到任何伤害。

郝腾龙让大家把火堆里的柴再加多一些，让火苗蹿得更加的高，让火爆裂的声音更加大一些，让远处的动物，也包括那些可能的人，看得更清楚一些，此路不通，请绕开行走。

21. 楠木木牍记：让再交锋于里，杀气侧漏。

郝巴子听到了那些动物给他的信息，他很自然地确定那是真的，他告诉了自己的父亲郝东让，其实并没有什么深刻的含义，他只是叙述一件事情，一件与乔庄有关的事情。他生活在清贫但却平和的岁月，跟他相处的有那些长相温顺、皮毛光滑的动物，还有满山的树林，树梢上的叶子静静地飘落，看似无声，郝巴子却能够在河边听见树叶离开树枝时总会飘来飘去地跌在树干上，把自己碰得发响，就像是言语的告别，不舍的抚摸。每当此时，郝巴子就自然而然地产生欲罢不能的冲动。跟郝巴子相处的还有河水，顺着河道往一个方向跑，可是，并不是一缕地直行，它会回环反复，在一段河道里肆无忌惮，勇往直前，又会在某一个地方形成回旋，总是恋恋不舍，不肯冲出去，因为不绝的纠结缠绵，把一些想跟着走出去的树叶紧紧地抱在漩涡里，不肯放手，把树叶留在河道的某处，像欲去不去的信笺，上面满是水痕，仿佛写满了欲罢不能的泪痕。郝巴子愿意与这些相处。他感觉在乔庄有自己的天地，这是不被自己的父亲知道的天地。他满足于自己的天地，散漫，快乐。

当他知道有人往乔庄方向来的时候，他并不觉得是什么不得了的大事，只是自己的那些动物朋友们有点惊慌失措，不过他也理解动物们的反应，乔庄已经来了一大批的异类，占据了乔庄的河边、滩涂，它们过去自由自在地饮水、睡觉都被限制了，花了很长的时间，才有郝巴子这样的人出现，才能够互相沟通。即便如此，也不如之前的乔庄了，所以，郝巴子能够理解它们的惊慌，人的增多，就会占据动物们更大的活动空间。可是，他跟动物们看问题的角度不一样，有人来了，他觉得好玩。他要把消息传给父亲，或者说是一种交换，跟父亲交换自己成长的痕迹。

郝巴子并不能感受郝东让听见有人赶到乔庄的感受。

郝东让是认同郝巴子的信息源的，自从马静花发现郝巴子的异常，她把郝巴子能够与世界上的动物们对话，引起内心的震惊和害怕说给郝东让听，郝东让便开始留意、观察。他通过郝巴子回到乔庄，动物们闻讯追到乔庄，确认郝巴子与动物们是有牵挂的，要么心灵是相通的，要么语言是相通的，要么就是单纯的语音是能够互相明白的。郝东让不知道郝巴子属于哪一种情况，但是，能够彼此明白意思是确定无疑的。这也就促成了郝东让对自己儿子的信任，事情已经发生，是什么事情不明白，所以他才忧心忡忡，便安排郝腾龙带人赶到悬马关。

郝东让想，要不要把一些消息假装透露给马静里呢？不经意间说一些话，透露一些不为人知的细节，看一看马静里如何来应对。郝东让在等郝腾龙的消息，可是消息没有及时返回来，他不知道他们遇上没有。他心里着急，表面上却不敢显露出来，他觉得，假如这些陌生人就是奔着马静里来的，马静里一定有极强的反应。他决定试一试马静里。

他在一天吃饭的时候，假装不经意地说："静里，你跟郝巴子在一起的时候，是不是他在胡言乱语？"

马静里偏过头看到他说："姐夫，啥是胡言乱语？郝巴子聪明得很。"

"可是，我听人说有时间与你在一起就疯得很，主要是语言上疯得很，说些话天上地下的，据说吓人得很。"

"咋会呢。我没有发现。"马静里眼神闪烁，开始低头吃饭。

郝东让看了马静里一眼，接着说："我倒是听他最近在胡说。"

"胡说啥？"马静里马上抬起头来。

"他说他能听到树林里的东西说话。你想，树林里没有人，他听谁说话？"

马静里又低下头去吃饭，不搭腔。

"他居然说他听到有人往乔庄赶。你说，乔庄的人做事、回家，不就是往家里赶嘛，他要说有人往乔庄赶，就蹊跷了。莫非还有其他的人要来乔庄？"

马静里噗噜噗噜地吃碗里的饭，不再抬头；也不再接话。他的内心立即装进去了一面大鼓，砰砰砰地敲着，他害怕胸口在郝东让的面前炸开，让郝东让一下子看清楚他的肺腑。

马静里其实已经知道了，郝巴子与他说的话使他明白事情在起变化。他在计算时间，他在寻找机会，他要到郝巴子那里再次确认人已经到了哪里，然后他才准备起身，到关口上去迎接钱家惠的到来。

他还不知道的是，虽然自己的心思他们摸不透，但是措施已经先做好了。自己的姐夫郝腾龙已经按照安排带人把守在关口了。

郝东让看见马静里低头吃饭，貌似轻松，但他也洞悉了马静里内心的波动。郝东让在想：假如真是马静里带来的人，假如真的对乔庄造成了伤害，那么，他将如何向马静里下手？是亲自杀了他？还是找人杀了他？按照郝东让的风格，一定是自己亲手手刃马静里，可是，他又是马静花的弟弟，他到时真的下得去手吗？

郝东让还要思考的是这些人到底有多少？他按照作战的想法在谋划与不期而遇的人短兵相接时采用的方法。

心里纵然有千千结，可是，郝东让还是继续追问："你说说看，真有人赶到乔庄来吗？如果是对乔庄有伤害的人，我定亲手消灭他们，全部杀光。"郝东让说得恶狠狠的。

马静里抬起头来，迎着他的目光，口里说："姐夫，不是所有的人都如你想的一样，对人都有恶意，也不要主观认为到乔庄来的人都会对乔庄有伤害。也许，是有利于乔庄呢。"

"你怎么这样认为？当初到乔庄，我们是避祸，是不容许任何人再到乔庄的。乔庄有我们现在的人已经足够了。外人就是祸害，外人有可能是邪恶的，绝对不允许任何人靠近乔庄。"

"假如是普通人家，对乔庄的人口只有好处，可以补充。"马静里低下头说。

"假如是伪装成普通人家，实际上是官府人员，将会造成不可挽救的损失。要把任何企图进入乔庄的人都视为追杀我族的人，绝不手软。"郝东让仍然杀气腾腾的，马静里见说不过他，也就不说话了。

郝东让起身走开了。

22. 楠木木牍记：几欲触发战事机关。

马静里已经贯穿了乔庄上下游的道路，曾经练就的行走如风的脚力派上了大用场。他悄悄地找到了郝巴子，郝巴子正在专注地望着远山。

"嘿嘿嘿，巴子，你又与你的好朋友说话了吗？"

郝巴子看了他一眼，并不作声，又把眼睛转向了遥远的山脊。

"好朋友不来看你了吗？好朋友不要你了吗？"马静里笑嘻嘻地问着郝巴子。

"你乱说。我的好朋友就是好朋友，不像你。"郝巴子着急起来。

"那既然是好朋友，为啥不来看你了？"

"来了的。"

"好久来的？"

"昨晚上。"

"它们与你说啥了？"马静里要的就是郝巴子说出他与它们的对话内容。

"说的就多了。"郝巴子轻描淡写地说。

"说没有说有人来了？人都到哪里了？"马静里还是没有在一个小孩子面前忍住自己内心的着急，连问了两个问题。

"嗯？嗯。哦。人马上就到乔庄了。"

"具体到哪里了嘛？"

"按照它们所说，根据我和爸爸走去看的地方，我分析，大概已经到了悬马关了吧。"郝巴子貌似很成熟地分析。他因为与郝东让到过悬马关，再联系它们的描述，大概就是那些地方不远吧，所以他给马静里说出了悬马关。

马静里想，是时候到悬马关去了。该来的已经来了，自己的命运转折也已经来了。

马静里到底只是想他自己和钱家惠的关系，在个人情感和家园守望之间，马静里的心里只有自己的小小的愿望，或者确切地说就是一点莽撞的欲望而已。他虽然走了很多地方，见了很多人事，却不懂得人也不是一个模样的人，人也不是一个心肠的人。但他迷失在自己的心魔里，不能准确判断乔庄人的内心世界，他以为大家如他一样，思考的是儿女情长，哪里想到一群惊弓之鸟的乔庄老一辈，内心有宏大的主题，誓必舍身保卫乔庄。

马静里赶到悬马关的时候，在藤道上正看见郝腾龙拦住了一个女人，而这个女人正是钱家惠。

没有许多人，只有一个人，一个女人。

这个女人就是钱家惠。

马静里疯一般地冲下拐来拐去的山路，直接扑向关口，嘴里不停大喊："龙哥，龙哥，不要动粗，不要动武，那是我的人。"

他的喊话把郝腾龙吓了一跳。他没有想到马静里悄悄地赶来了。

"啥意思？荒山野岭来了一个女人，很是诡异，怎么就变成了你的人？"郝腾龙让人看住女人，望向马静里，口里呵斥，心里充满了疑问。

马静里直接越过郝腾龙，气喘吁吁地赶到钱家惠的身边，护住了她。

郝腾龙马上让几个人立即与自己站成一排，与马静里和钱家惠形成了对峙，手里的家伙紧紧地抓住，全部的武力倾向前方。

"不要紧张，老弟，你要把话说清楚，我也跟你说是怎么一回事。郝东让安排我们在几天前就赶到了这个地方，要求要全力守住此关口，不准任何人进入此处。可是，几天了，这个地方都没有动静，我们都有些疲倦了，突然，藤道有了摇晃，慢慢地我们就看见了那头钻过来一个女人，满身的疲惫。我们正要将她抓住，要了解是怎么一回事，你就来了。你来了竟然说是你的朋友，这真是匪夷所思的事情。"郝腾龙简单地叙述了经过，他对马静里说的话感到深深震惊。马静里回到乔庄许久了，居然说有朋友，还是女的，且还准时赶到了藤道。这一变故把郝腾龙弄得不敢擅自做主了，他边向马静里说着原委，同时对身边的兄弟悄悄地说："赶紧返回，把情况报告给郝东让。"那个人不听马静里对事情的解释，飞一般地上了梁，直奔乔庄而去。

郝东让久不见郝腾龙的回音，心里不安，就把郝巴子喊过来，询问："你舅舅找你说什么没有？"

郝巴子思索了一下，对郝东让说："问了，问人了，问人到哪里了？"

郝东让着急喊："马静里，马静里，马静里。"

却无人回答。他又准备喊，马静花出来说："大声喊啥，马静里总是到哪里耍去了嘛。"

郝东让没有理会马静花，他感觉到了害怕。他急促地奔跑，他要用最快的速度找到郝北章，找到马锐胜，要商量下一步计划。

马锐胜就在郝北章家里。

郝北章的屋里又摆着一捆捆的木牍，两个人边说着什么，郝北章边写着什么。郝东让突然闯进去，也把他们吓了一跳。

"啥子事情这么慌张？你是不慌张的人呢。"郝北章说着话。

"大事，大事。你们都在很好。我跟你们说，要准备了，要做准备了。"郝东让也顾不得看他们写的是什么了，他有些语无伦次，表述很急促，一着急反倒把事情说不清楚了。事情往往就是这样，着急无济于事，慢一拍也有慢一拍的好处。

"慢慢说，不着急。"马锐胜安慰他说。

"不好了，我估计有人到乔庄来了。"郝东让说。

"有人？谁？哪来的？"郝北章连续三问。

"不清楚，是郝巴子说的。"

"小孩子说的可信吗？"

"我认为绝对可信。"郝东让使用了绝对一词，以强调事情的紧急性。

马锐胜没有言语，他在沉思，他知道郝巴子的异能，他也相信郝巴子说的话，至少不是空穴来风。他的担心正在变为现实，他马家要出逆子了，要面对乔庄人的口诛笔伐了。他心里疼痛不已，当初暗示郝东让杀了这个人，可是，郝东让居然否定了。残酷的现实逼着人要做出出击还是让步的决定了。

郝北章也没有继续说话，用手摩挲着木牍，仿佛那才是他思考的重点。

郝东让就开始讲述自己的思考过程，曾经寻找马静里的情况，马静里回来自己也有很多的怀疑，但却犹豫不决，后来自己带郝巴子到悬马关查看，期望有所收获，也说到郝巴子能够与动物沟通对话，最后说到现在马静里又突然不见了。在紧要关头不见了，有可能会有不好的事情发生。

郝北章和马锐胜还是没有说话。

郝东让继续说着自己是如何安排的，郝腾龙已经带人在悬马关一带守候多时了。

这时，马锐胜插话："郝腾龙那边有消息吗？"

"还没有。但是，我怀疑这些人是奔着马静里来的，背后究竟是什么原因，有多大的危害，还不清楚。但是，假如对乔庄造成伤害，那我们如何交代？"郝东让急切地说。

"有人觊觎乔庄？有人要害乔庄？乃马静里之辈？如确，真乃不孝之子孙，必遭谴。"郝北章边说边往木牍上面记载。

"爷爷，不记载了，要把人都动员起来，估计有战争了。"郝东让见郝北章还在书写，更加着急地说。

"有战争，也要记下来。不然，就算乔庄灭了，后人翻出来也要知道来龙去脉，也要把历史罪人钉在耻辱柱上。"

他们正在说话的时候，郝腾龙派回来的人正好赶到了，一进门大声说："都在这里呢，我好一阵找。不得了，真是不得了，悬马关确实有人来了。"

"谁来了？官人还是其他？"郝北章关心的是来人的性质。

"一个女人来了。马静里也来了。"送信的人表达得非常干脆。

"女人？"郝北章问，大家都很诧异。

"嗯，像是走了很远的路的一个女人。她一个人从藤道上面走了过来，后面没有其他人，刚到了桥头，就被郝腾龙喝住，正待盘问，马静里不知道从哪里冒出来了，说女人是他的人。这时，郝腾龙就把我派回来报告情况，我飞一般地回来了，不敢有任何耽搁，就是不知道现在是什么情况。"送信的人也是一口气说完，然后自顾跑到水缸里舀了一大瓢水，咕咚咕咚地咽下了喉咙。

"怎么是女人？女人背后有人吗？"郝东让不明白，追问了一句。

"我也不知道。一个女人从大山中走出来确实让人恐怖。能够活出来，简直就是奇迹。"送信的人说完，又舀了一大瓢水，灌进肚子里，然后满足地说："很诡异，要不要加派一些人手去？郝腾龙发现女人来了，就像是发现来了鬼一样。"

马锐胜此时发话了："看来，真是马静里这个孽种做的事情。按照我的分析，不应该只有一个女人，应该还有人。可是，现在出现的却只有一个女人，实在是诡异。我的意见，郝东让马上把乔庄的精干劳力全部带上，立即赶到，与郝腾龙会合，绝对不能让外族异种进入乔庄。至于马静里，如果确实背叛乔庄，我的儿子我做主，郝东让，遇见他你就杀无赦。"马锐胜说完话，像背了几座山一样的累，又像是放下了几座山的轻松，说出杀字之后，没有人得以窥见马锐胜此时的内心。

马锐胜的话深深地激荡了郝东让的灵魂。他明白老一辈在涉及家族存亡的关键时刻，对自我血亲的无畏取舍、大义灭亲的艰难选择。

郝北章默默地写着。郝东让也不知道他在写什么，事已至此，马锐胜的话是有道理的，郝东让就立即出门，带着送信的人呼唤人去了。

锣声在山谷中此起彼伏地敲响。

整个乔庄的人听到锣声都从四面八方赶拢来。大家互相询问：什么事？什么事？乔庄有大事了？

大家边询问边聚拢，郝东让手里拿着一把雪亮的大刀，树一样地站在岩洞前。

"大家都注意，乔庄经历了很多事情，延至今天，也算是安居乐业，乔庄是我们真正的家园和乐园。可是，今天，却出现了一件意想不到的事情，有人，居然有人，发现了乔庄，发现了我们的家园，现在正准备侵入到我们的家园里来，乔庄被出卖了。我们进入乔庄是一条秘密的道路，不可能有外面的人知道，可是，现在就是这条路上，有人进来了。前几天，我已经派郝腾龙带领几个人守住了要道，今天他派人来说，外面的人已经到了。我要求精壮的男人，马上放下手里的事情，赶紧拿着家伙，跟我走，保卫乔庄，保卫家园。所有精壮男人，不得缺席。"

郝东让话刚说完，人群就是一阵骚动。人群中高喊着："是谁，是谁出卖了我们，是谁出卖了乔庄？灭了他。"

郝东让说："现在还不是时候，究竟是谁自会查得水落石出。当下最重要的是立即出发，赶往藤道，不管是谁来了，坚决消灭。大家赶紧收拾，半个时辰之后，在洞前集中，立即赶往悬马关。大家拿的家伙，必须刀刃锋利，是去斩人头，不是砍瓜切菜，要锋利，要结实。切记。"

众人很快就集结了，浩浩荡荡地开往藤道，支援郝腾龙。

青年人为乔庄战争过几次，过去是与大自然开战，与动物开战，现在要与真正的人类开战了，同类的战争更加激励着人们，因为他们知道同类的威胁远远大于异类。

23. 楠木木牍记：里宣示己有妻且孕。

郝腾龙把住要道，马静里护住钱家惠。

郝腾龙说："马静里，你要想好，究竟怎么一回事，现在不说清楚不行，这个女人怎么到的这里？怎么找到这条道路的？你不说，我把你当作异姓人，你与她马上退到藤道上面去，往回退，不准下来。退！"

大家一起厉声说："退！"

马静里见郝腾龙是认真的，就护住钱家惠退到了藤道上，郝腾龙命令手下人立即将准备好的一团荆棘拉过来，堵住了藤道，荆棘上面的倒钩刺很厉害，人不敢接近，马静里只有在荆棘那边与郝腾龙说话。

郝腾龙其实很紧张，他毕竟只有几个人，虽然来的是一个女人，但是，以他的经验，一个女人肯定是虚招，一个女人是不敢走进这么大的密林深处的，一个女人行走在大森林里，早就变成了其他动物的口中餐，不可能安全地到达藤道。因此，他判断，女人背后还有大量的人员在等待和观望。而郝腾龙派回去的人还没有消息，就算是有消息，也要一段时间才赶得到，所以，他要借助荆棘与手里的利刃，坚决守住桥头，坚决把异姓阻止在关口。

马静里扶着钱家惠站在郝腾龙的对面，郝腾龙明显看得见她已经略显臃肿的身体，身孕已经很明显了。马静里显得更加激动，几个月的时间没有看见钱家惠了，钱家惠怀上了孩子，身体却日渐消瘦，不再有往日的红润和壮硕。隔着满是荆棘和针刺的植物，马静里无计可施，只能够对郝腾龙说着好话。

"姐夫，你看看，这是我的女人，真是我的女人。她肚子里就是马家的血脉，是真真正正的马家的血脉。你看在姐姐的面子上，让我把她接回家吧。"马静里对郝腾龙说。

"我也想让你带回家，可是，她是怎么来的？我总该要问一问吧。静里，乔庄是如何来的，你当时虽然年龄小，但也是知道的，不容易。而且，乔庄确实是一处世外之地，应该是没有人知道的。我们有很多的天然屏障，阻隔了乔庄与外界的联系，你大姐夫找到这样的地方很不容易。现在，你说是你女人的人，居然就这样走进来了，而且是一个人，她是如何走进来的？我们不能不说清楚吧。"

郝腾龙并没有因为马静里的哀求而改变他的职责，他就是郝东让安排到这里守住关卡的人。他已经派人去通知郝东让了，必须等到郝东让来了才能够定夺。而且，一个女人孤身出现，实属可疑。郝东让对郝腾龙说过，有人来了，是一群人来了。现在不是一群人而是一个人，更加令他担心，他认为这是陷阱。他不敢徇私情，万一——己私心给乔庄埋下了巨大的祸根，他是万万承担不起的。

马静里毫无办法，往前走是不行的了，巨大的荆棘针刺闪烁，郝腾龙杀气腾腾，手里的武器捏得很紧，没有哪一具肉体敢轻易靠近。

郝腾龙看见钱家惠把马静里的脖子拽了拽，口靠在耳边轻轻地说了什么，马静里就不再说话，不再对郝腾龙解释。他扶着钱家惠慢慢地往回退，向藤道的一端走去，很快，马静里和钱家惠转身离开，退出了郝腾龙的视线。

郝腾龙现在急切地希望郝东让尽快赶来，按照郝腾龙的判断，局势应该是非常严峻的，是大部队，很多人。这个女人敢打头阵，也是厉害角色，不敢掉以轻心。他疑惑女人给马静里的耳语，不知道说的什么。他看着马静里带着女人离开，不知道道路的尽头究竟有些什么无法预测的东西。

钱家惠在马静里的耳边说，还有很多人在等他。马静里知道，不可能只是钱家惠一个人赶上来了，他当时也是想钱家惠一个家族全部都到乔庄来。马静里在外面漂泊，吃了很多苦，偏偏遇上了能给自己爱情的钱家惠，以及他们一个大的家族。马静里觉得钱家惠们就是自己的亲人了，乔庄也是自己的亲人，两头的亲人都聚在一起，都居住在一起，不是很好的事情吗？其实，马静里起的是好心，并没有那么多的想法。可是，当他回到乔庄，回到小时候生活的地方，他已经成人了，他才发现，乔庄经历了很多的事情，大火的焚烧，瘟疫的侵蚀，已经把乔庄搞得风声鹤唳，他也才知道，差一点，大家就放弃了乔庄。所以，对乔庄来说，安全是最重要的，是最不可挑战的。他知道，要把钱家惠一族人收罗到乔庄来，是多么不容易的事情。他内心的复杂只有他自己知道，他想让钱家惠们来，他又怕钱家惠们来，他不知道钱家惠们究竟该不该来，对于这件事情，他始终下不了决心。他不敢跟所有的人说实话，他内心折腾得厉害，他经常与郝巴子一起谈话，他在郝巴子讲述的异常结交中感受到人与异类之间的温暖，他非常地羡慕郝巴子，觉得这也不失为郝巴子最好的一种生存方式。

他一点都不怀疑郝巴子的话，他认为郝巴子说的都是真的。马静里常常想，他小时候耳朵里的异声是不是上天给自己的一次机会，只是自己并没有把握住。他回到乔庄之后常常想，假如他也像郝巴子一样把握住了机会，会不会自己也如郝巴子一样，获得一个观察世界的渠道，获得一种掌握世界秘密的通道？他耳朵里的响声在自己疲于奔命的过程中消失殆尽，他不知道是时间的磨砺还是钱家惠的爱情，反正自己耳朵里的异声越来越弱。当时他觉得耳朵里的轰鸣是一种折磨，是一种无法忍受的痛苦，是把自己拒绝在正常人之外的魔。他当初在与郝腾龙一起舞枪弄棒的时候，大概率的是观看，观看别人用力，观看别人发达的肌肉，当耳朵里的声音传来的时候，他就会躲在一边，慢慢地等声音离开。现在看到郝巴子，他又觉得有异响相伴也是一种幸福。

马静里渐渐明白血液流淌的基本道理了。他看见马锐胜白发出现，一颗自始至终都高昂着接近上天的头颅也在渐渐地下垂，他把血液传给了马静里几姊妹，似乎就要收手了，传下去的血液自己去流淌，他不再关心。两个女子的血液被郝家一中和，也不完全是他马家的血液了，正宗地说来，马静里们这些儿子的血才是保证马家血脉畅通流淌的基本底色。所以说，马静里在钱家惠身上感受到的不仅仅是作为自然人的快乐，他知道，他还有对血液流淌的责任，对后代的责任，对与自己同枕共眠的女人的责任，对自己和女人家族的责任。马家，不能有任何一个儿子的血液不再流淌，都要流淌。马锐胜疲惫的身躯不敢有奢望，对于意外失踪又意外归来的儿子也不抱有任何幻想，不相信他会有血液的流传，想到的都是阴谋。

此时，马静里看见钱家惠身怀六甲，他心里的喜悦更加突出，不仅仅是钱家惠的到来，更是他感到了自己的血脉正在潺潺地流淌，将在乔庄流淌，以后的人中间将传来自己后代不断壮大的轰鸣。他立即想到，这就是父亲马锐胜朝思暮想的结果，父亲一定会为自己的行为感到高兴，为马家儿子中又要添人增丁而自豪。郝腾龙不让钱家惠回乔庄是万万不可能的，仅就自己儿子已经出现就说明一切了，钱家惠肚腹中的儿子就是通行证，就是入关许可，他郝腾龙堵也堵不住。

马静里心里想着自己具有的实力，他要保护着钱家惠，让他和自己的儿子一起进入乔庄，任何人都不得阻拦。他心里已经下了重誓，就算是自己拼却性命，也要护得自己的女人和儿子的周全。

决心一下，马静里全身充满了力量。

他扶着钱家惠往回走，要找到那些族人们，让他们也明白自己的决心和意志。

24. 楠木木牍记：花之心为英豪。

郝东让紧急往悬马关赶去。他走之前，特地在马家院大声地喊："马静里，马静里。看到马静里没有？马静里到哪里去了？"

马静花出来嗔怪地问："你大声武气地喊叫啥？马静里总有他的事情嘛。"

郝东让闷声闷气地说："我就喊喊，看他在干啥，要不要跟我去耍。"

"到哪里去耍？"马静花随口问了一句，又接着说："马静里刚回来不久，我看也是呆呆的，你要带着他好好地耍，开朗一些嘛。"

郝东让又闷闷地说："晓得了。"

他故意的喊叫是要让马静花放心，也许什么消息会传到马静花的耳朵里，他提前大声喊马静里就是要告诉她，他很关心马静里。也许，马静里真的就死在自己的手里，自己也有足够的时间来消化这一切。

郝东让要让马静里的消失变得无声无息。因为，喊叫马静里的时候，马静花听见了，他并没有与郝东让一起离开，很可能他在别处。而在别处的马静里突然又失踪了，是很自然的事情，他曾经失踪过，现在再次失踪，也不见得就是特别的事情。转过身，他就走了。马静花也没有觉得有什么不妥的地方。她转身走到桂花树下去了，站在桂花树下远远地望着，就是远远地望着，她习惯于远望，并不一定要望见什么，天下正常，什么都没有发生。

时光不让人，总是独自飞。没有什么不能变化，除了时间的飞驰。

很多年之后，马静花再回过头去看发生的一切，恍然明白是怎么一回事。可是，时间已经不等人，快速地飞走了，像一支镖，飞去跌落在哪里不知道，也许锈蚀了，反正不再飞回来。不像婉转的蝴蝶，飞来又飞去，总在花间舞，那翅膀花纹曾经飞在眼前，可能又飞在天边，最终又飞回曾经的花丛，人们会与它相遇。时间并不是蝴蝶。不懂时间的时候，以为他就像是蝴蝶。时间看似翩翩，其实不是为了起舞，而是为了迷感。我们在时间里面装了一些什么，留了一些什么，剩下一些什么，最后也不知道了。

马静花对郝东让的认同，是把他放在英雄的时空里的。

马静花把对逃避的恐惧放在郝东让的身上来治疗，也许郝东让真是马静花的一味解药，她时时提醒郝东让，乔庄需要英雄，而郝东让也在她的生活中扮演了英雄的角色，她慢慢忘记了曾经逃跑的恐惧，对乔庄的认同感不断增强，她的生活中有父母，有兄弟姊妹，有儿子丈夫，于是，她真的很满足。开始的时候，马静花储备的英雄等着乔庄来使用，可是，渐渐地，她觉得英雄似乎也无用武之地，郝东让就成了她身边的一个人，一个男人，不再具有其他的符号。郝东让也真正地变成了一个具体的男人，一个很世俗的男人，武力的特征就像男性性征出现了变化，如一个不长胡子的肉身。不长胡子的肉身还是肉身吗？还是肉身。真的还是肉身吗？反复问上一句话，都不敢确定了，似乎是不长胡子的肉身不是肉身了，而是其他的什么东西。所以，当把郝东让放在历史时空中间的时候，他是英雄，可是，当把郝东让放在世俗之中，放在男人中间，其实就是男人。因为，英雄不是随时可以出现并且能够随时表达的。

每次看到郝东让英武离开，去做一些事情，马静花心里就很沉静。

郝东让带人紧急支援郝腾龙去了。

他明白，马静里已经到了郝腾龙坚守的地方，一定有交锋，不知道现在的情况怎么样。郝东让甚至想到，郝腾龙带的几个人是不是还在，会不会出现意外，会不会已经遭遇不测。

看到郝东让带领人员出发了，马锐胜心情非常复杂，他不敢确认马静里经历了一些什么，他最害怕的事情正在发生，他马家对这个族群做出的贡献即将被一个不起眼的人毁掉，马家的荣耀即将结束，有可能随之而来的是永远的屈辱，无法对后代交代的罪恶。马家的血脉一直流淌的是骄傲，是负责，是奉献，是无私，马静里的出现是不可饶恕的恶吗？是马家不可绕开的劫吗？是马锐胜的血液发生了根本的变化吗？想到这里，马锐胜全身颤抖，他不敢往深里想，他真的害怕。当马静里返回乔庄的时候，马锐胜就产生了害怕的心情，他怕成为乔庄的千古罪人，他更怕因为自己的家人出现问题导致乔庄消失，所以，在大家都没有明确表达对马静里的怀疑的情况下，他最先向郝北章说出了自己的担心，而且，马锐胜明白，马静里出走得不明不白，回来得不明不白，凡是有基本判断的人，都会觉得很诧异。马锐胜在与郝东让交流之后，才知道其实郝东让已经准备了很久了，这让他心里略微有些安慰。马锐胜不敢说就此天下太平，但他期盼的是天下太平，马静里无事，一切无事。不过，在马锐胜的心里，他觉得可能是自己的侥幸心理罢了，出现意外是大概率事件。

一直的惶恐不安，一直的等待变化，最终悬着的心落了下来，很疼，也定下来了。只是骨肉相残的剧本已经准备就绪。

25. 楠木木牍记：惠以血脉激里。

马静里随着钱家惠走到了藤道的尽头。

在藤道尽头的山弯里，马静里看见了钱家惠一大家族的人蹲坐在一起，地下是践踏得乱七八糟的枯叶，枯叶被踩踏进了泥浆里面，不同种类不同颜色的树叶在泥浆里出现，坚强的树叶并没有腐烂，在泥浆里面保持了自己应该有的属性，看得见是什么树的叶子。如果不是在这个季节有人踩踏，这些树叶本来就会以自己的本色出现在泥里，经过了冬季，经过了雪水的浸泡，慢慢地变得发麻，变得腐烂，然后慢慢地与土地融合在一起。可是，现在经过人的践踏，反倒是更加地坚强，泥浆在树叶上并不能够吸附，人如果踩踏的时候不小心，树叶还会变得光滑不已，要把人溜出很远。

钱家就像是这些树叶一样。没有遇到马静里之前，他们都是慢慢腐烂，谁知道马静里的出现类似于人的踩踏，激起了斗志，使钱家对未来充满了渴望。

钱家惠们一群人已经是疲惫不堪，他们顾不得地上就是踩得深浅不一的泥坑，都一屁股坐在了上面。虽然是疲惫不堪，可是当他们看见钱家惠带着马静里到来，所有人的眼睛里面都放射出聚焦的光芒，眼睛的明亮在一瞬间照亮了马静里的内心，马静里知道钱家惠们受苦了，作为一个已经有了后代的父亲，他为自己的孩子的家人们遭受的苦难感到锥心的疼痛。他走上去，跟每个人都握了握手，这个过程是漫长的，握手的人很多，每个人握手的时候，马静里都感到了他们在用劲地握自己的手，把一种信任和压力都交给了他。他觉得自己不能辜负他们的信任，他一定要把他们带领到乔庄。哪怕有千难万苦，他都要说服自己的父亲，说服自己的家族，要把已经有自己血脉的一族人留在乔庄，让他们与乔庄的人一起享受到幸福的生活。

钱家惠说："那边的路上确实已经有人在守了。开始我们看到火光冲天，不敢贸然行事，不知道是怎么一回事。我假装迷路去看了一下，结果是你们的人在守呢。"她既是对家里的人说，也是对马静里说。她几句话就把大家需要知道的情况交代清楚了，同时也把一些需要解答的疑问交到了马静里的嘴边。

马静里说："守在道路那边的就是我的姐夫，是我的二姐夫，是郝家人。他以凶猛闻名。小的时候，他就带领我们习武弄棒，武功了得。可是，他为什么在这里守候，我还不知道原因。刚才我听他说是奉我大姐夫之名在此守候，我就更不明白是怎么一回事了。说起我大姐夫，那更是了不得的人，是在千军万马之中取人首级的人，他曾经随秦军南下，不断与人作战，后来不知道什么原因就退出了军队，带领我们一个家族的人，哦，不止一个家族，反正很多人到了乔庄。为什么到乔庄，因为我当时年纪小，也不知道为什么，反正就来了。"

"你分析一下，为什么你两个姐夫会在这里，而且是在这个时候，带人守在这个道路上？平时都有人守吗？"钱家惠问他。

"平时没有人。前次我回家的时候路过这里，根本没有人守卫。不知道为什么现在带人来了。"他说。

"那为什么我们来的时候就有人守了呢？这么巧合。"钱家惠提出了疑问，这个问题也是所有的人都想知道的问题。

马静里沉默不语，他回答不上来这个问题。

"你是怎么这么巧就来了？刚好我被你姐夫抓住你就出现了？"钱家惠觉得事情太巧合了，她怀疑马静里的突然出现。好在马静里跟她一起过来了，不然她还会以为马静里已经变化了，把他们族人一起出卖了。

"哦，这个就是巧合了。我有一个侄儿，他能够跟动物交谈，他知道一些远处的消息，都是动物们带给他的，开始我也不相信，世界上哪里有人跟动物交流的事情呢。可是，我确实亲眼看见动物与他的交流，他获得的信息都被后来的发展所证明了，他确实听得懂动物的语言。最近，他神神秘秘的，总觉得有什么大事情被他知道了，我就套他的话，就知道了有人正在往乔庄方向出现，我一分析，应该就是你们，我给你们留了记号，只有你们知道有乔庄这样一个地方存在，也只有你们知道这条道路。于是，我就往这里赶来，我预计会遇上你们，然后把你们接到乔庄。可是，我明白，我们一个大家族不允许有其他人知道有乔庄这样一个地方存在，我才开始觉得事情很麻烦。我当时想，我见到你们之后再商量如何进行下一步，可是，姐夫们如临大敌的架势，使我诧异和紧张，我也不知道究竟是为了什么。"

"那就奇怪了。"钱家惠接着说："会不会是你的侄儿也告诉他们了呢。"

马静里想了想，郝巴子确实说过消息告诉了他的父亲，但是他又说自己的父亲并不怎么在意这件事情的。难道说郝东让只是表面的不在意实际上心里非常关注？原来郝巴子有什么私密的事情都给马静里说，不愿意跟自己的父亲交流，自从他父亲带他到过这里之后，郝巴子显得格外不同，他不再是什么话都向马静里倾诉了，马静里觉得郝巴子就像是藏着什么一样，很多时候似乎也躲着马静里。

现在连起来看，郝巴子把消息告诉了他的父亲，他的父亲提前做了安排，而自己是后来旁敲侧击才在郝巴子那里获得消息的，自己获得消息的时间远远比郝东让晚。两个姐夫已经做好了一切准备，把钱家惠一家族的人当成了敌人来对待。马静里感觉到了隐隐的害怕，他想，是要向两个姐夫，尤其是大姐夫郝东让说明情况的时候了。

钱家惠看见他默不作声了，就趋向前问："有难处吗？"

他摇摇头，又点点头。

"我肚子里是你的孩子，是你马家的血脉，是你的儿子，是你这一脉的生命。你难道不能把事情说清楚吗？"钱家惠很紧张，因为她的一大家人都是奔着马静里来的，没有马静里的描述，钱家惠一大家人就不会被吸引，也就不会千里迢迢地紧随而来，也不会冒着违背了大秦的迁徙政策，改变道路，从官道悄悄地走上了不知名的小道，赶来乔庄这样的世外之地。她有意说出自己的孩子，把自己的孩子放在博弈的天平上。她不是不相信马静里，可是一大家族的命运都交给自己了，是因为自己的男人。她决不允许马静里犯错误，把一大家人带进深渊。她的坚强和韧性是社会交给的，是灾难铸就的。她不怕输，她心里想的也是不能输。

"我知道。"马静里说："我会说服他们的。"

26. 楠木木牍记：让及龙藤道会，杀为首选。

郝东让赶到了悬马关。

他经过乔庄周边的时候，他才知道乔庄真的很美。自己忙忙碌碌地操心，自己结婚后隐居，在马静花的期盼之中扮演了英雄，却不再有曾经在厌倦军旅生活之后那样的日子里，四处游荡，饱瞰美色。自己以前是能够敏锐地发现哪些事物是美好的，到了乔庄久了，就渐渐感觉思维不再敏捷，对美好事物不再有那么激烈的冲动，自此陷入了凡俗不堪的日子里。乔庄草的味道、花的味道、动物粪便的味道、树因为动情而发出的刺激动物的味道、动物发情弥漫在空气中的骚的味道，自己都不能够辨析了。鼻子也会闻到味道，可是，那必须是怎样的味道啊，必须是浓香，是扑面而来的香味，是植物发出了英雄帖之后，漫山遍野的味道，这样自己的鼻子才能够得到有力地刺激，进而生发出对世界的感动。

郝东让被马静花仰望之后，反倒丧失了一些根本的感动，对这个世界构成了亏欠，也对自己构成了亏欠。现在，他突然就被深深地打动了。他在这个肃然的世界里，不是鲜花怒放的时节，不是细草拱出土面的时节，不是鸟兽交媾的时节，突然闻到了味道，异常舒服的味道，世界的味道，人间的味道。他感觉自己内心里的柔软的部分被揪住了，酸酸地疼，很疼。他举目望去，乔庄的山纵然是在冬季，也是郁郁苍苍，并没有因为季节的变换而变得完全由冷霜覆盖。乔庄，给世界准备了各种颜色。乔庄不会因为寒冷的威胁而改变丰富的色彩，不会因为寒冷而让世界变得枯燥。你看这个季节的乔庄，依然在色彩上大为铺张，大红的里面占了一些淡红，翠绿的里面也点缀了红色，就像是画笔一样，东描一点，西画一点，乔庄上空仿佛有一只大手在描绘，在控制着乔庄的色彩变化。郝东让感觉自己心里非常开阔，容得下千万沟壑，容得下千万色彩，容得下千万心情。郝东让在心里感慨，是乔庄让自己成为一个普通的人，又是乔庄让自己被迫强壮，让自己操心不已。

宏大的叙事和微观的妥协都正在郝东让身上发生。他要思考乔庄的生存未来，要扮演马静花所说的英雄，他又要陷入在温柔之中，成为马静花的男人，享受人间安稳，扶持儿孙长大。他总在左右徘徊之中找自己的支点。

看着乔庄的美景，他心里变得柔软。

可是，当前他要面临的是巨大的危机，他要硬起心肠，为乔庄，为众多的人做出牺牲。

他与郝腾龙会合之后才知道马静里已经退到藤道一边去了。重要的是，马静里为了一个女人与郝腾龙交涉，明确说明自己的血液在流淌了，在一个女人的肚子里流淌。

他不用细问，脑袋里飞快地设想，马静里离开乔庄，若干年之后返回来，还有一个女人，这些信息量足以把郝东让脑神经绷得紧紧的，他不敢细想，他感觉自己面对最困难的选择的时候到了，自己曾经的推演，对马静里的基本判断就要实现了，他非常紧张，心里非常不安。他悄悄地问郝腾龙："怎么到了那边？躲起来了？"

"一个女人出现了，我们扣住了。正在这个时候，马静里突然就出现了，他挽起了那个女人的臂膀，确认说是自己的女人。嘿，你说，真是他的女人吗？如果真是他的女人，那不就是我们的亲戚吗？我们该怎么办？他们想过来，我按照你说的，陌生人坚决不准过来，所以，马静里就被那个弟媳妇，不对，女人，拉上走了。那边具体情况就不清楚了。我在等你来。"

郝东让没有言语。沉默不仅压迫着他，他的沉默也给大家造成了巨大的压力，跟随他的人都很紧张。他想起他曾经问过马静里在外边遇到过女人没有，可是，马静里没有回答。他拒绝回答！其实他有女人。现在壁垒分明了，两边的人，由于马静里这样的特殊成分，达到了你中有我，我中有你。而郝东让这边并不知道对方的任何情况，对方有马静里的加入，对这方的情况了如指掌。

"人多吗？"很久，郝东让问了一句。

"不多。看见的就一个人，一个女人。"郝腾龙回答。

"不可能。在这样的深山老林里面，一个女人横穿过来的可能性几乎为零。应该是有大部队的，就是不知道有多少人，他们的来意是什么。"郝东让说。

"我也是这样认为的，可是，我们看不见对方，对方有可能在某个角落可以完全看见我们。"郝腾龙顺着他的话说。

"大家要加强守卫，要密切关注对方的活动，要做好打仗的准备。"郝东让又对郝腾龙说。

郝腾龙马上就又把人员分配了一次。

"现在就这样守住吗？该怎么办呢。"安排完人员之后，郝腾龙看见郝东让一个人面对着深渊沉默，他走到了郝东让的身边，既是询问也是关心。

"马静里是什么人啊？你知道吗？"郝东让没有正面回答郝腾龙的话，他目不转睛地看着远方，问旁边站着的郝腾龙。

"我咋知道呢。我不知道。马静里为什么走出去，为什么走回来，我都还没有摸清楚呢。反正，他走了是家里最大的伤痛，他回来，是家里最大的喜悦。你看，大姐和马静蕊显得多高兴啊。"

"嗯。高兴是她们女人的，不高兴是我们男人的。女人的高兴在血脉失而复得的浅层次，我们的不高兴也在血脉上面，却是在能不能保证血脉通畅并永远完整的流传之上。可是，如果另外的血脉要在乔庄这里流淌，就会影响到我们族群的安全，这是很根本的。一个族群的毁灭，既可能因为政治而来，被强大的统治者灭族，最终一个支脉全部消失。也可能因为族群之间互相屠戮，为防止幸存者给后来的族群带来麻烦，便会使用灭绝手段，把一个族群全部消灭掉。当然，一个族群的毁灭，也会因为内部的残酷纷争，内部的厮杀拼斗，最终几败俱伤，家族式微，血脉微弱，族群分崩离析。我不敢保证我们现在面临的是哪种局面？你认为呢？"

郝腾龙听了郝东让一大篇阐述，他自己也没有想过这些事情，他说："我不清楚呢。我只听你的，你说咋办就咋办。"

郝东让长长地叹了一口气，他说："腾龙，你不知道，丈人和爷爷都有预感。尤其是丈人，他对马静里的来去忧心忡忡，他已经不完全是陷在了血脉的简单的圈子里，他是对整个乔庄的担忧。这是大的担忧，是对一个族群，一个血脉未来的担忧。爷爷奋笔疾书，把乔庄的有关情况都记在了木牍之上。当然，也会把你我记在木牍之上，把一切都记在了木牍之上。如果，记到了马静里这一节，会是怎样的记载，谁都说不清楚，爷爷现在能够做的事情就是把历史记录下来，留给遥远的将来。将来如果族群还有幸存者，就会把今天的事情摊开来，最终获得今天的所有密码，还有寄托，还有希望。如果将来族群不再存在，没有人来怀想，没有人来寄托，没有一股血脉的流淌，所有的记载有什么意义？别人看见也就仅仅是看见了，从而异常好奇。为了族群，你说，丈人会把自己不好的东西留给未来吗？丈人马锐胜是不敢把马静里毁灭乔庄的事情放在未来，那他定会死不瞑目，在天上或者是地下都不得安生。今天，可以明确地是，马静里把人带来了。马静里把我们都不知道的人带来了。马静里把异物带入了乔庄。我们是时候了，要斩断脐带，割断亲情，痛下杀手的时候了。马静花一直以来敬我为英雄，我成为她的英雄不是战死沙场，而是手刃她的亲弟弟。痛由何生？痛由此生。"

郝东让一下话说得郝腾龙肝胆俱裂，寒意连生。他不知道的事情很多，而自己的丈人要对自己的儿子下手，自己的连襟要对自己的妻弟下手，对他来说，都是残忍的。纵然郝腾龙壮硕有力，心里的承受能力也有限度。听着这番话，他不敢回嘴。

他又忍不住要核实真伪，颤抖着声音问："丈人真是这么说的？他已经下定决心了？要你我一起除掉马静里？"

郝东让严肃地看看郝腾龙，又严肃地看着远方，陷入了长久的沉默。

郝腾龙知道一切都无法挽回了。为了乔庄，为了族人的安全，杀人成了首选。

27. 楠木木牍记：章胜对谈，揣测未知。

夜晚像铅一样压在人们的身上。

站着、坐着、睡着都感觉被重物挤压。

郝东让和郝腾龙睡不着，马静里同样睡不着。

虽然在桥的两端，但是，必然都面临着如何进行下一步的思索。

马静里此时才觉得，隐瞒是世界上最愚蠢的行为。这个世界确实有隐瞒成功的，并且永远隐瞒成功了，那些秘密永远无法大白于天下。可是，大部分人自以为隐瞒得很好，足以把自己都迷惑了，却不知道世界上能够及时洞察那些隐瞒者的人却是默默地存在，有时候是为了下一步很大的棋，等着秘密自己暴露，或是期待隐瞒者自己坦白。有人洞察了一切，始终不说破，是为了等待一个更大的契机出现，这个契机是什么，是天意，也许是人意。马静里自发现郝腾龙守住要道的时候就知道，自己所谓的处心积虑的算计，都被别人算在了里面，而自己并不知道。自从自己回到乔庄，自己就被放在一个局里面，自己始终不知情。

大姐夫郝东让杀气腾腾的样子和阴鸷的眼光，都足以杀死他，他还以为是一个曾经的军人习惯性的表情而已。

他此时最想的事情应该是当他回到乔庄的时候，及时把真实的情况告诉自己的亲人们，让他们知道自己经历了一些什么，遭遇了一些什么，把自己遇到了爱着的人告诉家里，家里应该能够体会到一个成年男人成熟的喜悦。可是，自己并没有诚实地说明一切，而是隐瞒了大家都想知道的实情。其实马静里一回到乔庄，他就看见了大家眼睛里面露出来的疑惑，而解答这些疑惑的只能是马静里自己。马静里是不敢说吗？也许当时他看到了众多人眼中的疑惑化作了不信任，化作了担忧，故而不敢说了。马静里尤其是从郝东让和自己的父亲那里看到了更大的危险，于是他想一不做二不休，把生米煮成熟饭，等到事情已经发生，再来说明白。

他看到郝东让的眼睛里的光芒一闪一闪的像是一把把的刀，挥舞着，要把自己削成肉片。他知道自己的父亲虽然不曾正面看自己，却在后面窥视自己，在剖析自己，在用一种算法测算自己。自己的家里虽然有母亲和姐姐的爱护，可是两个举足轻重的人却对自己不冷不热，他感觉到了恐怖。他想，也许自己的爱人来到了，为马家填了丁口，他们自然会另眼相看的。他自己片面地相信亲情和流淌的血脉足以抵御一切伤害。当郝腾龙逼着自己退出去，不准自己的女人进入乔庄的时候，他才知道，乔庄虽然只是一个地名，承载的并不是一个地名那么简单的东西，那是一个归宿的称呼，那是一个脆弱的所在，那是保护族群精脉的地方。

马静里睡不着，钱家惠就在他的身边。本来是一个久别重逢的夜晚，可是，他们并没有重逢的冲动和喜悦。夜深了，天空并没有亮光。马静里的世界里一片恍然，不知道自己身在何处，不知道自己身体是悬浮在暗黑无边的虚空之中，还是实实在在地处在地面之上。他感觉到了眩晕。他努力地平息自己的想象，他害怕自己乘着想象的虚空而去，撂下了一无所有的钱家惠，撂下了不顾一切追随而来的钱家惠。他拼了命地摇晃自己的脑袋，试图使自己清醒过来，可是，他发现自己越是摇晃，越是眩晕，越是不能醒来，他着急，他愤怒。也许是旁边的钱家惠发现了他的异常，使劲揪了他，他才从深渊漂了上来。

马静里转身抱着钱家惠，对钱家惠说："对不起，我不知道会是这样的结果。明天，对，天亮了，我会说服对面的人，顺利地进入乔庄的。家里的姐姐和母亲都会等着我们。"

郝东让此时也躺在地上，眼睛盯着天空。天空中是巨大的黑。郝东让心里也配合着天空，呈现着巨大的黑。郝东让听着旁边的郝腾龙鼾声如雷，他想，这真是一个心胸宽大的人。他知道，如果自己不来的话，郝腾龙是绝对不会睡着的，自己来了，郝腾龙就有了放心的理由，他能够睡下来，睡过去，都是有道理的。乔庄是一大族人栖身之所在，过去他以为乔庄绝对隐蔽，不会被发现，里面的人尽情地生活着，所以他当初选择背着马静花开始奔跑，过自己的清静生活。不曾想，乔庄是脆弱的，乔庄一族血脉要抵御野兽侵袭尚且能力不足，现在有人出现在乔庄之旁，更加表明了乔庄的脆弱。郝东让历经战争，看多了连横合纵，看多了两面三刀，看多了成王败寇，看多了兄弟反目，他太明白人心之险，人性之恶。他感觉最不敢惹的就是人。当初他示意郝北章走为上策，就是要避开与人争斗，保存一脉。从大的方向上来看，乔庄一脉人应该是和睦相处，不见得有刀光剑影。可是，现在有另外的人进入乔庄，将来乔庄的格局如何变化不得而知。

郝东让还没有见到马静里，他还不知道马静里是什么情况，现在的郝东让已经把马静里自然地归入到了对方，已经不是心理作用，而是现实，是郝东让看得见的现实。郝东让心里想，马静里一方有哪些人？都是些什么人？是全部就地消灭？还是放进乔庄？要让他们全身而退是不可能的，返回去的风险是不可控制的。一条无人知道的路线被暴露了，会不会有大量的人员进入到乔庄？到时的乔庄就更加不安全，形势岌岌可危。他心里喟叹：难道说，乱世之间，人不如世间野兽，居无定处，面对危险，只有不断地迁徙和逃亡？

郝北章和马锐胜也是不眠之夜。师徒两人整夜枯坐，分析判断，找解决办法。

马锐胜与郝北章把木牍翻过来翻过去地查找，十多年来乔庄的异象都被记载在一卷一卷的木牍里面，他们试图从这些异象之中看到一个明显指引的道路。马锐胜觉得自从到了乔庄，在关键时刻自己也有捕捉到来自天空的暗示，确曾预示了很多的事情的发生，这些也被郝北章记载在了木牍里面。马静里失踪和返回都被马锐胜一遍遍地预测，在虚空之中似乎也找到了答案。去也去了，来也来了，都是无法更改的。当马锐胜当初把自己获得的信息交予郝北章的时候，他赓即就记进了木牍里面。木牍有很多的分类，他犹豫了很久，不知道把这个内容记在什么类别之下是合适的，最后，单列了"反骨"一类，记在新的项下。马锐胜看见分类，只是觉得反骨这个词语很刺眼，没有说话，随即又想，不是反骨是什么呢？自己也找不到合适的词语来表达对马静里的定性，也找不到一个词语来表达对马静里异常往来的启示。

马锐胜曾对郝北章说："启示显示，马静里必须出走，马静里将会回来。"这是马静里突然失踪的时候马锐胜道出来的信息。郝北章不说话，把它记载下来。

马锐胜又曾经对郝北章说："马静里回来，不会是一人。只是现在回来的时候是一人。启示是这样的结果。"这是马静里已经返回乔庄的时候，马锐胜告诉郝北章的信息。郝北章诧异，但也不说话，把它记载了下来。

郝北章验证了马锐胜的第一个信息，马静里确实回来了。郝北章认为是偶然。马锐胜思子心切，一个良好的愿望，最后实现了愿望，但不能够说明马锐胜就能够准确捕捉马静里的行程。

但是，说马静里不是一个人回来，郝北章起了疑问。他还是如实记录下来。

面对过去的记录，两人都保持了缄默，之前的种种怀疑他们没有告诉下一辈人知道。他们不知道自己是怎么了？是对即将到来的一切的无能为力？还是觉得该来的一切是会来的？他们对乔庄即将到来的变化是持绝望的认知吗？

郝北章曾经豪放豪迈和气势如虹的性格，在迁徙中、在乔庄的静谧中，变得谨小慎微了。他对过去的唏嘘和对未来的变幻莫测，都影响了他主动出击的勇气和决心了。他现在唯一的锐气就是在木牍的记载里，畅所欲言，把自己的、别人的、玄幻的、现实的、发生的、预测的都统统记载下来，凡发生的都有缘由，凡可能发生的都有预兆。这就是为什么郝北章会和马锐胜翻阅木牍的真实意图。

"我们不告诉郝东让他们这些信息，可是他们也有自己的渠道获得了相关的信息。上天是不会把信息只通过一个管道交给一个人的，它会把信息播撒在天空，有缘的人总会获得的。郝东让不就获得了信息了吗？老师，依你看，这件事情怎么收场？"马锐胜向郝北章说。

"你认为呢？"他并不接马锐胜的话口，仿佛是把一个刚出火坑的面馍交到了马锐胜的手里。

"这次转来转去都是在我马锐胜的锅里面。老师。你看，不是我的女婿就是我的儿子。"马锐胜沮丧地说。

郝北章没有说话，不对马锐胜说的话有任何的表示。

"可是，老师，我是这样认为的，虽然关键之处在我马锐胜的周遭，但是，事关乔庄的大局。不知道我说得对不对？老师你来帮助我理清思路，谋划周详。"马锐胜眼睛紧紧盯着郝北章。

郝北章当初在咸阳是他们依靠和依赖的对象。在咸阳，在复杂的环境里，只有郝北章可以决断一切，并每次带领大家逢凶化吉。从咸阳出发逃亡，直到乔庄，郝北章仿佛用尽自己的智慧，掏空了自己的力气，身体还在，意志已垮。任是他郝北章这样的人物，最终也没有管住自己的嘴，祸从口出，几句话，甚至于一句话，就把在咸阳的根基动摇了。现在的郝北章本可以随性说话，却变得惜墨如金了。

他沉默良久，对马锐胜说："残躯也要有价值。走吧，我们是不是也到他们到的地方去。总可以有个了断，不至于手足相残吧。"

"老师，我其实把一些隐隐的信息传递给郝东让了，我不能够让他们打无准备之战。我给郝东让一个口子，包括杀无赦。当然最终结果就看他们的智慧了。"马锐胜艰难地说出自己的意见。

郝北章没有接着话头说，而是转一个话题，对马锐胜说："说就说了，一切看缘。我们边走边说吧。如果我们抵达，事情已经发生，那就本该如此，如果我们到了，一切都还没有出现，转圜的机会在他们年轻人手里。"

"老师，我已没有退路。现在动员的是整个乔庄的力量，可是，实际上却是在我马锐胜的家里打圈圈，不是儿子，就是女婿。不管是哪种结果，我都对不起乔庄，对不起乔庄所有的人。别人怎么看我，我怎么解释，马家自此抬不起头了。老师，我成了罪人。马家的世世代代都将成为罪人，遭人谴责，遭人谩骂。"马锐胜说。

"一代人长成，心理世界变化多端，已经由不得我们了。也许，今天我们往藤桥走，还有最后的作用，还可以有最后的功德。至于乔庄的人们如何议论，后面再说，走一步算一步，总有解决之道的。"郝北章安慰着马锐胜，马锐胜低着头，双肩松动，口里抽噎。

28. 楠木木牍记：马家之血要归乔庄。

天最早亮的地方是山尖。仿佛那亮光是被山尖一下子刺破之后漏下来的。随后所有的山谷跟进，亮光一下子就把山脊铺完，把山谷全部填满。光占领了世界。人们的愿望就是有光。光来了，希望就来了。

郝东让整夜未睡，他看到了黑暗和光明是如何进退的。黑暗盖住光明仿佛就是一瞬间，光明驱走黑暗却要用很长的时间，僵持是早晨阳光和黑暗互相较劲的状态，山尖刺破天空的黑暗，光明才像是沙漏一样，铺展开来。无眠的郝东让看着光影交战，他内心深处跟随着光明的变化而变化，他心里不断地想着如何应对马静里的挑战，要不要痛下杀手。

郝东让对郝腾龙说："去吧，让昨晚守护道口的人都到僻静的地方睡一觉。不管怎么说，该来的事情总会来的，要养好精力，随时准备战斗。"

太阳升起来了，马静里出现了。

马静里是两个人一起走过来的。

马静里从藤道的那头走过来的时候，郝东让想起了曾经在这条路上走过来的乔庄人。那群人历历在目，从咸阳过来，历经千辛万苦，人们都是极度信任地跟着走，跟着前面的人走，他们不知道要到哪里去，但却都把信任交到了带路的人身上。现在的马静里走过来了，他带着一个女人，他方向明确，就是要进入乔庄，带着身边的人，乃至于身后的人，一起进入乔庄。郝东让看见马静里带着的女人已经身怀有孕，肚子鼓鼓的。女人的表情异常坚毅，带着视死如归的决心。郝东让心里对这个女人感到惊诧，感觉是不简单的一个人。对比身边的马静里，却看不出来有多少的表情，整个身子显得僵硬，衣服就经过了短短的一个晚上，却尽显脏乱。

郝腾龙大声说："马静里，你站住，不准过来。"

他没有听话，继续往前走，郝东让也没有再说话，观察着他。

他手牵着钱家惠的手，两只手握得紧紧的，两人坚定地一直往前走，走到郝腾龙们架住的荆棘前。他站住了，钱家惠也站住了。

马静里大声说："两个姐夫，你们看见了，我手里牵着的就是我的女人和我的娃。她叫钱家惠，她肚子里的是我的娃。你们是我的亲人，她也是我的亲人。我要带她回乔庄。"

郝腾龙说："你哪里说过你有女人你有孩子？乔庄是你想来就来想走就走的吗？"

马静里说："我没有说并不等于我没有。我来往乔庄都没有什么对不住乔庄的地方。我有了孩子，我要把他带回乔庄。"他反复强调自己的理由。

250

郝腾龙对不上话来，眼睛朝着郝东让看，可是郝东让并不发表任何的看法。他不与马静里对话，他是要看看马静里的表演。

果然，见郝腾龙没有答话，马静里又开始说："我们乔庄最看重的是血脉的延续，我作为马家院的儿子，承担着为马家承续血脉的重任，不娶女人是不可能的。钱家惠现在肚子里面怀着的就是马家的血脉，是马家真正的血的流淌。"

马静里说完之后，有意顿了顿。其实，他的意思相当明白了，他话中有话，虽然郝东让、郝腾龙都与马静里的姐姐结婚生子，可是，后代却都是姓的郝，而不是马。一族之繁衍不就是乔庄的大事吗？不就是来到乔庄的那些老人们最揪心的事情吗？马家的人要带自己的后代回家，而异姓的郝家人却要阻拦。马静里挑战的意味很浓。

"孩子有错吗？你们阻止他和他的母亲进入乔庄，是要把乔庄自己的血脉阻止在乔庄之外吗？"马静里越说似乎越有了底气。

"孩子没有错。孩子的母亲也没有错。你结婚生子繁衍，保证马家繁茂更没有错。"郝东让开始接话。

"那就把荆棘拖开，把道路畅通，让马家院的主人回来。"马静里咆哮着说。

"可以，如果仅仅是孩子和他的母亲。难道你背后没有人了吗？你是不是又在撒谎？你因为撒谎，就不值得信任。"郝东让一针见血地指出马静里的把戏。

"难道说孩子的母亲就没有母亲吗？难道说孩子的母亲就没有父亲吗？难道说孩子的母亲的母亲就没有母亲吗？孩子的父亲的父亲就没有父亲吗？"马静里说得很绕，说得义正词严，把他内心的藏着的想法暴露出来，也明确表达了不是他的妻子和儿子进入乔庄，而是大批的人，一个家族的人，都要进入乔庄。

郝东让被他无耻的言辞激怒了。但是，面对着的是马静花的弟弟，就算是下手，也要对得住自己的内心，郝东让表现出了极大的克制，他不能轻易让马静花失去自己的兄弟。

"究竟有多少人？"郝东让突然问了一句。突兀的一句话，令马静里摸不着头脑，因为这句话与刚才说的话搭不上调，朝向了另外的方向。

顿了一下，马静里朝向钱家惠，钱家惠悄悄地说："有三十多人吧。"

"三十余人。"马静里重复了这句话。

郝东让心惊肉跳，这不就是当初郝北章带领赶往乔庄的人数吗？是一个不小的族群。

"偌大的乔庄容不下这区区的三十余人吗？"马静里说。

郝东让断然说："容得下，但容不下这么多的心。所以不行，坚决不准进来。"

"那就返回去？让他们把这条路走成大道，让所有的人都知道这里通往乔庄。"马静里总是能找到郝东让最忌讳的软肋。马静里回来的这么长时间里，初步摸清楚了郝东让最不放心的就是外面的人的进入，最不放心的就是曾经秘密连通乔庄的小道被利用。乔庄初期的时候，大家还都放心，认为乔庄是最安全的地方。可是，就算是郝东让与马静花在山谷的岁月里，都在为乔庄的未来操心。一代人渐渐长大，郝东让觉得自己也正在慢慢变老，心力交瘁。马静里的进进出出，来去自由，他当初能够走出去，现在又能够走回来，道路已经烂熟于胸。马静里情急之下说出这番话，无异于告诉郝东让，曾经他视为固若金汤的乔庄也是不堪一击的。今天有人返回去，明天就有人走进来，这是对郝东让赤裸裸的威胁。

"不准回去，不准进来。"郝东让被他的挑衅激怒了，口里怒吼。

"那如何办？有没有两全的办法？我要进来，你不准。我要出去，你还是不准。"马静里挑衅味道很浓。

"杀！"郝东让说出了自己心里早就埋下来的语言。覆水难收，一言既出，孽障顿生。隐藏在马静里背后的一群人突然冒了出来，吼声如雷，一时间，山谷里人声鼎沸，两边的人都吼叫起来，互不相让。

开始还只是嘴里在叫。两边的人看似挤挤攘攘，其实都是做的一个动作，因为有面前的荆棘隔阻，两边的人是挨不到一起的。双方不过就是虚张声势而已。

郝东让抽出了刀来。郝腾龙也抽出刀来。

形势一下子紧张起来。马静里想不到自己的两个姐夫竟然真的举起了屠刀。他大惊失色，口里疯狂地吼道："要干什么？要杀人灭口吗？要亲情相残吗？你们还有当哥哥的风范吗？"

郝东让和郝腾龙的刀并没有刺向任何人，马静里背后却有人大喊："妈的，要杀就杀，凭啥只能是你们居住在这里，这里是上天给的，谁都可以占有的，你们来得，我们也来得。"

听着说话的当口，就见一个人飞奔而来，跃身而起，直接跨过荆棘，直冲郝腾龙而来。来人身轻如燕，腾空而起，腿脚并用。郝腾龙没有想到，居然有人跃得过障碍，而且如此迅猛。郝腾龙条件反射地一躲，才发现那人来势虽猛，其实在要抵达郝腾龙的一瞬间控制住了自己的身形，居然轻松落地，站在郝腾龙面前。郝腾龙和郝东让都大惊失色，来人武功确实非同一般，是打架的一把好手，而且不惧一切，单枪匹马，勇猛无畏。

电光火石之间，郝东让立即把刀挺出去，架在了来人的颈部，大喝："不要动，动了就让你头身分离。"

"不得动。动了就不是钱家的种。"来人很硬气。郝东让心里产生了触动，自己当初不也是这样过来的吗？

那边开始还依靠在马静里身边的钱家惠突然疯一样冲出来，跑到荆棘前面大声喊："家虎。家虎。钱家虎，不要冲动。对面哥哥，不要冲动，那是我的兄弟，我们是一家人。"

郝东让才知道冲出来的人是钱家惠的弟弟钱家虎，确实像虎一样猛烈。但是，虽然表明了身份，郝东让的刀没有偏离颈部，他内心已决，倘若有人敢动摇乔庄的根基，他绝不含糊，会一刀索命。

"你拿刀算什么本事？有本事我们直接单人挑战。"钱家虎颈项硬硬的，并不服气。

郝东让四处看看，看清楚周围人的现状，看清楚对面其他人的行动，他不是一经挑逗就会丧失理智的人。他看见对面的人都捏紧了拳头，手里拿着石块、木棍。长途奔波的疲惫之人，从秦国一路移民而来，随时都被监视，随时都被检查，不可能有利刃在手，所以，郝东让心里就好受一些，至少在武器上他们不占据优势，郝东让这边的武器都很锋利。

"好。敬你是条汉子。给你一个机会，我安排一个人和你单挑。"郝东让既是对钱家虎说，也是说给对面的人听的。这其中有郝东让对钱家虎的惺惺相惜，也是给马静里一次机会。总之，做出决定的郝东让心情是复杂的，连他自己都不知情绪在如何变化。

话说完，郝东让示意郝腾龙做好准备，郝腾龙把手里的武器交给其他人，紧了紧拳头，捏了捏手臂，走到钱家虎面前，郝东让才把刀从钱家虎的颈部移开。

钱家虎果然是条汉子，挣脱刀锋，立即走到了空旷的地方，摆开架势，等着郝腾龙。郝腾龙也不示弱，捏紧拳头就迎了上去。

29. 楠木木牍记：老则老矣，和解为要。

郝北章与马锐胜不知道前方已经发生了什么，但是，他们别无选择，只能够一心一意地往前走，很多时候，走是一种态度，也许前面的变化已经不能预料，但走着就会心安。没有站着不动或者停滞不前就能解决一切问题的，走着走着可能就把问题解决了。很多的问题，包括心理问题都在不停地走着走着解决了。郝北章和马锐胜虽然心情沉重，但是在大好的美景面前，也不得不深深地呼吸着，空气中充满了宽心的味道。郝北章说："锐胜啊，到了乔庄之后，我基本上就没有四处走动了。乔庄一代新人已经成长，我们已经过气了。我高兴自己过气，我高兴乔庄的美好未来。我这一生的使命，就是把该记载的和不该记载的，都记载下来，可能很多是我自己的目光所及，并不是真实的一面，但是，我要把这些留给未来。锐胜，我记载了很多东西，有一些连你也是不知道的。不过，那些东西我会把它们带走的，不会留在世上。你觉得呢？"

"老师，我觉得该留下来的还是要留下来，不要让它们消失。虽然老师觉得是按照你自己的眼光和你自己的想法记载了下来，可是，你的阅历，你的见识，足以影响我们。假如将来的后代们能够在你的认识里面获得更多的养分，不走弯路，岂不是更好？"

郝北章说："留给将来是不是都有用？不可知啊。"

马锐胜说："未来应该是现在延续的未来吧。"

郝北章说："未来毕竟是未来。想想，如果人还是这样的肉体，山还是如此的高耸，水还是朝着如此的方向流走，大概率我写下来的东西还有一些用。可是，最大的变化是人心，人心还是不是今天的样子？人心变了，一切就都变了，可能这些记载下来的内容就一无是处了。"

听了郝北章的话，马锐胜忧心忡忡地说："老师，那会是一个什么样的时代？我不敢想象。但是，尽管如此，老师，你的思想还是要留下来。那些记录是你的思想的表达，我觉得应该对后人是有好处的。就算对后人一无是处，你的文字总是给后人一个念想吧。"

郝北章不置可否。

紧走慢走，马锐胜感觉他的速度并不是要紧的速度，走似乎是一种象征意味，就是要去那个地方，至于赶上了什么，错过了什么，都不是关心的内容，遇上一种结局就认同那种结局吧。所以，马锐胜也就适应了郝北章的速度。

其实，有很多时候，并不是我们要在一个紧要的时候赶到，应该说，赶上的每一个时间都是紧要的时间，也是刚刚好的时间。

郝北章心里一直盘算着时间，他在想一个问题，假如他与马锐胜尽快赶到了，刚好一切才刚刚开始，他们该如何应对？不如让该发生的和不该发生的都发生一会儿吧，如果变得无法收拾就不再收拾，如果在推进中起了变化，就居中用力，两头就走到了中间，事情就算完美。郝北章想，尽管一直以来，都害怕乔庄被外来的力量影响了，可是，就像当初出走咸阳一样，谁也无法阻止一种后果的到来。

倒不如走走路，看看景，散散心。

一代人只管得住一代人。下一代也只能在自己的委曲求全中获得经验。

想到这里，郝北章说："锐胜，我们不如坐下来歇歇？"

"好啊，老师，我正要说您走得远了，身体乏了呢。来，老师，坐在这块平展一些的石头上吧。"

郝北章依了马锐胜的，慢慢地坐下来。马锐胜也贴着郝北章的旁边坐下来。那么高的山，走着站着看它，竟然觉得高耸入云，需仰望才可以看见山尖。现在人坐下来，感觉山也随之坐下来，再看也不觉得那么高了。郝北章对马锐胜说："你觉得山是不是也像我们一样坐下来了？感觉我们可以与山一起对话了？"

马锐胜看了看山，又看了看自己，顿悟一般："老师，你真是心灵通于万物，真是这种感觉。山似乎应和我们的心灵。群山仿佛慈祥，陪我们坐下来了。"

"我们静息一会儿吧。"郝北章说。

于是，郝北章和马锐胜都不再言语。少顷，马锐胜悄悄地看郝北章，看见老师双眼微闭，满脸的微笑和祥和。马锐胜心里一惊，眼泪流了下来。他赶紧微微转身，擦掉眼泪，赶紧闭上了自己的眼睛。马锐胜自认为自己能够听懂天空的语言，能够与天上的神沟通，随着年龄渐渐变老，与大自然通灵，他感觉渐渐迟钝，是焦虑和惧怕蒙蔽了自己的心灵，他杂念甚多，已经丧失了作为联通神灵和人间的使者的能力。

时间在流失。山与郝北章的对话在进行。郝北章感觉到山的包容，一切进入山中都能够找到一处容下自己的地方。郝北章感受到了山的阔大，他不动声色，心里想着："人并不是山中最活跃的动物，人在山中是渺小的，进入山中渐被淹没，瞬间消失却并不会惊动任何山中之物。乔庄是我们的又不是我们的。我们进入乔庄之前，乔庄有主人，我们进入乔庄之后，我们不一定完全是乔庄的主人。"郝北章脑海里不断地出现与山的对话，他把自己的疑虑都和盘托出，冀望能够得到解答。

恍惚之中他听见山说："谁也不是谁的主人。我不是你的主人，尽管你死后要埋进我的腹地，享受我给你的覆盖，给你的消解，给你的寂灭，但是，我不是你的主人。你也不是我的主人，尽管你到达此地，开发我、利用我、美化我、耕种我，在我的身体表面栽种上我原来没有的种子，养活了一批野生的活物，但是，你并不是我的主人，你也不能左右我的变化。你来之前我是我，你来之后，我仍然是我。你不来，别人也要来。你来了，也不能阻止别人来。你填不满我的沟壑，你也填不满别人的欲望。来者自然会来，去者自然会去。一切如法，一切皆法。我不是法，我是法。你是你的法，也不是你的法。世间万物都是互法而已。"

"难道外来的力量不会对乔庄构成毁灭性的变化吗？"郝北章感觉自己在大声地喊叫。

"没有什么可以造成毁灭。种子飘得再远，都会着床，都会发芽，都会开花。乔庄也是。没有什么可以毁灭乔庄，都不能。"

声音越来越小，直至消失。

郝北章一身大汗淋漓，口里尖锐地呻吟，不比往常。马锐胜大吃一惊，马上起来扶住他，只觉得他全身颤抖，像是惊惧，又像是喜悦。

"老师，老师。"马锐胜不住声地喊，叫魂一般，怕老师被什么脏东西缠住了。

"哎——"郝北章长叹一声，醒过来，看着马锐胜，满眼的疲倦，马锐胜着急地问："老师，怎么了？"

"被山困住了。"

"你怎么被山困住了？你动都没有动。"马锐胜不解。

"山魂吧。我的魂与山的魂交锋了。"郝北章说，然后陷入了沉思。

其实，马锐胜只是看见老师很疲倦，沉睡了一阵。大概是做梦吧。从来没有听说过老师有什么异能。也许真是一场梦，一场空洞的梦。

"老师，还走吗？我看你有些疲倦，大概是最近没有休息好的缘故。"

"不妨。我突然觉得现在要好得多了，起身吧。走，我们去看看年轻人的事情，也许还有机会促成好事。"此时的郝北章心里已经有一个朦胧的答案了。对，没有什么可以毁灭，一切不过是重生而已。

30. 楠木木牍记：钱家虎血战郝腾龙。

钱家虎和郝腾龙直接就打了起来。对面观战的是马静里、钱家惠他们。这边是郝东让他们。他们都各自紧张地看着一切，看的人比打斗的人更劳累。

钱家虎气势汹汹，大有一口把郝腾龙吞下去的气势。郝腾龙也不示弱，举起拳头就迎了上去。

钱家虎此时心里想的就是一鼓作气拿下郝腾龙，因为只有拿下郝腾龙才能够与郝东让说上话，也才有话语权。如果输了，他后面的所有人都没有了退路。钱家虎心里想的就是千里迢迢赶到乔庄，现在进也进不去，退又无法退，只有以死相搏。首战必须战胜，甚至不惜死战，他抱着必死的念头，要为自己的姐姐和一族人创造机会，确保能够说上话，掌握战争的主动权，灭了对方的威风，才有机会把一族人领向乔庄，才能够找到栖身之地。

念及此，钱家虎拳拳照着郝腾龙的要害处进攻，他确定的思路是只要能够击到对方致命的地方，就算不顾自己的身体会被击伤的危险，也要拼了命向前冲。郝腾龙只觉得对方拳拳朝向自己的脸部和头部，而对方身体的腹部、裆部都暴露在郝腾龙的攻击之下。这种玩命打法，如果郝腾龙击中对方，自己也会同时被击中，而且会被击中头脑，两败俱伤。他被对方不要命的架势惊住了，哪里有这样打仗的？这是追求的共同赴死。郝腾龙不敢硬拼，只好连连后退，可是，那钱家虎是紧紧相逼，毫不手软，郝腾龙是退无可退。

郝东让也很吃惊，他没有想到钱家虎会是这种拼命打法，看见郝腾龙一退再退，不由得为郝腾龙捏一把汗，他也不知道该如何办。眼看见钱家虎不管不顾，郝腾龙也做好了奋力一拼的想法，他背后是乔庄的一切，此时已经不单单是两个人的比拼，而是反对侵略和侵略之间的战争，战争就会流血，战争就会有牺牲，死亡是为家乡的安定准备的。郝腾龙不再后退，他举起拳头冲进去，冲进了钱家虎密集的拳头组成的攻击网里，钱家虎的拳头在郝腾龙的头上、脸上哐当哐当地撞击得响亮，郝腾龙的拳头也狠狠地击打在钱家虎的肚子上，只听见拳头打向肚子时嘭嘭嘭的响声。两个人都是用了全力，击打的次数随着时间的推移和用劲的大小而变化，开始密集地击打变成了慢慢地敲打，最后，两个人都倒下来，像山一样倒下来，委顿在地。

郝东让立即安排人去照顾郝腾龙，钱家虎躺在一边，痉挛着却无人问津，任由其挣扎。钱家惠看见自己的弟弟倒地不起，似乎伤势严重，着急得扯着马静里的手臂，要爬过荆棘来救钱家虎，被马静里一把拽住。可是钱家惠后面的人却猛烈地扑过去了，马静里来不及拦住，一群人用棍棒挑开荆棘，洪水一样冲了过去，郝东让大喊一声："杀！"只见两边的人一下子就像是一团风裹住了落地的树叶，旋转在一起，起起落落，一会儿看得见树叶，一会儿看得见风，一会儿分不清谁是树叶谁是风，反正都卷成了一团。双方互不相让，郝东让是为了保卫家园，不让外族人进来，所以誓死战斗；钱家惠一方是为了一族人有落脚之处，不至于颠沛流离，再加之要为钱家虎报仇，所以也是拼死进攻，都把所有的力量贯注在了战斗上面。

马静里见事不对，马上着急地喊："哥哥，姐夫，不要动手了，停下来，好好地说。"可是，马静里的呼喊在双方的吆喝声中被忽略了，并没有起到任何作用，他无力阻止结局的发生，他的哀号没有被听见，没有被重视，因为，此时的双方杀得眼睛通红。

山中的空气被搅动了，在乔庄的亿万年的时间里，都是保持着一种宁静，就算跋山涉水而来的郝东让发现此地并带领一族人来到此地，是静悄悄地到来，带着敬畏之心进入的，就算那次漫天的大火，也是无心之失，并不是有意为之的。此处没有经历过人的剧烈地呐喊，没有人与人之间的较量，今天在这里的大战，却是人类自己主动进行的一次大战，是保卫家园和寻找栖息地之间的较量，是人类自私的领地意识之战，是先到者与后到者之间的一场战斗。人类族群自始至终伴随着你死我活的战争，没有一个时代是温情的，死亡经常与人类如影随形，人类亿万年不能够大规模地增长，恰恰就是死亡造成的。死亡是一种从头到尾的威胁，和解是人类最不好实现的词语。

战争搅动了大自然的宁静，山间的云开始飞一般地飘

走，山间的天空开始阴暗下来，山间的鸟凄厉地鸣叫并胡乱
飞翔，山间稠密且浓重的雾从地下、石缝里、树丛中冒了出
来，在雾与天空合拢的瞬间，天空啪啪啪地响起了雷声，雨倾
盆而下，直接击打在每个人的头上、脸上，雨水淋得人喊不出
来，睁不开眼睛，出不上气来，可是，每个人的拳头还是冲破
雨幕直接捶打。世界乱成了一团，天空的景色和地上的人都乱
了。没有人顾忌世界的急促，没有人明白世界的愤怒。

正在两队人马打得不可开交的时候，马锐胜长长的尖锐
的呼号响了起来，那呼号是联结上天和人类的旋律，是召唤
上天的旋律，是放在人间激发人类安静的密码，是咸阳最隐
秘的咒语，是人们都听得懂的语言。双方的人都听懂了，被
惊住了，都住了手，他们望向天空，寻找天空里的神，神已经
来到了身边，神在谴责暴力，人们的敬畏和恐惧一下子又战胜
了愤怒。

奇怪的是，此时此刻，天空放晴了。云收雨住，万物归
位，鸟不异声。

人们再怎么无畏，也不能抵挡就在面前的呼喊，神最终战
胜了心里的魔。

大家望向声音发出来的地方，看见两位皓首长须的老人，
站立在高处，正俯瞰下面的人们。只有郝东让一方知道那是谁
来了，钱家惠一方却是惊为天人，居然都纷纷下跪，双手举过
头顶。

看到这里，郝北章眼泪纷纷地落下来，掉在胡须上面。

看到郝北章的眼泪，马锐胜内心里的疼痛一时间无法克
制，他使劲扼守住自己的喉咙，不让自己内心的痛冲破关
口，叫出声来。他念完召唤神的咒语，就不敢再出声，他怕一
出声就变了调，不再具有召唤神的威严。他深深地明白，下
面正在进行的战争其实就是自己的一家人的战争，自己的儿
子，自己的女婿，然后引发的战争。他不能够说这些战争的背
后的深刻意义，他只知道从单纯的意义上来说，就是一个小小

的家里的人惹出来的是非。他一路听老师的教诲，似懂非懂一些道理，虽然他的秤杆是偏向女婿的，可是，老师的说法又模糊地改变着他的认知。儿子似乎情有可原，女婿做的也绝对正确。他明白，就像是自己的老师在木牍上记载的一样，一件事情因为谁的眼光看和谁的角度分析而变得不一样。老师把这些记载下来，也不知道留在将来会是怎么样的解读。但是，老师要记载下来肯定是对的。马锐胜担心，将来的人翻开老师的记载，不知道怎样来评价他马锐胜的功过。有可能，他就是罪人，他的儿子和女婿的战争就是未来最大的罪恶。

郝北章见钱家惠一族人的下跪，就想起了自己当年在咸阳的下跪，跪在平展的地面，跪在王的面前，乞望王的恩赐，让跪着的人享受荣华富贵。而如今，跪在下面的人，不也仅仅是想获得饮食吗？也想获得居住地吗？也想自由自在地生活吗？想避开即将到来的危险吗？于是他对下面的人说："你们先退过桥去吧，你们等等吧，我会给你们一个满意的结果的。我会让你们与所有的乔庄的人一样有一个满意的归宿地的。去吧，去吧。等一会就好了。"

下跪的那些人听见这句话，以为是神的旨意，就拜了一拜，站起身来，有的抬着不能行走的伤者，有的瘸着的人就瘸着腿走路。他们听从了指挥，真的就从荆棘旁边绕过去，还把荆棘拉起来重新做成障碍，慢慢地退回到桥的那边去了。

马静里怀里抱着已经哭得毫无力气的钱家惠，他劝着钱家惠不要悲伤，不要影响到自己肚子里的孩子。钱家惠微微的声音答道："生人尚且无法保障活路，哪管得了尚未出生的人？"

马静里说："不着急，有办法的。都是自己的人，会有所有人的活路的，我保证。你先返回与他们会合，待在一起等待结果吧。我要到那边去讨要一个说法。"

钱家惠不是很相信马静里了。战争的残酷场面已经昭示着结果，自己的弟弟拼死为了一族人而不惜牺牲自己，让她更加肝肠寸断。姐弟情深，她赶紧去看自己兄弟的伤情，用手抚摸着昏迷的钱家虎。

战争的残酷在这个要强的女人心里埋下了一根刺，这根刺一旦埋下，就要在未来产生出极大的破坏力。女人复仇的火焰一旦点燃，就不会熄灭。

31.楠木木牍记：庄内新丁已成，异类已入，钉齿已嵌。

郝腾龙的头部像是长满了大小不一的石头，已经看不清楚脸的颜色和模样，他昏迷了一阵子，自己就醒过来了。郝东让问他："有没有大碍？要不要休息？"他说："好家伙，太凶猛了。我没有事，你放心。"

郝东让让他继续把守着藤桥的入口，要随时关注对方动向，不能遭到他们的突然袭击。郝东让对他说："这些人有血性，很勇猛，是值得尊敬的对手。"过去在军营行走的时候，只要是勇猛无畏的对手郝东让都是非常尊重的，所谓各为其主，置对方于死地是很正常的事情，不妨碍互相地惺惺相惜。郝东让怕对方突然再次发动进攻，以他们勇猛无畏的决心，如果没有准备就会陷入灾难。郝腾龙知道郝东让要与郝北章和马锐胜一起研究对策，于是，他对郝东让说："放心，在没有决定怎么办的情况之下，我绝不让他们翻过荆棘，除非从我的躯体之上踏进来。"

郝东让赶紧赶到郝北章和马锐胜那里去，他们选了一个避风又安静的地方，所有的人都看不见他们，他们坐在石头上。

"对方有多少人？"马锐胜在问，郝北章眼睛看着远方。

"大概也有三十多人吧。与当初我们到来的人数相差无几。"郝东让说，又看了看郝北章。

"他们似乎是志在必得？"马锐胜又问。

"太凶猛了。一个人顶几个人在打。我们受伤的人不少。"

"他们究竟要干什么？"郝北章说话了，"你们弄清楚他们的想法没有？"

"我们的想法是不准外人进来。我们不能因为他们毁掉乔庄现有的一切。不管他们什么想法，我们都要制止。我们的男人就是为制止一切可能给乔庄造成危害的人而存在的。意义就在这里。"郝东让坚定地说。

"要不，这样，问问他们的来路和想法。你觉得呢？"郝北章说。

"怎么问？"马锐胜说。

"问什么？来得相当诡异，我们要为乔庄的未来着想。"郝东让不同意去询问，实际上他基本上已经知道来龙去脉了，不过是马静里找了女人，要把女人一家子带进乔庄。

"哎，解铃还须系铃人。就把马静里揪过来问问情况。这个狗杂种，惹得这些事，必须要有个说法。一直以来，马静里的神秘消失和神秘出现我都做好了记录。马静里是不是乔庄的罪人我也把答案留给未来。乔庄不在，乔庄没有了人烟，那么把答案留给未来也无用，乔庄还在，还有人群居住，就算已经不是我们的后人和血脉，也算是乔庄的成功。但是，马静里究竟是一个什么样的人也必须流传下去，让后人们评判。他毕竟是马家的血脉，在世界上汩汩汩地流淌，在他的身上横竖都有马家一管一管的血脉流淌。我们给他一个辩解的机会，然后决定是否断了这一脉。"郝北章说。

郝东让沉默，他不反对马静里娶妻生子，后继有人，他怕的是来的这些人异常凶猛，会不会真的给乔庄带来灾难。如果这些人占据统领地位，他们就会受到奴役，又会回到任人宰割的状态。

看到郝东让的迟疑，郝北章说："东让，有些事来则来了，只有面对。来的是吉是凶，都要承受。吉祥来了，迎接它，并不傲慢；凶险来了，面对他，也不绝望。凡事都有一个出口，就像人一样，有上面的口子，有下面的口子。上面的口子吃进去，下面的口子排出来。上面的口子说话，是精神的出口，下面的口子泄粪，是肮脏的去处。没有什么都是由一个口子进出的。上天为人安排了若干的口子来迎接世界的考验，当我们面对生死存亡时也要留下足够的口子来应对。也许，马静里是上天给乔庄安排的另外的口子也不一定。至于这是一个什么样的口子，我们一起来面对吧。"

郝东让说："爷爷，我们听你的。乔庄有今天不容易，你是知道的。一直以来，我最担心的事情就是哪天乔庄山门洞开，所有的人都进来，乔庄就不是原来的乔庄了。我们坚守的地方，从咸阳千里迢迢地避难而来，不就失去了它的意义了吗？"

郝北章说："咸阳避祸，千里跋涉，寻找到一处秘境的确不易。可是，纷纷乱世，熙熙攘攘，何处能保证太平？我们的理想是避于世外，安详平和，可是，所有人如蝼蚁般活命，纷乱之下，四处乱撞，谁也不敢保证不被撞上。每次相撞，都要硬撞，不过就是烟消云散，各自粉碎，各自消亡。消亡了，就断了，续不上了。如果相撞时，各有避让，就没有消亡，就连得上，总还有机会。不是所有的后人都是强悍者，也有懦弱者，我们在最强大的时候留一些空白和柔软给后面，也就给后人留下一些机会和未来。"

郝北章说得伤感。郝东让听得惊心动魄。郝北章的几句话激起了郝东让对过去岁月的回望，是啊，在当初戎马生涯里，郝东让不也是放下盔甲，走出硝烟吗？谁不愿意自己后代们都生活在一个和平自由的时代？谁愿意自己的后代担惊受怕，血雨腥风？郝东让突然觉得过去看郝北章似乎是锐气尽失，走入暮昏，现在看来，智慧还在爷爷的心里。过去乔庄的风调雨顺，郝北章也是乐见其成。郝东让想，只不过假如今天的事情有一个结果，达成了互相的妥协，一场战争被和平解决，一群人被接纳，就不知道未来的乔庄还是不是乔庄本来的样子。

郝腾龙派的人又来报告情况了，说马静里要过来说话，是否同意。郝东让看看郝北章，又看看马锐胜，马锐胜也看看郝北章。郝北章说："让他来吧。"

马静里疲惫不堪，全身的泥水糊在身上，衣服已经辨不清楚颜色，脸上被泥水和焦虑蒙上了一层厚厚的壳，似乎他是戴着面具的人，正在沟通人间和上天。马静里走拢之后，一下子就跪在郝北章的面前，长跪的姿势把自己的屁股翘得老高，头低入黄泥之下。他口里喃喃自语："求求你们，放了他们吧。给他们一条生路吧。一切都是我的错，我愿意做山中永远鸣叫的鸟，来为乔庄守门，来为乔庄祈祷。让我的儿子出现在乔庄吧。我愿意为他消失自己的性命。"

然后还是长跪不起，叩头不已。

"你的耳朵不轰鸣了？"郝北章问。

"不轰鸣了。"

"完全不轰鸣了？"

"完全不轰鸣了。"

"为什么不轰鸣了？"

"少不更事，想法太多，玄幻过剩，轰鸣则起。如今经历若干，躯体疲乏，心内所求之事不断简单，不断简单，脑中思索集中，故现实穿过思想，思想治疗躯壳，轰鸣自然消散。轰鸣时做轰鸣之事，不鸣时则销声匿迹，匍匐于乔庄之一角。今日，我是人之夫，我亦是人之父，还是人之族群一员，左右前后要寻找一条道路，只为寻找一条道路，一条活下去的道路，虽几日，亦如几世，才知道艰险从来磨炼人。我只愿你们网开一面，留下这一族人，留下我一脉。"

"你敢保证现在你带来的族人不灭了你在乔庄本根生的这族人？"郝北章眼睛里冒着火星。郝东让才看出来郝北章不是什么都不顾忌的人，到底是当年站在咸阳宫殿之上的官员，自然有不得不服的力量。郝北章的这句问话恰如一把刀插进了马静里的心里，而且是那么用力地插进去，没有丝毫的犹豫，那

266

么决绝，那么无情。

"我敢保证。"马静里一下子只有硬着头皮往下说。

"你用什么来保证？你的命？"

"如果我的命可以保证的话，我愿意。可我看他们都是很本分的人，像我们一样的人，也是被逼无奈的人。都是一样的人啊，都是苦命的人啊。"

"苦命的人也会变得凶恶。"郝北章说。

"给一次机会吧。我的儿子在他们的人的肚子里。我的儿子既是我的人也是他们的人吧。我用儿子来担保。"

"马静里，你听好了，你也告诉那边的人，你以及他们的所作所为我都记载在木牍之上，那上面不仅记载着你失踪的事情，也记载着你回来的经过，你的耳鸣，你的沉默，你对乔庄的伤害。我要让这些流传下去，把你的事情告诉未来的人们，其中也包括你的子子孙孙，你的枝枝丫丫。你会被一直记录。你今天是不是引狼入室，全在你的一念之间。如果你今天引入的是狼，你就是乔庄最大的叛徒，你就是乔庄最邪恶的罪人，你就会被诅咒，不仅现实被诅咒，你将会被我埋入黄土，遭受永世的诅咒。你去给那边的人说，他们要干什么？想什么？要给我们承诺什么？不然，今天就是杀无赦。不管面对怎么样的后果，杀戮都会发生。除非你能够说服他们，必须臣服于我们之下，永远不能翻身，不能做主，并按照我们的要求固守一隅，用命为乔庄守候。让乔庄的人看见他们的诚意。你如果做得到，他们如果做得到，你就永远与他们生活在一起，监视他们，引导他们，教化他们，适应乔庄、亲和乔庄，热爱乔庄，真正把乔庄当成他们与你永远的家园来守护。你去吧。"

马静里听着郝北章的话，全身战栗，内心既是充满了希望，又是充满了绝望，他不能明白自己此时的心情。他知道钱家惠一族人有救了，他也明白，在他的头上和钱家惠一族人的头上一直悬着一把屠刀，时时刻刻都将落下来，一族人会被砍得血肉模糊，肉浆溢地。他知道自己这一生都会有使命了。他要做一个有价值的人了，而不是拖着皮囊四处游荡的人，他既不能让乔庄现有的人灭掉钱家惠们，也不能让钱家惠们来僭越乔庄现有的秩序。他把头在黄土上嘭嘭嘭地一阵猛磕，猛然站起来，决然而去。

钱家惠焦急地等待马静里的回来。

马静里带回来的消息决定着生死。钱家惠知道，不管马静里带来的是什么消息，都是致命的。钱家惠已经预计到由于马静里的坚持，就算事情有转圜的余地，马静里也不可能是过去的马静里了，要么马静里回归到乔庄的生活里面去，要么马静里就与她共进退。不管是哪种结果，钱家惠心里都是恐慌莫测的。

从桥上过去，马静里感觉到藤桥摇动，他头脑眩晕，几欲不可站立。每行走一步，马静里都觉得艰难。过去自己心里想的美好的结果并没有出现，想与乔庄共度美好生活的愿望不能达成。今天就算是钱家惠一族人进入乔庄也不是乔庄的正统，居住在偏远的地方是不可避免的，自己承诺的美好无法实现。但是，这样的结果总好于颠沛流离、命悬一线。

马静里看见被殴伤的人就直直地躺在地上，围着的人都流着眼泪。马静里不敢面对，他曾经的承诺，对钱家惠说顺利进入乔庄的说法，与现在付出的代价，都让马静里无比伤心。马静里到了，跪了下来，默默地不作声。钱家惠抹着眼泪，靠在马静里身边，也不问话。她不问话，并不代表她不着急，实际上，钱家惠心里非常着急，急切想知道答案。在她的内心深处，这一切起于马静里，源于她自己，一切的一切都是因为马静里和她而起，没有他们的爱情就没有一大族人的奔赴，马静里没有如期实现自己的承诺，乔庄对待钱家惠一行是刀枪相向，中途阻断，而马静里毫无办法。过去他给她描述的马家院子的美好情景，现在看来不过是一个笑话。她面对目前的困境，觉得要在马家院子登堂入室似乎就是一个可笑的梦。

马静里把钱家惠和他的父兄叫到一旁，把郝北章的意思转达了。马静里说："其实也无所谓，我们自己拥有自己的一个地方，不管是什么地方，总之都是在乔庄里面。我们不需要他们的关照，我们自己守住自己的地盘，自己耕种自己的粮食，自己养大自己的孩子，我们把这一族人喂养大。"

马静里口口声声地说着"我们"一词，是为了打消大家对他的疑虑，表明自己的立场，他要与钱家惠一族人并肩站在一起。

"那究竟是要把我们安顿在哪里？"钱家惠冷峻地发问，大家都听着。

"还没有说。现在是征求大家的意见。如果同意了，双方就化干戈为玉帛，不再生事。然后，划定地区，互不相扰。"马静里说。

大家长途跋涉，身心俱疲，虽然内心不惧生死，可是毕竟一族人需要休养生息，需要一个地方扎下来。面对先到乔庄的强者，似乎也没有什么更好的选择，大家互相看了看，都点点头。

马静里心里一下子就放下了。他与钱家惠已经有了孩子，孩子在钱家惠的肚子里正在长大，将来会降临到乔庄。他并不知道钱家惠一族人的秉性，是强悍者，是食肉者，还是素食者，和平者，他心里没有底。当他看见钱家虎扑过荆棘，直取郝东让和郝腾龙来看，凶猛之行暴露无遗。现在大家都赞同郝北章提出的意见，可见大家还是可以商量的，马静里的心里知道该怎么做了。他也明白，从现在开始，自己要与钱家惠一族生活在一起了。他要按照郝北章的要求，阻止钱家惠一族人对乔庄的郝家坪、马家院子的侵害。尤其是在巨大的压力之下，马静里还是听懂了郝北章说的话，他把马静里写进了木牍之中，要让世世代代知道马静里为何人。马静里心里的恐惧是无法与人说道的。

　　马静里又说："不管是分配到哪里，大家都要绝对服从，好不好？"

　　他见大家都点头认可，就补充说："地不分肥瘠，只要人勤，就会有收获。路不论大小，只要有人走，就会变宽阔。小孩不管男女，都是血脉相传，加以抚养，就会壮大一族声威。我现在就是钱家一员，我就代表着钱家去谈判，力争有更好更多的益处。"

　　马静里又从藤桥一头走了过来。

　　此时得到授权的马静里浑身有劲，此时把自己真正融入到钱家的马静里感受到内心带来的尊严。他要作为钱家人与郝家人、马家人讨论和平和战争。他有了一个强大的内心世界。他在短短的几天里变得坚强成熟起来。

　　他站在郝北章和马锐胜的面前。他站在郝东让和郝腾龙的面前。他没有畏惧之感。

　　连郝东让都觉得奇怪，马静里像换了一个人一样。

　　"想好了吗？"郝北章说。

　　"想好了。"马静里说。

　　"那就在藤道附近几十里的地方扎下来。这里都是你们的。我们要烧掉藤桥。你们要作为藤桥道口的守护者，不能再有任何人经由此处进入乔庄。你们做得到不？"

　　"做得到。既然已经把我们纳入到乔庄的领域，我们就要责无旁贷地守护我们的家园。乔庄就是我们的家园，是你们的，也是我们的。这是我们的共识。过去你们担心乔庄进入异姓会危及乔庄的安全，现在我们是一体的，我们要让所有的乔庄人知道，钱家进入乔庄是我马静里做的事情，但是，绝不会给乔庄造成危害。"马静里说话的时候全身充满了光芒。他们都被马静里的变化吸引了。马静里的变化是从内到外的变化，一个人能够变得神采奕奕或者萎靡不振都是源于内心，内心有了信仰，有了寄托，有了依傍，自然就会从外在表现得神清气爽或者气宇轩昂。内心里没有寄托，充满颓废，看不见前路，就会变得委顿、油腻、獐头鼠目。马静里的变化对马锐胜冲击更大。马锐胜对马静里的认识总是游离不定，一会儿认为深不可测，一会儿认为不值一提，一会儿认为大凶大恶，一会儿认为软弱无骨。现在一看，挺直腰板的马静里似乎更加的成熟稳重。马锐胜心里也是长长地吁了一口气。

"我们会时不时派郝东让或者是郝腾龙到你们的地方来察看，是不是按照我们说的在做，是不是按照你们承诺的在做，也好起到一个监督的作用。你们做不做得到？"郝北章又说。

"当然做得到。他们就是监督者，可以在族群间自由走动，不受约束。但是，两族人是不是可以互相走动？"马静里提出一个问题。

"那要等今后的发展而定。现在不能肯定。"

"我可不可以回马家院子？钱家惠可不可以回马家院子？"马静里继续问，其实他的问题在后面，主要是钱家惠能不能被确认，被认可。

马锐胜忍不住别过脸去。

"现在也还不能肯定地告诉你。等今后的发展吧。"郝北章还是没有松口。

"我的孩子从钱家惠的肚子里面来到世界上，他可不可以回马家院子？可不可以回乔庄核心地带？他是马家的正宗血脉。"马静里连珠炮一样地问话。郝北章对于这个问题没有回答，似乎他也回答不上来。马静里在这个问题上变得咄咄逼人。

"您在木牍里面记载的有关我的内容我是否可以查看？能不能公正地对待我？能不能不留给未来？毕竟每个人看问题的角度不一样，结果也不一样。你看到的我是不是真实的我也不一定。"马静里说的话引得郝北章一震。

"你放心，记载是公正的，认识是公正的。我在咸阳就开始记录，并无不妥之处。你要相信长辈，对每一个家族成员都是一个标准评判的。"郝北章说。

271

"我到了钱家，我还是不是乔庄的人？确切地说，我还是不是马家的人？"

"血脉流淌，万古不变。心变了，血不变。"郝北章看着马锐胜说，马锐胜始终都没有转过身体。

郝北章继续说："心变了，血虽然不变，可是离经叛道的血是什么样的，我们迄今尚未见过。"

郝北章的话过于尖锐和无情，马静里转过身走了。他边走边说："按照你们的要求，你们退回去吧，我让人把藤道烧毁，就近安置钱家一族，保证乔庄上游安全。有钱家人在，就没有另外的人进来。你们要相信我。"大家可以明显看见马静里抬起手狠狠地擦眼睛的动作。郝北章的眼睛湿了，马锐胜的眼睛湿了。郝东让还不相信事情就这样解决了，他感觉太快太不可思议。他说：

"就这样吗？"

"不这样那怎样呢？"马锐胜说话了。

"他能够按照你们说的办吗？"郝东让还是持怀疑态度。

"你要相信自己的人。"马锐胜说，"自己的人就算是错了，也要给一个机会。"

"有些机会是给不起的。给了别人机会自己就没有机会了。"郝东让的想法过于深沉，让马锐胜接受不了。

"你们的决定将使乔庄进入一个新的阶段。我不敢说是好的阶段还是坏的阶段。"郝东让还在说着自己的认识。

"就这样吧。该来的要来。命中注定，就无法更改。"郝北章说。

"老丈人不是可以更改吗？问问上天？"郝东让继续说。

"能改的，我会改的。不能改的，上天也没有办法。"马锐胜说完之后，对郝北章说："老师，我们回吧。"

郝东让望着蹒跚的两个老人沿着来时的路返回去。

他来到桥边，对郝腾龙说："事情已经解决了。是两个老人做出的决定，马静里随钱家就地驻扎，守护要道，烧毁藤

桥，保卫乔庄。他们一族就在此生活，我和你随时来察看是不
是按照他们自己的承诺在做事情。听老人的吧，就这样，让大
家回吧。"

第三章

1. 楠木木牍记：藤道已毁，退路亦无。

郝北章把发生在乔庄的这次争斗记载进了他的木牍里面。他记载得相当艰难，他不知道该如何表达才是最好的表达，他想起马静里说的话，记载得是不是公正，会不会主观上对一个人造成更大的伤害？每个人的角度不一样，能不能看见事情发展的全貌？是啊，一个人就算是再理性，再客观，再公平，都无法抹杀掉人的主观好恶。人的主观性是很可怕的，同是看一件事物，由于此时此刻的心理不同，认知也会发生一定的变化，比如，他的记载或多或少都会把马静里置身到对方，而把郝东让置于己方，甚至可以说，下笔记载的那一刻，敌我已经分明，对垒已经形成。严格说来对马静里也是不公平的。可是，他认识就是那样的，记载也是那样的，完全是清清楚楚明明白白的，他认为不存在罔顾事实的落笔。历史总是这样，真相其实就在记载的文字里。其他所谓的真实并无可考，已经随着历史的风雨而去，单等待下一次风雨的来临。

郝北章把有关马静里的记载重新经过整理，码放在一起。

郝北章也是当初咸阳的风云人物，记载下了多少的历史变迁。很多历史真伪都经过了他的手，最终变得面目全非。可是，他并没有因为自己的记载而懊悔。他最大的懊悔就是不该随便地就开了自己的口，说了不该说的话，表达了自己不该表达的东西。他自己俗称是露出了牙齿，让别人看见了他吃肉的工具。所以，自己露出牙齿不要紧，别人以为要吃人，其实不过是想吐一口气，并没有威胁到别人什么。有人就在等他露出牙齿，等了很久。当他露出牙齿的时候，别人一下子就告发了：他露出牙齿不是要吃动物的肉，而是要吃王的肉啊。教训极其深刻。

郝北章一直犹豫要不要记载族人为什么迁徙，如果记载下来，他是绝对绕不开的一个人，后来的人会用什么样的眼光来看他郝北章，一个位列朝臣却一朝颠覆的人，有什么资格来记载历史并要求后人记住。如果不记载下来，这切肤之痛，后来的人不能记取，再犯同样的错不是非常可惜吗？郝北章有意留下了空白，留待将来自己思考成熟了再记下来。

郝东让回来了。他告诉郝北章，在他们的监督之下，马静里带人砍断了藤桥，是从远处一直砍过来的，藤桥上面的藤遒劲粗糙，砍了很长的时间，藤条开口处竟然渗出了红色的汁液，像极了人的血。马静里看得泪流满面，藤条里面溅出来的红色汁液喷射得马静里和钱家人满身都是一片血色，仿佛是在屠宰别样的生灵。郝东让的叙述令郝北章心惊肉跳，藤道上面全是藤之一族，缠缠绕绕多少岁月，经营起来一个坚固的家族，盘旋在空中，攀缘在峭壁，风里雨里在一起，现在为了人类的安全，它们都将付出生命的代价。郝北章想，要把它们也记载在自己的木牍之内，都是生命，都很顽强。最后的战争不仅仅是发生在人类之间，也发生在人类与其他种类的生命之间。藤的后代会不会有一天回来复仇？会以什么样的方式回来复仇？郝北章想想都觉得很不好受。

"各安其好吧。"郝北章又说。

郝东让离开了爷爷。他返回乔庄已经有些时间了，一直心心念念拥有自己的房子，却始终没有达成。马静花一直说要他成为英雄，可是，家都没有，成什么英雄？

他觉得应该把心思用在自己的家庭建设上了，不要让马静花一直住在马家院，虽然是自己父母的房子，可还有哥哥，不应该让妻儿承担寄人篱下的凄惶。

那场战争过后，郝东让没有给马静花说更多的过程，他给她说的是马静里一切都很好。至于战争的惨烈，他一字未提。马静花与他的默契是他不说她不问。马静蕊倒是知道一些，却又不知道所有的深刻的变化，因为郝腾龙倒是完完全全地给马静蕊说了，说的都是惊心动魄的场面，却并没有表达出来背后的较量。马静花和马静蕊在一起东拉西扯后知道一个事实，马静里的艰难和困顿，马静里的忤逆和挣扎，她们知道马静里结婚了，已经有了老婆，老婆怀上了他的孩子。孩子生了没有？这是她们两个交流的重点。可是，马锐胜不说，郝东让不说，她们也不敢问。她们知道出大事了，却不敢问是啥子大事，马静花听见马静蕊转述郝腾龙的话，两族人大打出手，双方各有损伤，郝腾龙回来就养了很久的伤痛。马静里有没有受伤，都没有说。她们还担心自己的弟弟吃了亏，但不敢深入地询问。

郝东让倒是每隔一段时间要外出几天。做什么，马静花也不问，郝东让也不说。马锐胜在郝东让外出期间通过马静花的母亲对马静花说，不要过问郝东让的事情，他在做郝北章安排的事情。具体是什么事情，马锐胜不准问自己也不说。马静花心里憋住很久了。她原来觉得郝东让应该是乔庄的英雄，现在她又认为郝东让不能只是英雄而不是丈夫。马静花发现自己的心理也在慢慢地起着变化，过去追求英雄加持乔庄，现在她慢慢地希望英雄也是平凡的，而不是站在虚空中。英雄加持乔庄，丈夫要加持家庭，爱人要加持爱情。

郝东让又回来了。

他先是到郝北章那里去了。马锐胜也去了。

郝东让把自己不断察看的情况告诉两位老人。马静里在大变故面前真是变化很大，在钱家惠的协助下，他带领钱家一族人拼死拼活地干事。通往外界的藤道已经被彻底砍断并清理完成。当最后一根硕大的藤蔓被砍得血肉飞溅，整个藤网跌落下去，良久听得见谷底轰然之声，像极了惊呼和哀叹。绝壁之上，再无藤蔓相绕，一片白色的岩壁暴露在光天化日之下。

马静里把一族人按照乔庄的模式进行分配，哪家居住在哪里，除了生存还要干什么都分配得一清二楚。有了乔庄的先驱，马静里感觉安排和分配起来就格外的清楚。钱家虎被安置在过去通往乔庄的第一道口子处，虽然藤道已经撤除，但是警惕不应该懈怠，钱家虎守在这里相当合适。过去的乔庄可能跟钱家虎没有关系，但是，现在的乔庄却是实实在在地跟钱家虎有莫大的关系。过去他们想进来，觉得天下之大，你住得我就住得，现在身临其境，才发现抵御外来者是天经地义的。一族之人安安静静地生活，自由自在地生活，突然有了异族进入，安全感就会下降，每天晚上就不可能静静睡觉。门户洞开，谁能保证不会被袭击。占有是人类的天性，你多占有了，别人就少占有了，你占有了好的地方，别人占有的就是差的地方，于是乎，想要再分配的念头随时都会发生。钱家虎明白了这个道理，再与马静里会面的时候，钱家虎会实事求是地表达自己的想法。此时此刻，马静里就明白了自己的家人为什么会阻止钱家进入乔庄了。

钱家与乔庄的核心区域有很长的一段距离，他们居住在上游，马静里是明白顺流而下的路径的，顺流而下不仅仅是可以通达到乔庄，更隐秘的是顺流而下可以走出乔庄，走到很远的地方。

他心里清楚，但不与任何人交流。他回来后知道郝东让曾经找过自己，应该走的是与自己重复的道路，郝东让不说，他不说，那条道路短时间内不会被人获知，也不会有人去尝试。可是，马静里心里也很明白，一切变动不居，也许还会出现马静里一样的人，还会有叛逆者。经过了很多事情，尤其是亲情在利益面前的无情，他心里既激起了疯狂的斗志，也消解了一些莽撞，变得更加理性，也更加理解了郝东让和郝腾龙的一些做法。

钱家惠虽然是女儿身，可是认识问题的深度自己尚且不能比，她心里的芥蒂不除，每天还是很介意当初郝东让做出的阻止自己进入的决定，还有那场争斗，都深深地刻在她的心里。马静里也要去关怀，他要让她慢慢地消解她对自己家人的敌意。

看到自己的家人安稳幸福地生活在一起，不再遭受颠沛流离之苦，大家安详、安定，钱家惠会靠在马静里的身边，像一只温顺的绒毛小动物，听他的唠唠叨叨。马静里突然觉得她就像是能与郝巴子一起交流的森林里的小动物一样。

于是，马静里心里悄悄地想，乔庄现在在做什么，郝巴子在做什么，郝东让在做什么，尤其是郝北章拿起木牍，记下了一些什么。他记载的那些内容真的有意义吗？

2. 楠木木牍记：别样乔庄别样情。

郝东让每次回到家里，马静花的表现格外不同。

马静花给郝东让倒上了开水，把洗脸的热水也端到了桂花树下，还把洗得干干净净的汗褂捧到了面前。郝东让知道马静花有事情，却不知道是什么事情。郝东让最近操心的事情太多了。

郝东让就静静地洗脸，他很享受缓慢的时光，爱人在身边，桂花在沁香，温水刚好，桂花树下的石头显得很宽阔，河里的流水照见了影子在水底，鱼儿一动不动地悬在水中央。郝东让觉得是一个可以交心的时刻。马静花也在等待互相开口。

一段时间的不停奔波，敌视的眼光总是不间断地瞄准马静里，杀伐之气依然在郝东让的心里。对于郝北章和马锐胜做出的忍让态度，郝东让一直是怀疑的，他怕耄耋老人做出的决定真正地害了所有的乔庄人。毫不夸张地说，马静里和钱家一脉居住在乔庄上游，他们是如何生活，都是在郝东让的眼睛底下发生的。直到看到钱家一脉人是认真生活的人，对待生活的态度也是积极的，对目前的生活是珍惜的，而且对待自己的家都是小心翼翼的，不会构成对乔庄的伤害，郝东让才放下一颗心来。与异族和谐相处，互相不构成威胁，他心里解除了警报，也是很令人心旷神怡的。郝东让的心情很放松。

刚把钱家安顿在乔庄上游，乔庄年轻人是经历了那场争斗的，还不见得要说出什么过激的话，可是，乔庄老一辈却有不同的看法。黄辰梦几次找到郝北章说出自己的想法："原来说要拒绝外来的人进入，为什么就进入了？老师，你就是对马锐胜宽容得很，你的妥协要为乔庄带来不可预计的灾难。"

郝北章看了看他，耐心地说："不是我迁就，而是事情已经发生，彼此消灭不如和平共处。况且乔庄也是需要壮大的。与其将来有强行进入的人来比拼，来伤害，来残杀，不如双方妥协下来，彼此保存，更何况里面有姻亲关系连接，不会有大的事端的。辰梦啊，一些事情的发生不由我们的主观愿望，我们还是要往远处想想。"

黄辰梦很不高兴地离开。他又找到田守其，两个人说了很久，黄辰梦的意见，让田守其也去找郝北章理论一番，可是，田守其说："我就不去了，我的儿子参加了那场保卫战，生草说太危险，一旦不能阻止战争，那是要死人的。钱家也有能人，大战好多个回合都不分胜负，最终都是两败俱伤。我看，老师也是看在这个关键点上的。况且，生草给我说，当场那些人都给老师下跪了，也算是臣服。战争不是可以接受投降吗？败兵被安置，也是惯例。算了，辰梦，儿孙自有儿孙福，你我都是还剩几天的人咯。"

乔庄的变化大家彼此心照不宣，对大家的冲击相当大。

过去的乔庄的人除了生活没有什么是大的操心，可是，现在不同了，不管如何解释，每个人在内心深处都对这场由马静里挑起的战争有了自己的想法。每个人，每家人都在心里默默地为自己的家庭做着安排。不算是隔阂，却又是实实在在地戒备，一切都在不知不觉之间改变。改变的也有马家院的人。比如马静花对待郝东让的态度，也变得迁就和温存，变得忧心。她不仅仅是想到自己的兄弟，还想到了乔庄的未来，郝东让的未来，郝巴子的未来，她站出来，想为乔庄做一些力所能及的贡献。

马静花问郝东让："马静里的妻子是什么样子的？他的儿子出生了吗？"

郝东让长长地舒了一口气："你的弟媳是一位很能干的人，对马静里很好。儿子已经出生，我经常听得见小孩子清脆的哭声。"

马静花说："马静蕊想去看看，我也想去看看。你觉得行不行？"

"嗯，行不行？我认为可以吧。但是要经过爷爷和丈人的同意啊。"

"爹那里我去说，爷爷那里你去给我申请一下。"

"好吧，我去说。互相认一认也是有必要的。"郝东让的心情大好。

郝东让把马静花的想法给郝北章说了。郝北章问："那就是互相走动了？"

"走动了。"

"就融进来了？"

"融进来了。"

"没有危险吗？还需要监视和控制吗？"

"监视和控制是必须的。但是，见见面也好。既然已经进入乔庄了，看来他们也是很努力地生活，偌大的乔庄也容得下他们。亲情感化也很重要。把乔庄的势力变大也未尝不可，可把他们纳入到乔庄的行列里面来。"郝东让谈了自己的看法，他对当时郝北章做出的让钱家一脉人进入乔庄的决定有了更加深刻的体验。

"好吧，你和郝腾龙陪上去吧，就算是走亲戚了。"

郝北章又颤颤巍巍地走到了摆放木牍的地方，大概他要把这件事情记录下来吧。

马静花和马静蕊看见钱家惠后显得异常的兴奋和亲热，仿佛多年好友，很久不见，一见之下互相之间太过亲热。

郝东让在旁边看见，感慨很多。人类最奇特的地方就在于知道血从何处开始流淌，是不是一条血管里的血液。由于知道了血脉相连，就会变得亲热、亲切、无间。从最自然的源头开始，血可以互相体认。你看，马静花和马静蕊与钱家惠坐在一起，互相打量，有说不完的话，有道不完的问候。尤其是马静里的孩子，马静花和马静蕊抢着抱，很亲热，在小孩子的脸上又是亲又是吻。

马静里真是不简单，整个钱家占有了乔庄上游的大片土地，虽然没有乔庄腹心地带那么平展，可是，层层安置的家庭，用石头与石块垒起的房屋，都显得很结实，很安全。马静里把乔庄先前来的人经受的磨难和教训都用在了钱家的安置上，所以，不论是每一个房屋的位置，房屋之间互相的呼应，都是有很好的照应的。郝东让不得不佩服马静里的能力。马静里少年外出，归来成长不少。尤其是马静里在进入乔庄关口设置障碍，保障安全，也是很用心的。

姊妹之间的欢快与兄弟之间的沉默形成了明显的对比。马静里一直沉默。郝东让也保持沉默。郝腾龙想要说些什么，看见两人严肃的表情，把张开的嘴又合上了。

大自然里，雄性的敌视不影响雌性的融洽。男人的心事只有男人自己明白，只有男人之间的明争暗斗，女人永远是因为怀胎动物而有不同的心理。因为怀胎有同样的感受，经受同样的折磨，具备同情心和同理心，因此，在新生命面前都有感同身受的喜悦。仇恨和爱情都是因为女人们而在一个一个的活生生的生命个体中传递。新生命和小生命是脆弱的，他们还不知道将来要由谁来给他们的内心里增加上爱恨情仇的种子，然后再一步步地走上厮杀、阴谋的道路。或者就怀揣善良、慈祥、悲悯，然后终其一生。反正，女人们襁褓中的可爱的小人儿，仅仅就是她们身上的一块肉分离出来了，她们亲近、保护、爱怜都是应该的。她们以为那些是她们本身，其实，长大了，才发现可能与她们也是千里之遥。

男人的沉默被钱家惠发现了。她赶紧说："静里，快把两个姐夫的水倒上来吧。都口渴了，喝点水。这里的水很好呢。"

马静里嘴里说："噢。"

于是三个男人也懂了，都纷纷离开了几个女人的现场。

马静里还是不说话，虽然他明白今天他是主人。但过去的阴影实实在在还萦绕在他的胸怀，一时也无法排遣干净。

"马静里，你行啊，把这里治理得井井有条的。"还是郝东让先开口。

"不过是在你们的下巴子底下盛上一些你们嘴里流下来的残羹剩汤而已。"马静里面无表情。

"不知道你开始守住一方的时候，有没有一种责任感在心里？你有没有为了这个家族的安危操心的感受？你有没有担惊受怕？"郝东让的话题总是那么沉重和现实。

马静里听见之后就陷入了沉默。

"我时时刻刻都有危机感。"郝东让继续说："没有责任就没有压力，没有忧患就没有害怕。马静里，你是知道的，乔庄是你我家族的避难所。当初到乔庄也没有想到你会出去，也没有想到你会带人进来。你是危险人物，包括现在都是这样的结果。你单凭自己的冲动，就把人带到了乔庄，置你的家人和族人于不顾。当然，现在想来，要阻止所有的人类进入乔庄确实是很难的一件事情，但是，并不能因为困难我们就不去做，我们不去坚守。你现在所在的钱家，已经过上了安稳的日子，假如你们这里也来了不明不白的人，你是否会害怕？你有没有恐惧？你要不要阻止？"

马静里还是保持了沉默。

"我们不是要压制你。我们也不是要压制钱家一族。你心里也明白的。当初爷爷和老丈人留下了钱家血脉，允许他们留在乔庄，前提是你要担负起责任，让钱家和乔庄真正相融。经过这么久的观察，初步看来钱家是真心实意愿意留在乔庄，是真心实意地愿意为了乔庄的安全出力的。他们明白了，乔庄安，众人安。他们明白了，乔庄是安身立命之所在。他们也明白了，假如现在出现一些人像他们当初一样贸然进入乔庄，他们也会绝地反击，决不允许危险在乔庄发生。设身处地，都想要一个安全稳定的环境，都想要一个可以预期的未来。你想过这些没有？"郝东让说话的时候始终叫的是马静里的全名。郝东让看了看郝腾龙，又看看马静里，结束了自己的说话。

郝东让的话在马静里的心胸里面不断地翻腾。他内心里其实是很赞同郝东让的话的，可是心里总是有一道坎不能翻过。

"我不知道你们是怎么看我的。我不知道爷爷的木牍上是怎么记载我的。最终的结果证明，我的做法没有给乔庄带来灾难。你们假想的一切都没有发生。我实现了对你们所有人的承诺。钱家的人并没有觊觎乔庄的其他地方，他们一族人安安静静地生活在你们指定的区域里，并且承担了守住乔庄上游通道重要关口的重任。"马静里说。

马静里自有一套说辞，说得很在理。可是，郝东让明白，就连马静里自己都不敢相信这套说辞的严谨。现在是现在，当初是当初，当初的紧急并不能够用现在的平静来掩盖。而且也只是一个时间段，现在的马静里看见的是岁月娴静，它并不能表示将来的变化莫测。不过，守好当前吧。先解决当下的困境，再说未来。好在郝北章的木牍记载下了曾经发生的一切，一定能够为未

283

来的后代们提供可以镜鉴的史实。

现状和马静里本身的表现、努力，使郝北章以及所有的人都看到了马静里和钱家一族人的变化，渐渐地就消除了内心的警惕，也不觉得威胁在身边。按照他们的想法，都是逃难而来，都为了躲避虎狼之秦对生命的威胁，现在各安其好是内心的真实渴望。虽然是两大族人，过去从不认识，现在因为有马静里这样一个纽带，连接在了一起，就形成命运与共的格局。正所谓一荣俱荣一损俱损。大家为了乔庄安全，为了家园安全，为了生命安全，目标是一致的。

郝东让觉得自己完成了一项使命了，他觉得自己用尽了一生的力气，心里期望乔庄不能再出事了。

时间就在风吹雨打中渐渐磨蚀了。乔庄也因为钱家一脉人的加入而变得更加丰富，与过去更加不同。整个乔庄不是相安无事，而是其乐融融。

3. 楠木木牍附记：木牍被盗。

神洞被盗了。郝北章最先发现这件事情。

知道岩洞保存了木牍的郝东让和郝腾龙很少到那个洞里去了，在阻止钱家人到乔庄的关键时刻，郝东让和郝腾龙曾在那里聚集过。现在风平浪静，乔庄向阳生长，他们都不到那里了，只有郝北章才时不时地到那里。

郝北章又到洞子里去看堆放的木牍，看看自己的心血码放在孔穴之中。洞里空气流通，环境干燥。此洞被马锐胜命名为神洞之后，不会有人无故到访，神洞基本上就是郝北章一个人进进出出。当然，因为是神洞，乔庄的重大活动也会在里面举行。神洞被乔庄的人所敬奉，无端进入神洞的人必然是有特别之事，不会有人对神洞造成危害。郝北章这天到达神洞，发现了极不正常的情况，放在孔穴里的木牍不见了，整个孔穴空空如也，被他视为珍宝的木牍不翼而飞。他目瞪口呆，抱在手里正准备安放的木牍一下子散落在地。他被惊吓得出不上气来，呆呆地站在洞里，半天不语，身体动弹不得。如果不是洞口吹来一阵风，风拂过郝北章的面孔，他就苏醒不过来了。是风把陷入惊吓的他救过来的。那阵风正是当初郝腾龙发现的神树旁边吹过来的，那树枝披拂，风吹过后，树枝胡乱摇晃，清气和着丝丝微风吹过来，刺激着郝北章的鼻孔，唤醒了他的神经，弄柔了他的身体，他才慢慢地活动自己的肢体，才弄清楚自己所在的地方。

郝北章不敢相信会出现这样的局面。有谁会对木牍产生兴趣？谁会对木牍下手？谁拿这些木牍干什么？郝北章脑袋里不断地盘算，拿木牍的人应该是初识文字的人。可是，乔庄谁会对木牍感兴趣？对文字感兴趣？对记载的内容感兴趣？

郝北章又怕是其他野物肇事，跑上去把木牍毁掉了？他经过察看，并没有发现有其他的动物破坏的痕迹，而且，其他野物毁木牍干什么呢？又不能够吃？

郝北章百思不得其解。

他颤颤巍巍地走出洞来，走下山来，做梦一样。

郝北章病了，一下子卧床不起。

马锐胜在探望老师的时候，才发现郝北章病了。郝北章的病很可疑，仿佛是被什么纠缠了一样。按照马锐胜的观察，感觉是被一种无名的魔障纠缠上了。只是这魔障来自于哪里尚不十分清楚。马锐胜觉得应该听一听老师是怎么患上疾病的。马锐胜轻轻地喊着郝北章，听到马锐胜的呼喊，郝北章的眼睛半睁不睁，眼珠不动，眼色浑浊，浑然不知身在何处一般。马锐胜的喊叫并没有彻底唤醒他，只见他的眼睛盯了一阵虚空，仿佛不能聚焦一样，又把眼睛合上了。马锐胜就问师娘，师娘说："他先前给我说要到神洞里去，回来后嘴里不断说着丢了丢了，也不知道是什么丢了，现在看来，是他的魂丢了。"

郝北章一下子衰老得很彻底，就像是沉入潭底的碎石，无法打捞。

到了乔庄之后的大部分时间都沉浸在木牍的记载之中。郝北章在木牍上肆意书写，后来越来越重视自己所写字迹的优美，他往往看似在记录内容，实则很在意书写的线条是否流畅，书写的字迹是否工整，追求内容的同时，他喜欢上了墨迹的浓淡和线条的舒展，这也是一个变化。本来记录内容是第一位的，可是记来记去，线条的美感令他很痛快，他曾经与马锐胜还探讨过。他每次到神洞去都满是欢喜，这次他从神洞里回来，突然生病了，难道是与神洞里的什么有关吗？

马锐胜对郝北章说："老师，你好好养病，我再来看你。"他也没有任何的表示。

马锐胜很快找到郝东让，对郝东让说了郝北章的情况，马锐胜说估计是被什么魔障纠缠了，可是，郝东让迅速敏捷地问："在神洞里回来的？口里说的是丢了丢了的话？赶紧不要迟疑，马上到神洞里去看看是什么情况？究竟是哪里来的魔障？"

郝东让与马锐胜往山洞里赶。他们在洞口看见了撒落在地上的凌乱的木牍，马锐胜拿起来一看，是最近写的内容，进到里面，郝东让直接看向孔穴，才看到孔穴里的木牍，已经荡然无存了。郝东让虽然不是很在意木牍的现状，他却知道那是郝北章的心血，是神圣不可侵犯的。郝北章之所以把木牍安放在神洞里，是他把神洞看作了乔庄的圣地，以郝北章的想法，不可能有乔庄人对自己的祖先的传承之地有所冒犯。他们一看，木牍不在了，郝东让心里就明白了几分。他认为是郝北章发现木牍不在了，心智产生了障碍，再次毁掉了他对乔庄的信任，他发现了乔庄藏着的恶，虽然几经磨砺，看似都是自己人，却实实在在地隐藏着无法消解的恶。

病因被郝东让找到了，可是，是谁引起的病因？郝东让需要认真对待。是谁要把藏在神洞里的木牍全部偷走？为什么偷木牍？郝东让脑海里不断地翻来翻去地寻找答案，可是，他脑袋里面一会儿觉得柳暗花明，一会儿又搅成了一团糨糊，糊住一团。木牍本身就是山上砍下来的楠木，楠木在乔庄极其普通，到处都是，显然，不是针对楠木的木材而来的，那么，就只有一点了，就是记录。郝北章最大的爱好就是不断地记录，那些点点滴滴，那些大大小小，都被一一记录下来。记录的内容只有他自己一个人知道，对事物和人物的臧否，也是由他一人说了算。不过，大家都不在意他写些什么，他高兴，就由他写吧。谁会在意他写的什么呢？

在郝东让的脑海里突然冒出来一个人，他就是马静里。一想到怀疑上了马静里，郝东让就莫名其妙地感到惊慌，他曾经一直以来就怀疑马静里，包括马静里从外地返回来，他就对马静里极不放心，内心里充满了怀疑。因为他的怀疑，马静花对他略有微词，认为他太过敏感，怀疑到自己的亲兄弟身上了。经过很多事情，马静里也成了钱家一脉的主心骨，按说应该放弃怀疑，可不由自主地，乔庄一有事，郝东让还是会最先想到马静里。他怀疑是有原因的，在藤道上为了阻止钱家人进入乔庄，马静里说过一番话，其中就表达了郝北章在木牍里面记载的内容是否已经影响到了自己在未来的形象，开始郝东让还不是很在意这句话，现在看来，马静里是很在意自己留在未来的形象究竟是什么样子的。是不是马静里偷了洞里的木牍？他要把郝北章记载的涉及他自己的内容全部消灭掉？郝东让一念及此，就又对马静里怀有深深的不满。他觉得马静里消灭记载，就是消灭历史，就是消灭传承，是最无耻的行为。你要给未来留下好的记录，只能靠自己。当然，郝东让仅仅是怀疑，也没有证据证明一定是马静里偷走了。那么多的木牍，要有很大的力气才能够背走吧。难道说是烧了吗？还是从外面的这个洞口直接抛出去了呢？

马静里又被郝东让盯上了。郝东让不愿意出现的事情又出现了，他的愿望是自此之后乔庄进入安详的境地，自己也过上安定舒适的生活，陪陪马静花，清风夕阳，一切稳当。可是，树欲静而风不止，没有什么岁月静好。

郝东让恶狠狠地想，做过贼的人，对别人说已经金盆洗手了，可是，一旦发生盗窃案件，首先进入怀疑视野的就是曾经做过贼的人。

郝东让感到头疼。

他直接对身边的丈人说："一定又是马静里造的孽。只有他。"他说得很肯定，不容置疑。

马锐胜小心翼翼地说："会不会是他？他应该已经吸取教训了，不会再生事端吧。你有什么理由吗？"

"不需要理由，一定是他。只有他才做这种事情，其他没有人了。谁关心木牍上写的是什么，谁关心那些字写得好不好，漂不漂亮，只有他。要做事，又怕被记录。"

"那咋办？天啊，一切反复在我马锐胜身上发生。乔庄的人对我马锐胜已经另眼相待，我孽缘不尽啊。"

"不要忏悔，不怪任何人。我要到马静里那里去，要去问个明白。"

"你们兄弟要好好说话，不要弄僵了。"马锐胜不忘记叮嘱，他害怕曾经的伤害继续发生。

4. 楠木木牍记：嫌疑者唯里是也。

马静里最不能释怀的是郝北章说会把他的言行记录在木牍里面。

当初他把钱家一脉人全部安顿在乔庄，没有心思考虑其他的事情，他要为钱家人负责，站住脚跟。后来，钱家与乔庄相融合了，他心里想的就是想办法能够看一看郝北章是如何记载自己的，是不是把自己记载得面目全非。自从有了钱家惠之后，自从有了钱家一脉人在乔庄安顿下来之后，自从自己有了孩子之后，马静里对自己的形象就关心起来。在钱家人眼里，马静里虽然没有郝东让在乔庄的人眼里的英雄形象，但是，马静里也是在钱家说得上话来的人。他不愿意在很多年之后，自己的孩子长大了，假如有机会融入到乔庄人里面去，会不会在遗留下来的木牍里面发现自己的父亲不光彩的一页？到那时候，自己的孩子如何抬得起来头？他必须要找到这批木牍。

曾经很多个夜晚，马静里悄悄地潜回到乔庄，就蹲坐在郝北章的屋外面，他很多次想直接出手，把堆放在屋里的木牍抢走，甚至于他想过极端的方法，一把火把郝北章的房子点燃，让火苗把一切的证据全部烧光。可是，他只是想了想，最终还是没有实施。毕竟是大逆不道的行径。但是，他不甘心，他要把证据毁灭了。只要毁灭了郝北章的记载，乔庄就没有人记载这些事情了。

马静里终于发现郝北章抱着木牍在往山洞里面走。

最后，马静里发现郝北章把木牍居然放置在洞里的孔穴处。发现这件事情之后，他非常兴奋，他知道，只要是脱离了郝北章控制，木牍于他而言就是手到擒来，要的只是什么时间动手罢了。他躲在一旁，等郝北章离开之后才悄悄地进到洞里，看了看孔穴里面的木牍，计算了一下要不要帮手，就立即离开了，他不敢久留，怕来人发现自己。

夜晚来临的时候，马静里的头脑里面不断地回放自己走过的路线，如何抵达神洞里，如何背着木牍离开，走哪个路线，会不会被人发现，如果发现该怎么去解释，马静里都一一在头脑里面反复演绎，把一切可能的漏洞都在思维里面进行了堵塞。

他看了看木牍，觉得以自己一人的力量是能够带走的。

夜晚终于被选定了。马静里待到家人都睡下了，悄悄地摸出来，背了一个很大的竹篓，迅速赶赴乔庄神洞。他是摸进神洞的，他不敢举火。凭自己对神洞的了解，他直接走向孔穴，当手摸到了孔穴里的木牍的时候，心里一阵地狂喜，他怀抱木牍，把木牍装进自己的竹篓里，又四处摸了摸，发现木牍已经被全部装好之后，他才慢慢地蹲下身体，把竹篓背在肩上，在洞里停了停，嘴里有些咕噜，不晓得是祈祷还是谢罪，反正他轻言轻语地说了说，背起竹篓就从洞里走了出来。一出洞口，他看了看熟睡的乔庄，似乎是正在打着呼噜，鼾声正是悠长的时候，他赶快出发，直接朝乔庄上游走去。

郝东让到钱家，马静里正在等待，他知道郝东让是一定要来的，郝东让一定会怀疑自己的。

郝东让坐在马静里前面，对马静里说："爷爷已经病得很厉害了，估计是过不了这一关口。"

马静里问："怎么回事呢？前段时间不是精神还不错嘛？不过，不管怎么说，年龄毕竟不饶人啊。但是，我估计爷爷一定会挺过来的。"

"挺得过来啥呢？你知道爷爷是咋回事吗？我告诉你，是有人偷走了他心爱的木牍。"郝东让边说边看向马静里的脸。马静里的脸就像是对面山上的岩石一样，肌肉和表情都一动不动，这个表情郝东让再熟悉不过了，当初回来的时候，郝东让也曾试探，马静里的脸上就是这样的表情，毫无破绽，或者说全部都是破绽。郝东让盯了一阵，就继续说："你应该知道，爷爷把木牍当成了自己的命根子。木牍一被盗，命也不久已。"

"我离开的时间早，我还不知道爷爷对没有生命的木牍有这么深厚的感情啊。"马静里说。

"你来分析一下，究竟是谁要把木牍偷走呢？"郝东让问马静里。

"我哪里晓得。"马静里说。

"这个人拿走木牍的意义是什么呢？"郝东让说。

"是啊，木牍不过就是记了一些字，要那些有什么用？就算是用来点火都不好使。"马静里说。

"就是，这些文字碍着谁了呢？"郝东让自言自语地问。

"记了一些什么，大家知道吗？"马静里问。

"没有人问过。不知道记了一些什么。"郝东让说。

"大概父亲知道吧？"马静里说。

"不知道。也许也不知晓吧。反正当时觉得爷爷怎么高兴就由他怎么去做。而且他记载下来的就是历史。历史是不能被淹没的。"郝东让说。

"也不一定，有时候的历史就是个人主观的记载，主观的记载消失了，历史是不会消失的。"马静里说完，郝东让就用疑惑的眼光盯着他，马静里就又说："你说是不是这么一个道理？"郝东让觉得无话可说，就不再说话。但是，郝东让心里的判断始终不会消灭，只是找不到证据。郝东让起身对马静里说："你的房子弄得很好呢，你姐姐还说让我来学习一下，我们也要把房子弄得好好的。"边说边往屋里走，马静里也不说话，就跟在郝东让的后面，郝东让把马静里的家里的旮旮旯旯都看遍了，边看还边称赞马静里设计得好，功夫下得扎实，看完之后出门就离开了。马静里看着郝东让的背影离开，再看着郝东让背影消失在拐弯的地方。

马静里觉得郝东让应该是离开了。他转身回到屋里，想了想，又准备出门去。转身出来，突然发现郝东让又站在自家的屋檐之下，把马静里吓了一跳。

"你没有走？快来，又来坐。"马静里招呼郝东让。

"不坐了，我就是回来跟你说，你最好不要乱走，就在这几天返回乔庄，看一下爷爷，如果有危险，你也算是告别。"郝东让说完，不管马静里的表情，就离开了。马静里没敢有任何的其他举动。

马静里知道，自己放在不知名的一个岩洞里的木牍，近期是不敢去处理了。他更不敢告诉任何人藏木牍的地方，不放心让别人代替自己去处理，就算是钱家惠，或者她的兄弟，都不行，因为毕竟牵涉到乔庄的面子。乔庄是乔庄，钱家是钱家。

马静里也知道，郝东让说要马静里回乔庄是真实的。好吧，去看看爷爷。最好不要确实是因为木牍的原因而让老爷子一命归西。

5.楠木木牍附记：章逝，文脉断矣。

马静里赶到郝北章的住处，发现很多人都跪在屋外。

马静里大惊失色，以为郝北章已经过世。

当大家看见马静里来了的时候，都不约而同地为他让开了路，他赶紧进到屋里。此时，马静里的心里泛起了巨大的波澜，他感到了害怕。马静里心里从来没有的恐惧感升了上来。他见识过死亡，可是，当他想到一个人的死可能跟自己有关联的时候，他内心里怎么都不能够漠然视之。从门口到屋内，短短的距离里，马静里不断地自我安慰自己，也许郝北章的死不是因为木牍被盗，而是实实在在的衰老，是老死。

最让马静里恐惧的是，当郝北章看见马静里走了进来，两只眼睛睁得非常大，仿若眼皮都包不住眼球了，眼球要从眼皮的控制里面飞出来，要直接飞向马静里。马静里咣地一下子跪在了郝北章的床前。

郝北章的眼睛还是往外挺，似乎是要看清楚眼前的人。马静里不敢抬头，不敢出声，全身筛糠一般地颤抖。郝北章已经说不出来话了。但是看见马静里的时候，却是啊了一声，沉闷的一声，来自胸腔，仿佛是来自大山上的岩洞最深处的异响，惊吓了在场的所有人。郝北章就在一声沉闷的声音里顿住了自己所有的器官，包括凸出的眼球，张开的嘴，似乎要抓握的手臂。马锐胜抱着老师的身体，感觉到了慢慢冷下去的体温，感觉到了寒冷袭来。

马锐胜说："准备吧，老师已经过世了。"

外面听见，痛哭声一下子升高了调子，整个乔庄都哭了起来。

马静里惊魂不定，内心空虚。他一抬头，又看见了郝北章的家里还有一堆木牍，摆放在一角，正在嘲笑自己。

郝北章就在马静里出现的当口去世了。马静里也不是愚蠢的人，他明白郝北章的木牍被盗了，郝北章首先怀疑的就是自己，他已经明白无误地知道，也许爷爷就在等自己的到来，万幸的是，郝北章已经是最后关头，不能说话，不然也许在最后的紧要时刻，郝北章是会说出自己的名字的，说出了名字才死去，那就百口莫辩了，自己背负着巨大的压力却无法向死去的人表明心迹。现在好，郝北章虽然看到自己激动不已，但是最终并没有说出自己的名字，自己也是一身的轻松。

可是，马静里正在自己给自己松绑的时候，在悲伤覆盖了所有人的时候，他刚一抬头，却看见郝东让的一双眼睛正紧紧地盯着他，自己的父亲马锐胜的眼睛余光也在瞥向自己，他心里咯噔一声响，随即坠入冰点。马静里躲开了所有的目光，低下头，一下子哭起来，开始是抽泣，继之是放声哭喊，最后发展到了号啕大哭，呼天抢地，顿足捶胸，悲痛无法抑制。他后面的哭声也大起来，渐渐地融合成了好大的悲伤，把乔庄裹挟进了无边无际的阴暗之中。

大家先是把郝北章殓在木板之上。

随即大家商议厝在何处，郝腾龙说："郝家坪上有大片山地，围绕着山脊旋转而上，北章老太爷几次前往察看，对那里很是满意。虽然他没有说要在死后安埋于此，但是，他的喜欢是真实的。他说，不论生前身后，落脚在此最是安逸。"于是，大家就定下来，郝家坪是祖辈坟林，画下范围，长此以往，列为圣地。

马锐胜亲自到现场察看地形，选择最佳位置，灵魂归位的位置，钉下了木桩，拉直了麻绳，确定了朝向，开始作法。又选取精壮汉子十八人，手执挖锄，开始深挖墓穴。

郝腾龙按照郝东让的安排，带领一队人马赶到了深山里，选择那些最高大的楠木树，刀斧加其身，顺利把木料通过槽沟放到了乔庄来。

木工们开始用斧头剖开一根根楠木，修整得四四方方，并在棺椁四周凿出了空洞，以方便木桩固定。

一切具备，安葬下圹。

郝北章的遗体被乔庄的男儿徒手举起来，装进了棺木里面，然后封闭了棺椁，所有的男人都用肩膀抬起了棺椁，把郝北章送到了郝家坪。马静里一直没有敢拢身，没有抬郝北章的棺木，他落寞地走在队伍的最后面。

当放好郝北章的棺木之后，马锐胜对棺椁进行最后的封闭，他先是把他选择的认为有价值的木牍全部放进棺椁里面，然后把自己背在口袋里的白色黏土掏出来，涂抹在棺椁的所有缝隙处。白色的黏土是马锐胜在乔庄一个偏僻的地方采集来的，他发现了白色黏土可以很严实地密封一切，马锐胜希望自己的老师不被水患浸湿，他也希望老师的心血——那些木牍也不被水浸泡。那些放进去的木牍中，马锐胜最在意的是老师从咸阳一路走来都没有放下的有关土地的木牍，老师一直想返回咸阳，现在看来是实现不了了，只有把梦想装进他的棺木里，在另外的世界陪伴他。

马静里看着自己父亲做的一切，他最关心的是放进了棺木里面的木牍，究竟是什么。马锐胜实际上看见了马静里的目光和表情，他想了想，又打开棺椁，把木牍拿了出来，然后，他掀开木牍，大声地对所有的人说："我想了一下，还是要让大家明白，我为什么要把木牍放进老师的棺木里面，是因为这是老师从咸阳带来的东西，是我们乔庄一族人的见证，是老师一直想返回帝都的梦想，那就是有关土地的契约书籍。大家看看，同不同意放进去？"大家齐声说："好。"马静里听得最认真，马锐胜说："其他就没有什么放进去的了。"马静里的眼睛里流露出了惭愧的神色。马锐胜及时捕捉到了自己儿子的表情变化，就在心里叹息了一阵。

马锐胜说："现在一切就绪，封土。"

无数的人手捧黄土覆盖到了棺椁之上。

很快，仅凭手捧，棺椁就被密密实实盖住了。

马锐胜说："大家下跪，送老爷子最后一程。"所有的人都跪在了黄土堆前，抽泣不已。

6. 楠木木牍附记：乔庄再遭天谴，降罪及于人。

大家还在为郝北章送行，磕头之后就礼成了。突然，大家感到了脚下的土地在摇晃。天空变得阴沉，扭曲。沉闷的响声从脚底下传上来，所有的人跪在地上都被巨大的力量掀翻在地。郝东让大声喊叫："大家不要慌乱，先安顿好小孩，大家都赶紧到乔庄平坦之处，静坐，不要乱跑。"所有的人像小鸟一样飞翔，一阵地慌乱，大家都到了乔庄的平地里，脚下的摇晃更加强烈。马静里操心钱家惠和孩子，也不顾郝东让的警告，自行沿着河道往回跑。

突然一阵黑色的浓烟冲破了地表，山梁接连发生爆炸，黑色的泥土被巨大的力量纽结成绳索冲向天空，山旋即被腰斩，一瞬间便成了平地，而原先的平地则被一座座的山占据下来，平地变成了小山。山河形状顿时改变，水也改变了路线，沿着新的道路奔流而下。

郝东让回首看郝家坪，已经完全变了样子，埋葬郝北章的地方也被翻腾的山盖了一层。郝巴子站在父亲身边，茫然地看着乱成一团的人群和改变了模样的乔庄，嘴里不断喃喃自语："怎么回事？怎么回事？它们为什么没有告诉我？"

等到地不再动，山不再摇，郝东让在灰尘之中找到了郝腾龙，却不见了马锐胜。于是，两个人开始寻找马锐胜。在询问了很多人之后，终于找到有人最后看见马锐胜的地方。那个地方也是土地翻覆，面目全非。郝东让和郝腾龙走到那个地方察看，并不见有马锐胜的人影，郝腾龙就大声地呼喊，开始呼喊的是"爸爸，爸爸"，许久无人回声，就开始直接喊马锐胜的名字"马锐胜，马锐胜"。一会儿的慌乱之后，天空突然就安静下来，不再有动作，大家以为一切开始平复了，正准备寻找尚幸存下来的生命。突然，天空又传来一阵低沉的声音，开始像牦牛的呼叫，继之成了尖锐的响动，脚下又开始筛糠一般地摇晃起来，已经平静下来的山脊又开始摇晃，石块轰隆隆地滚下来，巨大的树木也跟随着黄土石块的线路纷纷脱离大地，根须飘扬地被抛出老远。又是一阵地慌乱，乔庄的人不知道发生了什么，恐惧占据着大家的心，哭声由小到大，由单个发声到全体应和，哭声震天响。

郝东让大声喊叫："都不要哭了，赶紧都到平坦的地方去聚集，远离大山，远离河流，赶紧到平坝里，大家互相扶持，现在还活着的人都到乔庄的坝里。我们不能乱走，就算是天要灭了乔庄，要灭了我们，我们都不能乱跑，大家在一起，也许，天无绝人之路。"

于是郝腾龙赶紧带领大家寻找到平坦的地方，大家伸长了脑袋四处张望，很害怕又有巨大的震动传来。

后来还有一些震动，但已经明显地变小了，只是很频繁，经历过巨大震动之后的人们似乎也习惯了。大家开始慢慢地在周围活动，寻找树木，劈为柴火，寻找植物，弄为炊料。又开始搭建简易的棚子，把妇孺老人安顿进去。有的人开始寻找自己的亲人了。

郝东让嘴里大喊："马锐胜，马锐胜"，突然就听见了有人的回答，他仔细听，又没有了声音，他又开始大声地喊叫，耳边又听见了人的声音，这次他倾听得格外仔细，发现声音是从一堆黄土里面传出来的。他着急赶到，看到了一只手露在一旁，他上前一看，只是一只手臂，断了的手臂，血还在流淌，郝东让认到了是马锐胜的手臂。郝东让内心大骇，恐惧感攫住自己的胃，他感觉到胃的痉挛。他上前去抓起手臂，又开始喊叫马锐胜的名字，这次他明显地听见了来自地下的沉闷声响，他知道了马锐胜被埋在土里的大概位置。他赶紧上前去用双手挖开黄土，看见了被埋的马锐胜，头在土堆的另外一端，鼻孔里满是泥土，只能用嘴呼吸，而身体已经被掩埋得很深了。郝东让顺着马锐胜的身体往前掏，慢慢地掏开了掩埋在马锐胜身上的泥土，硬生生地把马锐胜拖出了土堆。马锐胜的身体已经没有完整的地方了，泥土和石块已经将他的全身压砸得粉碎，手脚都不齐全了，可是，马锐胜的眼睛还能够睁开，他把眼睛鼓愣愣地盯着郝东让，嘴里吃力地说："把，把，把我，抬，抬上，梁，梁上。"郝东让说："地动得很。"马锐胜说："也，也，要，上去。"马锐胜说"上去"两个字的时候仿佛是穷尽了所有的力气。郝东让不再说话，把马锐胜断了的手臂以及马锐胜的身体一起抱起来，郝东让感觉不像是抱着一个人，像是抱着一堆垃圾一般，抱上了山梁，他也不怕再有地动，他也不怕会有性命之忧，他按照马锐胜的愿望走上了山梁。

其实所谓的山梁就是刚刚才埋葬了郝北章的地方，一块平地，现在已经变成山梁了。

马锐胜被郝东让抱起来，眼睛看下去，是一个高处的视角。他看见低处的人像蚂蚁一样四处游动，拖着与身体不相配的东西。突然，郝东让听见马锐胜喉咙里咕咚一声，郝东让以为马锐胜死了，低头一看，马锐胜的眼睛似乎比之前睁得更大，他居然又开始说话了："东让，不要责怪静里，木牍是他偷的，他也会遭到报应。"说到这里，马锐胜剧烈地咳嗽，仿佛是要把藏在心里一辈子的秘密都咳出来。郝东让抱着马锐胜，就没有空出来的手帮助马锐胜，又不敢放下马锐胜，怕放下之后，马锐胜就看不见山下的情景，也害怕一旦放下马锐胜，马锐胜就真的一去不复返了。所以，郝东让就任由马锐胜自己咳嗽。马锐胜咳嗽的时候，郝东让只感觉得到他的头部随着咳嗽在动之外，其他的地方都没有随着剧烈的咳嗽而有丝毫细微的晃动，郝东让知道，马锐胜的头部与躯干已经完全脱离了。纵然如此，马锐胜继续说话："天要谁疯狂，谁就会疯狂，不能阻挡。乔庄经此大劫，劫后余生，更加可贵，要珍惜。"马锐胜又停下来，他是为了聚集力量，使自己把话说完："乔庄的经验一定要留给后人，一定。郝北章的木牍被盗了，文字已经留不下去了，可是，口口相传的故事一定会传下去的。你要做这件事情，把乔庄的故事代代相传。切记切记。至于那些故事哪些是有用的，哪些要改成符合你要求的，你要好好地斟酌，一定要把经验和教训流传于后世。人不灭，故事不灭，教训不灭。我一家人有好有坏，所有惩罚我一人承受。罪在我，与他人何干？"马锐胜说到这里，就不再说话，郝东让就把他继续抱着，等他停歇一阵之后，聚集起了新的力量，继续说话。风从遥远的山岭上吹过来，从郝东让的头上、身上、裤裆里穿过，肆无忌惮，郝东让也乐意被风缠绕。良久，马锐胜都没有说话。风总是恰到好处地吹拂，郝东让还是没有在意，继续保持抱着马锐胜的姿势不动。也许，结局是郝东让明白的。他不愿意放下马锐胜，也就是不愿意放下过去的一切，他要抱着过去的一切走进未来。

马锐胜回光返照一般流利地讲完了自己要留在世界上的最后的箴言。郝东让似乎并没有听进去，也似乎是听进去了。反正，都是一样，他还是保持着抱着马锐胜的姿势不变。

梁上东倒西歪的是巨大的连根拔起来的大树，郝东让和郝腾龙已经不知道郝北章究竟是被埋在这面山的哪个部位，他们只知道郝北章就是埋在这面山上的。郝家坪真的是要成为坟冢之地了。乔庄死了如此多的人，都只有被埋葬在这面山上了。原来山上的所有的人的建筑都不复存在，存在的就只有坟茔了。

马锐胜用了很大的一棵楠木树做了棺椁，盛下了马锐胜一生的荣光、沮丧、耻辱。没有人知道马锐胜的一生的真实底色，就连马锐胜的老婆也不知道。一切都没有等到马锐胜有机会慢慢地述说出来。突然到来的意外是世界上最不能够把握的事情，没有人能够捕捉到黑和白之间的界限，就算是上天创造出来了黑和白，也不能够简单地划分黑就是阴，白就是阳。阴阳，黑白，我们只是简单地认识，未来还有很长的时间需要来研究黑白，最终确定黑白的坐标和归属。

黄辰梦、田守其都被找到了，都已经死亡，全身被黄土覆盖着。大家商议把所有在地震中死亡的人都安葬在一起，用楠木做出棺椁，安葬这些一生都在担惊受怕中生活的老人们。他们现在不再忧心后面的人，他们终于放下一切，居住在另外一个空间，生活在另外一个村落里，那个村落在郝家坪形成了，那是被马锐胜称作阴间的村落。大家希望他们在那个新的家园里面，还是能各做各的事情，各自做各自喜欢的事情，马锐胜还能够把上天的旨意带给大家。或者，通过另外的方式传递给乔庄。而郝章北依然是这些人的灵魂和象征。这个村子不过就在乔庄的隔壁。

郝东让与同辈人一起聚在郝家坪上，所有的人望着被毁灭了的乔庄，没有说话，没有宣言，有的是静静地沉默。郝东让大喊一声："所有的人一起面朝老辈子的坟墓，跪下来。"大家不论老少，一起跪下来。"叩头。一叩头，再叩头，三叩头。"他大声喊叫，像是用尽了一生的力气。

"各自再造乔庄。所有的努力全靠自己，不再强求。"郝东让说出这句话之后，泪流满面，他觉得乔庄最辉煌的时候已经过去了。

很快，通过对死亡的人的抽样，一个语言在乔庄传开了：死亡的绝大多数都是老人，是从咸阳来到乔庄的老人。上天是来回收老人的。

乔庄的人也就接受了这样的言论。

反正，老人已经生活过，他们离开了，年轻的人正在开始。

乔庄不像过去一样了，没有了偶像，没有了主心骨，每一家都有自己的主意，有自己的主张，一切都变了模样。

7. 楠木木牍附记：里失踪迹，不期再来。

乔庄没有了老人的指挥，年轻人迸发出了激情与活力，他们有了责任，他们有了担子。一副担子在肩上，走上了一条新的人生之路，血脉流淌之路，发扬光大之路。那些被毁掉的正在被恢复；那些被丢弃的，正在被重塑；那些被遗忘的，正在被唤醒；那些被掩盖的，正在除去遮蔽。一切都露出了与原来不同的样子。活着是男人们最看重的事情。子嗣繁衍，物质丰富，被赋予神圣的光辉。

没有人再提及乔庄的安全和逃离。

一代人有一代人的使命，一代人有一代人的沉浮。

一代人领受一代人的宿命，一代人挣扎一代人的艰难。

后来的这群人被领到了乔庄，这代人也必将赋予乔庄不一样的基因。

郝东让是在钱家惠到乔庄来之后才知道马静里又失踪了。

钱家惠从来没有主动到过乔庄。钱家和乔庄的联系人就是马静里，马静里把乔庄的消息带给钱家，也把钱家的消息传递给乔庄，不管他传递的时候是加工了的还是过滤了的，总之都有消息互通。而乔庄的马静花和马静蕊经常相伴到马静里家里去耍，也会带回来消息，她们把看到的消息带回来，那些表面的真实。钱家在马静里的带领之下，真实地过上了岁月静好的日子，而钱家惠对每次到访的马家两位姐姐也是非常热情，可是，每当马静花和马静蕊提说起让钱家惠带着儿子回乔庄，钱家惠总是很快扭转话头，不讨论这个问题。马静里经常带着儿子回到马家院，钱家惠从不踏进乔庄核心区，也不到马家院。

钱家惠突然到乔庄使郝东让很诧异。她打破惯例来到乔庄，说明有大事发生。果然，她表明了自己到来的目的，她问："马静里在哪里，他说他到马家院来了，怎么这么久都没有回家？家里受到了地震的损坏，家园被毁，需要他。"

这个时候郝东让才想起马静里的事情来。他记起马静里应该是返回到钱家去了。这段时间事情很急很多，就没有顾上。可是，钱家惠却说马静里并没有回去。

那马静里到哪里去了呢？

郝东让问钱家惠："你们那里遭受地动严重吗？有没有人员受伤？家里的小孩子都没有受伤吧？"

钱家惠说："受灾很严重，房屋被毁，很多老人都被害了。我家的小孩都还好。"

"大家情况都差不多。马静里没有回来，你和钱家虎要承担更多更大的责任，把钱家人安全地居住在一起。马静里应该是返回钱家了。"

说到这里，他想起马锐胜临死之前说的话，他说马静里要遭天谴，那是指什么呢？当时郝东让并没有做过多的思考。现在看来，一切似乎都有迹可循。马锐胜也探到了天机？郝东让没有向钱家惠说明马锐胜的预言。郝东让说："让我们一起去找一找马静里吧。家惠，你到家里去等待吧。"钱家惠说："家里还要得紧。有劳你们寻找一下，有没有，在没在，都给我说一声吧。"钱家惠语言里面都有了绝望的味道，这么大的灾难面前，发生意外也是很正常的。钱家惠对马静里的心思是一清二楚的，只要他在，一定不会忘了钱家惠，也不会忘了自己的儿子。这么久的时间都没有出现，钱家惠早已经心领神会，只是不愿意相信事情是真的，她要到乔庄来问个明白，了个心愿。

钱家的千钧重担只有落在钱家惠的肩上了。她心里一直对曾经的事情耿耿于怀，她数次向马静里建议，寻找并获得另外的力量来制衡郝家，联合一些外在力量来获得乔庄的领导权力。钱家惠与马静里也无数次讨论过这个话题，但都被马静里否决了。马静里不愿意借助外力再给乔庄带来不幸，他把钱家带入乔庄已经给乔庄造成了伤害，虽然大家不说，但是他心里清楚得很。乔庄毕竟是他血脉生存之地，那里有他数不清的至亲，尤其是垂垂老去的父亲承受着巨大的压力，就是因为有一个儿子叫作马静里。而钱家惠则不一定，乔庄的人阻止钱家惠一家进入乔庄的仇恨，她是记在心里的，复仇的愿望时刻会冒出来。

钱家惠内心里的种子在发芽，却被马静里压制着。可是，现在马静里又失踪了。与之前相比，这次的失踪有可能是永远的失踪。钱家惠亲自到乔庄来，看到了乔庄呈现出各自为政，衰败的迹象。

她从自己的儿子身上获得了力量，儿子渐渐长大，既有钱家的经验，也有马家的血统，他会重返乔庄，变得坚强，成为乔庄的中坚，甚至是领导力量。她坚定地相信，自己的儿子会在倾听自己的讲述中成长，会体会到当年的历史烟云，领悟生活带来的屈辱。她在内心里坚定地收获了一个信念，自己的儿子将给乔庄一个不一样的未来。儿子会去除历史和感情包袱，展现铮铮铁骨。

马静里消失了，不知道到哪里去了。就如他曾经消失过一样。郝东让不知道这次他的消失对乔庄来说是好事还是坏事。

郝东让心里也很明白马静里大概率不在这个世界上了。但是，他心里也是存了侥幸，认为，也许天不灭他，会给他一条道路，现在正在哪个地方受苦受磨，正等着他们去拯救。郝东让心里还想，也许找到马静里就找到了丢失的那些珍贵的木牍，找到马静里也会抑制住钱家膨胀的欲望。

郝东让带领人亲自去寻找马静里，随身把郝巴子也带上，郝东让想也许在关键的时候郝巴子会有意想不到的用处。郝腾龙则留在家里看护乔庄。

走遍了乔庄所有地方，郝东让才发现，乔庄变了，已经不再是原来的乔庄了。山变了，水变了，路变了。岩上的记号变了，山腰的山洞变了。过去熟悉的地方已经变得面目全非，无法辨识。乔庄的神洞已经不复存在，那面山完全垮塌，过去的洞口现在是石堆覆盖。郝东让背着马静花闯入山涧的道路已经没有了，那个地方现在变得高不可攀，无法落脚，鸟飞中途连歇息的树木都没有了，他内心深处有深深地叹息，他没法表达出来。郝巴子一直想再返回曾经出生和成长的地方，现在看来也找不到原来的道路了。也不知道郝巴子经历了地震的惨烈，而自己事先完全不知道任何消息，那些本应该知道消息的动物们没有及时给郝巴子说，郝巴子还能不能正确面对世界。郝东让看到支离破碎的乔庄，再看看郝巴子，感觉他异常的冷静和理性。

郝巴子见郝东让多愁善感的样子，就说："爸爸，爸爸，不要再悲伤，现在我们的任务是寻找舅舅。你应该想一想，舅舅可能在什么地方。"郝东让感觉郝巴子太冷了，山河如此变化，他居然并不感到诧异，他总是直奔目标，为着目标开展工作。

郝东让开始想马静里可能到什么地方。但是，郝东让知道一切都是形式，马静里应该早就不在人世，如果还在的话，他应该回到钱家，看自己的老婆孩子。

郝东让领着郝巴子寻找了很大一圈，除了知道世界已经变化，一无所获。

郝东让计划着，要让钱家有一个希望：那就是马静里没有死。他还要回来，如上次离开乔庄一样，也许在合适的时候就回来了。要钱家耐心等待他的重返，不要推翻他定下来的规矩。

8. 楠木木牍附记：乔庄风云再起。

郝巴子还对着大山高声喊叫，可是，空旷的山野并没有任何的回音。其实，郝东让知道郝巴子的用意，他的声音曾经是对山里的动物的召唤，他召唤的信号发出去了，不见有回音，郝东让不知道动物界里发生了什么，为什么动物与郝巴子说不联系就不联系了。郝巴子的冷峻明显地表现在脸上。郝东让也没有安慰他。这个世界没有随时可取的食物，要努力甚至冒险才能得到，不劳而获是永远不存在的。大地的震动，实实在在地改变了郝巴子的认识，他在想："一切可能是到了结束的时候。自己要返回人间了。过去梦一样的知晓人类不知晓的情况，自此改变。"他再也不是什么都可以事先捕捉，神秘一去不复返，站在同一起跑线上，考验着人们的力量。

他想念那些小伙伴，那些给他带来快乐、带来消息的小伙伴们。但放弃的时候照常而来，也许，在未来，当大家面对的时候，可能就站在彼此不同的立场，杀戮就成了不可避免的行动。

郝东让要把马静里可能还活着的消息带给钱家惠，于是安排马静花和马静蕊到钱家去。

郝东让给马静花交代了该说的话：马静里没有找到，也许在什么地方去了，就像曾经的时间里，他独自出走，事隔多年又安全返回，所以，钱家惠不必担心。另外的意思就是马静里的儿子也是乔庄人，如果钱家惠愿意，可以回到马家院子来生活，把儿子带回来，可以由马静花代为抚养。

钱家惠在听了马静花的话之后，默默不语。马静花和马静蕊怕她伤心，又劝了很久。钱家惠说话了："两个姐姐不用劝了，我自己心里明白。儿子还有我呢，就不劳烦姐姐们了。马静里在与不在我都要把他抚养成人的，绝对不得让马静里的血脉断流。儿子既流淌着马家的血也流着我钱家的血，在哪里都一样，他既是马家的也是钱家的。钱家的血也是沸腾的。"

"有啥不容易的事情尽管给我们说，我们会经常来看你和侄子。"马静花又说。钱家惠又是默默无语，大家都觉得寡语寡言，提不起来交谈的兴趣，就像无风来摇晃的树木一样，各自站成一枝，互不攀附，沉寂相对，默然无语。马静花向马静蕊使了一个眼色，马静蕊就说："家惠，我们就回去了，要经常来马家院。"钱家惠点点头，她们俩就起身告辞，钱家惠旁边的儿子跃跃欲试，两个都说："乖乖，叫你妈妈带你到马家院来耍。乖乖。"两个儿子乐哈哈地笑着。

马静花回到乔庄，把钱家惠的表现和语言都如实地给郝东让学说了一遍。郝东让知道，钱家惠有自己的想法，乔庄进入了一个新的阶段。钱家过去融入乔庄，以后会不会与乔庄分开，就看钱家惠的了。马静里自己有生之年完成了一件事情，就是娶了老婆生了孩子，血脉在儿子身上继续流淌，把钱家安置在乔庄，让一族人有了安顿之所，并保证钱家不伤害乔庄。可是，他死了，不在了，钱家的事情不被左右了，两个儿子渐渐长大，是在钱家惠和钱家人的熏陶下长大，再加之钱家惠明确强调儿子血管里是她钱家沸腾的血，一切未可知，郝东让也无暇把控了。

地动之后，乔庄的房子又矗立起来。新的一代人没有选择逃离和躲避，马静里带人闯入乔庄的事件再次给年青一代人敲响了警钟，没有永恒不变的结局，一切都无法把握。你把握了人世间的事，却无法把握大自然的事，你把握了大自然的规律，避开危险和危害，可是，你最终却不能避过人类自身带来的挑战和威胁。什么要来，就来吧。什么要走，就走吧。

新乔庄被赋予了另外的价值，通道的利用价值。钱家有了新的变化，这是郝巴子得来的信息，他有自己的渠道了解更多的消息，而这些都不是小动物们带来的。很多迹象显示，钱家外出的人变多了。他们据守在上游，关口附近也许还有通道过去没有被发现，可是经过钱家多年的经营，曾经的关口附近还有比藤道更宽阔的路存在，被他们发现，被他们使用。钱家与外面的联络更加频繁、密切。

钱家虎在钱家惠的引导下，正在渐渐的扩大自己的势力范围，尤其是引进外来的力量制衡乔庄的倾向非常明显。

郝巴子带着兄弟伙造访过钱家，钱家恭敬有加，接受指挥的意愿非常诚恳。可是，郝巴子总是从笑容背后看见不一样的东西。

郝巴子在夜深人静的时候，坐在桂花树下，看着扩大数倍的马家院，心里默念着，想象着还有小动物静悄悄地从花丛中、大树下、岩壁旁出来，摇头晃脑地走过来，来到他的身边，听他的倾诉，他也听它们七嘴八舌地说话，从中了解到一些自己不能把握的消息。可是，任由他如何努力，都再也没有小动物如约而至。

他急于了解钱家人员的流动情况，外来人员在钱家的活动情况，可是，想从曾经的异类中获得信息的通道关闭了，郝巴子很失落，他要准备另外的方法，要在钱家找一个稳妥的人，从其他管道来获得有价值的情报了。攻心战即将开始，人类之间的战术出现了。

郝东让也感觉到自己力不从心了。那些后一辈们，闯劲很足，敢想敢干。对过去不再那么伤心，他们要的就是现在，要的就是当前。郝东让想起马锐胜交代，他知道自己必须按照马锐胜交代的来做，一些故事要在更小的孩子心里扎下根来，流传下去，给乔庄以及后代的人们留下一个值得不断回味的过去。而故事，只能由自己来编写了。他不能够完全像郝北章一样用笔记下一切，除了把内容都记录在木牍上，他觉得吟唱也是一种选择，他把故事编得押韵、激昂，易学易记，口口相传。小孩子很容易接受这些歌谣，四处传唱。大人受了小孩子的影响，也慢慢地哼唱，歌谣就这样传开了。

太阳从东方升起来，乔庄的河水慢慢地绕过村居，鸟在天空中飞过，桂花树散发着自然的清香。一切都显得无比的小心，生怕一不留神就会碰碎静谧的一切。

郝东让披着衣服，开始一天的吟唱。他把小孩子们集中在一起，开始教唱歌曲。乔庄的大人们需要劳动，而郝东让正好帮助他们带带小孩子。

郝东让无比的憔悴和懦弱。没有人把他和乔庄的创始者联系在一起，没有人把他和叱咤风云、饮血啖肉的行伍者联系在一起，没有人把他与乔庄所有的大大小小的事件联系在一起。他成为一个再普通不过的人。马静花看到他蹒跚着走很远，被小孩子包围起来，眼泪就簌簌簌簌地往下掉。英雄，一代英雄，就此末路。

可是，当郝东让在小孩子中间唱歌唱得激越的时候，他两眼放光，手臂犀利得像是一柄长剑，直指未来。所有的小孩子都做出这个动作，朝着郝东让指的方向，然后放声大笑。

郝巴子的孩子牙牙学语，马静花抱着孩子，坐在郝东让的不远处，听见郝东让激情地表达和意气风发的动作，她的脸变得热乎乎的。

郝巴子有一天说："已经有秦国和蜀国还有楚国的人来过乔庄的信息，还待考证。也许跟钱家有关。"

郝东让听了没有作声。曾经苦苦守住的乔庄已经不再是之前的地方，被发现，被征服，被占领，被管辖，这些都是自然而然的事情。没有谁可以改变。

郝东让知道，变化来了，不由自主。郝巴子们注定要经历不一样的岁月。而老人们已经无能为力了，过去的努力，欲把持住乔庄，守护乔庄的纯净，不允许人和外来力量进入，现在看来都是一种良好的想象，没有谁可以改变人员的流动，有你在的地方，一定就有别人的到来。你可能是最早的一个人，但你不是最后的一个人。

楠木依然茂盛地生长。

每次看见亭亭直立的楠木，郝东让似乎在其间看见了爷爷。郝北章背着手，仰头看向楠木的树梢，似乎在考察楠木的哪一段更适合做一大堆的木板，在木板上可以写上更好的文字。从官到民，从富到贫，郝北章经历了最辉煌的时刻，也饱尝了人间最冷的际遇，内心何尝不强大？木牍上既要记录下欢快的情境，也要记录下悲伤的时刻；既要记录下巅峰亮光，又要记录下尘下灰暗；既要记录大笑，又要记录痛哭。那些木牍上的痕迹，究竟是泪痕还是雨水，都不可剥开理论。

郝东让接过了郝北章的习惯，纵然识字不多，纵然他选择吟唱，但是他也要学会记录。

他不敢把记载的内容再称为"记"，而是把自己记录的文字统统录为"附记"。很多的情节，他不再追求真实，而是要按照自己的得失教训予以记录，有的甚至是想象、猜测。他期望爷爷的灵魂会原谅自己的莽撞和随性。

投降和反投降一直并存。

站在不同的方位来思考，钱家惠向秦投降并告密，是报仇，还是不得已，都不重要了。

乔庄门户已经洞开，不再是乔庄的乔庄，也不再是郝家的或者马家的乔庄，更不是原来从咸阳而来的人们的乔庄，而会成为政权统治之下的乔庄。秘境不秘，窄道已通。

过去是这样，永远是这样：没有什么完全的乐土，唯有征服和臣服。

乔庄会变一个样子，留给郝巴子们的空间不断变得狭窄，容他们转身的地方越来越少。投降是一种选择。不投降也是一种选择。可是，最终的选择只不过决定了个人的命运，或者就像是当年郝北章带领一群人逃跑，带不走咸阳一样，投降不投降都是一群人的选择，而乔庄一直在这里，永远存在，也许将来被人改了另外一个名字，却一定是乔庄。

郝巴子正在备战。他几次到钱家惠那里寻求谈判，总是无功而返。钱家惠如一团棉花，无法击打，拳头进去，不仅无法接触到实质，却弄得满拳都是棉线，绕得人很不痛快。

乔庄必有一战，郝巴子对郝东让说。郝东让并没有给出一个答案，唯用手抚摸着一捆捆的木牍，像极了当年郝北章的样子。

尾 声

历经变迁，尘土飞扬，过往被深埋，唯陪葬的木牍没有完全腐蚀。

历史云烟飘来又散去。

秦国到蜀国道路有千万条，可是，乔庄一途成为幽径，却并不是唯一幽径。许许多多的毛细血管一样的幽径，在普通人的脚下踩踏，成为他们延续生命，互通交流的通途。那些最早抵达乔庄的人以为幽径只有他们获得，就像是获得了进入妙境的钥匙。残酷的是铁蹄可能踏到任何地方，硝烟可以弥漫在任何上空，没有什么可以阻止人类的战争出现。乔庄，最终也成了连通蜀国和秦国的要道，被少数人知晓，并被少数人利用。后来，乔庄终于被纳入到了秦国的管辖，那时候当年从秦国逃跑的人都已经作古。钱家惠和马静里的儿子终于连通了乔庄和外界，引进了官府，乔庄的命运一再变迁。起起伏伏，不管多少演义都无法表达万一。只有留待将来的学者认真研究，做出合乎历史真相的结论了。

有多少的故事还在流传，就有多少的文字和财富埋在乔庄

的某一个地方。只是，沧海桑田，也许，惊艳会出现在未来的
某个时空。